塞利纳文学
世界的构建

段慧敏 著

**Ça a débuté
comme ça**

江苏人民出版社

图书在版编目(CIP)数据

塞利纳文学世界的构建 / 段慧敏著. —南京:江苏人民出版社,2018.12(2022.1 重印)

ISBN 978-7-214-22919-9

Ⅰ.①塞… Ⅱ.①段… Ⅲ.①塞利纳—小说研究 Ⅳ.①I565.074

中国版本图书馆 CIP 数据核字(2018)第 273556 号

书 名	塞利纳文学世界的构建	
著 者	段慧敏	
责 任 编 辑	马晓晓 蒋卫国	
出 版 发 行	江苏人民出版社	
地 址	南京市湖南路 1 号 A 楼,邮编:210009	
照 排	南京紫藤制版印务中心	
印 刷	苏州市越洋印刷有限公司	
开 本	850 毫米×1 168 毫米 1/32	
印 张	14	
字 数	235 千字	
版 次	2018 年 12 月第 1 版	
印 次	2022 年 1 月第 2 次印刷	
标 准 书 号	ISBN 978-7-214-22919-9	
定 价	85.00 元	

(江苏人民出版社图书凡印装错误可向承印厂调换)

目　录

绪　论

　　20 世纪法国作家路易-费尔迪南·塞利纳（1894—
1961）被誉为"平民普鲁斯特"[①]，更有研究者将塞利纳与普
鲁斯特并称为"法国 20 世纪最伟大的两位小说家"[②]。塞利
纳的小说作品以两次世界大战期间法国下层人民的生活境
遇为着眼点，与描写 20 世纪初期法国上层社会生活的《追忆
似水年华》相呼应，重建了各自时代的社会画卷，为后人留下
了战争时期宝贵的历史见证。塞利纳的处女作《茫茫黑夜漫

---

　　① Cf. Henri Godard: Céline; *Roman I*, Paris: Edition Gallimard,
coll. "La Pléiade", 1981, p. 1270.

　　② Pascal Ifri: *Céline et Proust: Correspondances proustiennes dans
l'oeuvre de L.-F. Céline*, Birmingham, Alabama: Summa Publication,
1996, p. 1.

游》一经问世便引起了法国文学界的广泛重视,以"文坛黑马"之姿斩获了 1932 年的勒诺多奖。随后塞利纳又出版了《分期死亡》《从一座城堡到另一座城堡》《北方》《木偶戏班Ⅰ—Ⅱ》《别有奇景Ⅰ—Ⅱ》《轻快舞》等共计八部小说作品。1937—1941 年间塞利纳出版了一系列反犹主义小册子,给他的作家生涯与政治形象留下了不可抹去的污点,同时也给他的文学创作带来了沉重的打击。人们不断地质疑塞利纳小说的文学意义,以至于有关塞利纳到底是"文学天才"还是"政治流氓"的争议至今尚未止息。2011 年塞利纳逝世 50 周年之际,他的名字因遭抗议而被撤出法国"2011 年度国家庆典名录"[①]。2017 年法国仍有学者出版专著,指责塞利纳的反犹主义写作与充当"法奸"的行为[②]。2018 年新年伊始,围

---

① 余中先:《一部现代意义上的都市游荡小说》,参见路易-费尔迪南·塞利纳:《死缓》,金龙格译,桂林:漓江出版社,2016 年,第 1 页。有关塞利纳的名字被从"庆典名录"删除的事件,笔者 2013 年在巴黎访问了该庆典的组织者之一——法国国家图书馆前馆长让-诺埃尔·让纳内,让纳内先生表示,政府不应将其称为"庆典"(*la célébration*),而应称为"纪念"(*la commomération*),如果这样的话,塞利纳的名字或许就可以保留下来。但最终结果是作家的名字被删除,为纪念他而整理出版的一系列资料也被焚毁,这对于塞利纳研究来说是一件非常遗憾的事。

② Annick Duraffour & Pierre-André Taguieff: *Céline, la race, le juif, Légende littéraire et vérité historique*, Paris: Fayard, 2017.

绕塞利纳三本小册子的再版问题,法国文坛再次掀起了一场激辩。这一方面说明了塞利纳的政治观点确实给他的小说作品接受带来了极大的负面影响,另一方面也说明了文学研究界以及社会各界对于塞利纳的关注热度依然不减,以致作家逝世50年后仍然能够成为人们热议的焦点。如何在激烈的争议之中正确评价塞利纳小说作品的文学意义与历史价值,日益成为国内外法国文学研究界一个亟待解决的问题。

　　塞利纳的研究者弗里德里克·维图将其称为“非理性的作家”。这种“非理性”在文学方面的体现,即塞利纳的作品以一种近乎暴力的方式反抗同时代的文学,力图回归拉伯雷的法语口语传统,但是他最终不仅打破了法语口语传统的语言规则,而且创立了自己的词法句法。[①] 塞利纳在法语语言与文体风格方面的这种创新,奠定了其在法国文学史上不可动摇的地位。塞利纳作品的“七星文库”版负责人亨利·戈达尔正面地肯定了塞利纳的文学成就:“从蒙田到帕斯卡尔,从拉布吕耶尔到圣西门,从伏尔泰到夏多布里昂,从司汤达到普鲁斯特,他们都是能够且唯一有权利对于自己同

---

　　① 　Frédéric Vitoux: *Louis-Ferdinand Céline, Misère et paroles*, Paris: Edition Gallimard, 1973, p. 11.

时代的人或事表达些什么的作家,为了这种表达,他们创立了一种可以载入法国文学史册的文风。塞利纳也是这类作家之一。"①戈达尔指出,"越来越多的读者感受到了塞利纳作品中强大的力量,这种力量也由此变得不可忽视。"②1999年由法国《世界报》组织的"20世纪100部最佳小说评选"中,塞利纳的《茫茫黑夜漫游》位居第六③。塞利纳的作品不断重印和再版,也印证了这位作家在一代又一代读者心目中的重要位置。毋庸置疑,塞利纳政治上曾经的反犹思想是其人生中最大的"非理性",这种"非理性"给他带来了不可逃脱的诅咒与厄运。但是无论在何种厄运面前,塞利纳都不断地反抗与挣扎,他的作品有如从悲惨的世界中发出的呼喊,他不断地试图通过写作将历史的真相呈现在世人面前。塞利纳的译介先驱柳鸣九教授与沈志明先生都曾为塞利纳的小说创作进行辩护,认为其作品具有"重要的文学价值"④,肯定

① Henri Godard: *Céline Scandale*, Paris: Edition Gallimard, 2011, p. 17.

② *Ibid.*, p. 18.

③ 参见 https://fr.wikipedia.org/wiki/Les_cent_livres_du_siècle(据 2017 年 4 月 11 日网页)。

④ 柳鸣九:《塞利纳的"城堡"与"圆桌骑士"——在塞利纳故居》,参见沈志明编选:《塞利纳精选集》,济南:山东文艺出版社,2000 年,第912 页。

了塞利纳作为经典作家在文学方面做出的努力与贡献。因此，抛开围绕塞利纳的政治争议，从其小说创作角度探讨塞利纳作品的文学价值及历史意义，是我们在文学层面给予塞利纳正确定位的关键所在。我们以塞利纳的八部小说为研究对象，从符号学角度分析其作品的叙事维度、主题思想、人物形象与文本体系，通过声音、思想、形象与内外关联展现塞利纳笔下的世界，阐释作家对这个独特世界中人类生存境遇的思考，进而探讨其写作特色、写作风格以及文学价值；同时我们将对塞利纳小说作品的研究扩展到文化领域，挖掘其作品对社会的现实意义及历史意义，呈现塞利纳作为经典作家的贡献与影响。

一、"最孤独的作家"

《法国小说论》一书中介绍塞利纳时用这样一句话来概括塞利纳的形象：塞利纳是法国小说史上一个有争议的人物，是法国文坛上最孤独的作家。他的一生颠沛流离。① 塞利纳出生于巴黎市郊的库尔布瓦，母亲是花边零售商，父亲

_____

① 　江伙生、肖厚德：《法国小说论》，武汉：武汉大学出版社，1994 年，第 345 页。

是保险公司的职员。"塞利纳"这一笔名来源于他外婆的名字，也是他母亲的中名。菲利普·阿尔梅拉在塞利纳的传记中写道："塞利纳至少在外貌上酷似他的母亲，他是吉约家族的后代，具有鲜明的布列塔尼人特性。"①外婆逝世之后给他们留下了一笔较为可观的遗产，塞利纳得以赴英国和德国学习外语，掌握多种语言对塞利纳的人生经历和文学创作都产生了一定的影响。回到法国后，他成了商店学徒，依照母亲的意愿，为成为一位商人做准备。"外婆"这一形象在塞利纳作品《分期死亡》中具有重要的意义，"外婆"对于作者来说代表了一去不复返的"美好年代"，而与外婆相处的日子是小主人公难得的幸福时光。童年学习的经历与生活经历，都为其《分期死亡》的创作提供了丰富的素材，使小说内容真实而饱满。

　　1912 年 9 月 28 日，18 岁的塞利纳应征入伍，逐渐卷入

---

①　Philippe Alméras: *Céline entre haine et passion*, Paris: Robert Laffont, 1994, p.14. 布列塔尼人是最后一个融入法国的凯尔特部落，他们从未抛弃自己的民族特性、民族传统与先族的语言。他们对宗教战争之后的民族融合持排斥态度，他们独有的地方主义和凯尔特人特性使他们很难与 18、19 世纪的理性主义相融合。直至今天，众多的布列塔尼人依然认为自己是置身于法国日常生活之外的。亦有观点认为塞利纳的态度与他的布列塔尼天性有关。

了改变他一生的战争之中。虽然他有幸从战火中活着回来，并且获得了银质军功章，但是这场战争仍然使他对未来的人生充满了失望和恐惧的情绪，塞利纳作品中体现出的悲观的和平主义正是在这场战争之中慢慢形成的。因伤回到后方之后，塞利纳与一家贸易公司签约远赴非洲，目睹了殖民地生活的悲惨状况，加深了他的失望情绪。重回法国后，塞利纳在雷恩安定下来，并且通过中学会考重拾学业，于1923年获得医学博士学位，最终成为一名医生。此后他曾作为洛克菲勒基金会医学卫生方面的派遣人员，多次前往非洲和美国。在美国期间，塞利纳曾赴底特律的福特工厂参观，从参军到美国的一系列经历被塞利纳写入了自己的处女作《茫茫黑夜漫游》之中。跌宕起伏的人生和丰富的阅历为塞利纳的创作提供了第一手资料，使其小说情节显得真实而富有说服力。1932年《茫茫黑夜漫游》出版，此时塞利纳已经38岁，可以说是一位大器晚成的作家。小说出版后即得到了各界人士的广泛关注，而后仅以2票之差错失龚古尔奖，获当年勒诺多奖。对于一个文坛新手来说，能够获得龚古尔奖的提名已经实属不易，随后折桂勒诺多奖，更使得塞利纳成了当年名副其实的"文坛黑马"。《茫茫黑夜漫游》的颠覆性力量更掀起了一场文学革命浪潮，人们心中被战争压抑的文学激情仿佛一时间都被这本书释放出来，无论褒扬还是贬抑，似乎所有读者都难以控制自己发表意见的欲望。[①]

塞利纳的第二部小说《分期死亡》出版于 1936 年，从其写作风格来讲，塞利纳的口语特色与叙事张力在这部小说中表现得更加明显，但是其笔法的犀利"距论战性小册子只隔一步之遥"[②]。此时的塞利纳已经不再满足于用小说来表达自己的思想和观点，而是应用更直接的论战手册的方式来直抒内心深处的呼喊。在随后出版的《草菅人命》(*Bagatelles pour un masacre*，1937)、《死尸学校》(*L'école des cadavres*，1939)和《进退维谷》(*Les beaux draps*，1940)等小册子中，塞利纳发表了排犹主义言论。他不但对犹太人进行攻击，而且埋怨西方世界在退化中的沉沦，并将此归罪于美国人的反法

---

① 塞利纳研究方面的权威亨利·戈达尔从另一个侧面剖析过塞利纳小说引起读者共鸣的原因：塞利纳写的不是简单的自我，他的小说主人公反映了欧洲人的形象，表现了欧洲人的心理状态和社会舆论特点。一方面，他在内心里是软弱的，感到外界对自己有很大压力，害怕战争、人身伤害与经济危机；另一方面，他在态度上又表现出一种攻击性，咄咄逼人，这两个方面构成了 20 世纪欧洲人的形象。现代欧洲人既然有这种内心的压抑感，他作为读者就需要发泄，要寻找发泄的愉快，而读塞利纳的小说，就可以得到这种发泄的愉快。

② 布吕奈尔：《20 世纪法国文学史》，郑克鲁等译，成都：四川文艺出版社，1991 年，第 163 页。

西斯宣传、苏联共产主义的威胁、黄种人与黑种人的增长。① 塞利纳认为,是有钱人使人民生活困难,是有钱人剥削大众、统治社会,轻而易举地促使世人互相残杀。因此当他发现他的第二部小说不太受欢迎时,突然转向杂文,猛烈攻击种种社会不良现象,矛头往往指向犹太人。② 但是如果对其作品进行仔细分析,我们便会发现塞利纳所反对的,是战争期间使人难以生存的社会状态和难以面对的社会现实,亦即塞利纳的"反犹主义"是作家期待变革、期待人类告别野蛮的战争、回归文明社会的一种愿望。沈志明在《塞利纳精选集》一书的译序中对塞利纳所受的各项指控进行了一一反驳,并且认为"塞利纳在大节上曾遭受的严重指控,是法国文学界有史以来最大的冤案。"③塞利纳在失宠于本国人民、不得不流亡国外的同时,也并没有得到德国人的青睐,他背负着反叛的罪名却从未与敌方合作,经历了被法国审判,在丹麦入狱

---

① 布吕奈尔:《20 世纪法国文学史》,第 163 页。塞利纳反犹主义小册子的书名翻译,目前见到的译法并不统一。此处依郑克鲁等人的译法。另有刘成富译法《大屠杀前的琐事》《漂亮的床单》等,参见刘成富:"塞林,创造口语奇迹的人",载《解放军外国语学院学报》,2003 年第 3 期,第 110 页。

② 沈志明:《罕见的天才作家塞利纳》,参见沈志明编选:《塞利纳精选集》,第 6 页。

③ 同上,第 2 页。

后，他的写作也因此变得困难重重，其作品甚至一度被列为禁书。塞利纳最终只能孤独地流亡，孤独地回归，孤独地逝去，唯有写作是他留给世间最后的控诉。

二、 小说概况与创作历程

塞利纳的小说创作可以分为两个部分。第一部分是由"童年、战争、伦敦"三部曲——《茫茫黑夜漫游》(1932)、《分期死亡》(1936)、《前线》(1949)，以及《木偶戏班Ⅰ》(1944)、《木偶戏班Ⅱ》(1943—1947)构成的"四部曲"，这四部曲从各自侧面讲述了叙述者费尔迪南（巴尔达缪）在一战期间的人生经历；第二部分是由《别有奇景Ⅰ》(1952)、《别有奇景Ⅱ》（又名《诺尔曼斯》1954)与"德国三部曲"《从一座城堡到另一座城堡》(1957)、《北方》(1960)以及《轻快舞》(1961)构成的"四部曲"，主要讲述二战期间"通敌者"费尔迪南从蒙马特经德国逃亡丹麦的经历。两个"三部曲"与两部"上下卷"的形式，体现了其作品之间的各种紧密关联。《茫茫黑夜漫游》中所提到的受伤不断地以各种形式出现在随后的作品中，《分期死亡》中那个叙述自己童年与少年的自传作家则把后来的反抗留给了《木偶戏班》中重返伦敦的成年费尔迪南，《木偶戏班》中的成年费尔迪南又回到了《分期死亡》中小费尔迪南所在的伦敦，《别有奇景》在"战争三部曲"之前已经叙述了丹麦的监禁以及在蒙马特的最后时光。此外，很多作品之间也存在着叙事的连贯性，例如《前线》承接了《分期死亡》，而《从一座城堡到另一座城堡》《北方》与《轻快舞》则是同一段旅程的延续。塞利纳不断地将个人经历与历史融为一体，使自己成了"战争编年史家"①。

　　塞利纳的第一个"三部曲"中，《茫茫黑夜漫游》《分期死亡》是塞利纳小说中影响最广、研究最多的两部作品。《茫茫黑夜漫游》从其形式与影响方面又完全不同于其他小说，塞利纳承认这部作品是"唯一一部真正恶毒的书"②。小说主人公费尔迪南·巴尔达缪的名字来源于"barda"和"mu"两个单词，意即"移动的军用背包"，从小说的开端，战争与漫游两个主题便清晰地呈现出来。医科大学生巴尔达缪先是冲动之下参军，经历战争之后又不断伺机逃亡，最终因伤复员到了巴黎后方医院，恢复之后他又踏上了前往非洲殖民地的航船，却因受不了殖民地的封闭环境而逃亡美国。在美国四处

────────────

① Philippe Destruel: *Louis-Ferdinand Céline*, Paris: Armand Colin, 2005, p. 14.

② Collin W. Nettelbeck: «Journey to the End of Art: The evolution of the novels of Louis-Ferdinand Céline», in *Publications of the Modern Language Association of America* 87(1): 80, January 1972, p. 80.

碰壁之后,巴尔达缪决定回到法国继续学业,最终成为巴黎郊区的医生。在他一系列的冒险经历中,罗班松如同影子一般跟随着他,回到巴黎后,罗班松因卷入谋杀案而被炸伤双眼,巴尔达缪从中牵线将其送往图卢兹。罗班松与未婚妻玛德隆从图卢兹到巴黎,找到了成为精神病院医生的巴尔达缪。因为罗班松对玛德隆的冷漠,玛德隆开枪射杀了罗班松,主人公的叙事也就此终止在塞纳河。塞利纳的第二部作品在写作时间上紧密承接第一部。《分期死亡》如同《茫茫黑夜漫游》的史前史,由郊区医生、已经成为作家的费尔迪南回顾自己的童年和少年,在世纪之交艰难成长的孩童形象跃然纸上。在不停抱怨的母亲与性格暴躁的父亲组成的家庭里,小费尔迪南没有任何温暖可言,只有外婆给他带来些许快乐,但是外婆的去世使他不得不独自面对刚刚开始的商店雇员生活,却每次都以灾难式的结果告终。父母不得不把他送往英国学习语言,他在英国却一直沉默以对,两手空空回到法国。在爱德华舅舅的帮助下,小费尔迪南进入了科学家库尔西亚的杂志社,库尔西亚在飞行与种植等一系列失败的实验之后,选择了自杀,小费尔迪南也回到了巴黎做出了参军的决定,这一结局恰好呼应了《茫茫黑夜漫游》的开端。《分期死亡》中的语言并不像《茫茫黑夜漫游》一样丰富,其用语的文学性也更加减弱,大量的省略号的使用使口语语言变得更加生动逼真,塞利纳正是通过这样建立起了自己的"情感式风格",也被称为"花边式风格":"读者会感觉到好像有人在他的脑子里给他读书!……在他自己的脑子里!"①《前线》是塞利纳小说中篇幅最短的一部,它承接《分期死亡》开启的战争场景,记叙了主人公参军入伍后第一个晚上所发生的事件,但是仓促收尾。《前线》写作于1936—1937年间,时间上与《分期死亡》相隔很近,有分析认为塞利纳此时抛弃了小说的写作计划,开启了"小册子"时代。②自《茫茫黑夜漫游》起,塞利纳所构建的"悲惨世界"里便充斥了如末日降临的死神之舞,其悲观的态度在后期作品中愈加明显。

　　塞利纳小说中的两部上下卷,《木偶戏班Ⅰ》《木偶戏班Ⅱ》与《别有奇景Ⅰ》《别有奇景Ⅱ》分别讲述了主人公在伦敦的流亡经历以及蒙马特轰炸的情景。《木偶戏班Ⅰ》出版于1944年,与《分期死亡》间隔了八年时间,塞利纳以此为标志从"小册子时代"回归了小说创作。《木偶戏班Ⅰ》以世界末

①　Louis-Ferdinand Céline: *Entretiens avec professeur Y*, Paris: Edition Gallimard, 2001, p. 122.

②　Collin W. Nettelbeck: «Journey to the End of Art: The evolution of the novels of Louis-Ferdinand Céline», in *Publications of the Modern Language Association of America* 87 (1): 80, January 1972, p. 82.

日般的"轰炸奥尔良桥"的场景作为开端,继续《分期死亡》结尾的参军情节,叙述了主人公因伤复员之后逃亡伦敦,先后寄居在皮条客卡斯卡德家与当铺老板克拉本家。费尔迪南先是因爆炸事件逃离了卡斯卡德家到克拉本家避难,后又见证了克拉本被折磨致死,小说在一场熊熊大火中结束。《木偶戏班Ⅱ》中伪装成中国人的索斯泰纳成为费尔迪南的新伙伴,他们一起到欧科勒甘上校家参加制造毒气面罩的实验。上校的侄女维尔吉妮以其纯真美好的形象使费尔迪南极度迷恋,恶人卡斯卡德与米勒·帕特的出现使维尔吉妮与费尔迪南多次陷入风险之中,最终塞利纳与索斯泰纳带着维尔吉妮一起逃离了伦敦。维尔吉妮是塞利纳作品中少有的"纯洁"与"善"的化身,也成了后续作品中主人公的妻子"莉莉"的创作基础。

《别有奇景》是塞利纳自丹麦流亡回归法国之后出版的第一部作品。为了改变读者心目中"反犹主义者"的形象,他同时杜撰了一部"访谈录"《与Y教授的一席谈》来为自己辩护。自《别有奇景》开始,作家开始使用"塞利纳"这一名字作为主人公的名字,其小说的自传性愈加明显。《别有奇景》集中描述了巴黎蒙马特的轰炸场景。《别有奇景Ⅰ》以主人公的回顾与谵妄引出了"魔鬼雕塑家"于勒这一人物,于勒不断试图勾引主人公的妻子莉莉,使其充当自己的裸体模特。在

《别有奇景Ⅱ》中，于勒居于蒙马特轰炸的中心，成了"乐队指挥"，在磨坊顶上疯狂地"指挥"着轰炸；医生塞利纳保护轰炸中的人们逃往地铁，期间有人昏倒、有人沉睡、有人发疯、有人厮打、有人死亡，人性的狂欢加入了战争轰炸的狂欢之中。《别有奇景》被称为"语言的交响乐"[①]，其情节已经退居第二位。其中不断描述一座建筑在轰炸中颤抖的情景，似乎令人感到毫无意义，但是塞利纳正是利用了这些重复构成了词汇、句式结构、叙事分配中不可替代的一个环节，这些重复成了塞利纳小说的一个新特点。[②] 在《别有奇景》时期，塞利纳的创作开始更加注重音乐性及节奏性，其语言运用也更为成熟。

塞利纳的"德国三部曲"写于1955—1961年间，《从一座城堡到另一座城堡》《北方》《轻快舞》构成了一个不可分割的整体，记叙了主人公的逃亡历程。《从一座城堡到另一座城堡》故事开始于巴黎，主人公在一场谵妄之中看到了老朋友勒维冈以及一艘载满幽灵的船，其残暴的船长卡戎正是冥河的摆渡人。这一场谵妄将他引向对西格玛林根避难期间的

---

① Philippe Alméras: « Céline: L'Itinéraire d'une écriture », in *PLMA*, Vol. 89, No. 5 (Oct., 1974), pp. 1090-1098, p. 1091.

② *Ibid*.

回忆,西格玛林根城堡中所居住的维希政府的政治人物和
1142名难民、主人公和妻子在城堡中所受到的各种威胁与
为反抗威胁而采取的应对措施成了小说描述的主要内容。
《北方》开始于巴登巴登的豪华酒店,主人公塞利纳夫妇与高
级纳粹军官以及"法奸"们住在一起,在食物匮乏的情况下,
很多人难以系命,饿死街头。塞利纳夫妇及好友勒维冈在纳
粹医生哈拉斯的帮助下到德国卫生部所在地左恩霍夫避难,
但所有的避难者相互憎恶,人们仍然面临食物匮乏和寒冷的
威胁,塞利纳发现自己处于一个敌对的环境中,因而继续向
北逃亡。《轻快舞》中左恩霍夫一干人等继续向北方的行程,
试图从罗斯托克逃往丹麦,但是他们不断地乘错火车走错方
向,在穿越废墟中的德国期间,他们经历了轰炸和各种折磨,
最终抵达了哥本哈根。"德国三部曲"中,战争成为20世纪
意识形态与历史的溃败的放大器,塞利纳以"编年史家"自
居,旨在讲述"被战胜者"[①]的历史。

　　三、 塞利纳小说的"经典性"

　　塞利纳在文学层面的"经典性",是其文学意义的集中体

---

①　Marie Hartmann: *L'envers de l'histoire contemporaine, étude de la « trilogie allemande » de Louis-Ferdinand Céline*, Paris: Société d'études céliniennes, 2006, p. 7.

现。将塞利纳视为"经典作家",主要源于其作品中的经典叙事方式、经典人物形象、经典主题构建、对经典作品的吸收以及对经典作品的影响等方面。从叙事角度来讲,塞利纳小说中具有颠覆性的叙事语言首先给传统的法国文学带来了极大的冲击,自其处女作的第一句话起,口语叙事风格便清晰地确立起来。塞利纳否定了法国传统创作中"最开始是动词"的准则,而提出"最开始是情感"[①]的观点。塞利纳认为,口语是表达情感的最直接有效的方式,他将口语、俚语等与文学语言相距甚远的表达方式作为叙事语言,创立了独树一帜的"情感地铁"的口语叙事风格,给小说的叙事带来了极大的情感张力与感染力。同时,塞利纳将陀思妥耶夫斯基式的"对话原则"与拉伯雷式的狂欢思维和狂欢视角引入叙事之中,使小说呈现出一种众声喧哗的复调效果与末日狂欢的视像,在笑与恐惧中真实准确地再现了当时的社会状况与下层人民在战争阴影笼罩之下水深火热的生活情况。对音乐情有独钟的塞利纳还以各种方式将音乐符号嵌入文本之中,加强了小说叙事的指涉能力与节奏感。塞利纳通过别具一格

---

① Louis-Ferdinand Céline: «Céline: ' Au début était l'émotion '», propos recueillis par Robert Sadoul, in *Magazine littéraire*, Hors série, N° 4, 4° semestre 2002, p. 14.

的叙事方式赋予其作品以一种明确可辨的"声音"效果，艺术地再现了生活的真实。塞利纳的叙事语言与叙事风格在法语语言及法国文学的发展方面做出了不可忽视的贡献。

在人物塑造方面，塞利纳首先塑造了一个战争背景下的"小人物"形象，通过这个"小人物"在不同时期的经历，反映了战争背景之下法国普通人的生存境遇与心理表现。塞利纳以第一人称叙述主人公的故事，以自传的方式使八部小说中的主人公之间保持着某种恒定的联系，增强了其人物的真实感。这个小人物从童年的"受害者"，成长为"流亡者"与"失败者"，最终以"编年史家"的身份将自身"挣扎着求生存"的经历融入"被战胜者"的历史之中，使其小说超越了文学价值，而呈现出现实的历史意义。这个小人物是战争期间法国大众的缩影，塞利纳通过这个主人公构建出了战时法国人普通人的文化身份。他不屈从，不盲从，不断地破除迷惑揭示真相。通过这个人物的"漫游"，作家刻画出战争中各种复杂的社会关系与生存景象，使特定历史时期的真实性与复杂性清晰地呈现出来。除主人公形象的塑造之外，塞利纳的作品因其"漫游"的主线而将战争期间各色人物都囊括其中，如同战争时期的诺亚方舟，在洪荒之中保存了世界的基本面貌。其中"女人们"与"幽灵"两类特殊群体形象极具代表意义。女性人物群体的塑造不但从侧面烘托了主人公的形象，而且对推动小说情节发展、深化小说主题思想起到了重要作用。"幽灵"等非现实人物群体的存在,构建出一个非现实的世界,使主人公穿梭于现实与非现实之间,因而能够通过非现实的世界反观现实,进而对现实产生更加深刻的思考。塞利纳笔下的主人公为生存而不断流亡与抗争的个人经历及其不断感悟的生存真谛与世界真相,引起了几代读者的共鸣,巴尔达缪的形象已成为20世纪法国文学中的经典人物形象之一。

在主题构建方面,塞利纳小说突出体现了与人类命运密切相关的"生存与死亡""时间与空间"两大主题,构建了主人公生存的世界。塞利纳的八部小说自始至终都笼罩在黑暗与死亡的氛围之中,塞利纳笔下的人物也同样是在战争与死亡的恐惧面前被吓呆了的人类。对于塞利纳来说,人自出生开始便时时刻刻承受着死亡的威胁,因此人类的生存状态即被定性为"分期死亡"。塞利纳通过生存与死亡主题揭示了战争期间的全部真相,在悲观的生死观中表达了抗争的思想,通过抗争而体现了生存的意义。塞利纳的时空观也同样具有悲观色彩,塞利纳笔下的空间,是一个充满威胁而永恒动荡的世界,人不断在封闭的空间中被禁锢,又通过不断地挣扎而逃脱禁锢,因此被赋予了一种不可避免的流亡的命运。塞利纳小说人物所处的时间则是过去与现在、真实与虚幻交替的时间，是战争期间充满了恐惧与错乱的时间。在这种时空之中，主人公唯一的出口即是"幻境"，唯有经历死亡，成为幽灵，才能逃出现实的时空抵达虚幻的自由。塞利纳通过生死与时空两大主题的书写，突出了"人性"这一中心。其小说借主人公之眼观察世界，并从人性的高度来审视世界，将"人"的意义置于一切之上，体现了作家的普世情怀。

在文本的开放性方面，塞利纳的小说首先通过不断地吸收经典文本而达到自身的成熟。拉伯雷式的狂欢、普鲁斯特式的时间、左拉式的现实描写，以及自荷马以来的游历主题传统、以康拉德为代表的非洲殖民地描述等，都以互文交织的形式呈现在塞利纳的小说文本之中。塞利纳小说通过对法国以及世界的经典文本的吸收、转换与整合，使自身文本内部呈现出一种强大的文学指涉能力。同时塞利纳又对后世作家产生了极其重要的影响。萨特以塞利纳《教会》中的一句话——"这是一个在集体意义上无足轻重的小伙子，他仅仅是一个人而已"①——作为其代表作《恶心》的题词，其主人公的设定很大程度上也受到了《茫茫黑夜漫游》中巴尔达缪形象的影响。日本诺贝尔文学奖获奖者大江健三郎也

---

① 萨特：《恶心》，杜长有译，北京：中国友谊出版公司，1993年，扉页。

同样坦承塞利纳《轻快舞》中"加油,小子!"的精神,给他的创作带来了鼓舞与灵感,甚至将《轻快舞》的文本大量直接引用到自己的《静静的生活》之中,通过分析与模仿对塞利纳的斗士精神表达敬意。比利时作家阿梅丽·诺冬在处女作《杀手保健》中模仿塞利纳的叙事风格和语调,塑造出了一个性格乖张的"杀手作家"形象,因而被称为"塞利纳真正的继承人"[①]。我国作家王小波对塞利纳的"黑夜"意象情有独钟,甚至"偷来""茫茫黑夜漫游"这个小说题目,模仿塞利纳的行文基调写了一篇短篇小说。塞利纳对后世作家的影响已经由法国文学而扩展到世界文学,甚至渗透到了非文学的影视领域,其经典意义不言自明。

塞利纳的八部小说自 1962 年以来被陆续收入法国文学经典的象征——"七星文库"。关于塞利纳的研究层出不穷,其中《茫茫黑夜漫游》一直以来都是塞利纳研究界关注的焦点。法国国家图书馆收录的有关塞利纳的文献,包括有声资料共达 832 条,其中专著达 387 部,有关文本研究的

---

① http://www. lemonde. fr/idees/chronique/2010/09/27/l-ambi-ance-nothomb_1416196_3232. html # A8FMD6OylsAZSWT7.99(据 2017 年 4 月 14 日网页数据)。

专著 119 部①，并呈逐年递增趋势。目前出版的塞利纳相关著作及其主要研究方法集中在以下几个方面。

评传性研究。其中以弗朗索瓦·齐博所著三卷册《塞利纳》和菲利普·阿尔梅拉的《塞利纳：仇恨与激情之间》为代表。前者以三卷本的方式将塞利纳的人生分为三个阶段：第一卷《希望时期：1894—1932》，介绍塞利纳从出生到处女作出版时期；第二卷《谵妄与迫害：1932—1944》，讲述塞利纳人生最为黑暗的日子，第二部作品《分期死亡》出版、小册子带来的争议以及占领时期的困境；第三卷《末日骑兵：1944—1961》，回顾了塞利纳二战后经历的流亡、审判、回归以及创作的受挫，直至死亡。三卷本的《塞利纳》以翔实的资料、客观的态度介绍了塞利纳人生各阶段的真实情况，为我们了解塞利纳的人生与创作的关系提供了重要参考。阿尔梅拉的《塞利纳：仇恨与激情之间》则将塞利纳的人生与创作置于"仇恨"与"激情"两个关键词之间，深入剖析了其独特写作风格产生的社会历史原因。此外，多米尼克·德胡的《路易-费尔迪南·塞利纳之死》与亨利·戈达尔的《丑闻塞利纳》等作

---

① 此统计结果更新于 2017 年 4 月。此外，据统计，近年来塞利纳、普鲁斯特与杜拉斯成为法国高校文学博士生论文选题的三大热门，法国有关塞利纳的专著在未来一段时间将呈持续出版的状态。

品，都从不同角度将塞利纳的人生经历与创作主题结合起来，从不同侧面展现了塞利纳的文学与人生的相互关联，为我们的研究提供了多维的思考空间。

诗学研究。其中以亨利·戈达尔的《塞利纳诗学》、安娜·亨利的《作家塞利纳》等为主要代表。戈达尔的《塞利纳诗学》是较早从诗学角度系统研究塞利纳作品的专著。戈达尔从塞利纳小说的语言与风格、带有复调效果的叙事声音以及小说的自传性等角度进行分析，呈现了塞利纳小说具有创新性的语言特色与叙事风格，并深入分析了其小说中自传性与虚构性的关系，为我们进行叙事与风格研究提供了可借鉴的观点与方法。安娜·亨利的《作家塞利纳》则侧重于以哲学与美学方法探讨塞利纳的写作风格与写作技巧，并对塞利纳的几部重要代表作品进行了具体的分析，突出了塞利纳的创新性与先锋性，肯定了塞利纳对于法国文学史的卓越贡献。

语言学研究。以达尼尔·拉丁的《颠覆的小说与小说的颠覆》、弗里德里克·维图的《路易-费尔迪南·塞利纳：苦难与话语》、伊夫·德拉盖耶尔的《塞利纳与词语》等为代表。达尼尔·拉丁从俚语的使用、词汇修辞、口语取代书面语的方式、叙事话语的呈现等多角度探讨了塞利纳在小说创作过程中在风格与叙事方面做出的努力。维图的研究则以塞利纳小说中话语的功能及其与塞利纳笔下的苦难世界之间的关系为主题，具体分析了话语在人物塑造、情节发展等过程中起到的重要作用。塞利纳独特的话语模式构建出了痛苦与不幸的世界，推动着主人公走向"黑夜尽头"的旅程。德拉盖耶尔以《茫茫黑夜漫游》中的词汇风格角度探讨了塞利纳作品中文字游戏、借词、古语、创新词等词语使用与修辞方法，具体地呈现出了塞利纳作品的语言与风格特色。从语言学角度对塞利纳作品进行研究是塞利纳研究界最为传统的研究方法之一。被视为文体学家的塞利纳在词语的选择、句子的组织、修辞的使用与话语的构建角度都为研究者们提供了丰富的研究素材。塞利纳对于法语的革新不但推动了语言的发展，也为其文学创作带来了崭新的颠覆性意义。

主题研究。主题研究方面的代表性作品有皮埃尔-玛丽·米卢的《物质与光明：塞利纳作品中的死亡》、玛丽·阿尔特曼的《现代史的反面：路易-费尔迪南·塞利纳"德国三部曲"研究》、菲利普·德斯特鲁埃尔的《塞利纳，别有奇想：塞利纳作品中的人类学主题研究》等，三者分别从塞利纳作品中的死亡主题、历史主题与人类学主题方面对其创作进行阐释，深入揭示了其小说中的历史与现实意义，突出了塞利纳作品中对于人类与人道的思考，呈现出其作为经典作家的社会历史责任感。有关塞利纳作品的主题研究是近年来塞利纳研究的新趋势。越来越多的研究者开始摆脱既有的研究方式与内容,转而关注塞利纳作品中的不同主题,表明了塞利纳研究日益走向深入和成熟。除了三部代表性的著作之外,安德烈·史密斯的《塞利纳作品中的黑夜》以及塞利纳学会年会论文集《塞利纳与战争》《塞利纳作品中的法国形象》等,都从不同的角度深入探讨了塞利纳作品中的多维主题,为我们进行塞利纳作品的主题研究奠定了基础。

　　文本对比研究。如帕斯卡尔·伊弗利的《塞利纳与普鲁斯特》、苏珊娜·拉封《塞利纳及其文学伙伴兰波、莫里哀》等。《塞利纳与普鲁斯特》将法国 20 世纪两位重要作家进行对比,从其小说的历史背景、叙事主题、自传性等角度发掘二者的相似性,探讨了塞利纳对普鲁斯特的接受、吸收与颠覆,为我们了解塞利纳的创作提供了一种对比性的思考。苏珊娜·拉封的研究则结合具体的文本,从诗人兰波与剧作家莫里哀两位巨匠对塞利纳创作的影响角度进行文本对比,将塞利纳对兰波的诗歌的显性引用与隐性吸收进行系统分析;同时深入发掘塞利纳作品中的戏剧性色彩与莫里哀剧作的关联。此外,玛丽-克里斯蒂娜·贝洛斯塔在《塞利纳或矛盾的艺术》中,也将塞利纳与伏尔泰、乔伊斯、康拉德、笛福、莫里亚克等作家进行对比研究,为我们展现了塞利纳作品更为广阔的互文空间。有关塞利纳作品的文本对比研究在近年来也呈上升趋势,研究者们对于塞利纳的文学创作与文学史之间的关联性的关注不断加强,塞利纳的作品不可避免地在法国文学史上占有举足轻重的一席之地。值得一提的是,法国塞利纳学会在推动塞利纳研究发展方面起到了重要的作用。除了每年召开学术会议、出版会议论文集之外,该学会还经常资助有关塞利纳作品的学术专著的出版。众多研究专著的出版已经表明塞利纳的文学创作具有其独特的魅力与吸引力,而其丰富的文学意义还有待更多的研究者不断地发掘。

我国对塞利纳的研究始于 1987 年,柳鸣九教授的论文"廿世纪流浪汉体小说的杰作:论《茫茫黑夜漫游》"①。相较于法国的塞利纳研究来说,国内的塞利纳研究起步较晚,刘波等学者在 2007 年曾指出,塞利纳是"在西方评价甚高而在我国备受冷落的作家"②。由此可见,自 1987 年柳鸣九教授的译介至 2007 年的 30 年间,塞利纳研究在国内的发展并不乐观,根据中国知网数据统计,此间直接与塞利纳相关的文献共 17 篇,其中硕士论文 1 篇,学术性论文 11 篇,介绍性、

---

① 柳鸣九:"廿世纪流浪汉体小说的杰作:论《茫茫黑夜漫游》",载《外国文学研究》,1987 年第 4 期,第 27—32 页。

② 尹丽、刘波:"2001—2005 年中国的法国文学研究",载《四川外语学院学报》,2007 年第 3 期,第 65 页。

新闻性、短评性的文献 5 篇。而 11 篇学术性论文中有 5 篇出自柳鸣九教授之笔，有学术与译介相结合的特色；其中还有以介绍克里斯蒂瓦卑贱理论而关注塞利纳的论文 1 篇。塞利纳在中国译介、研究的前三十年呈现出介绍性为主、发展缓慢、关注学者较少的特点。2007 年至 2017 年的 10 年间，研究的学术性相对增强，并开始有国内研究者将塞利纳及其作品作为硕、博士论文的研究对象，塞利纳研究的重要性日益体现。据知网统计，此间直接以塞利纳为主题的学术论文共有 9 篇，本课题的阶段性成果占其中 6 篇；以塞利纳为研究对象的硕士论文 3 篇，博士论文 1 篇。据中国国家图书馆截至 2017 年 4 月收藏的文献分析，尚无塞利纳研究相关的专著收录记录。从国内的译介角度来看，现有《茫茫黑夜漫游》（一译《长夜行》）译本两部，并先后出版了六个版本①；《死缓》译本一部，金龙格译，2016 年漓江出版社出版。

---

①　《茫茫黑夜漫游》第一个中文译本出版于 1988 年（沈志明译，漓江出版社出版），台湾林郁出版社 1994 年也同样出版沈志明的译本。随后《茫茫黑夜漫游》由徐和瑾重译，1996 年于上海译文出版社出版，译名为《长夜行》，同年底上海译文出版社又将此书收入"20 世纪外国文学丛书"中再版。随后译者沈志明编选《塞利纳精选集》，收录《茫茫黑夜漫游》及塞利纳另外几部著作的选本，2000 年于山东文艺出版社出版。北京燕山出版社 2008 年将《茫茫黑夜漫游》收入"世界文库丛书"重新出版。

从目前国内的译介与研究状况来看,关于塞利纳本人及其作品的研究在中国虽然已经存在,但仍处于起步阶段,并且作品研究主要集中在对《茫茫黑夜漫游》的探讨。塞利纳作为20世纪法国文学史上一位重要作家,虽然由于其政治观点导致其文学作品的价值在法国及世界未得到较为公正的评价,但塞利纳逝世之后,其作品被收入法国"七星文库",法国文学界已经为其"正名",中国紧随其后引进塞利纳的小说作品也同样是对塞利纳本人及其作品的一种肯定,因此,目前对其作品进行具体、整体的研究,将是对我国法国文学史研究方面的一个有益补充。

四、 研究方法与研究思路

本书以法国文学符号学理论为主要研究手段,力图呈现塞利纳小说创作的风格与特色,进而挖掘其中的文学意义与历史价值。我们选择法国文学符号学理论作为本课题的方法论,旨在通过符号学强有力的意义阐释方法,直接切入塞利纳文学作品,呈现出塞利纳文本的价值与意义。法国符号学被定义为"以意指过程整体为研究对象的一门科学"[1],其

---

① Jean-Marie Klinkeberg: « sémiotique », in *Dictionnaire du littéraire*, Paris: PUF, 2002, p. 547.

研究"更专注于'意义的呈现',而非意义本身,并且旨在展示意义如何为我们所'认知'"①。因此,我们在研究中将塞利纳文本中的表层与深层结构以及意义的呈现过程作为研究重点,运用法国文学符号学中的复调性与狂欢性、同位素性、形象性、互文性等具体研究方法与手段,对塞利纳文本进行详细而深入的剖析,从不同侧面挖掘塞利纳小说作品的文学性、思想性与社会历史观,从而展现其文学意义与历史价值的呈现过程,为正确理解塞利纳的小说作品提供一种可行性的阐释。

本书共分四个章节:塞利纳小说的叙事特色、主题书写、人物形象的塑造与文本开放性研究。

第一章塞利纳小说的叙事特色研究,以复调理论和狂欢化理论为研究方法,其中包括对塞利纳小说作品中展现的叙述声音、叙述视角、叙述维度的研究等,旨在从叙事角度展示塞利纳作品的"颠覆性"特点。塞利纳小说的"颠覆性"首先是来源于其独具特色的语言。口语与文学语言的冲突、不同语体层次之间的冲突形成叙述声音的多样性,从而构成一种众声喧哗的复调效果。叙事声音的多样性在其后的著作《分

---

① A. J. Greimas & J. Courtés, *Sémiotique: Dictionnaire raisonné de la théorie du langage*, Paris: Hachette, 1979, p. 344.

期死亡》《轻快舞》中体现得尤为明显。塞利纳的八部小说作品叙述视角具有明显的狂欢性。塞利纳小说内容中充满对上流社会和上层阶级的讽刺，并借助战争背景，以文学方式对上层阶级的地位进行颠覆，构成了一场"战争的狂欢"。与之相结合的叙述维度，即小说的时间维度和空间维度都更切合作品的狂欢特性，"战争时期"这一特殊的时间背景和塞利纳经常选取的外国、大海等特殊空间背景相结合，同样为小说的狂欢性和颠覆性的产生提供了可能性。

第二章主题书写研究，以文学符号学理论中的"同位素性"为主要方法，对塞利纳作品中的"生存与死亡""时间与空间"两大主题进行分析，目的在于探讨塞利纳小说作品对特定时期社会文化的折射与反映，对整个战时欧洲文化形象和历史现实的思考。文学作品中反复出现的主题观念既代表了作者的世界观，又为我们理解文学作品提供了一个可依据的视角。塞利纳的八部小说其共同特点在于全部以战争为背景，并展现了这一特殊时代背景之下资产阶级意识的特殊性，以及作者在战争中的悲观情绪所引起的末日情结。作为亲历两次世界大战的见证者，塞利纳小说的主题更加贴近历史现实，在八部小说中，塞利纳更全部以第一人称进行叙述，犹如对历史的临摹与再现。

第三章人物形象的塑造，以文学符号学理论中的"形象性"理论为切入点，对小说人物形象的塑造过程与意义进行分析。塞利纳的八部小说从整体上来看都在力图构建一个战争时期"法国人"的文化符号。各部小说中的主人公及形形色色的人物形象具有不同的符号功能，但每个人物都是这个"法国人"文化符号系统中的一个组成部分。战争使得人们流离失所的同时也不断地进行文化融合。这种被动的、带有侵略与被侵略关系的文化融合同样引起了战争期间人们对身份的焦虑，不断的"逃亡"成为塞利纳主人公身上的重要标签。由"逃亡"而引起人物命运的不同发展和人物性格的转变，构成了塞利纳小说中人物符号系统的明显特色。塞利纳通过关注其笔下人物的身份、性格与命运，展现出战争时期法国乃至整个世界的迷惘与恐慌。

第四章文本开放性研究，主要从互文性理论角度出发，对文本进行网状阅读，考查塞利纳八部小说之间的互文关系、塞利纳作品与法国文学传统的关系、美国文学对塞利纳作品的影响以及塞利纳作品的"东方之旅"，即塞氏小说对日本作家大江健三郎创作意识的影响。塞利纳的小说作品与世界文学史及其同时期作家的作品有着不可分割的关系。我们通过选取代表性互文本，采取互文性理论中具体的戏拟、模仿、转换、引用、影响等分析手法，对塞利纳小说作品作整体分析，从而阐明塞利纳小说艺术力量的来源及其在文学史上的重要价值与意义。

通过以上四个方面的研究，我们力求呈现塞利纳小说创作的基本样貌，揭示其作品在文学上的深层价值与意义，试图从文学层面给予塞利纳小说以正确的定位，同时为国内的研究者、读者提供解读塞利纳小说的一种参考。我们的研究过程中存在着一定的困难。在研究内容方面，目前国内对塞利纳的译介与研究资料较少，本研究涉及大量外文原文资料，在翻译、整理、选择与阐释的过程中存在一定的难度；在研究方法方面，将符号学这门复杂的学科作为方法论应用于具体的文学文本研究，理论的选择与适用都并非易事。因此，对于本研究中可能存在的错误与疏漏，恳请学界前辈与同仁们批评、指教！同时仍期待能够以此研究抛砖引玉，促进我国对于塞利纳这位20世纪法国文学经典作家的研究进一步发展。

第一章　塞利纳小说的叙事特色

塞利纳的小说叙事是研究界关注的一个焦点问题。从表面上看,塞利纳的小说结构松散,情节凌乱,似乎让人很难找到主线。但是塞利纳却以这种方式勾画了一个阴森冷酷的世界,展示了社会生活中腐败、凋敝、荒淫、堕落的画面,以讽刺的风格写尽了世态人情,把重大事件穿插在了日常生活中间,塑造出有血有肉的、活生生的人物形象,给读者留下了深刻的印象。[①] 甚至有评论认为,"没有人,甚至普鲁斯特也没有对这个世纪的文学产生过塞利纳这样大的影响[……]这

---

① 　沈志明:《罕见的天才塞利纳》,参见沈志明编选:《塞利纳精选集》,第20页。

位小说情节混乱的作家,给法国的想象带来了一场革命"①。在承认塞利纳"情节混乱"的同时,评论家们却一致认为塞利纳的小说因其"新的艺术尝试"②而具有了独特的叙事视角、策略与风格。③ 塞利纳的"新的艺术尝试",实际上是基于法国古老的文学传统,呈现出拉伯雷式的复调风格与狂欢叙事。但是塞利纳在拉伯雷的基础上进行了革新,将拉伯雷式的复调狂欢与战争背景结合起来,揭露出战争背景下世界末日般的、充斥着死亡威胁的狂欢;与此同时塞利纳将自身的"音乐激情"融入写作之中,给作品增添感情力量的同时,又通过音乐符号的强大指涉能力,增强了其文字的感染力。本章中我们将从复调效果、音乐符号、狂欢思维和狂欢视角的角度对塞利纳的叙事进行多层面的分析,以期揭示其小说文本内部的叙事特征,并发掘塞利纳叙事过程中的创新及其与小说主题之间的关联。

---

① Robert Poulet: «Les décombre d'un monument», in Jean-Pierre Dauphin, *Les critiques de notre temps et Céline*, Paris: Garnier frère, 1976, pp. 127 - 128.

② André Rousseaux: "Le cas Céline", in *Figaro* [Paris], 10 décembre, 1932.

③ Nicolas Hewitt: *The Golden Age of Louis-Ferdinand Céline*, New York: Oswald Wolff Books, Berg Publishers, 1987, p. 1.

　　巴赫金的对话主义与复调理论首先是从社会语言学角度对文学的一种阐释方式。巴赫金将音乐领域的复调应用于文学理论,使其代表"声音与视角的多样性与思想的多样性,而思想与承载它的声音是不可分割的"①。巴赫金理论的根基是对话性,复调正是对话主义在文学文本中的具体展现。② 巴赫金的复调理论强调复调小说中的人物独立思想意识的产生,这种意识的产生与人物所生存的社会环境、文化环境密切相关。不同的人物意识代表了不同的文化领域与社会阶层,由此而产生的异质性构成了小说中声音的多样性。格雷马斯的《符号学词典》中"社会符号学"词条认为,社会符号学所关注的工作有两个方面,即语言结构与社会结构的共变研究与语言交际的社会语境研究。③ 从其本源上来看,巴赫金的理论关注的是语言符号、文化符号等在文本中

---

　　①　Nicolas Hewitt: *The Golden Age of Louis-Ferdinand Céline*, New York: Oswald Wolff Books, Berg Publishers, 1987, la 4ᵉ couverture.

　　②　笔者就巴赫金的"对话性"和"复调性"之间的关系问题,与山东师范大学外国语学院胡学星教授通信进行了探讨。胡学星教授认为,关于"对话性"和"复调性",巴赫金的作品中有时将这两个概念混淆使用,而"复调性"更强调的是效果,相对而言的"对话性"则强调作者创作时候的一种手法。

　　③　A. J. Greimas & J. Courtés, *Sémiotique: Dictionnaire raisonné de la théorie du langage*, Paris: Hachette, 1979, p.355.

的呈现形式与异质冲突，因此从广义的角度来讲，我们可以将其归于社会符号学的研究领域。

第一节　复调效果的多维体现

塞利纳自代表作《茫茫黑夜漫游》出版起便引起了文学评论界的强烈反响。1932 年 10 月 29 日《世界报》刊登的评论文章提出了一个越来越引起注意的问题："这本书与众不同的力量来自何处？"文章认为，"是作品的风格赋予了这本书辛辣的特色，甚至赋予了它全部的力量。作者以口语风格讲述了一个来自平民的主人公的遭遇。一种风格，就像是交谈或对话……"[①] 从巴赫金对话理论角度来看，交谈或对话的风格，是读者对小说中人物声音的强烈感知。人物声音的产生，是作者运用对话主义原则进行创作的产物，这种创作手法形成了"声音与视角的多样性与思想的多样性"[②]，使读

[①]　Georges Altman: *Le goût de la vie. Un livre neuf et fort: Voyage au bout de la nuit. Le Monde*, le 29 octobre, 1932.

[②]　M. Bakhtine: *La poétique de Dostoïvski*, Traduction de Isabelle Kolitcheff, Préface de Julia Kristeva, Paris: Edition du Seuil, 1970, la 4ᵉ couverture.

者在阅读的过程中明显地感受到小说文本中"众声喧哗"的复调效果。塞利纳研究的权威、法国学者亨利·戈达尔认为,复调性是塞利纳小说的重要特色。其小说复调效果的产生与小说的创作背景密切相关。复调首先是社会语言中的一种现象,小说的复调来源于社会语言的复调。小说创作的繁荣时期,社会语言同样也表现出复杂的多样性。[①] 反映到小说创作中,小说人物语言与思想意识呈现出众声喧哗、冲突不断的特色,小说的主人公则会更清醒地意识到自己的声音以及与这种声音相互联系的自己的身份。

塞利纳的创作背景为其复调性的产生提供了有利条件。首先,塞利纳小说具备了成为复调小说的社会因素。塞利纳的小说创作于两次大战期间及战后初期,这一时期是法国历史上的一个"大转折"时期。经过第一次世界大战洗礼的法国刚刚从战争的创伤中恢复过来,却又立刻经历了经济危机的重创,生产力下降、工人失业,由经济危机引发的政治问题昭然若揭,法国由一个盲目狂热的时期过渡到了一个内忧外患的年代。接踵而至的第二次世界大战又使法国处于动荡不安、危机重重的状态之中。社会危机在文学上的表现之一

---

① Henri Godard: *Poétique de Céline*, Paris: Edition Gallimard, 1985, p.127.

便是历史小说与长河小说成为文学创作的主流。作家们开始关注社会、思考日益突出的各种社会问题，并利用文学的形式来探讨解决的途径。[①] 从文学作品的主题来看，对第一次世界大战的回忆成为两次大战之间法国文学的主要内容。塞利纳小说也正体现了这一时期的各种复杂意识，全面地反映了当时的社会状况：战争、殖民地问题、工业化的推进以及郊区人民的贫苦境遇。其次，塞利纳个人经验及其通晓多种语言的优势也成为其小说可能产生复调性的一个重要因素。塞利纳的小说基本上按照自己的生涯布局，其历史、地理、政治、经济、社会背景总体上无一不是作者所经历的，但又是完全虚构的：童年、学生、学徒、当兵、打仗、复员、游历、求学、行医、涉笔、流亡、被捕、入狱、归来。[②] 这一过程中塞利纳接触了形形色色的人物，因此呈现在小说中的语言层次混杂，同时又形象生动地突出人物特色；塞利纳自幼学习英语、德语等语言经历，不仅为他环游世界提供了前提，同时使他在写作之中能够游刃有余地插入外语，在增强异域风情效果的同时，也促成了小说语言异质性的产生。这一切都为塞利纳小

---

① 徐真华、黄建华：《理性与非理性——20世纪法国文学主流》，北京：外语教学与研究出版社，2000年，第1页。

② 沈志明：《罕见的天才塞利纳》，参见沈志明编选：《塞利纳精选集》，第16页。

说创作中复调性的产生提供了可能。下文将从语言、人物思想意识、作者叙事视角等角度来探讨塞利纳小说的复调效果。

一、 语言层面的异质性冲突

塞利纳作品的语言风格是塞氏小说最为明显的特征。塞利纳的小说中充斥了大众语言、俚语、科学术语等等各具特色的语言形式。各种语言层面构成的意识冲突赋予了小说独特的表达力量，亨利·戈达尔在对塞利纳作品的复调效果进行研究时，也把塞氏作品的写作语言作为了主要研究对象。下面我们将首先从语言角度出发研究不同层次的语言所带来的复调效果。

亨利·戈达尔认为，塞利纳运用口语和大众语言进行写作，这种选择本身就引起了一种复调效果。因为采取口语和大众语言作为叙事基础，便与先前书面语的文学形式形成了一种对抗关系："法国的文学传统的力量异常强大，因此人们从来不会使用口头语言与之对抗。在读者看来，每一个词都体现了其'标准的'对应者，每一个片段都体现了句子的整体意义，都应该是完成性的。任何大众口语的特色都不可能起到其原本的作用，而是作为一种否定形式或是被拒绝的形式呈现出来。在这一传统中，任何脱离书面语言的特色都不可能在没有特定背景的情况下出现在文本之中。在法语中,口头语言用于书面语本身就引起了一种复调效果"①。塞利纳小说中,口语语言与书面语言之间的冲突所造成的复调性,主要体现在一个词或一个陈述中有两种共存的意向。叙述者的每一句话都像是针对一个潜在的、怀有敌意的对话者。为了为自己辩护,他所使用的每一个词都直接针对他人的话语。其陈述本身之中便存在两种观点的冲突。关于这一点,我们可以借戈达尔多次提到的一个例子进行分析。在《塞利纳的诗学》一书中和为《文学杂志》塞利纳专刊撰写的文章《声音中的声音》②中,戈达尔都强调了《茫茫黑夜漫游》第一个句子所体现的复调效果及其意义。戈达尔指出,"《茫茫黑夜漫游》的第一句话便将书面法语作为不可见的攻击对象。随后的每一个句子像是针对各种指责所作出的回应。"③下面我们就《茫茫黑夜漫游》开端中所采取的叙事方式来分析口头语言与书面语言构成的冲突及主人公/叙事者与潜在对话者

---

① Henri Godard: *Poétique de Céline*, Paris: Edition Gallimard, 1985, pp. 129 - 130.

② Henri Godard: «Les voix dans la voix», in *Magazine littéraire, Hors-série, Louis-Ferdinand Céline*, 2002, p. 58.

③ Henri Godard: *Poétique de Céline*, Paris: Edition Gallimard, 1985, p. 132.

之间的对话效果。《茫茫黑夜漫游》的第一段中,塞利纳写道:

> 事情是这样开始的。我可从未说过什么。什么也
> 没说过。是阿蒂尔·加纳特让我说的。阿蒂尔,一个大
> 学生,和我一样是学医的。[①]

塞利纳在第一句话中使用了口头语言"Ça"(*Ça a débuté comme ça.*)而不是书面语中应该使用的"Cela",从而确立了口头语言的叙事风格以及叙事者的身份,读者很容易从这句话中联想到标准的书面用语,书面语被口语所压制,因此产生了一种矛盾和潜在的冲突。而后叙事者马上又开始为自己辩护:"我可什么也没说。是阿蒂尔·加纳特让我说的。"每一句话都像是在回答某种质问,每句话中都隐含着某种问题。在叙述者看来,他所面对的对话者仿佛是一个敌人,即使他的好奇心也带有恶意。潜在的对话者即"他者"的出现,使小说产生了对话性的空间,由此产生了主人公——叙述者与潜在的对话者之间的一种对话。我们可以明显地在这种看似独白的形式中真切地体会到对话效果。

---

① Louis-Ferdinand Céline: *Voyage au bout de la nuit*, Paris: Edition Gallimard, 2011, p. 1.

　　口语语言直接带来的对话效果还体现在直接引语的使用方面。塞利纳通过引用不同人物的话语而使口头语言亦体现出不同的层次，从而使文本中产生了不同的声音。《茫茫黑夜漫游》不同于塞利纳其他作品的一个特色就是直接引用大段的人物独白，直接复制口语效果。除了主人公巴尔达缪的独白不断出现以外，其他人物的独白也同样引人注目。塞利纳通过不同的人物身份及其与之相关的语言层次来描述同一个问题，从而产生了一种"降格"的效果。降格是巴赫金狂欢化理论中狂欢思维的具体表现形式之一。巴赫金认为，"狂欢节语言的一切形式和象征都洋溢着交替和更新的激情，充满了对占统治地位的真理和权力的可笑的相对性的意识。独特的'逆向''相反''颠倒'的逻辑，上下不断易位、面部和臀部不断易位的逻辑，各种形式的戏仿和滑稽改编、降格、亵渎、打诨式的加冕和脱冕，对狂欢节语言来说，是很有代表性的。"①降格亦即贬低化，它同样具有双重性的特征："贬低化为新的诞生掘开肉体的坟墓。因此它不仅具有毁灭、否定的意义，而且也具有肯定的、再生的意义：它是双

---

　　① 巴赫金：《巴赫金全集》第六卷，李兆林、夏忠宪等译，石家庄：河北教育出版社，1998年，第13页。

重性的,它同时既否定又肯定。"①在戈达尔看来,降格手法同样也是复调多声部的表现之一②。我们试通过《茫茫黑夜漫游》中有关大段人物独白的例子来体会降格手法所引起的复调性效果。

塞利纳在有关战争的部分中描述了后方军医贝斯通的爱国情绪:

> 朋友们,法兰西信任你们,法兰西是个女人,最漂亮的女人!"主任医生唱起了高调。"法兰西指望的是你们的英雄主义! 法兰西是最卑鄙、最可恶的侵略的牺牲品,有权要求自己的儿子们报仇雪恨! 恢复领土完整! 即使作出最大的牺牲也在所不惜! 在这里,我们将各自履行自己的义务! 我们的科学属于你们! 它是你们的科学! 它的全部本领都应当用于恢复你们的健康! 请你们诚心诚意地帮助我们! 我知道,你们已经把自己的诚心诚意交给了我们! 希望你们不久就能重返岗位,同你们战壕中的亲密战友并肩战斗! 你们的岗位是

---

① 巴赫金:《巴赫金全集》第六卷,第26页。

② Henri Godard: *Poétique de Céline*, Paris: Edition Gallimard, 1985, p. 134.

神圣的！是为了保卫我们可爱的土地。法兰西万岁！前进！①

紧接着叙述了巴尔达缪及其他伤员们对这番"爱国热情"的感受：

　　我试图回忆和理解这位双目炯炯有神的医生刚才所讲的一番话的意义，但当我仔细考虑这些话时，我非但不感到伤心，反而觉得这些话讲得妙极了，使我对死感到厌恶。……几个月来，世界上习以为常的狂热已经增长，而且幅度很大，以致人们的生存不再有任何稳定的基础。②

在经历过战火硝烟的伤员眼里，后方的爱国情绪已经到了夸张的程度，因此尽管贝斯通舌灿如花，他的演讲也只是让伤员们觉得是"一种侮辱"，贝斯通的爱国情绪丝毫不能使伤员们受到感染。但是时隔不久，同样的"爱国情绪"又在主

---

① Louis-Ferdinand Céline: *Voyage au bout de la nuit*, Paris: Edition Gallimard, 2011, p. 86.

② *Ibid.*, p. 87.

人公巴尔达缪的话语中出现：

> "我问您，巴尔达缪，在精英这种主体身上，能够激起利他主义并且迫使其不容置疑地表现出来的已知的最高体会是什么呢？"
>
> "是爱国主义，主任！"
>
> "啊！您瞧，这可是您说的！您完全理解我的意思……巴尔达缪！爱国主义及其必然结果，荣誉，只是它的证明！"
>
> "对！"①

然而导致巴尔达缪说出"爱国主义"的动因，并非爱国情绪的驱使，而是在后方的"战场"上，"完全不是英雄的人们，得装出英雄的样子，否则就得忍受奇耻大辱的命运。"②因此巴尔达缪这样的表述，完全是出于自我保护，"爱国主义"变成了他逃避死亡的挡箭牌，失去了贝斯通所表达的含义。塞利纳通过不同的人物表达同一个概念，同时又通过降格的手

---

① Louis-Ferdinand Céline: *Voyage au bout de la nuit*, Paris: Edition Gallimard, 2011, p. 94.

② *Ibid*., p. 91.

法使其中出现了不同的声音，这些不同声音的并置，体现出了强烈的复调效果。

在塞利纳的第二部作品《分期死亡》中，由语言构成的复调效果也不容忽视。《分期死亡》从内容上来看是对《茫茫黑夜漫游》故事的"前传"补充，其主人公所面临的悲惨境遇近乎相同，作者的语言表述也采取了相同的方式，并将《茫茫黑夜漫游》的风格进一步发展。《分期死亡》的后半段，发明家库尔西亚迷恋于种植"巨型土豆"，并且将这种疯狂的"理想主义"视为"世界的需求"：

> 个体已经完蛋了！……他们永远也搞不出任何东西了！……我们现在最适合做的是面向家庭！一劳永逸，永远面向家庭！一切为了家庭！一切通过家庭！……①

这是库尔西亚向"法兰西那些焦虑的父亲们"发出的"强烈呼吁"，他幻想通过自己的发明来实现"小幸运儿"们的基础教育、中等教育和"实证主义、畜牧学及蔬菜种植学"的高

---

① Louis-Ferdinand Céline: *Mort à crédit*, Paris: Edition Gallimard, 2011, p. 524.

等教育。这种理想主义的种植发明活动并没有给他们带来成功，反而使他们饥寒交迫，以至于参与其中的孩子们不得不偷盗食物。最后警察为他们的"发明活动"做出了定性：

> 下个周末我再来找你们所有的人！你们的胡闹已经闹够了！令人发指！我们早就警告过你们！……礼拜六，你们全都去区里！你们的事情所有人都知道是怎么回事了！……要是我再看见你们的小流氓中有人在外面游荡……要是他们离开这个小村子……他们会立刻被送进监狱！立马！明白了吗？……我的话都听明白了吗？……①

　　疯狂而理想主义的"科学家"库尔西亚及其发明活动的参与者被视为"流氓"，而他们所从事的发明被降格为"胡闹"。两种不同的意识对科学活动的看法大相径庭。塞利纳在这里将"科学家""理想主义"的语言表达，降格为警察口中生硬的"胡闹"的处理方法，将库尔西亚眼中的"幸运儿"变成了警察口中的"小流氓"，体现了两种鲜明而不同的声音。人

---

① Louis-Ferdinand Céline: *Mort à crédit*, Paris: Edition Gallimard, 2011, p. 539.

们在为科学家的疯狂发笑的同时,也感受到了他的"理想"被扼杀的痛苦心情。不同的语言层次在同一文本中出现,代表了不同的声音和意识,而塞利纳以降格的手法将各种层次的声音排列在一起,使之产生了复调效果的同时又体现了反讽的意味。

塞利纳的作品中出现了大量的科学术语,尤其是医学用语。这当然与塞利纳个人的医学经验是分不开的,但是在作品中使用医学术语的原因却并不是作者习惯使然,而是为了达到一种讽刺的目的,正如戈达尔所说:"科学术语的应用并不是为了使小说显得科学严谨,而是为了造成一种反面效果,针对并不熟悉相关领域的读者而言,纯粹的医学术语的应用产生了诙谐讽刺的效应。"[1]我们可以通过以下段落分析医学术语的复调效果。《茫茫黑夜漫游》中巴尔达缪成为巴黎郊区医生之后,为了给小患者贝倍尔治病,来到了比奥迪雷·约瑟夫研究所,请教伤寒病专家帕拉宾:

> 帕拉宾得知我遇到的难题之后,非常想帮我的忙,
> 对我棘手的治疗进行指导,只是在二十年中,他看到过

---

① Henri Godard: *Poétique de Céline*, Paris: Edition Gallimard, 1985, p. 140.

无数<u>伤寒</u>病例,而且五花八门,往往互相矛盾,所以现在
要他对这一如此普通的病例及其治疗方法提出一点明
确毫不含糊的看法实在是困难重重,甚至简直是没有
可能。

　　"首先,亲爱的同行,您是否相信<u>血清</u>?"他先是对我
提出问题。"恩? 您对血清有何看法? ……还有<u>疫苗</u>
呢? ……总之,您有什么想法? ……"①

　　学者帕拉宾看似在帮忙解决问题,实则是不负责任地与
其周旋。叙述者在帕拉宾的医学术语之前的陈述也明显地
说明了这一点。这段表面吹捧的话语包含了贬抑和讽刺,对
话中的医学术语更表达了这种感情。帕拉宾在随后的对话
中也道出了真实的情况:

　　"从我来说,我可以在此对你推心置腹,这种伤寒症
使我感到极为厌恶,而且超出了任何限度! [……]我想
找个安静的小地方安静地搞搞研究[……]我想要研究
暖气设备在北方和南方对<u>痔疮</u>产生的不同影响。您对

---

　　①　Louis-Ferdinand Céline: *Voyage au bout de la nuit*, Paris: Edition Gallimard, 2011, p. 283.

此有何看法？对<u>保健学</u>呢？对<u>摄生法</u>呢？这些都是时髦课题！是不是？我相信，这项研究只要搞得得当，时间拖得长，我就会得到科学院的支持，因为科学院院士大多是老人，对暖气设备和痔疮这样的问题不会无动于衷。"①

从表面上看来，塞利纳所运用的医学术语对于某些读者成为阅读障碍，使文本显得乏味。但实际上文中所用的医学术语恰到好处地勾勒出了一个不学无术的学术骗子形象。他依靠"伤寒症"的研究生存还是依靠"痔疮"的研究来维生都是毫无差异的。帕拉宾最终匆忙下班，为的是看"高中的女学生……您要知道，她们中有的十分迷人。我对她们的腿部了如指掌。干了一天的工作，我只想看这个……"最终"在分手时，我们已经成了好朋友。"②因为此时的帕拉宾形象已经由受人崇拜的学者变成了与地痞流氓无异，亦即与郊区医生巴尔达缪的身份和思想越来越接近，医学对他来说已经不再是什么高尚的救死扶伤的事业，而是一种谋生的手段。众

---

① Louis-Ferdinand Céline: *Voyage au bout de la nuit*, Paris: Edition Gallimard, 2011, p. 286.

② *Ibid*. , p. 283.

多医学术语从这样一个人物的口中说出,其实已经失去了其原有的含义,读者没有必要去了解"血清""疫苗""伤寒症"或"摄生学"这样在普通人眼里高深莫测的术语,这些术语即便被其他的术语替换也不会影响到文本的含义。因为与这些术语直接相关的不再是治病救人,而是如何使一个学术败类保持其地位和优越的生活条件。医学术语的使用,其效果不在于给读者造成阅读障碍,而是通过医学术语本身的意义与其使用环境之间的矛盾造成一种异质冲突,读者跨越这些障碍、在一定距离之外审视文本就不难发现这些术语在特定环境中所产生的讽刺意义。正由于医学术语与叙述者所采用的口头语言之间产生了冲突,小说文本的复调效果进一步突出出来。

我们上文提到的《分期死亡》中库尔西亚"种植土豆"的情节中,也提到了一个当时非常流行的科学术语"地球电磁波"。发明家们希望通过"地球电磁波"种植巨型土豆,以建立一个名为"新世纪改革生产合作社"的"壮观的农业基地",可以保证一个孩子"连续十三年有吃有穿",并且会获得"几何电磁波工程师资格证"[①]。库尔西亚构想的美好世界也由

---

① 以上三处均见 Louis-Ferdinand Céline: *Mort à crédit*, Paris: Edition Gallimard, 2011, pp. 525 – 526.

此展现出来：

> "新世系"的孩子们边玩边从各方面接受教育，增强肺活量、心情舒畅，完全自发地为我们做一些手工劳动……很快就能上手，工作稳定，而且是无偿的……像这样毫无限制地用他们的青春热血为"新式地球电磁波"农业服务……这场伟大的变革是深层次的，来自乡村的元气！它将在大自然中遍地开花！我们都会散发出芳香！库尔西亚已经提前闻到了香气！……我们相信那些被我们收养的儿童，相信他们的热情和他们的活力，尤其是拔除杂草，连根拔除！继续开垦！……对孩子们来说这是真正的娱乐！……对成年人来说则是难熬的折磨！大量心灵手巧的小劳力到来后，德·佩雷尔就可以从低级的农耕杂事中脱身，全身心投入他的"全套偏光设备"的精致调校和没完没了的细节处理上……他就可以控制电磁波！他就可以让我们大地深处的电磁波喷涌而出，浸满所有的土地！……①

---

① Louis-Ferdinand Céline: *Mort à crédit*, Paris: Edition Gallimard, 2011, p. 526.

　　塞利纳用大段的描述来勾勒出以"地球电磁波"为核心的专业科学术语构成的美好蓝图,同样对于小主人公费尔迪南来说,这样复杂的科学术语并不是他所能理解的范围,科学语言与叙述者的语言产生了一种明显的区分,两者的意识各自凸显出来。发明家库尔西亚的形象,由围绕"地球电磁波"的一系列术语被勾勒出来,然而通过小主人公的叙述,给人的感觉却是完全不切实际的空想,库尔西亚不过是一个无法面对现实的虚伪雇主,小主人公永远无法摆脱劳无所获的命运。此处应用的科学术语,仍然不需要读者对其进行深入的解析,而只需明了库尔西亚借助科学术语构建了一个荒谬的却令自己沉浸其中的"科学世界"。作者一方面通过科学术语构建出的科学世界来与现实世界形成对立,形成两种声音与意识的冲突,将库尔西亚的"空想科学"与小主人公"劳无所获"时刻受到饥饿与死亡威胁的生活状况进行对比,突出了主人公在任何一段劳动关系中都处于同样悲惨的境遇;另一方面,最终土豆种植失败,库尔西亚同样劳无所获且因此自杀,也说明了科学幻想的失败和人们难以摆脱的死亡命运,并不会因人具有理想与科学精神而发生任何变化,字里行间表达了对这位疯狂的科学家的同情。两种声音与意识以二重奏的形式在此时表达了同一个死亡的主题,更令小说充满了悲观色彩。

二、 人物的意识与思想

在《陀思妥耶夫斯基的诗学问题》中,巴赫金将"声音"定义为一种阐释立场的具体体现。[①] 每一个陈述都代表了一种立场,一种声音,这种声音同时代表了一种世界观。当说话者意识到自己存在于众多其他声音之间时,也就意识到了自己的声音,由此产生了对话的可能性。对话性产生的一个重要因素是主人公具有了独立的自我意识。自我意识的产生形成了多种声音的并置,引起了复调效果。在复调小说中,人物因为具有了独立的意识而形成了特定的思想,小说的思想价值也由此体现出来。塞利纳小说人物具有鲜明的自我意识,其中最具代表性的是《茫茫黑夜漫游》的主人公巴尔达缪的意识。根据我们前文的分析,从小说的第一段话开始,巴尔达缪便已经摆出了自我辩护的姿态("我可什么也没说")。主人公的声音从小说行文第一行开始便清晰可辨,并且成为《茫茫黑夜漫游》独特的风格标签。巴赫金认为,复调小说中人物外部的世界都存在于人物的意识之中,人物用自

---

①　M. Bakhtine: *La poétique de Dostoïvski*, Traduction de Isabelle Kolitcheff, Préface de Julia Kristeva, Paris: Edition du Seuil, 1970, pp. 240 - 242.

己的眼睛来观察世界,具有自己的世界观。在巴尔达缪和罗班松第二次相遇时,巴尔达缪对罗班松的观察便是一个很明显的例子:

> 他约三十来岁,留有胡子……我到达时没有仔细瞧瞧他,当时我看到他的住所这么破,感到不知所措,他将把这住所留给我,我也许要在里面住上几年……但是我后来对他观察时,发现他显然有着一张冒险家的脸,脸上棱角分明,甚至可以说有个叛逆的脑袋,这种人在生活中太容易冲动,不愿意得过且过。他鼻子又圆又大,脸颊丰满,如两条驳船,对着命运啪啪作响,像是在喋喋不休。他是个不幸的人。①

巴尔达缪的这段观察看上去是一段普通的外貌描述,但是我们仔细读来便不难发现其中渗透的人物的声音。首先,"他三十来岁,留有胡子……"此时的省略号恰好复制了当时的场景,因为屋子光线昏暗,巴尔达缪不能看清对方,并且巴尔达缪初到之时的注意力全部集中在破烂不堪的住所,无心

---

① Louis-Ferdinand Céline: *Voyage au bout de la nuit*, Paris: Edition Gallimard, 2011, p. 163.

观察自己的对话者。省略号在此处恰如其分地引入了主人公的意识。而第二个省略号又将叙事视角转向了罗班松,描述他"有着一张冒险家的脸""甚至可以说有个叛逆的脑袋"。这段描述中,读者无形之中接受了巴尔达缪的主观评判,这种主观甚至使巴尔达缪得到结论:"这种人在生活中太容易冲动,不愿意得过且过""他是个不幸的人"。这段外貌描述原本地复制了巴尔达缪的心理活动,展现了主人公的意识。

主人公所具有的意识不但表现在他具有自己的世界观,还表现在他的斗士姿态上:他关心别人眼中的自己,随时准备针对对方的攻击做出反应以保护自己。巴赫金指出,在遇到使自己意识变得封闭的句子时,主人公总是会不顾一切打破封闭的局面。此时重要的不是主人公在世界上是什么,而首先是世界在主人公心目中是什么,他在他自己心目中是什么。①《轻快舞》中,德都什医生和同伴们在火车上发现了一个襁褓中的婴儿,他喊来了德国军官霍夫曼上尉。在火车这个相对封闭的环境里,主人公依然履行着医生的职责,但是却也因此面临着危险:上尉问他婴儿是否能够坚持到下一站,想救婴儿的德都什医生,却同时担心起自己的安危:

---

① 巴赫金:《诗学与访谈》,白春仁、顾亚铃等译,石家庄:河北教育出版社,1998年,第61页。

他突然照亮了我们！……一下子点燃了他的火炬……火炬的光特别亮……他看着我们……我是说，他打量着我们……确实，这是他第一次看着我们……我们也是，第一次打量他……我们四个脏兮兮黏糊糊的！……看上去实在可笑！①

突然被德国军官打量起来，不知接下来会发生什么，加之轰炸的危险时刻存在，德都什医生此时又开始想到"或许他不会让这个新生儿坚持到福斯车站，他会让我们下车?"对于一直向北方逃亡的德都什医生来说，"下车"意味着风险与死亡。此时主人公德都什的意识清晰地呈现出来，他关心着霍夫曼上尉眼中的自己，同时也不断思考着眼前情况的利害关系。为了避免提前下车的命运，他和同伴们逗弄起襁褓中的婴儿，但是无论怎么努力，婴儿不哭也不笑，随之而来的德国军官们，即使会讲法语也并不说话，"我知道，这是在参谋部，我不想问他们问题……[……]我们都曾经上过学，只要

---

① Louis-Ferdinand Céline: *Rigodon*, Paris: Edition Gallimard, 2012, p. 102.

沉默就好。"①这种沉默的氛围逐渐将主人公的意识封闭起来。这时主人公的意识开始觉醒,他决定以说话的方式打破沉默及其带来的危险:

　　　　"我们还在前进,不是吗?"
　　　　"我们离开隧道了……"
　　　　"棒极了,上尉!"
　　　　我不想有怀疑的神情。
　　　　"棒极了!……棒极了!……"②

　　"棒极了"的表述一语双关,一方面火车已经被修好,飞机轰炸并没有回来;另一方面,主人公的意识又重新与外界沟通,使他感到如释重负。但是紧接着,霍夫曼上尉要求单独与他谈话:"上尉要和我说话……和我本人!……和我一个人!……我们在亮光里走着……"③然而这种意识开放的兴奋性并没有持续,事态急转而下,霍夫曼上尉要求他们一

---

① Louis-Ferdinand Céline: *Rigodon*, Paris: Edition Gallimard, 2012, p. 103.

② *Ibid.*

③ *Ibid.*, p. 105.

行在奥格斯堡下车。而后主人公的意识仍要不断面对不同的封闭与开放、危险与挣扎,正是这种清晰的主人公意识,推动了小说情节的发展。

主人公清晰独立的思想意识,不但推动了情节的发展,更凸显了主人公的身份特征。一旦主人公的思想意识发生变化,其身份也会随之变化。这一点在《茫茫黑夜漫游》的主人公巴尔达缪的身上体现得尤为明显。巴尔达缪在美国的境况,集中体现了主人公意识变化与身份转变之间的关系。到达美国之后,巴尔达缪成为了底特律福特汽车厂的工人,在描写工业社会的工作状况时,他写道:

> 穿好衣服之后,我们被分成一行行拖拖拉拉的队伍,一队队犹豫不决的援军,走向传来机器的巨大轰隆声的地方。在宽阔的厂房里,一切都在震动,你自己也从头震到脚,震动自上而下,来自玻璃窗、地板和废铁。震到后来,你自己也变成了机器,浑身的肉都在这震耳欲聋的嘈杂声中微微颤动,这声音钻到你的体内,在你的脑袋里转着,搅动着你下面的肠子,又蹿到了你的眼睛,像是在轻轻地敲着,迅速、无限而又不知疲倦。我们越往前走,同行的人就越来越少。我们同他们告别时微微一笑,仿佛发生的一切都十分如意。我们再也无法说

话,也听不见别人在说什么。①

　　从这一段叙述中,我们很容易看出,美国的工业社会把人"变成了机器",使主人公"再也无法说话,也听不见别人在说什么",从而禁锢了他的自我意识,使对话产生了封闭的危险。巴尔达缪觉得自己"逐渐变成了另一个人"②,变成了"没完没了震动着的一堆肉"③。出于对这种禁锢的反抗,主人公"重新产生了欲望,想去看看外面的人们"④。我们已经指出,复调小说中主人公的意识总是未完成性的、内中开放的。这也是巴尔达缪最终必然离开美国的原因。莫莉的温情和幸福未来的设想不足以挽留他,因为主人公强烈的自我意识不能够被封闭在一个物化的环境中,不能就此被抹杀。物化的社会促成了主人公意识的转变,也推动着巴尔达缪继续踏上无尽的旅程,继续走入"茫茫黑夜"之中,最终回到巴黎,成为郊区医生。巴尔达缪回到法国之后,关于美国的一切并没有就此销声匿迹,塞利纳通过各种巧妙的安排使巴尔

　　① Louis-Ferdinand Céline: *Voyage au bout de la nuit*, Paris: Edition Gallimard, 2011, p. 225.

　　② *Ibid*., p. 226.

　　③ *Ibid*., p. 227.

　　④ *Ibid*., p. 226.

达缪回忆起他的"美国意识"。

巴尔达缪成为巴黎郊区医生之后，罗班松再次出现。两人在咖啡馆听见留声机播放的音乐时，罗班松对巴尔达缪说：

> "你听到吗？留声机在放美国音乐，我听出了这些曲子，就是过去在底特律莫莉家里放的曲子⋯⋯"①

塞利纳安排罗班松这一人物，其目的是作为小说的线索人物，同时也作为巴尔达缪的"复制品"，此时由罗班松提起美国音乐，引入对美国的回忆，亦即使主人公在美国时期的意识再次苏醒。叙事者借用巴尔达缪的声音继续进行解说：

> 他[罗班松]在那儿度过的两年时间里，并没有深入到美国人的生活中去，而只是接触了他们的音乐，他们也想用音乐来摆脱繁重的日常事务，以及每天干同样事情的烦恼和辛劳；在播放音乐的时候，他们随着乐曲摇摆身子，想调剂一下毫无意义的生活。在这儿也好，在

---

① Louis-Ferdinand Céline: *Voyage au bout de la nuit*, Paris: Edition Gallimard, 2011, p. 296.

那儿也好，都像是狗熊跳舞。①

　　此时提起的"他"从逻辑上来讲是在回忆罗班松的美国生活，实际上也是巴尔达缪的美国生活。因为同罗班松一样，巴尔达缪也并未融入美国社会，也同样过着物化了的、"毫无意义的生活"。回到巴黎，成为朗西的医生之后，巴尔达缪的生活并未得到改善，在此之前，巴尔达缪出于生活所迫变卖财物的时候也提到了莫莉的留声机：

　　　　留声机常放《不再烦忧》(*No more worries*)。我现在还记得这首歌的曲调。我记得的就是这些。②

　　这两段关于美国的回忆出现在巴尔达缪回到法国之后，可以看作是巴尔达缪对美国生活的一种自省行为。"我现在还记得这首歌的曲子"，即此时的巴尔达缪并没有忘记美国的生活，但是"我记得的就是这些"，充分表述出当时巴尔达缪的孤独境地和在物化的社会中被禁锢的感受。巴黎郊区

---

　　①　Louis-Ferdinand Céline: *Voyage au bout de la nuit*, Paris: Edition Gallimard, 2011, p. 296.

　　②　*Ibid.*, p. 264.

的生活中，巴尔达缪虽然不再受到工业社会的制约，但是依然在不断挣扎中生存，依然不断与他人的意识进行抗争。作为郊区医生的巴尔达缪因为收费低廉而遭人蔑视，人们甚至对他的医术和人品产生怀疑。在他最为关心的小病人贝倍尔死后，巴尔达缪逃亡般地离开了朗西。塞利纳在巴尔达缪初到朗西之时，就通过象征的手法揭示出前后两种意识对话的主题，即在美国和在巴黎郊区，巴尔达缪的身份与意识都发生了变化，但是其命运却并没有发生改变：

在朗西，天空的光线像在底特律一样，清咖啡似的烟雾从勒瓦卢瓦起就笼罩着平原。①

塞利纳通过主人公巴尔达缪的回忆而将其前后两种意识联系起来，这两种意识的前后对照深化了小说的悲观主题。巴尔达缪在各个时期的不同意识在相互联系、相互交织的同时也形成了他独立的世界观，即一种悲观的、为了求生而不断逃亡的生存姿态。巴尔达缪对世界的悲观失望情绪贯穿了小说始终，使小说的基调充满了阴郁色彩。塞利纳借

① Louis-Ferdinand Céline: *Voyage au bout de la nuit*, Paris: Edition Gallimard, 2011, p. 238.

助巴尔达缪这一人物表达了自己的悲观主义思想,亦即此时主人公内心矛盾的转变已经构成了贯穿作品的"大型对话"[1]。

三、 内聚焦的叙事视角

研究声音的重叠现象,不可避免地需要了解叙事者的视角问题。塞利纳作品中应用的叙事视角是同质叙述的内聚焦形式。叙事者的视角内置于主人公的视角中。叙事者的内聚焦使主人公具备了独立的视域,这种视域使他能够自由地观察世界进而自我审视。此时我们应该关注的不再是主人公观察到了什么,而是他通过怎样的方式进行观察。[2] 这种观察方式,即他产生自我意识的方式。叙事者借用人物的语言或者人物借用叙事者的语言都表达出了一种复调效果。我们以《木偶戏班Ⅰ》中的一段情节为例。为了逃离警察的追捕,费尔迪南一行躲到了当铺老板克拉本之处:

　　我们听见大本钟敲响了十一点……当! 当! 钟声

---

[1]　王瑾:《互文性》,桂林:广西师范大学出版社,2003 年,第 16 页。

[2]　Henri Godard: *Poétique de Céline*, Paris: Edition Gallimard, 1985, p. 166.

在云层里穿行。

> 现在没有任何风险了，我可以什么都告诉你……整个一出戏……［……］全部都结束了……那是一场梦……只是一些画面……是想象！……还有39年的战争……还有你们所知道的一切……如今那就像是另外一个世界……很遗憾……非常遗憾……我或许永远都不会再看见那些真实的地方……他们不会让我再回到那里……然而我跟你说，这是我最后的意愿……很遗憾……真可怜……我不得不去想象……我本不想变成传奇剧……然而这不正是我这种情况？……你换到我的位置试试……①

清晰可辨的叙事者声音出现在最开始，以"我们"的视角来描绘着大本钟的声响穿越云层。紧接着便出现了主人公的声音，叙事者的视角与主人公的视角重合，内置于其中，共同回顾已经发生过的事情："现在没有任何风险了，我可以什么都告诉你……"叙事者的声音与主人公声音重叠，叙事者借主人公的视角进行观察和思考，同时又通过"你"的出现来

---

① Louis-Ferdinand Céline: *Rigodon*, Paris: Edition Gallimard, 2012, p. 139.

将读者引入对话之中，透过主人公的视角与读者进行交流，使读者在对话中找到自己的声音，最后甚至将读者引入小说叙事之中，欲使之承担人物角色："你换到我的位置试试……"虽然是在主人公的独白之中，但是叙事者借用主人公的视角去表达，通过怀念与回忆构建了现在时空之外的"另一个世界"，并将读者引入其中，使之同样感受到"另一个世界"的存在。在一段独白之中，出现了叙事者、主人公与读者三种声音的混淆，复调效果显而易见。塞利纳通过这种复调效果的呈现，使"另一个世界"的观感更加真实，过去和战争与现在被分隔开来，主人公所经历的一切，包括战争，都有被错误地叙述的可能，因此叙事者立刻赋予主人公一种迫不及待的情绪，将一切及时地和盘托出：

> 我不想让人们以后错误地讲述这些故事……那时候将没有任何证人，没有人依然活着，如果我不提早提防的话，如果我不从今天、从现在就开始讲述一切细节的话，人们会想尽办法折磨我、玷污我……①

---

① Louis-Ferdinand Céline: *Rigodon*, Paris: Edition Gallimard, 2012, p. 139.

这种急切地讲述个体经历的真实过去的欲望,使塞利纳"编年史家"的身份逐渐确立起来。从读者角度来讲,内聚焦的叙事方式使读者总是会选取一种视角,以跟随情节的发展。当这个视角发生转变,同样也会产生复调效果。这两段叙述中先是由叙述者对大本钟声音的描述出发,转入主人公的话语,进而引入了"我"与"你"的对话。读者的视角从叙事者的感受,转至主人公的视角,而后自己又以对话中一方的身份出现,读者在几行之中感受到了多种声音,甚至是自己的声音,从而体现出了一种复调效果。

小结

复调效果增强了小说的力量。复调效果的产生离不开异质性元素,而异质性元素不可避免地造成了小说中的冲突。小说中的冲突越多,情节越紧凑,思想表达越有力。塞利纳通过不断的冲突来表达思想、深化主题。塞利纳小说中呈现的复调效果,同时也是作者期待读者能够发现的某些问题,在作者的期待和读者的解读之间,无形之中构成了另一种对话的可能性。复调小说偏重于在共时状态下平行地展开多种意识,从而形成各个主人公意识、视野和声音的一种对话关系。

第二节　音乐符号的叙事意义

探讨塞利纳作品的叙事问题,"音乐"是无法绕过的一个主题。塞利纳的叙事过程中不断地出现众多的音乐符号表现形式,在给伽利玛出版社的第一封信中,塞利纳便将自己的作品描绘为"某种从音乐中得到或是可以从音乐中得到的东西"①。音乐性成为解读塞利纳作品时不可避免的一个方面。塞利纳在处女作《茫茫黑夜漫游》的开端便引用了《瑞士卫队之歌》,众多与音乐直接相关的元素不断在叙事过程中呈现出来:从人物角度看,包括舞蹈演员、小提琴手、歌唱演员等;音乐出现的地点角度则包括广场、歌剧院、音乐厅、杂耍艺场等;所涉及的音乐类型从军乐、流行音乐到法文英文歌曲、华尔兹舞曲等不一而足,甚至在后期的作品中,塞利纳经常将乐谱直接植入文本之中,使作品呈现出一种被"唱出来"的特色,塞利纳也因此自称为"最后一位小说

---

① Philippe Alméras: *Dictionaire Céline*, Paris: Plon, 2004, p. 613.

音乐家"①。音乐符号在作品中的应用并不是塞利纳偶然为之，而是一种匠心独运的巧妙安排。目前关于塞利纳作品中音乐性特点的研究多集中于语言层面，我们的主要关注点在于音乐符号与叙事之间的关联，探讨音乐符号与人物形象塑造、叙事结构安排之间的潜在关系。音乐的各种表达方式都归属于社会语言，它们在文学文本中的呈现本身便形成了一种复调效果。此外，音乐符号在叙事过程中所起到的确立叙事主题、推动情节发展、塑造小说人物等方面的作用，也非常值得探讨。

一、塞利纳的"音乐情感"

音乐是一种特殊的符号，它不仅仅包括可以呈现为书面形式的歌曲，还包括其旋律、演奏音乐的地点以及与音乐相关的人物等，因此音乐文本有着强大的指涉能力。音乐通常归属于一代人或几代人、一个民族或几个民族的集体记忆，它具有一种不可替代的社会功能。音乐是一种时间的标志，同时也是一种身份的标志。将音乐符号置于一个特定文本之中，它可以起到一种启示性的作用，并可以使读者根据音

---

① Entretien avec A. Parinaud, *Arts* du 19 juin 1957, in *Cahiers Céline 2*, Paris: Edition Gallimard, 1976.

乐符号的源头而理解给定文本中所隐藏的特殊含义。米沙埃尔·费里耶在其作品《塞利纳与歌曲》的序言中指出，"塞利纳的作品很大程度上是被唱出来的"①。塞利纳经常为自己的作品冠以音乐的标签并不是出于偶然。他曾接受过音乐训练并熟悉钢琴演奏，作为一个经常出入歌剧院和音乐厅的人，他对音乐保有一种激情，他甚至还曾亲自作词作曲，亲自演唱录制唱片。更有甚者，塞利纳在给朋友的信中写道："我愿意在音乐中死去……"②可以说对于塞利纳来说，对音乐的激情是难以抑制并且永恒存在的，音乐承载了他的感情和梦想，也是他内心世界的一种表现，因此在写作时，他也不可避免地以各种各样的方式将音乐引入其创作之中。

　　为了更好地理解塞利纳的音乐激情，我们有必要关注一下他所强调的"小音乐"问题。塞利纳在其作品《草菅人命》（*Bagatelles pour un massacre*）中使用了"小音乐"这一术语："当然我有我的小音乐[……]"而后他又不断提到这一问题："我的模仿者们不知其解地绕过了一个我的小技巧，小音乐。"（1952 年 3 月致克罗德·伽利玛的信）"[我发明了]某种

　　① Michaël Ferrier: *Céline et la chanson*, Paris: Du Lérot, 2004, p. 1.

　　② Philippe Alméras: *Dictionaire Céline*, Paris: Plon, 2004, p. 613.

音乐,某种引入写作风格中的小音乐。"(1957 年 6 月致沙普萨尔的信)①由此塞利纳的音乐激情已经转化成了写作风格中的"小音乐"。他本人对这一术语进行了解释:"我顷刻之间将口头语言引入了书面语言。这种转换就是你们所称的'小音乐'。我将其称为'小音乐'因为我很谦逊,但这是一种非常艰难的转换,需要努力。[……]我由此形成了自己的风格。"②根据他的解释,"小音乐"代表一个从口头语言向文学语言转变的过程。但是我们仍需注意最后一个句子:"小音乐"即塞利纳的风格。当然,这种带有音乐性的风格涉及韵律,以及在文学文本中的口语表达,但我们认为它同样也涉及文本中所引用的音乐。首先,音乐文本同口头语言一样,在文学文本中引起了一种复调效果;其次,音乐文本中所包含的情感力量要远远超过口头语言,音乐一直以来都是人类最有效的表达情感的方式之一。

　　1951 年自丹麦返回法国之后,塞利纳在其所接受的第一次采访中说出了非常著名的一个句子:"最开始是情感":

----

①　Philippe Alméras: *Dictionaire Céline*, Paris: Plon, 2004, p. 613.

②　Claude Sarraute: «Céline nous dit comme il fait bouger la place des mots», *Le Monde*, 1 juin 1960, in *Dictionnaire Céline*, pp. 614 – 615.

　　《写作》告诉您：最开始是动词。是的，或许如此。不。不，不，不。这样行不通。最开始是情感。我们曾有一位杰出的生物学教授，萨维，他说得很清楚：最开始是情感。不是么，起初一切都是情感。[……]一切都只能在情感中才能看得到，动词的存在是为了替代情感，千真万确。①

　　塞利纳的风格是一种充满情感的风格。动词、词语、语言，一切的存在都是为了"替代情感"，音乐也是如此。应该指出的是，音乐本身便是一种非常具有情感的表达方式，塞利纳也同样通过音乐将他所要表达的情感原原本本地转移至文学文本之中。在《茫茫黑夜漫游》中，最开始便是《瑞士卫队之歌》，歌曲成了情感的等价物。在同一次采访中，塞利纳还谈及了对话的"基调"问题："[……]您走进一家酒吧，或是一家杂货店，您可以看到很多人集中在那里，他们在那里交谈，他们在遣词造句。他们所寻找的是什么呢？是基

---

　　① Louis-Ferdinand Céline: «Au début était l'émotion», propos recueillis par Robert Sadoul, in Magazine Littéraire, Hors-série Louis-Ferdinand Céline, 2002, pp. 18–19.

调。只要他们找到了合适的基调，他们便会高兴起来。在特定的对话中，人们所寻找的是事件的基调，是充满感情的基调。"[1]"基调"可以应用于人们的谈话中。"基调"一词同时也是一个音乐术语，是相同的"基调"使旋律变得和谐。那么人们在谈话中所寻找的"基调"，是否也可以考虑为一种表达情感的旋律的"基调"？塞利纳"害怕句子……害怕齐整的语言……"，因此他寻找了一种"充满情感的风格、直接的风格……"[2]在写作中，他也同样用各种各样的方式来保持自己的独有风格，音乐符号的嵌入便是保持这种"充满情感"的风格的一种方式。

二、 启示主题的音乐符号

塞利纳的音乐符号的使用，被称为是一种"策略"[3]。这

---

① Louis-Ferdinand Céline：*«Au début était l'émotion»*，propos recueillis par Robert Sadoul, in *Magazine Littéraire*, *Hors-série Louis-Ferdinand Céline*, 2002, p.19.

② Interview avec Madeleine Chapsal, in J.-P. Dauphin et Henri Godard: *Cahiers Céline 2. Céline et l'actualité littéraire (1957－1961).* Paris: Edition Gallimard, 1976, p. 65.

③ Michaël Ferrier: *Céline et la chanson*, Paris: Du Lérot, 2004, p. 45.

种策略首先体现在塞利纳通过来自音乐的小说名字来确立小说主题,启示小说内容。塞利纳作品中音乐符号的引用始于其处女作的最开端:《瑞士卫队之歌》[①],通过这首军歌,塞利纳奠定了整部小说的叙事主题与叙事基调,《茫茫黑夜漫游》的小说名字也是来自于此:

> 我们的一生是一次旅行
>
> 穿越黑夜穿越严冬
>
> 我们寻找自己的路径
>
> 于一片毫无光亮的天空

对于认为"最开始是情感"的塞利纳来说,这首歌代表了一种悲观情绪,也预示了小说的内容:无尽的旅行与黑夜、迷失、死亡的危险、失望的情绪等等。这首"充满情感"的《瑞士卫队之歌》出现在小说的最开端,为小说奠定了叙

---

① 对于中国读者来说,现有的两个译本对于《瑞士卫队之歌》都标有注释,即认为歌词为塞利纳杜撰。但亦有说法认为这首歌原名《别列津纳之歌》,德国诗人路德维希·吉西特作词,贡扎格·德雷诺尔翻译成法语,埃米尔·劳贝尔编曲(引证自 Michaël Ferrier: *Céline et la chanson*, Paris: Du Lérot, 2004, p. 376)。

事基调，也在读者面前展现出了一幅黑暗的画面，而后读者"只需闭上双眼"①。小说中所有的故事都发生于塞利纳所想象的"黑夜"之中，这是一部缺少光明的作品。这首歌的互文性作用在于，塞利纳用小说中所有的故事和场景来阐释歌词中所描绘的境遇，歌词的每一个元素都按照不同的层次、不同的形式转入了小说的叙事之中：主人公巴尔达缪历经了从法国到非洲、从非洲到美国、从美国又回到巴黎郊区的"旅行"；战争中，巴尔达缪在"黑夜"里寻找那些本不存在的村庄，观赏炮火中燃烧的森林。他也是在同样的"黑夜"中遇到了本书的线索人物罗班松。在非洲的"黑夜"里，森林中各种噪音让他产生了毁灭的冲动，而在美国的"黑夜"里，他游荡于光怪陆离的街头，在巴黎郊外的"黑夜"里，他窥视着邻居的各种行为，或是探视贫苦的病人。直到小说的结尾，巴尔达缪都从未从"旅行"和"黑夜"中逃脱。他一次又一次上路，为了逃避死亡，为了寻找残存的"路径"。

　　除《茫茫黑夜漫游》之外，塞利纳多部作品的书名也都与音乐相关。第二部作品《分期死亡》看似与音乐并无关联，但

---

①　Louis-Ferdinand Céline: *Voyage au bout de la nuit*, Paris: Edition Gallimard, 2011, épigraphe.

是塞利纳在作品出版之前曾经在"死亡歌曲""极为轻柔"与"作别莫利托尔"之间犹豫选择小说的名字,而这三个名字都是 20 世纪初的歌曲名称。亨利·戈达尔在七星文库版塞利纳作品集中对选定书名的过程作有详细的注释。① 音乐自小说题目开始赋予了塞利纳作品以诗意的特征,同时也透过小说题目赋予塞利纳作品启示性的意义。《木偶戏班》(一译《丑帮》)从其文字本身来看也与音乐密切相关,而其选题过程也同样经历了从歌曲名称开始的演变。② 塞利纳最初的命名之一包括"快乐夫人华尔兹",这是出自弗朗茨·莱哈尔的轻歌剧《风流寡妇》中的一个曲调,为小说人物布洛克罗姆所喜爱。而最终定名"木偶戏班",一方面小说内容中有皮条客卡斯卡德与其手下打手如"小丑帮派"③;另一方面,塞利纳以"木偶"影射战时伦敦各阶层人物,一切故事有如这些人就地演出的一出木偶剧。《轻快舞》(一译《黎戈登》)则是明

---

① Henri Godard, *Notice*, Pléiade, pp. 1337 - 1338.

② Michaël Ferrier: *Céline et la chanson*, Paris: Du Lérot, 2004, p. 48.

③ Louis-Ferdinand Céline: *Guignol's band*, Paris: Edition Gallimard, 2011, p. 125. "卡斯卡德先生,您的那一帮呢?"

显地将"黎戈登舞步"①直接当作标题,暗示了小说主人公在流亡途中如同迈着黎戈登舞步一样徘徊于德法之间,无处安身。

　　塞利纳的第二部小说《分期死亡》也同样延续了处女作的特色,以歌曲为题词,确立了小说的主题,提示了小说的内容,奠定了小说的基调。被塞利纳置于题词位置的《监狱之歌》内容如下:

　　　　穿衣服! 穿裤子!

　　　　一条总是太短、有时却又过长的裤子

　　　　以及

　　　　球形外套

　　　　背心、衬衫和沉重的贝雷帽

　　　　和一双能在海上环游世界的鞋子

---

　　①　关于原文标题"*Rigodon*"的解释方法,Michaël Ferrier 还提到了另一种可能性:在《分期死亡》中(文库 558 页),曾经有一个细节提到:"在骑兵部队驻地附近,人们能听到各种小号的声音,阿蒂尔能记住所有的黎戈登曲调,他能唱出所有的副歌。"据此理解,"*Rigodon*"在塞利纳的小说中应为一种歌曲。

其原词全文①如下：

你们全体立即脱下衣服

在此期间

我们只给你们留下一件毫不别扭

极为舒适的制服；

那是亚当最初引导流行的

轻便时尚

然后我们找出犯人

这很容易

因为他赤身裸体

我听说是这样

然而，这不是一条定律吗？

这段回忆让我发笑。

穿衣服！穿裤子！

一条总是太短、有时却又过长的裤子

以及

球形外套

---

① Michaël Ferrier: *Céline et la chanson*, Paris: Du Lérot, 2004, p. 55.

背心、衬衫和沉重的贝雷帽

和一双能在海上环游世界的鞋子

这首歌里出现的内与外、监狱与越狱的对立关系，在整部小说中都不断呈现。小说中的每个人物都渴望着从自己身处的"监狱"之中逃脱。父亲从小就做着他的大海梦，梦想着出海远游；小主人公费尔迪南不断地希望从生活的窘境中解脱；爱德华叔叔不停地画着远洋的船只，而发明家库尔西亚不断尝试着天空飞行的实验……但是所有这些人物的梦想都被禁锢在别列津纳巷里，这条巷子是一个封闭之地：

> 我不得不承认，巷子是个不可思议的传染病高发地。那是个置人于死地的地方，死得很慢，但必死无疑，因为到处都是小杂种狗的尿液、粪便、浓痰和溢出的沼气，比监狱里更加恶臭难闻。①

主人公生活的地方堪比监狱，甚至还不如监狱，这里的人们无法逃脱，只能"必死无疑"。塞利纳还进一步将别列津

---

① Louis-Ferdinand Céline: *Mort à crédit*, Paris: Edition Gallimard, 2011, p. 72.

纳巷比作"钟"："啊！但这些都是不靠谱的传闻，都是些无稽之谈，囚徒之间说的那种八卦。大钟！我们像是被囚禁在大钟里面！永生永世被囚禁在大钟里面！……"①把小说人物比作被囚禁在"钟"里的囚徒，逃脱只成为一种奢望，唯一等待他们的只有缓慢的死亡，这也是小说的主题所在。

《监狱之歌》与小说内容的另一种对应，即是小说主人公的衣着。塞利纳所引用的部分，一直在强调"穿衣服"这个话题，而小主人公费尔迪南恰恰就是按照《监狱之歌》里的描述被"打扮"起来："她给我买了三条裤子，无懈可击的结实的裤子，买得长一些，打着卷边可以穿十年。"②正是《监狱之歌》里"一条总是太短、有时却又过长的裤子"；而"沉重的贝雷帽"则是因为"我总是头很大，比别的孩子都大。我永远不能戴他们那种贝雷帽"③。小费尔迪南几乎是按照《监狱之歌》设计出的人物形象，其意义在于将主人公的"囚徒"身份与"缓慢死亡"的命运凸现出来。《监狱之歌》在小说的开端便已经预示了这一切。

音乐符号在塞利纳小说题目与题词中的启示作用非常明

---

① Louis-Ferdinand Céline: *Mort à crédit*, Paris: Edition Gallimard, 2011, p. 292.

② *Ibid.*, p. 141.

③ *Ibid.*, p. 90.

显，特别是在前两部作品中，塞利纳使用同样的方法以一首歌曲统领全文主题与内容，将悲观、死亡的基调渗透入作品的行文之中。每一句歌词都以各自不同的角度与小说内容相联系，使小说能够以"唱出来"的方式表达出更为深切的情感。

三、　音乐、地点与小说情节

丰富的空间变化是塞利纳小说的重要特征之一。音乐符号的出现也与小说的空间性密切相关。每一种音乐符号的呈现必然需要有承载的空间，这个空间往往是塞利纳有意的安排，利用特殊的地点与音乐符号联系起来，为小说的情节发展提供一个总体的框架。《茫茫黑夜漫游》的第一章便将音乐符号的呈现地点设置为参军入伍的广场与枪林弹雨的战场。在克里希广场上，巴尔达缪"跟在一个上校和他的乐队后面"参军入伍。

　　　　"咱们走着瞧吧，傻瓜！"在队伍跟着上校和他的乐队转过那条街，我甚至还有时间冲他（阿蒂尔）这样喊了一句。丝毫没错，就是这样。①

----

① Louis-Ferdinand Céline: *Voyage au bout de la nuit*, Paris: Edition Gallimard, 2011, p. 10.

　　上校的乐队，即军乐在巴尔达缪身上激起了一种爱国情绪，似乎他眼前出现了军人的种种英勇壮举，因此他在看到军队经过（并且听到军乐之声时）"兴奋地跳起来"，参军入伍。小说中的战争描述也由此开始。但是不久之后，主人公对战争的看法便发生了转变。他对战争的激情之火已经熄灭，取而代之的是恐惧和孤独之感，他最终发现了战争的真相："总之战争是我们根本不能理解的"[①]，"在监狱里我们还可能活着出来，战争中却未必"[②]。对于巴尔达缪来说，战争已经成了死亡的代名词。战场上上校被炸死之后，巴尔达缪还会想起他，并且将他与杂耍音乐联系起来：

　　　　他那么勇敢，穿着护胸甲，带着钢盔，留着小胡子，要是让他在杂耍歌舞剧场登台表演，就像我看见他在枪林弹雨中散步那样，他的表演肯定会让从前的阿尔汉普拉剧场挤满了人，他或许还会使名噪一时的杂耍明星弗拉格松黯然失色。我就是这么想的……[③]

---

①　Louis-Ferdinand Céline: *Voyage au bout de la nuit*, Paris: Edition Gallimard, 2011, p. 12.

②　*Ibid*., p. 15.

③　*Ibid*., p. 19.

在战争场景的最开端，我们已经看到巴尔达缪因为看到上校和他的乐队而参军入伍。当他意识到战争的真相之后，上校的形象已经不再是一个英勇的军人，而被巴尔达缪想象成了杂耍艺场的演员，与之相关的音乐也不再是雄壮的军乐，而变成了杂耍艺场可笑的插科打诨的音乐。这一转变过程中两个音乐文本前后的对比产生了一种强烈的降格效应，与上校的形象变化相辅相成，造成了一种讽刺效果，战争的滑稽可笑性由此被突出出来。代表战争的军乐既然已经变成了杂耍艺场的滑稽音乐，也就再无法激起爱国情绪，战争中的英勇行为因此无从谈起，主人公逃跑的心理慢慢产生。前后音乐种类的变化同时也推动了小说情节的进一步发展，音乐符号由此具有了其结构上的推动力。

在《北方》中，"勃伦纳旅店"也是一个与音乐符号相关的重要地点。人们在巴登巴登"勃伦纳旅店"的沙龙里弹着钢琴，唱着艺术歌曲和抒情歌曲。这一场景首先来自塞利纳的亲身经历。1944 年塞利纳一行在巴登巴登的"勃伦纳公园旅店"避难，这一旅店当时被英国的外交部所征用。虽然国难当头，这家旅店却仿佛置身于历史事件之外，其中避难的人物都是"来自极好的家庭，从前鲁尔地区的王公或是大贵族……[……]所有人都对顶级奢华习以为常"①。塞利纳夫人曾回忆道,"那里都是德国人,他们所有人都唱着歌,像是大型歌剧。"②塞利纳在小说中复制了这一场景:

> 我听见人们在楼下的客厅里弹钢琴……三层楼下面……我对拿钥匙的人说:走吧! 我没弄错……不只是一个客厅! ……在两个……三个客厅里……哦,但是非常舒适! 工业家,康复期的将军们……通敌的法国人……父母和孩子们,还有小狗……他们当然知道袭击的可能性……但是看上去完全不担心这些……全部都是音乐! ……我听着……艺术歌曲……抒情歌曲……只有我们的康斯坦蒂尼唱着……他的嗓音很动听,这是不争的事实……冯・塞克特夫人和着他,不用谱子也唱得很好……全部节目都很好……就像她想要的那样……所有的歌剧……③

---

　　①　Louis-Ferdinand Céline: *Nord*, Paris: Edition Gallimard, 2012, p. 12.

　　②　Michaël Ferrier: *Céline et la chanson*, Paris: Du Lérot, 2004, p. 141.

　　③　Louis-Ferdinand Céline: *Nord*, Paris: Edition Gallimard, 2012, p. 43.

这样一个场景本身，也是对众多歌剧情节的影射①，身份显赫的大人物们在宫廷集会演唱娱乐，被塞利纳降格为流亡的避难者们穷途末路的欢乐，尼米耶认为塞利纳是将歌剧变成了一场谵妄②。音乐符号嵌入这一情节，使得这场狂欢或谵妄到达顶峰，高潮过后，一切回归现实，"一切都将结束！您大概已经听说了……"③歌剧尚未结束，费尔迪南便听说当晚所有房间都必须腾空，旅馆被征用，所有人都必须离开巴登巴登。主人公不得不再次面临曲终人散的命运，带着行囊继续流亡。歌剧中虚幻的一切都抵挡不住现实的残酷，勃伦纳旅店的短暂避难生活在音乐演出之后也宣告结束，命运继续将主人公推向未知的旅程之中。

音乐符号在塞利纳的小说中出现的地点多种多样。《分期死亡》中，小主人公费尔迪南的居住地往往与音乐相关，最开始是住在传教士团的对面，从早到晚听到教士们唱诗的声

---

① Michaël Ferrier 在《塞利纳与歌曲》中具体分析了此处影射的《华尔兹之梦》以及《巴黎生活》等歌剧。参见 Michaël Ferrier: *Céline et la chanson*, Paris: Du Lérot, 2004, p. 146.

② Michaël Ferrier: *Céline et la chanson*, Paris: Du Lérot, 2004, p. 147.

③ Louis-Ferdinand Céline: *Nord*, Paris: Edition Gallimard, 2012, p. 517.

音,而后又是别列津纳巷,人们一整天都会哼着小调。这是
当时下层人民生活习惯的写照,同时也是塞利纳以音乐符号
渲染小说众声喧哗的复调色彩的技法之一。《木偶戏班》中
的酒吧和俱乐部,《别有奇景》中的蒙马特公共舞厅等,都构
成了音乐符号展现的场所。所有这些地点都是经过选择的
人群聚集的场所,或是娱乐场所,但是同样也是无可奈何地
被痛苦、恐惧与不幸充斥的空间,主人公的焦虑孤独与死亡
的威胁无处不在。[①] 塞利纳将音乐符号与地点相结合,使其
内在的含义被具体化的情节所展现,或是由音乐符号与地点
配合故事情节的发展,使叙事发生转折,音乐符号随之渗透
到了每一个相关的情节之中,塞利纳也因此自称为"法语的
创作型音乐家"[②]。

四、 音乐符号与人物形象

在塞利纳的作品中,除了明确或不明确地引用的音乐符
号外,还以另一种方式将音乐符号引入小说文本之中:以歌
曲名来为小说的人物命名。其中最明显、最重要的一例便是

---

① Michaël Ferrier: *Céline et la chanson*, Paris: Du Lérot, 2004,
p. 45.

② Michael Donley: Le dernier musicien du roman, in *Magazine
littéraire*, hors-série, N°4, 4°semestre 2002, p. 98.

"玛德隆"。音乐符号有效的指涉能力使得读者在看到歌曲或乐曲名称的时候马上便会想到其全部内容及其所暗含的意义。对于两次世界大战期间的法国人来说,《玛德隆》"是战士们之间流行的一首著名歌曲,自 1914 年 5 月以来人人都能熟记于心"[①]。为了更好地理解由歌曲名称转化为人物名字的过程及其含义,我们有必要在此援引《玛德隆》这首歌的歌词:

> 休息时,军队的快乐,/就在那里,树林里两步之遥,/有一座房子,四壁爬满绿藤条,/"图鲁鲁",小酒馆的名字这么叫。
>
> 女侍者年轻温柔,/像蝴蝶一样风流,/她的眼睛如她的葡萄酒,闪烁着为你解忧,/我们叫她玛德隆/她白天引我们思念,晚上入我们梦/她不只是玛德隆,她是我们的爱恋……
>
> 叠句:玛德隆把我们的酒端上桌,/我们在酒桶下把她的衬裙摸,/每个人都给她讲一个故事/按照他自己的

---

① Marie-Christine Bellosta: *Céline ou l'art de la contradiction: Lecture de voyage au bout de la nuit*, Paris: Presse Universitaire de France, 1990, p. 147.

方式……/玛德隆对我们并不凶,/当你托起她的下巴,揽起她的腰,/她最多只会朝你笑/玛德隆!玛德隆!玛德隆!①

这首歌描述了一个酒馆的女侍,她不失时机地将自己的酒和魅力出卖给那些在战争中变得疲乏和恐惧的军人们。塞利纳在《茫茫黑夜漫游》中重塑了这样一个人物形象,将她变为罗班松的未婚妻:

她的名字叫作玛德隆,出生在战争期间。[……]玛德隆,这是一个很好记的名字。②

《茫茫黑夜漫游》中的玛德隆保持了歌曲主人公的大部分特点,而对于出版于和平时期的《茫茫黑夜漫游》来说,她仍能够引起人们对战争的回忆,因此又可以被认为是战争的象征,她代表了一种残杀的冲动,同时也代表了爱情(她不只

① «Quand Madelon», paroles de L. Bousquet, musique de C. Robert, in *1000 Chants*, Presses de L'Iles de France, 1979, T. Ⅲ, p. 226. Cf: Michaël Ferrier: *Céline et la chanson*, Paris: Du Lérot, 2004, p. 32.

② Louis-Ferdinand Céline: *Voyage au bout de la nuit*, Paris: Edition Gallimard, 2011, p. 388.

是玛德隆，她是我们的爱恋……）。对于那些将这首歌"熟记于心"的读者们来说，这个名字的指涉性更为直接和有效。这个名字代表了一个年轻而风流的酒吧女侍形象，代表了士兵们的爱情，同时在和平时期也代表了战争，因为它勾起了人们对战争的共同记忆。与前文中"闭上你美丽的眼睛"这首歌相呼应，"玛德隆"这个名字使我们看到了"爱情不过谎言"是一个令人恐惧的事实：爱情的欲望不过是残杀的欲望。[1] 在小说的末尾，罗班松死于玛德隆的枪下。

自《茫茫黑夜漫游》起，塞利纳便从音乐之中为他的小说人物取名字或绰号，从流行歌曲到经典歌剧，都是他的选择范围。[2]《木偶戏班》中的"卡门"也是来自音乐中的人物之一。从卡门的出场开始，读者便毫无困难地辨认出这是乔治·比才《卡门》的主人公：

　　　　她性格残忍！你可以看看她的小脸蛋！……说她来自塞维利亚可是如假包换的！……他们血统里就有

---

① Marie-Christine Bellosta: *Céline ou l'art de la contradiction: Lecture de voyage au bout de la nuit*, Paris: Presse Universitaire de France, 1990, p. 148.

② Michaël Ferrier: *Céline et la chanson*, Paris: Du Lérot, 2004, p. 34.

着这样的残忍！……［……］他们皮囊里裹着吉卜赛人的灵魂！……①

小说中将卡门称为"西班牙的乔孔达"，对卡门的描述从她的服饰到西班牙口音，到她在"斜坡"上的独特姿势，都让人联想到对《卡门》中女主角的模仿：

她叫作卡门……我叫她乔孔达！好吧，她总是在那儿！……今天走了！明天又回来！在厨房里！……她转一小圈……又回到我这里！……她对我说，"再见，我的小卡斯卡德！……你不会再见到我了！……"我一点也不惊讶！……三天后她又回来了！……②

这种来来回回的性格特征，这种朝三暮四而又任性的脾气，在比才《卡门》的开头便已经有所描绘：

爱情是自由的鸟儿，谁也没法驯服它

---

① Louis-Ferdinand Céline: *Guignol's band*, Paris: Edition Gallimard, 2011, p. 62.

② Louis-Ferdinand Céline: *Rigodon*, Paris: Edition Gallimard, 2012, p. 62.

没办法抓住,它要拒绝你就没办法

不管你哀求或恐吓,都给你一个不理睬。①

卡门的名字来自歌剧,其形态性格方面,塞利纳都极力再现歌剧中的表演形象,作为小说的次要人物,卡门出现的情节中的高潮在于和卡斯卡德的妻子昂热勒的一场打斗。这场打斗也同样是对比才歌剧中卷烟厂女工们的争斗的复写。打斗的结果是昂热勒将一把叉子插入了卡门的臀部,卡门受伤,被主人公费尔迪南送往医院。作为次要人物的卡门,在小说中出现的情节并不多,但她的出现以及她的受伤都推动了小说结构的转变。将受伤的卡门送往医院后,费尔迪南便在医院里开始了作为护士的工作,由此结识了克罗多维茨医生,二人在酒吧喝酒时,卡门再次出现,再次引起了争斗,最终布罗克罗姆将酒吧炸毁,费尔迪南也因此被警察追杀,从而开启了小说情节的另一个阶段。卡门这一人物的出现都是与争斗相关,正是这些争斗推动着主人公的命运不断发生着变化。塞利纳将歌剧中的人物与情节嵌入小说文本之中,音乐符号推动情节发展的作用再次清晰地表现出来。

---

① Michaël Ferrier: *Céline et la chanson*, Paris: Du Lérot, 2004, p. 37.

小结

音乐符号在塞利纳的小说中起到了三大主要作用：启示主题、推动情节和塑造人物。塞利纳小说标题与题词大多来自音乐，这些歌曲统领着整部小说的基调，音乐符号同时转变成了小说的情节或与小说人物形象相结合，这样的转变过程便是对音乐符号意义的延伸和具体化。塞利纳作品中音乐符号的嵌入并不是单纯的装饰，其叙事意义为小说的结构和情节提供了广阔的表现空间，音乐符号的叙事张力为塞利纳小说增添了更多解读的可能性，而这一点在塞利纳后来的创作中表现得愈加明显。

第三节 狂欢思维与狂欢视角

对塞利纳作品最初的消极评论中，评论者们所共同关注的一个问题即塞利纳的文学"粗俗"、让人"恶心"，有人甚至直接宣称"这个伟大的作家是流氓"①，似乎塞利纳总是与

---

① *La Quinzaine littéraire*, 16 janvier 1994, in Henri Godard: *Céline Scandale*, Paris: Edition Gallimard, 1994, p. 18.

"高雅文学"相对抗,将下里巴人的东西置于大雅之堂供人观赏。但这种做法并不是作者的无心之过,而是"处心积虑"的有意为之。回溯法国文学史,我们可以发现被誉为"法兰西文学之父"的拉伯雷在其作品《巨人传》中也同样使用了大量的口语、粗俗语言,也有着让人"恶心"的细节描述。塞利纳曾在《拉伯雷失算了》中为自己作品的"粗俗"辩护:"法语是一种庸俗的语言,从来就是,从凡尔登条约后法语产生开始就是。只是这一点人们都不愿意承认,因此人们继续蔑视拉伯雷。"①巴赫金在其作品《拉伯雷的创作和中世纪与文艺复兴时期民间文化》中对拉伯雷的作品进行了详尽分析,并通过这一作品提出了"狂欢化理论",指出了中世纪狂欢节方式在拉伯雷作品中的体现,从而揭示出拉伯雷作品在其"粗俗"的表象之下,展现了人类笑文化和民间狂欢节文化现象与文学创作之间的密切关系。在本节中我们将依据巴赫金的狂欢化理论,致力于探讨塞利纳独特的狂欢思维和狂欢视角以及塞利纳小说中所呈现的狂欢性特点。

---

① Louis-Ferdinand Céline: *Le Style contre les Idées: Rabelais, Zola, Sartre et les autres...*, ed. Lucien Combelle, Paris: Editions Complexe, 1987, p.122.

一、 文学与狂欢

欧洲的狂欢节民俗可以追溯到古希腊罗马时期,甚至更早。它源于古代的神话传说与仪式。巴赫金将狂欢节文化分为三大种类:礼仪和演出的形式、口头幽默作品、不同形式不同种类的俗语和粗俗语言词汇。很显然这些形式并不属于宗教礼仪,在狂欢节礼仪中居于主导地位的幽默原则使得狂欢礼仪和表演与宗教教条完全对立起来。甚至有一些狂欢节的形式本身就是对宗教信仰的一种降格。所有的狂欢形式都出于教堂和宗教之外。它们属于与日常生活完全无关的世界。[①] 从其具体的、可感知的特点来讲,即依据其中最重要的元素"游戏"来看,狂欢形式更接近于艺术形式,与戏剧表演的形式十分类似。在中世纪,从其本质上来讲,戏剧表演的形式确实类似于民间狂欢节的形式,并且有时会构成其中的一个部分。然而狂欢节的文化内核,并不是戏剧表演这种纯粹的艺术形式,从广泛的意义上来讲,我们不可能将其划分到艺术领域。它处于文学与艺术的分界线,事实

① Cf. M. Bakhtine: *L'Oeuvre de François Rabelais et la Culture Populaire au Moyen Age et sous la Renaissance*, Traduit du russe par Andrée Robel, Paris: Edition Gallimard, 1970, p.15.

上,是生活本身以游乐的方式展现了出来。[①] 从巴赫金的论述中,我们可以进一步明确狂欢节的几个特点:(1)平等性,每一个人不论其地位如何,不分高低贵贱都可以以平等的身份参加;(2)颠覆性,在狂欢节中,人们可以无拘无束地颠覆现存的一切,重新构造和实现自己的理想。无等级性实际上就是对社会等级制度的颠覆,心理宣泄则是对现实规范的颠覆。(3)大众性,狂欢节活动是民间的整体活动,笑文化更是一种与宫廷文化相对立的通俗文化。[②]

克里斯蒂娃依据巴赫金的狂欢化理论进一步分析了狂欢节话语在从史诗(象征)话语到小说(符号)话语转变的过程之中所起到的作用,在其作品《小说文本》中,克里斯蒂娃指出,"从史诗话语到小说话语的转变,从象征到符号的转变过程中,有一个恒量是没有变化的,这个恒量保持了两种话语的相似性。这个恒量即象征话语和符号话语的表现性、他们表达一种所指的目的。这个所指在话语之前,并且对于这两种话语来说都是居于法则的位置。这个恒量同样还是话

---

① M. Bakhtine: *L'Oeuvre de François Rabelais et la Culture Populaire au Moyen Age et sous la Renaissance*, Traduit du russe par Andrée Robel, Paris: Edition Gallimard, 1970, p. 15.

② 参见朱立元主编:《当代西方文艺理论》,上海:华东师范大学出版社,1997年,第264页。

语主体,即在史诗(象征)之中这个话语主体与神话团体和上帝融为了一体,而小说(符号)则具有从人物——作者话语中'水平'(不依赖于上帝)派生出的多个个体。"[1]这个话语转变的过程,亦即小说话语的产生过程,狂欢节话语在这个转变过程中起到了至关重要的作用:"在从象征到符号的转变过程中,唯一一种历史地存在的话语形式是狂欢节话语。狂欢节话语见证了话语在对抗自身法则(表现法则),并使其服从另一种形式(符号取代象征)时所做出的努力的重要性。"[2]狂欢节文化与文学之间的初步关系由此展现了出来。

狂欢节文化对文学的影响不仅体现为它促成了小说的产生,更体现为狂欢节文化在此后的整个文学传统之中的渗透和影响。克里斯蒂娃认为,狂欢节文化中的复调结构、对话原则以及拼杂言语等现象在法国第一位小说家拉萨勒的小说文本中已见端倪,在乔伊斯、卡夫卡、普鲁斯特、索莱尔斯等现代派作家的文本中展现得淋漓尽致。[3] 有关狂欢节

---

[1]　Julia Kristeva: *Le Texte du Roman, Approche sémiologique d'une structure discursive transformationnelle*, Paris: Mouton Publishers, 1979, p. 162.

[2]　*Ibid*.

[3]　罗婷:《克里斯特瓦的诗学研究》,北京:中国社会科学出版社,2004 年,第 100 页。

中的表演、语言、音乐等元素渗透到文学作品之中的过程，亚博拉罕斯在其文章《小说与狂欢世界》中以拉伯雷的作品为例进行了深入分析。文章认为，我们可以认为狂欢节是在庆祝暂时的自由：暂时地从普遍的事实和既定的秩序中解放出来。狂欢节标志着取缔一切等级、特权、规章和禁忌。暂时的取缔等级和特权创造出了一种日常生活中不可能存在的特殊交际方式。这种交际方式（语言和动作的交际）中，平等原则主宰着一切。拉伯雷将这种交际方式嵌入书面叙述之中的方法便是将其作为主题事件来嵌入。文章指出，为了使小说表达形式和背景与这种奇怪的、不合理的主题事件相适应，拉伯雷采用了以下两种方法：首先，在第一本书和接下来几本书的序言中，叙事者请读者直接和他一起去吃喝，和他一起作乐，试读他那"精彩的、卷帙浩繁的著作"，由此将他们持续的对话置入了愉快的团体盛宴的框架之内。其次，季节性的盛宴、集市与庆典经常被用作叙述之中描述的行为动作的背景。叙述行为的其他背景——修道院和大学、集市、洪水和饥荒、战争、海陆旅行、新大陆和异国——所有这些背景都包含着一种不寻常或是极端的情况，在这些背景中无不存在对日常生活法则的取缔和颠覆的可能性。通过这些背景，拉伯雷重新创造了狂欢节的无限世界。[①]我们可以看出，狂欢节元素在小说中的渗透往往是通过作者确立与读者之间的对话关系和选取特定的背景（如特殊的时间地点等）来实现的。我们需要注意的是，在狂欢节庆典之中话语只是表演的一个方面，但是在小说中它变成了唯一有效的介质。所指过剩是狂欢节符号系统中的最大特点，而这一点在小说作品中则体现为一种混杂。其中包括语言的混杂、风格的混杂、体裁的混杂和语气的混杂等等。

狂欢节的主题、形式和象征以及相关的文艺复兴时期关于傻子的智慧的概念、严肃剧的哲学对于文学的影响是十分重要的。虽然狂欢节已经退居小说的背景之中，但是它从未彻底地从小说中消失。狂欢节变成了一种为美学目的服务的美学方法。[②]

二、 塞利纳狂欢视角的形成

我们在分析塞利纳作品具有复调性的可能性时曾提到，作者塞利纳丰富的经历和通晓多种语言的优势，为小说具有

---

① Cf. Barbara Babcock-Abrahams: «The Novel and the Carnival World: An Essay in Memory of Joe Doherty», in MLN, Vol. 89, No. 6. *Comparative Literature*. Dec., 1974, p. 924.

② *Ibid.*, p. 935.

复调性提供了一种可能性。塞利纳出生于 1894 年,他的外祖母和母亲都在巴黎经营小店,父亲是一位保险公司职员,时而为报纸画插图。母亲的花边小店位于舒瓦瑟尔巷,地处巴黎中心繁华的 2 区,靠近歌剧院与卢浮宫,那里也是小商业者的天堂。塞利纳儿时的房间就在店铺上面的四楼。菲利普·阿尔梅拉在塞利纳的传记中写道:"舒瓦瑟尔巷,小路易住在广场的上方。他记住了常听到的歌曲、玩笑和当时的抗议情景。他最初的记忆便是一些轻歌剧。"①广场生活的浸染让小路易很早便体会到了狂欢节式的民间幽默。在学校里,小路易是个成绩中等的学生,行为方面被划为表现不良,但在法语作文方面十分出色,列于全班第二名。后来,由于行为问题,小路易被迫转学。弗朗索瓦·齐博在其作品《塞利纳》中详尽叙述了小路易的各位亲人对他的影响,尤其是外祖母。外祖母去世后,小路易从她那里继承了"对冒险的兴趣、爱做梦和爱大笑的习惯"②。他的父母得到了一笔较为丰厚的遗产,小路易也因此可以上钢琴课,并且被父母送往德国和英国学习外语。童年时代的生活环境对于塞利

---

①　Philippe Alméras: *Céline entre haine et passion*, Paris: Robert Laffont, 1994, p.12.

②　François Gibault: *Céline, Première Partie, Le Temps des Espérances* (1894 - 1932), Paris: Mercure de France, 1985, p. 52.

纳来说正如一种狂欢精神的启蒙，而独特的个性也为其狂欢视角的形成提供了基础。塞利纳先后作为军人、医生的职业经历和在非洲、美洲的工作体验，也进一步拓展了他的视野、增加了他的阅历。从儿时的广场生活到后来的海上旅行，塞利纳所生活的地方都仿佛是拉伯雷所选取的特定场景，新奇的人物和环境、混杂的语言为塞利纳狂欢视角的形成提供了可能。塞利纳小说中地点线索异常清晰，而最为权威的塞利纳传记，齐博的《塞利纳》也是以地点为顺序进行叙述。生活环境的不断改变渗透到了塞利纳的创作之中，使其作品中出现"狂欢节场所"的可能性不断增加。

　　塞利纳以独有的狂欢视角来进行小说创作，与其创作的故事背景有着密切的关系。尼古拉·休伊特在《路易-费尔迪南·塞利纳的黄金时代》一书中特别分析了塞利纳创作之初便展现出的狂欢视角，他认为塞利纳《茫茫黑夜漫游》的写作视角极为复杂："这种复杂性在小说前四页左右的篇幅中便被揭示了出来，这几页与小说余下部分的关系，正如普鲁斯特《追忆似水年华》中的'贡布雷'一段与整部小说的关系一样。"①《茫茫黑夜漫游》开头几页的内容与"贡布雷"一段

---

　　① Nicolas Hewitt: *The Golden Age of Louis-Ferdinand Céline*, New York: Oswald Wolff Books, Berg Publishers, 1987, p. 58.

一样有着共同的年代背景。它们共同聚焦于第一次世界大战爆发之前的"美好年代",《茫茫黑夜漫游》的主人公巴尔达缪与阿蒂尔·加纳特在克利希广场露天咖啡座的对话便揭示了这一点。在这里尼古拉·休伊特特别提出《茫茫黑夜漫游》开端部分的时代背景并不是第一次世界大战的开端,而是"美好年代"之秋:"战争正在靠近我们两个,而我们却并没有注意到。"①而普安卡雷总统"正好那天上午在为小狗展览会剪彩。"②尼古拉·休伊特由此推断,这部小说开端的时代背景正是普安卡雷总统访俄之前,也就是这段对话发生在国际关系尚未紧张到战争一触即发的时期。同样,巴尔达缪那似乎无缘由的参军行为,也并不是1914年8月历史事件的反映。实际上在1914年8月,巴尔达缪的这种行为几乎是不可能的,宣战之后军队动员变成了招募,而非自愿参军。由此尼古拉·休伊特总结道:"这一个细微之处在小说的时间背景方面突出了以下三点:首先,在这部小说的开头部分,其重心是完全置于战前;其次,由于并没有立刻宣战,所以巴尔达缪的行为便带有一种不真实的意味;最后,从克利希广

---

①　Louis-Ferdinand Céline: *Voyage au bout de la nuit*, Paris: Edition Gallimard, 2011, p. 9.

②　*Ibid*., p. 7.

场的开端部分到接下来的战争情节本身之间正缺少一种逻辑性的联系。"①也就是说小说开端的背景具有一种不真实性。巴尔达缪和阿蒂尔争论的过程中,"咖啡馆门前列队走过一支部队"②。此时这支奏着军乐、被鲜花簇拥的部队无异于塞利纳所精心安排的一次狂欢节表演,在爱国主义的旗号下,人人平等,人人都可以加入军队里面,巴尔达缪也加入进来"去探个虚实",狂欢化的平等性要素由此形成。然而不久后,"天不作美,下起雨来,鼓劲声消失了,路上已无行人。军乐停止了。"③仿佛狂欢节接近了尾声,一切被打回原形,巴尔达缪正想要离开,"但太晚了!在我们这些平民百姓的背后,营房门悄悄关上了,我们像耗子似的被关在了里面。"④小说中第一个"狂欢场景"便是这样呈现在读者面前。此后战争的情节接连而至,战争的阴影笼罩着整部小说,暴力、恐怖、疯狂、死亡等等主题交错而行,使小说呈现出诸种世界末日的视像。因此,《茫茫黑夜漫游》中的狂欢是一种世

---

① Nicolas Hewitt: *The Golden Age of Louis-Ferdinand Céline*, New York: Oswald Wolff Books, Berg Publishers, 1987, p. 58.

② Louis-Ferdinand Céline: *Voyage au bout de la nuit*, Paris: Edition Gallimard, 2011, p. 10.

③ *Ibid.*

④ *Ibid.*

界末日的狂欢，正如克里斯蒂娃所说："塞利纳的笑是恐怖而迷人的笑，是世界末日的笑。"①

三、 塞利纳小说中狂欢节文化的体现

狂欢节文化和狂欢视角在小说中的出现并不是塞利纳的独创。16世纪拉伯雷的小说中便已经淋漓尽致地描述了狂欢生活，使得《巨人传》有如一场规模庞大的狂欢。在讽刺、夸张、嬉闹的手法方面，塞利纳显然继承了拉伯雷以来的传统。② 塞利纳的特殊之处在于将狂欢与世界末日的概念联系起来，将笑与悲剧联系起来，因此使得他的作品更具有震撼的力量。在狂欢节中，一切平等，秩序被颠覆，等级被取消；而狂欢节文化在文学中则表现为作者的狂欢视角与狂欢思维。以下我们将通过自狂欢节中引申出来的笑与讽刺、降格、加冕与脱冕等等狂欢思维以及塞利纳独有的狂欢视角角度来分析塞利纳小说中所体现出的文本的狂欢性。

巴赫金认为，"笑"的原则是狂欢节的基础也是狂欢节中必不可少的元素。正是基于"笑"的原则之上，秩序被颠覆、

---

① Julia Kristeva: *Pouvoir de L'Horreur, Essais sur l'Abjection*, Paris: Edition du Seuil, 1983, p. 240.

② 参见作从巨："塞林纳的贡献——论《茫茫黑夜漫游》的艺术价值"，载《榆林高等专科学校学报》，2002年第1期，第61页。

等级被取消。"笑"这一元素在塞利纳的作品中同样有着特殊的地位与作用。戈达尔认为，塞利纳之前亦有众多作品探讨现代世界的残酷性：战争、殖民化的各个方面、移民的生活状况、工人在工厂中的环境、大都市郊区的生活等等。能够将塞利纳作品与这些作品区分开来的最重要一点便是塞利纳引入作品中的幽默元素。[1] 甚至在战争中、夜晚的前线上，同样有幽默产生。在众多引起恐慌的因素中，战马和装备的声音会将骑兵变成敌人的靶子，"马蹄声在空中回响，无限扩大，叫人窒息，令人恐慌。"[2]但是几段之后，这种声音又变成了玩笑的对象："我们四个骑兵在大路上发出的声响好像半个团。方圆四小时以外的路程都听得见，听不见的都是假装。这有可能啊，也许德国人怕我们哩，难说，是吗？"[3]塞利纳不断地将战争作为嘲讽的对象，在《北方》中也有同样引人发笑的例证。逃亡之中的塞利纳被德国医生哈拉斯带到德国卫生部的某个部门，见到其负责人利特梅斯特，而令主人公吃惊的是，利特梅斯特彼时正在和五个乌克兰小姑娘玩

---

[1]　Henri Godard: *Henri Godard Commente Voyage au bout de la nuit de Louis-Ferdinand Céline*, Paris: Edition Gallimard, 1991, p. 124.

[2]　Louis-Ferdinand Céline: *Voyage au bout de la nuit*, Paris: Edition Gallimard, 2011, p. 26.

[3]　*Ibid.*, p. 27.

着打屁股的游戏：

> 我没看见他……但是我看见了两个……三个小女
> 孩对我们的到来感到非常开心！一阵疯笑！……她们
> 衣衫褴褛,赤着脚……但是一点儿也不悲伤……光着
> 脚,长头发……她们大概是十岁或十二岁……是波兰人
> 还是俄国人,我问道……
>
> 小乌克兰人！……这是他的贴身女仆,他有五
> 个！……她们让他很开心！他打她们的屁股！为了取
> 乐！她们用鞭子打他,也为了取乐！……①

战时秩序的权威代表人物利特梅斯特竟然趴在地上与
小姑娘们玩着幼稚的甚至是粗俗的打屁股游戏,被小女孩们
鞭打取乐,战争的荒唐与滑稽也因此被揭示出来,塞利纳也
由此将战争比作是参战双方如孩童般互相追打的角色游戏。
塞利纳讽刺的笑声令战争的严肃感荡然无存。

在塞利纳作品中,讽刺占据了一个非常重要的地位。塞
利纳或是通过单纯的文字游戏产生的讽刺效果,或是通过针

①　Louis-Ferdinand Céline: *Nord*, Paris: Edition Gallimard, 2012,
pp. 163 - 164.

对某个个体进行讽刺来表现滑稽幽默的一面。但是由于小说的基调所限定,塞利纳的讽刺和笑中都或多或少带有一种令人作呕或令人恐怖的意味。他所讽刺的对象是一些见不得光的、龌龊的事物,"他[塞利纳]恐怖的笑是卑贱的幽默。"①如《茫茫黑夜漫游》的主人公巴尔达缪在非洲再次与罗班松重逢时,塞利纳描述了罗班松教给巴尔达缪的消遣方式:"这个阴郁的家伙还告诉我如何拿甲壳毛虫取乐:远远地用脚尖对准毛虫,出其不意地猛踢过去。毛虫一批批流着涎哆哆嗦嗦地向我们的木棚屋进攻。但踩死毛虫时得千万注意,一不小心就惹一身臭,毛虫肉浆的臭味一个星期都消散不了。他在什么汇编里读到这些粗笨的丑物是世界动物中最古老的一种,起源于第二地质时期。'我的朋友,我们和它们一样源远流长,怎能不会和它们一样散发恶臭呢?'确实如此。"②把低俗的行为作为消遣,把低等的生物与人类相互比较,貌似科学性的话语中却无处不透着令人作呕的嘲讽,而这种描述如狂欢节的低俗内容一样,通过讽刺的方式带给读者一种全然释放的感受:"笑",塞利纳的讽刺魅力也正在于

---

① Julia Kristeva: *Pouvoir de L'Horreur*, *Essais sur l'Abjection*, Paris: Edition du Seuil 1983, p. 240.

② Louis-Ferdinand Céline: *Voyage au bout de la nuit*, Paris: Edition Gallimard, 2011, pp. 167 – 168.

此。塞利纳以一种简单而通俗的方式，将读者从对语言压制的恐惧与恭敬之中解放出来。从这一方面来讲，塞利纳笔下揭露性的笑，是一种解放的笑。①

巴赫金在狂欢化理论中将"降格"作为狂欢思维的具体表现形式之一。降格意味着在话语中或者假借话语的形式，巧妙地沟通那些崇高与鄙俗的关系，使"崇高"降为"卑俗"，从美本位转到丑本位等。② 降格的思维方式在塞利纳作品中应用甚广。在狂欢节的平等原则之下，首先便会存在大量的降格，降格与讽刺有着一定的区分：降格在文学中的体现大多带有讽刺意味，但是讽刺并不一定会通过降格来实现。《茫茫黑夜漫游》中巴尔达缪初次经历战斗，亲眼看到上校被炸死，他带着恐惧逃亡，寻找其他的队伍。一见到自己人，他"还未到前哨跟前就向他们嚷道：'上校死啦！''有的是上校，死个把算什么！'皮斯蒂尔下士针锋相对地回答，正好是他站岗，兼任执勤。"③在巴尔达缪看来，"上校死了"是一个惨重的失败，是"一场悲剧"，而对于"这帮臭小子"来说，这却是

―――――――――

① Henri Godard: *Henri Godard commente Voyage au bout de la nuit de Louis-Ferdinand Céline*, Paris: Edition Gallimard, 1991, p. 127.

② 王瑾:《互文性》，第 21 页。

③ Louis-Ferdinand Céline: *Voyage au bout de la nuit*, Paris: Edition Gallimard, 2011, p. 20.

"一场普通的失败，不值得一提"。对方接下来的话更令他难以接受："先别管谁接替上校，老弟，跟昂普伊和凯东屈夫去领肉吧。带上两个口袋，教堂后面分肉呢。留神看着点儿，别像昨天尽领些充数的骨头，让人给坑了。尽可能天黑前滚回班里去，浑小子们。"①

我们可以看到这个例证中有明显的两处降格的应用：首先，教堂降格成了屠宰场；其次，将战争对人类的屠杀和人类对牲畜的屠杀置于平等地位，将上校之死与牲畜之死至于平等地位："到处都是血淋淋的，草地上东一摊西一摊的血，顺着地势时而汇合时而散失。几步远的地方正在杀最后一头猪。四个士兵和一个屠夫已经在争吵该谁分得这头猪的下水。"②看见眼前的一切，巴尔达缪不由得恶心得呕吐起来。有评论认为萨特的《恶心》其题目便是来源于《茫茫黑夜漫游》中的这个场景。通过这两处降格思维的应用，塞利纳表明了对于刚刚开始亲历战争的巴尔达缪来说，似乎屠杀无处不在，连教人向善的场所教堂都变成了屠杀生灵的地方，战争的屠杀与教堂后面的屠杀别无二致。

---

① Louis-Ferdinand Céline: *Voyage au bout de la nuit*, Paris: Edition Gallimard, 2011, p. 20.

② *Ibid.*

在克里斯蒂娃看来,塞利纳以狂欢式的方式,淋漓尽致地言说了"恐怖",揭示了人类被压抑的另一面[……]在这一点上,塞利纳的写作超越了象征世界,他所展现的罪恶并不是一种道德上或哲学意义上的罪恶,而是一种象征世界末日的视像。① 因此这是一场血腥的、世界末日式的狂欢,似乎所有人都参与了进来,所有人都变成了嗜血的动物。关于世界末日,塞利纳只是不断地给出音声和影像,却不作出论述、评论或判断。② 这种音声与影像的堆积,使人们似乎于静寂之中听见了死神的狂笑。此处塞利纳通过降格的方式来达到狂欢的效果,又以狂欢的形式来揭示了世界末日的主题。

降格的思维方式通常还会与幽默联系在一起。在《前线》中,塞利纳描绘了主人公荒谬可笑的"战争经历":主人公费尔迪南刚刚参军的暴风雨夜里,便被并入巡逻队,四处巡逻,骑兵队的马因暴风雨而受惊。莫厄下士忘记了口令,他们无法归队,因此只能躲避在马厩里等待着莫厄下士找回口令。延续着《茫茫黑夜漫游》开端的"参军"情节,刚刚被卷入战争的费尔迪南当时的豪情壮志与英雄主义完全地被马厩

---

① 罗婷:《克里斯特瓦的诗学研究》,第 177 页。

② Julia Kristeva: *Pouvoir de L'Horreur, Essais sur l'Abjection*, Paris: Edition du Seuil 1983, p. 240.

里的马粪湮灭，他所遇到的第一场"战斗"的"敌人"是"狂怒的马群，如暴风雨一般冲来冲去"①。而躲在马厩里的滋味也并不好受："我们周围的马粪越堆越高，马粪和马尿融合在一起，构成了结实的堡垒……［……］马粪的味道是可怕的，极为酸涩，刺激喉咙，强迫你必须用鼻子吸气，就像母牛一样。"这段情节呼应了《茫茫黑夜漫游》中巴尔达缪初入军营的故事，并将其具体化。在真正的枪林弹雨、充满硝烟的战争之前，主人公所经历的这场"马粪战争"将战争中的劲敌厮杀与英雄主义降格为在马厩里与粪便为伍，并且为了喝到葡萄酒与马夫斗智斗勇。起初的爱国主义已经被最基本的求生所需所替代，塞利纳对费尔迪南亲历的"马粪瀑布"②描述，更让战争的荒谬可笑达到了顶点，尚未经历炮火洗礼的战士们，首先经历的是一场"粪便洗礼"。以"粪便洗礼"颠覆"炮火洗礼"，战争的硝烟被粪便所取代，塞利纳以降格的狂欢思维表达了对战争的奚落与嘲讽。

与"降格"思维反向的"升格"思维，也同样在塞利纳的作品中承担了重要的狂欢角色。《分期死亡》中外祖母为了向

① Louis-Ferdinand Céline: *Casse-Pipe*, Paris: Edition Gallimard, 1991, pp. 58 - 59.

② *Ibid.*, p. 52.

房客讨租而认真地替他们通马桶的情节便是其中典型的一例：

> 外婆可不跟他们开玩笑，正经八百干起活儿来。她撩起裙子，用保险别针齐腰别住，上身只穿紧身短衫。作业开始了。需要用大量的热水。我们借用街对面鞋匠家的水罐装热水，房客们提供热水倒不吝惜。卡罗琳娜捅啊捅，捅到粪桶的深处，于是毅然决然深入进去，终于捅到堵塞物。茎秆不够长，她干脆把两只胳膊伸进去，房客们都带着孩子来看热闹，想知道掏出点什么，无非是些粪便、纸张、破布。有人故意扔进些破布团。但卡罗琳娜是难不倒的，她不怕任何挑战。
>
> 房客们看到卡罗琳娜掏出堵塞物，疏通了下水道，十分感谢，不好意思再袖手旁观，纷纷前来助我们一臂之力。事毕，他们请我们喝点酒，外婆跟他们碰杯，她从不记仇。[1]

卡罗琳娜外婆是塞利纳笔下最富温情的人物形象之一。

---

[1] Louis-Ferdinand Céline: *Mort à crédit*, Paris: Edition Gallimard, 2011, p. 100.

租客们以马桶堵塞为由不肯交租,她便亲自动手疏通马桶,她用手掏出各种堵塞物的过程,仿佛就是一场污秽的狂欢,不见天日的各种污秽杂物被她一一从马桶中掏出,由此也引起租客们的好奇,加入了旁观甚至帮手的行列。污秽物是令人作呕的,但是卡罗琳娜并不以为然,她将此视为自己分内的工作,她对污秽物的屈从,却同时显示出了强大的战胜污秽的力量:"卡罗琳娜是难不倒的,她不怕任何挑战。"最终污秽的狂欢,延伸至所有人中,每个人都举杯庆祝。这一情节也恰恰印证了"污秽也是新生"①的观点。特别值得注意的是,卡罗琳娜最终死于脏乱不堪的房屋维修,塞利纳描写了卡罗琳娜的死亡,却并没有习惯性地描写残酷的死亡场面和尸体,暗含了卡罗琳娜的死并不同于其他人物,她仿佛死后进入了某种幻境,对卡罗琳娜的死亡的描述,只有家里人处理后事时买玫瑰的细节与母亲对卡罗琳娜的怀念:"我一想到我可怜的卡罗琳娜!……想到一直到生命最后一刻她都那么坚强!……"卡罗琳娜的死亡,无形之中变成了一种污秽中的新生,仿佛这种新生以其强大的力量鼓舞着母亲继续坚强地生活下去。卡罗琳娜由"污秽狂欢"之后进入了"新

---

①　朱莉娅·克里斯蒂瓦:《恐怖的权力——论卑贱》,张新木译,北京:三联书店,2001年,第109页。

生"，这种"升格"的思维，同样以狂欢的形式展现出来，加深了人物的感染力。

除了"降格"这种常用的思维方式外，在塞利纳作品中还可以发现狂欢节中的小丑"加冕—脱冕"这一思维方式。无论是在狂欢节的生活中，还是在狂欢化文学形式中，都体现着具有双重性特征的加冕—脱冕这一最基本的思维逻辑。巴赫金认为，"对文学的艺术思维产生异常巨大影响的，当然是加冕—脱冕的仪式。"①加冕和脱冕是狂欢化思维中不可分离的两个动作，它赋予事物一体双身、正反同体的内部结构。作为概念，加冕、脱冕源于巴赫金对古代狂欢节上换装仪式的分析。在狂欢节中，通过给小丑加冕和脱冕，使国王这一形象不再是一成不变的，动摇其天赋神圣使命的神圣性。在狂欢化理论中，加冕、脱冕作为一种狂欢化思维方式的表现形式，可以用来转换考察现象的视角。② 塞利纳《茫茫黑夜漫游》的开端首先便为上帝脱冕："上帝掐算着分秒和金银，绝望，好色，猪一般的气恼。插着金翅膀的猪到处钻营，肚子朝天，期待抚爱。这就是他，我们的主宰。我们快快

---

① 巴赫金：《巴赫金全集》第二卷，李辉凡、张捷等译，石家庄：河北教育出版社，1998 年，第 165 页。

② 胡学星：《狂欢与对话——维索茨基诗歌研究》，北京：华艺出版社，2006 年，第 62 页。

拥抱吧!"①这是小说第一章中巴尔达缪所作的"诗"。塞利纳借巴尔达缪的诗将上帝脱冕为猪的形象,正如狂欢节对权威的挑战。巴赫金认为,与官方的节日相比较,狂欢节是一种胜利,它暂时地与既有制度中居于主导的事实进行对抗,暂时地废除了所有的等级关系、特权关系,废除了规则与禁忌。②那么上帝被脱冕,权威不复存在,小说中的一切由此可以进入一场平等的狂欢之中。

在"战争三部曲"中,塞利纳不断重复"车厢狂欢"这一场景——妇女和儿童闯入纳粹军官的火车厢,把他们的衣服扒下来,这种对权威的反抗,也同样是塞利纳"脱冕思维"的典型例证。《从一座城堡到另一座城堡》中的"车厢狂欢"便是这个"脱冕行动"的开端:

　　他们想要我们所有的被子! 他们有他们自己的红十字会的被子! 该死的孩子们! 他们还想要我们的旧衣服[……]我们所穿的一切! ……他们把我们身上的

---

①　Louis-Ferdinand Céline: *Voyage au bout de la nuit*, Paris: Edition Gallimard, 2011, p. 9.

②　M. Bakhtine: *L'Oeuvre de François Rabelais et la Culture Populaire au Moyen Age et sous la Renaissance*, Traduit du russe par Andrée Robel, Paris: Edition Gallimard, 1970, p. 18.

衣服扯碎！必须要自卫！他们就是掠夺者！这些可怕的小孩子！……[……]他们利用喧闹来撕扯我们的衣服，而后是打着鼾的部长们！……[……]车厢已经变成了马戏团！①

　　这种"脱冕行动"，是狂欢思维的精彩展现，将事物的逻辑反向、本末倒置，部长们被孩子们撕扯衣服。在《轻快舞》中，这种狂欢甚至发展到了军官们穿着睡衣去跟孩子们抢夺他们的短裤②，高高在上的军官们被撕去了衣服，甚至拖鞋都跑丢掉，赤着脚被动地加入了孩子们的游戏与狂欢之中，他们的权威被瓦解，真相被揭穿，塞利纳带着令人捧腹大笑的滑稽笔调，继续描述着丢掉鞋子的细节，将这一被脱冕的权威形象勾勒得惟妙惟肖：女人们就站在对面，他没法过去！……而且她们还要他的拖鞋！……他反抗着！"啊，不！……不！……"她们用力地拉他的脚……现在他过去

---

① Louis-Ferdinand Céline: *D'un Château l'autre*, Paris: Edition Gallimard, 2012, p. 383.

② Louis-Ferdinand Céline: *Rigodon*, Paris: Edition Gallimard, 2012, p. 88.

了！光着脚！……①一场"车厢狂欢"在战争三部曲中不断重现,塞利纳以颠覆一切的狂欢精神将军官们和部长们的衣服扯下,战争中的权威也由此被塞利纳归结成他们的内衣拖鞋一样,可以被妇女和儿童踩在脚下。

在狂欢的视角下,小丑可以被加冕为国王,懦夫可以被加冕为英雄。塞利纳笔下并不乏这样的人物:《分期死亡》后半部分的主要人物库尔西亚是一个虚伪的"科学家",塞利纳带着嘲讽的口吻描述"他的学识涵盖了所有的学科门类"②,他的作品"简直可以称得上卷帙浩繁！可以读好几个冬天的读物,好几公斤的故事""换言之,这些知识冠冕堂皇,晦涩难懂,可以毫不夸张地说,几乎毫无用处……"③但是库尔西亚却不断地为自己加冕,并把同样疯狂的伪科学"崇拜者"的信读给费尔迪南听:

　　　　亲爱的库尔西亚,亲爱的大师和尊敬的先驱！确确实实多亏了您,您那奇妙的和如此一丝不苟的(家庭)天

---

①　Louis-Ferdinand Céline: *Rigodon,* Paris: Edition Gallimard, 2012, p. 88.

②　Louis-Ferdinand Céline: *Mort à crédit*, Paris: Edition Gallimard, 2011, p. 360.

③　*Ibid.*

文望远镜,使我得以在昨日凌晨两点钟,在我自家的阳台上,看见整个月球的全貌[⋯⋯]⋯⋯谨向您,亲爱的、优雅的仁慈的大师致意,全身心地,在人世间,在那些星球上。

——一个脱胎换骨的人①

但是紧接着叙事者便一步步揭穿了他的谎言:

他一直像这样,在他那个丁香花那种淡紫色的文件夹里保留了所有喋喋不休地向他表达仰慕之情、废话连篇的信。其他那些不赞成他的,恐吓的,苛刻的,生了脓包的信函,当即都会被他付之一炬。[⋯⋯]我觉得,那些表扬信,那是他自己写给自己的⋯⋯他把它们拿给来访的人看⋯⋯②

以"科学家"自居的库尔西亚,实际上是一个沉迷于赌马的赌徒,他的科学杂志社也不过是为了以坑蒙拐骗的方式为

---

① Louis-Ferdinand Céline: *Mort à crédit*, Paris: Edition Gallimard, 2011, pp. 375 – 376.

② *Ibid*.

自己赌马提供资金。但是他不断地通过自我加冕的形式，使所有的访客都相信自己是一个"大师"，一个真正的科学家，这种切切实实地为自己加冕的行为，却不停地被主人公揭穿，"他甚至是个臭东西，小家子气，嫉妒心强，阴险奸诈"①……一个狂欢节中小丑的形象一览无余地呈现出来。当狂欢结束，秩序恢复的时候，我们看到破产的库尔西亚，无法面对自己的失败，以残酷的方式饮弹自尽。从历史的角度讲，库尔西亚的悲剧令读者看到"美好时代"期间科学进步也如一场狂欢，真伪科学同时涌现出来，人们带着疯狂的热情投入到这场狂欢之中。塞利纳也不遗余力地对万国博览会、探空气球、汽车工业、地铁工程、永动机、电磁波等等进行细致的描述，这场科学狂欢中不乏一些不适应科学进步的小人物，也不乏一些盲目崇拜伪科学的"伪科学家"，塞利纳以狂欢的笔调勾勒了这个历史时期的特色，真实地记录了"科学大进步"过程中被人忽略的历史。

如果说狂欢文化在塞利纳小说中的出现是塞利纳狂欢思维的具体化，那么狂欢语言和狂欢场景的应用则是塞利纳狂欢视角的卓越体现。狂欢节的特点之一是语言的混杂性。

---

① Louis-Ferdinand Céline: *Mort à crédit*, Paris: Edition Gallimard, 2011, p. 360.

关于塞利纳小说中语言所呈现出的众声嘈杂的复调效果以
及小说中的各种对话关系,我们在第一节之中已经做出分
析。第二节对于小说音乐性的分析则体现了塞利纳小说体
裁混杂的一个侧面。克里斯蒂娃认为这部小说"从社会束缚
方面来讲,或从某种意义上来说,从恨的角度来讲是一部现
实主义小说,而更确切地说它是一个传奇,但同时也是音乐,
是舞蹈,是激情,是被沉默所包围的音符",总之,"塞利纳的
文本其体裁方面尤为糟糕"①。这一评论恰好体现出塞利纳
小说中体裁的混杂多变,从而揭示出作品狂欢性的本质。

从狂欢场景方面来讲,塞利纳一直在非常用心地选择每
个情节的地点要素。我们不难发现,塞利纳所应用到的场景
经常是战场、外国、大海,甚至天空与幻境等等,而这些场景
恰恰是完全可以逃离法律的规范,为狂欢效果的展现提供了
一个可行的空间。《茫茫黑夜漫游》的主人公巴尔达缪在开
往非洲的航船上的场景便是塞利纳在场景选择方面的经典
案例。巴尔达缪带着对非洲的向往和梦想乘上"布拉格通海
军上将号"后,却发现"现役军人和在职公务人员的旅行是完
全免费的,他们发自内心的快乐不言自明。[……]唯独我一

---

① Julia Kristeva: *Pouvoir de L'Horreur*, *Essais sur l'Abjection*,
Paris: Edition du Seuil, 1983, p. 160.

人自费旅行。"①"我被怀疑为间谍、可疑分子,人人斜着眼睛打量我,[……]我成了众矢之的,船上最没教养的人,惟一不可容忍的人。"②在海上这样一个特殊的封闭环境中,被赋予了这样一个特殊的身份,显然主人公需要作出一番挣扎才能保全自己。巴尔达缪已经意识到"大海把我们禁锢在这个封闭的竞技场里,连机械师都知道要出事了"③。此时的巴尔达缪恰似狂欢节中供人取乐的小丑角色,每个人都关注着他的一举一动,而由海洋造成的封闭环境也使一切法律原则的束缚被人们抛在了脑后。费雷米宗上尉原本是要代表全船的人将巴尔达缪这个"十恶不赦的坏蛋"扔进大海,但是却被巴尔达缪的谎言恭维和胡言乱语所迷惑,因为"军人在不杀人的时候像个孩子,因为没有思考的习惯,很容易被人糊弄。一旦你对他说点什么,他就得费牛劲消化你所说的话"④。在上尉"绞尽脑汁思索"巴尔达缪的长篇大论时,巴尔达缪喊出了"法兰西万岁!"这一口号,又一次在爱国主义口号的遮掩下,巴尔达缪成功地救护了自己。而军官们也只好答应巴

---

① Louis-Ferdinand Céline: *Voyage au bout de la nuit*, Paris: Edition Gallimard, 2011, p. 113.

② *Ibid*., p. 114.

③ *Ibid*., p. 118.

④ *Ibid*., p. 121.

尔达缪"为我的健康和我们的和解开怀畅饮"。巴尔达缪"挨次——请求这些英雄豪杰讲述他们的业绩，讲述勇猛的殖民军的故事。"[1]"这样，我悄悄地加入他们的圈子，逐渐引起他们的兴趣。关于战争，他们讲了许多废话，不亚于先前我在医院里听到的和自己编造的……"[2]巴尔达缪"加入他们的圈子"，有关战争的谎言狂欢又一次开始，这场狂欢为巴尔达缪提供了与众人平等的身份，从而使其得以解脱。正如巴赫金所说："狂欢节之中，个人仿佛具有了第二种生活。这种生活使他能够与他的同类保持一种新鲜的、绝对人道的关系。各种藩篱暂时消失。这种人与人之间的关系是以真正的人道主义为标志的。然而真正的人道主义不过是想象或抽象思维的产物。在狂欢视角的感知下，乌托邦的理想与现实暂时地混为了一体。"[3]然而这种平等性仍然是暂时的，航船靠岸后，这场狂欢也随之结束。特殊的场景，大海、航船、欢宴等等为狂欢节元素的引入提供了可能，正是通过这样的特殊

---

① Louis-Ferdinand Céline: *Voyage au bout de la nuit*, Paris: Edition Gallimard, 2011, p. 122.

② *Ibid*., p. 123.

③ M. Bakhtine: *L'Oeuvre de François Rabelais et la Culture Populaire au Moyen Age et sous la Renaissance*, Traduit du russe par Andrée Robel, Paris: Edition Gallimard, 1970, p.18.

环境，塞利纳将狂欢节式的故事情节作为主题事件引入了叙事之中，引入了小说背景之中，从而使狂欢元素与小说的叙事融为了一体。

小结

本节通过作者的狂欢思维与狂欢视角两个角度，探讨了塞利纳小说中所体现的狂欢节文化，作者将大量狂欢节元素应用于写作之中，给小说文本带来了独特的释放能力。但是这种狂欢化的方法在法语文学创作传统之中早已有之，第一部法语小说便融入了大量的狂欢节文化元素，拉伯雷的《巨人传》更是淋漓尽致地描写了狂欢生活。虽然塞利纳小说中这一写作方法使人产生了耳目一新的感觉，但是它并不是塞利纳的原创，而是法国文学传统之中一种最古老的创作方式。这也同样再次印证了塞利纳小说与最为古老的写作传统之间有着密不可分的关系。狂欢节由特定时间、场所、人物和话语等等元素构成。狂欢文化的各种原则以及狂欢节的元素通过文学手段进入小说中来，给小说赋予了狂欢色彩。狂欢文化的诸多原则渗入到小说的写作中来，不可避免地给小说带来一种颠覆性的效果，因为狂欢节本身便要求打破一切日常规则。塞利纳与传统的狂欢写作的不同之处便在于他将这种颠覆性推向另一个顶点。他独辟蹊径，通过将狂欢节与世界末日的概念联系起来,从而向读者展现了盛大的末日狂欢世界。塞利纳通过特定的场景将各种世界末日式的声音引入了他的狂欢世界,在这个世界里,"他的笑声喷射出来:无意识的喷射,压抑物的喷发,受压迫的快乐的奔放,不管是有关性还是有关死亡。"①将"世界末日"这一意象与狂欢化相联系,正是塞利纳小说"颠覆性"效果的表现方式之一。狂欢节的笑是一种肆意的、释放性的笑,带有一种诙谐讽刺的意味。在塞利纳小说中,笑具有多重含义:讽刺、揭示、预示等等。引起"笑果"的首先是文字游戏、词语表述、隐喻对比或是滑稽的场景等方面,但是塞利纳小说中的笑通常是与悲剧结合起来的笑,是处处展现着失望情绪的笑。塞利纳利用狂欢节中这一最突出的元素"笑"来释放自己强烈的感情,无论写作过程中所应用的降格手法、讽刺手法或是加冕与脱冕对应的手法等等,其最终目的都是引起"笑"的释放。

---

① 克里斯蒂瓦:《恐怖的权力——论卑贱》,第295页。

第二章　塞利纳小说的主题书写

　　本章的研究对象是塞利纳小说中的主题符号系统，以符号学中的"同位素性"理论为研究方法，深入探讨塞利纳小说中的生存与死亡主题、空间与时间主题，以及各个主题之间的相互关联，力图揭示塞利纳构建出的时间与空间，以及在塞氏独有的时空之下"人"的境遇。生存与死亡是塞利纳小说中讨论的重要内容。在战争的背景之下，求生成了塞利纳笔下人物的本能，但是死亡威胁却时刻如影随形。从《茫茫黑夜漫游》到《轻快舞》，战争把整个世界变得黑白颠倒，天翻地覆。[①] 丰富的时间与空间变化是塞利纳小说的重要特色。

---

　　① Philippe Destruel: *Louis-Ferdinand Céline*, Paris: Armand Colin, 2005, p. 19.

塞利纳以主人公的逃亡之路作为空间变换的线索，以主人公的逃亡历程作为时间变换的线索，其小说的人物就在这个时空错乱而充满威胁的世界中不断地经历由生到死的挣扎。

第一节　塞利纳小说中的"生存"与"死亡"

塞利纳的小说是以人为中心的。其主人公费尔迪南不断地以自己的视角观察着人类——那是生存于战争中的恐惧的人类，是在死亡面前被吓呆的人类。塞利纳笔下的"人"同时是"感受的人""说话的人""思考的人"①，但是无论他说什么、想什么，都无法抵抗压在生存之上的死亡的威胁。死亡的威胁从人的出生开始便时时刻刻存在着，因此塞利纳将笔下人物的生存状态定性为"分期死亡"。在塞利纳的小说中，"生存"与"死亡"并不是两个相互独立的主题，而是休戚相关、密不可分的，因此，我们更倾向于将其称为"生存与死亡"主题。塞利纳通过各种比喻方式来阐释生与死的紧密关联，例如将睡去的人比作"睡着了的肉"："……睡觉，有点像

---

① Philippe Destruel: *Louis-Ferdinand Céline*, Paris: Armand Colin, 2005, p. 20.

死那样睡去，睡着了的肉……"①

　　本章的研究重点在于探讨塞利纳通过何种方式展现"生存与死亡"。符号学以意义为研究对象，但它的关注重点并不在于意义的呈现，而在于意义的生成过程。我们以符号学手段分析塞利纳小说的主题问题，也将着眼点定于主题的生成过程。在文本表面的词汇与话语层面，我们看到的是作家所呈现出的意义效果，我们的研究则是透过文本表面来发掘文本深层的意义特征。本章中我们将借助"同位素性"这一符号学概念，对塞利纳小说文本的同质性进行研究。意义效果在文本的深层被分解成为诸多最小特征（核义素与类义素②），这些最小特征的重复便构成了符号学的同位素性（*isotopie sémiologique*）和语义学同位素性（*isotopie*

---

① Louis-Ferdinand Céline: *Féerie pour une autre fois* Ⅱ, Paris: Edition Gallimard, 2011, p. 385.

② "核义素"在法文中作"sème nucléaire"，是指对词汇形象或话语形象本身进行定义的特征；"类义素"在法文中作"classème"，是指词汇形象或话语形象在语境中所呈现出的语义特征。我们将核义素的信息重复称为"符号学同位素性"，将类义素的信息重复称为"语义学同位素性"。类义素的存在依赖于语境中的其他词汇或话语形象，而核义素的存在只与词汇或话语形象本身相关。

sémantique)。① 我们研究塞利纳小说文本的同质性，即通过分析意义效果在文本的深层被分解成的诸多共同特征，发掘其主题的生成路径。

文本的表层与深层的构成，可以参见下表：

表层	意义效果 以形象路径（*parcours figuratifs*）形式组成的词素
深层	被分解成明显的特征
	核义素重复：符号学同位素性 类义素重复：语义学同位素性

本章着重关注核义素重复，即符号学同位素性在塞利纳文本主题生成过程中的重要作用。同位素性被定义为"同一类别表意元素的重复结果"②，或者"话语语链中恒定的意义效果"③。从符号学角度来看，文本中形象路径在表层揭示出话语中形象的展现形式；而在深层，这些路径则作为符号学同位素性被核义素的重复信息组织起来。这些核义素是

---

① Groupe d'Entrevernes: *Analyse sémiotique des textes*, Lyon, Presse Universitaire de Lyon, 1979, p. 126.

② Anne Hénaux: *Les enjeux de la sémiotique*, Paris: PUF, 2012, p. 54.

③ Denis Bertrand, *Précis de sémiotique littéraire*, Paris: Nathan, 2000, p. 97.

形象路径所特有的。① 由核义素重复信息构成的符号学同位素性确保了形象路径的一致性,即文本所展现出的同质性。文本中的同位素性并不是单一的,因此,文本会呈现出不同形象路径交织的效果,是一系列相互关联的形象展现,即我们在文本表层所关注到的"复调效果"。

我们以同位素性为手段对塞利纳小说中"生存与死亡"主题生成过程进行研究,主要的研究路径即通过表面的"话语形象"分析文本表层的"形象路径",从而深入到文本深层,发掘出这些形象所固有的、共有的核义素特征及其信息重复,即符号学同位素性,从而展现出塞利纳小说中通过将不同外在形象相结合,展现共同意义、突出"生存与死亡"主题的形式与方法。

一、"生存"与"死亡"的物质化

作为医科出身的作家,塞利纳一直以科学与客观的态度观察着世界。生与死对于塞利纳来说都是物质决定论的世

界，是事物的聚集，是化学的或有机的分解。① 对于塞利纳来说，世界与生命就是从生到死之间的各种现象的麇集，而这些现象总是与世界末日相关。② 在塞利纳的小说中，我们所能看到的生存样态——出生、生病、老去，无一不是处于战争与死亡的威胁之下，呈现出"一贫如洗的人们和他们所有的不幸与所有的混乱"③，为了逃避这种状态，生存着的人们不得不一次又一次面临逃亡的命运。

塞利纳笔下的"人"，从出生开始便被视为处于危险之中。塞利纳小说中，多次关于"出生"这一动作的描述，主人公费尔迪南医生也表现出对"出生"的极度关注："分娩是非常值得观看的！……仔细观察……细致入微……"④塞利纳所叙述的"出生"大多数是在困难条件下的分娩，从《茫茫黑夜漫游》中因流产大出血而死的未婚少女到《从一座城堡到另一座城堡》中在火车上分娩的孕妇，都展现出了人的出生

---

① Philippe Destruel: *Louis-Ferdinand Céline*, Paris: Armand Colin, 2005, p. 19.

② *Ibid.*

③ Léon Daudet: «Louis-Ferdinand Céline: Voyage au bout de la nuit», in *Candide*, 22 décembre 1932.

④ Louis-Ferdinand Céline, *Rigodon*, Paris: Edition Gallimard, 1969, p. 234.

所面临的危险以及生育给女性带来的危险。作者将"人"的
概念从一开始便定义为处于死亡危险之中的血肉之躯。"出
生"已经是危险的事情,而"分娩"更是让人看到女性的痛苦
的肉身。在"生"这一场景中,塞利纳并不直接描述婴儿,而
是侧重表达女性忍受的痛苦与人的出生所将面临的险境。
塞利纳将女性比作蜡烛,"女人们像蜡一样衰落下去,会变
质,会融化,会滚落,会凝固,会渗透……蜡烛的结局是可怕
的,女人的结局也是一样……"①人,特别是女人,被当作一
种物质化的存在,被当作一个有机体来客观对待,她的肉身
重于她的意识与精神。塞利纳甚至将女性的身体与动物联
系起来,《茫茫黑夜漫游》中第一个女病人有着"母马一样的
腿和胯骨"②。不幸的是,这个动物般的、健康结实的女人,
最终也很快地因流产而面临死亡。

　　写作对于塞利纳来说是一种接近客观事实的生理与心
理的材料。③ 从生理的角度分析,"出生"的人与"分娩"的女

---

① Louis-Ferdinand Céline: *Féerie pour une autre fois* Ⅰ, Paris: Edition Gallimard, 1995, p. 27.

② Louis-Ferdinand Céline: *Voyage au bout de la nuit*, Paris: Edition Gallimard, 2007, p. 259.

③ Philippe Destruel: *Louis-Ferdinand Céline*, Paris: Armand Colin, 2005, p. 19.

人这两个话语形象，同时存在于"生"这一形象路径之中。女人像动物一样健康、享受身体的快乐的同时，也面临着因生育而带来的种种痛苦。"身体"（痛苦的身体）成为"出生"与"分娩"这两个形象之中的核义素。更确切地说，此时的人的身体，并不被视为有意识的身体，而只是被当作"肉身"，如行尸走肉般存在着，无论是后方的女人，还是战火中的军人。《茫茫黑夜漫游》的主人公巴尔达缪到了战场上才明白人只不过是注定死亡的肉，谈到他和他的战友们时，他说："我们这些肉是注定用来献祭的。"①对巴尔达缪来说，战争的杀戮如同阿兹特克人用同胞祭祀，残忍而毫无怜悯之心。"听说阿兹特克人动辄在他们的太阳神庙里每周宰杀八万信徒，祭祀云神，求神降雨。这种事情在我们参军之前是难以想象的，参军之后便不言而喻了。阿兹特克人对他人身躯的藐视，我已经从戴藏特莱将军对待鄙人贱体的态度中体察到了。"②"人"的概念越来越被具象为"身体"甚至是"肉"的概念，塞利纳将"人"变成"肉"，以物质性的一面来观察和思考人的存在。在"人"的形象之下，其内在的、恒定的、核心的

---

① Louis-Ferdinand Céline: *Voyage au bout de la nuit*, Paris: Edition Gallimard, 2007, p. 97.

② *Ibid*., p. 37.

"躯体性"一面展现出来。我们可以通过下面的表格来呈现
文本中表层的话语形象例证与其核义素关系：

表层形象与 形象路径	"出生的人""分娩的女人"（"生"） "战争中的士兵"（"参军"）	
深层核义素与符号学 同位素性	核义素： 面临危险的身体、痛苦的身体 "注定被献祭的肉"（有机物）	
	符号学同位素性： （生存的）物质性	

　　将"人"视为"肉"，即将人物质化，因此人的生存便具有
了可以聚合与分解的物质性的一面。谈到肉体，就是谈到病
痛，谈到毁灭，谈到一种无法命名的与死神接触的东西。[①]
战争将人类卷入其中，人们会在战争这个巨大铁锅中被当作
"肉"来烹饪。塞利纳在小说中提出了一个悖论：通过现代医
学以及输血技术，战争中的伤员会被再次"充血"，然后送上
战场。医疗原本应该为生存服务，在战争中却服务于死
亡。[②]《茫茫黑夜漫游》在一开始便透过主人公之口道出了

[①]　Micheline Besnard: «D'un innommable l'autre: Féerie pour une autrefois», in *Littérature*, n°60, 1985, pp. 19 - 30, p. 20.

[②]　Pierre-Maire Miroux, *Matière et lumière, la mort dans l'œuvre de Louis-Ferdinand Céline*, Paris: Société d'études céliniennes, 2006, p. 56.

"生存"被分解的真相："所有这些肉都一起大量地渗着血"①。被当作"肉"的人的身体最终血液渗出，慢慢分解，在战争中化为乌有。

从物质性的角度解读塞利纳笔下的这个物质世界，便能够充分理解其中反复出现的粪便、呕吐物等外在形象。这些形象代表了人作为物质性有机体的化学分解或是有机分解，人要"生存"，就必须从这些现象中解脱出来或是习惯它们。物质性的"人"的生存，即要与这种分解对抗。分解无时无刻不对生存产生着威胁。这种分解的结果，便是以粪便、呕吐物、腐烂物等形式存在的死亡，即死亡的物质化存在。从"生存"的物质化，到"死亡"的物质化过程中，"分解"起着至关重要的作用。粪便与排泄是分解的重要表现形式之一。《茫茫黑夜漫游》中，巴尔达缪听到一对父母鞭打女儿，而后又在厨房水槽边做爱，一些痛苦的幻觉呈现在巴尔达缪的耳朵里，因为女人最终跟丈夫表达了想吃大便的欲望。②《分期死亡》中，库尔西亚的最后一次气球飞行结束在一片粪沼里。

---

① Louis-Ferdinand Céline: *Voyage au bout de la nuit*, Paris: Edition Gallimard, 2007, p. 18.

② *Ibid.*, p. 267.

最后一次试飞中,气球"在一阵可怕的拉肚子声中解体了"①。《前线》中,迷路的士兵们先是躲在随处可以沾上马粪或马尿的马厩里,而后又在马粪的雪崩中缩成了一团。②在《别有奇景Ⅰ》中,四个作家跳墙到主人公的小房间,用小车推着他,把他丢在施肥的田地里,朝着他撒尿。③《从一座城堡到另一座城堡》中,主人公在西格马林根栖身的洛文宾馆厕所发生"爆炸":"最不可思议的时间是每天厕所确实没法使用的时候……晚上八点钟左右……厕所在粪便炸弹的轰炸中爆炸了!……整个走廊里一大股喷射物冲出来,我们的房间里也是!……楼梯上是粪便的瀑布。"④人被粪便困住,成了粪便的囚徒。《茫茫黑夜漫游》中,巴尔达缪在纽约看到美国人下到一个类似地铁的地方,塞利纳在这段描述中,对排泄的迷恋已经达到了极致:

----

① Louis-Ferdinand Céline: *Mort à crédit*, Paris: Edition Gallimard, 2011, p. 421.

② Louis-Ferdinand Céline: *Casse-Pipe*, Paris: Edition Gallimard, 1970, pp. 57 – 65.

③ Louis-Ferdinand Céline: *Féerie pour une autre fois I*, Paris: Edition Gallimard, 1996, pp. 130 – 140.

④ Louis-Ferdinand Céline: *D'un Château l'autre*, Paris: Edition Gallimard, 2012, p. 190.

"我坐的凳子右边正好有一个大洞口，就在人行道上，很像我们的地铁。[……]我看到很多行人进进出出，原来他们到地下室去大小便。我立即行动起来。地下室也是用大理石建成的。但见一个大池子，有点像游泳池，但没有水，散发着恶臭。[……]透进来的日光非常微弱，再被解纽扣的人一挡，几乎没日光了。大家都不回避，涨红了脸向池子里泄赃物，发出不堪入耳的声响，男人之间这样随随便便，嘻嘻哈哈，互相打气，大有足球场的气氛。人们一到，首先脱去上衣，好像要进行体力的较量：凡事要有合适的穿着嘛，这是规矩。然后放肆起来，打嗝的打嗝，放屁的放屁，手舞足蹈，各自占个粪坑，好像这里是疯人院。从台阶下来的人和在粪坑旁的人互相开玩笑，话语污秽，但大家都嘻笑眉眼。[……]我恍然领悟消化和庸俗的奥秘，发现了共同拉粑粑的乐趣。"①

每一个与粪便有关的场景，都带有狂欢的性质，如同战争一样颠覆了世界的秩序。人们处于粪便的威胁之中，就像

①　Louis-Ferdinand Céline: *Voyage au bout de la nuit*, Paris: Edition Gallimard, 2007, p. 195.

处于死亡的威胁之中,粪便的狂欢便具有了末日狂欢的特性。粪便与排泄的外在形象,其内核即有机体的消化分解,是一个衰落与消失的象征,人们被困于这种衰落之中,便是被困于死亡的威胁之中。粪便所代表的有机分解是可怕的,"一点小事就能让一切都消失……括约肌,膀胱,肠子……"①无论男人还是女人,都注定被分解成为自身存在的呕吐物和排泄物。战争中,人就像粪便一样被驱逐恶,被排泄,被肠道彻底分解。因此,塞利纳将 1940 年 6 月初的大溃退,形象地称为"肠绞痛"②。粪便是人体土崩瓦解的象征,人们如果想要掌控自己的境遇,就必须与身体内的粪便进行斗争,否则便可能被粪便所吞没,粪便也就是死亡本身。③ 如果人们对体内的粪便采取听之任之的态度而不进行斗争,那么他便屈服于粪便所代表的死亡的力量,不可避免地走上"愚蠢"之路,成为"粪便的奴隶"。纽约的地下厕所

---

① Louis-Ferdinand Céline: *Nord*, Paris: Edition Gallimard, 2012, p. 383.

② Louis-Ferdinand Céline: *Rigodon*, Paris: Edition Gallimard, 2012, p. 257.

③ Pierre-Maire Miroux: *Matière et lumière, la mort dans l'œuvre de Louis-Ferdinand Céline*, Paris: Société d'études céliniennes, 2006, p. 67.

的大段描述,便是塞利纳对"粪便的奴隶"的具体刻画,麻木的人们以排泄为乐,他们的"日常粪便"[1]已经完全左右了他们的生存。塞利纳作品中粪便的出现仿佛没有任何缘由随处可见,而当我们将粪便与死亡联系起来,这种随处可见的粪便,实际上便成为无处不在的死亡威胁。在《分期死亡》中,父亲被自家店门口的"粪便"与"浓痰"所激怒,花了大量的时间去清理,最后终于爆发,把自己关在地下室里,拿着手枪向他所见的一切射击。这实际上是某种形式上的自杀,是由粪便牵引着走向死亡的世界,父亲走下地下室,象征着走下了地狱。当他子弹打尽重新上来的时候,"面无血色,有如死人"[2]。

便秘是人被粪便禁锢的最明显的表现形式,因为人首先把粪便禁锢在了自己的身体里。人无法排泄,便被粪便所控制。在《分期死亡》中,母亲的便秘反复出现,因此也会激怒父亲。"她如果不规律地排便,就会使父亲感到恐怖,使他发

① Pierre-Maire Miroux: *Matière et lumière, la mort dans l'œuvre de Louis-Ferdinand Céline*, Paris: Société d'études céliniennes, 2006, p. 68.

② Louis-Ferdinand Céline: *Mort à crédit*, Paris: Edition Gallimard, 2011, p. 337.

怒(……)他就只想着她的大便"①。父亲的责骂使母亲因便秘感受到的痛苦加倍,不得不在双倍的痛苦之中战战兢兢地生活。《茫茫黑夜漫游》中,塞利纳也指出了粪便对人的禁锢带来的痛苦:

> 污物不求长存也不求增长,所以在这一点上我们比粪便更为不幸:粪便在我们体内留的时间越长,我们受的折磨越大。②

在描述纽约的厕所时,塞利纳还特意刻画了一个细节:等待空位的人一边吸着烟一边拍着正在排泄的人的肩膀,而那个便秘的人用手捂着头,很多都像是伤员或是产妇那样呻吟着。便秘的人同时还受到等位的人的折磨,塞利纳将这种痛苦比作产妇的痛苦,同时也将便秘与流产联系了起来。流产的血淋淋的肉与便秘排出的带血的粪便产生了某种关联——生与死的象征具有惊人的一致性,其物质化特征也由此更加明显地表现出来。我们可以通过下面的表格对塞

---

① Louis-Ferdinand Céline: *Voyage au bout de la nuit*, Paris: Edition Gallimard, 2007, p. 628.

② *Ibid.*, p. 606.

利纳文本表层的形象与其深层的核义素与同位素性进行
分析：

表层形象与 形象路径	"粪便""便秘"（"排泄"）
深层核义素与符号学 同位素性	核义素： （有机物的）消化与分解； （粪便的）禁锢
	符号学同位素性： （死亡的）物质性

　　塞利纳通过"排泄"这一外在形象路径的重复运用，不断
地展现"粪便"与"便秘"等排泄过程中的外在形象。粪便是
人或动物消化形成的食物残渣等，经由肛门排泄出来。其内
在最重要的恒定核义素是有机体的消化过程，其物质形式是
通过消化过程而形成的食物残渣等。而便秘是临床常见的
一种复杂症状，主要指排便次数减少、排便费力等。其恒定
核义素即禁锢，排泄物禁锢在身体里无法排出，而人却因为
这种禁锢被粪便所禁锢。塞利纳通过医生独有的视角不断
重复地描述消化与排便及其各种形式的呈现，使其中核义素
不断重复，强调了人作为有机体存在的物质性，与此同时又
将粪便与死亡密切联系起来，使粪便这种人体的有机分解形
式产生的垃圾成为死亡的一种物质展现，从而将死亡物质
化。战争中、流亡中投宿的宾馆粪便堆积甚至发生爆炸，逃

亡途中的火车的厕所污物四溢,面临死亡威胁的士兵们躲避在马粪堆里,并被粪便所掩埋,更有甚者,在《北方》中塞利纳还会将人的死亡安排在粪池里。人为了求生存,不得不与粪便做斗争,甚至是与自身体内的粪便做斗争,在夸大粪便的功能的同时,塞利纳强调了粪便的战争隐喻:在战争这个人类自己亲手制造出的庞大的有机体中,人类自身就是粪便,注定无法逃离被排泄(死亡)的命运。

　　除粪便之外,呕吐物也是塞利纳将死亡物质化的具体形象之一。《茫茫黑夜漫游》中描述士兵们在教堂后面露天屠宰分肉的场景,"到处都是血淋淋的,草地上东一摊西一摊的血,顺着地势时而汇合,时而散失。"①看到这种场景,"我感到顶不住了,把身子靠在一棵树上,不禁大吐特吐起来,非同寻常的呕吐,一直吐到昏厥过去。⋯⋯我苏醒过来的时候,只听到中士在骂娘,战争且完不了呢。"②这个场景中塞利纳为我们提供了其作品中多次的"肉"的展示:

　　　　草地上摊着一大片口袋和帆布帐篷,上面堆着许多

---

　　① Louis-Ferdinand Céline: *Voyage au bout de la nuit*, Paris: Edition Gallimard, 2007, p. 20.

　　② *Ibid.*, p. 21.

下水,黄澄澄或白生生的肥肉,刚开膛的羊的五脏被乱
七八糟地扒下来,脏水滴滴答答渗到周围的草地里,一
头牛劈成两半挂在树上,团部的四个屠夫一边说着粗话
一边挥动屠刀,把牛肉一块一块往下割。①

战争中任人宰割的牛羊,被屠宰后的肉陈列堆积在草地
上。被塞利纳视为"肉"而存在的人类也是一样在战争这个
巨大的屠宰场中被宰割,陈尸遍野。面对人类悲惨的境遇,
塞利纳本人在战争中也发出了"我现在只热切地渴望和
平"②的感叹。这个"露天分肉"的场景,正如人类战争的一
次小规模演示,作为"肉"而物质化存在的人,死后也同样作
为"肉"而被分解,腐烂消失。看见屠宰牛羊的场面,即动物
的死亡场面,巴尔达缪忍不住吐到昏厥,死亡引起了呕吐,呕
吐物又印证了死亡的存在。《分期死亡》中,发明家库尔西亚
在自杀之后,他的头也成为这种血淋淋的想象的分解场面的
微观世界的代表。

---

① Louis-Ferdinand Céline: *Voyage au bout de la nuit*, Paris:
Edition Gallimard, 2007, p. 21.

② Philippe Mauray, *Céline*, Paris: Denoël, 1984, p.56.

他的头成了一个洞……边缘黏糊糊的……而后就像是一个血泡，在中间，凝固住了……一个巨大的面团……而后是细小的血流，一直渗透到马路的另一边……"①

看到库尔西亚已碎成泥状的尸体，费尔迪南用一个句子表达了他的恶心："我身上还有他的肉的味道……我鼻子里满是这种味道……这就是死亡的呈现形式……"②而书的结尾处，费尔迪南浑身酸软，处处不适，爱德华叔叔问他，"如果你还想拉肚子，你知道厕所在哪儿吗？""如果你想吐的话，你想不想要一个尿壶？"③此时呕吐与腹泻就像是一种反射，一想到库尔西亚的尸体，费尔迪南便想将肠胃中的一切排出体外，不管以粪便的方式还是呕吐物的方式，因为对于他来说，肠胃中的内容就代表了死亡。从这个意义上来讲，呕吐物也和粪便一样，是死亡的一种物质展现，两者都是有机体消化分解的产物，只是消化物的上行与下行路径不同。

在文本的表层，塞利纳首先通过"出生的人""分娩的女

① Louis-Ferdinand Céline: *Mort à crédit*, Paris: Edition Gallimard, 2011, p. 557.

② *Ibid.*, p. 607.

③ *Ibid.*, p. 622.

人""战争中的士兵"等具体的文本形象的反复出现来描述人的生存状态;在文本的深层,则是通过"身体—肉"这一核义素不断重复,展现出"生存"与"死亡"物质化的同位素性特征,同时塞利纳又通过文本表层的"粪便""呕吐物"等表层形象,强化出深层核义素所表现的同位素性特征,即物质的分解与禁锢给生存带来的威胁,揭示出"生存"的艰辛痛苦与"死亡"的不可避免。

二、"分期死亡":"生存"与"死亡"的关联性

"物质性"是"生存"与"死亡"的各种表层形象之下显示出来的符号学同位素性。这一同位素性的不断重复使"生存"与"死亡"主题逐渐凸现出来。被"物质化"的人,其生存的环境也同样是一个物质世界,作为"物质",人不断受到外在环境的威胁,无时无刻不生存在困境之中。塞利纳以"污泥"这一外在形象在其作品中呈现出了外在物质环境给人类生存制造的困境。《分期死亡》中疯狂而失望的发明家们在摧毁了热尼通的实验之后,库尔西亚和费尔迪南来到了蒙特尔图城①。如其名字所示,这是一座毫无羞耻之城,将其五脏六腑都如污泥般展现出来,人们就在这污泥中艰难前行。

---

① 蒙特尔图城,原文做"Montretout",法语直译为"展示一切"。

"我们尽可能地快走,但是天下起雨来！一片没完没了的污泥！"①《茫茫黑夜漫游》中的朗西也是一座郊区仿佛陷入污泥之中的肮脏之城。人在其中仿佛被肮脏的环境所吸收：

> 房子黄如尿色,门面俗不可耐,见了叫人心里难受。[……]黑烂泥地上乱七八糟地矗立着粗糙的楼房。高低不齐的烟囱,从远处看,有如海边插在污泥里的大木桩。我们正置身于这样的环境。待在朗西需要有螃蟹不怕污浊的勇气。尤其上了年纪的人和永久扎根的人。有轨电车的终点设在横跨塞纳河的大桥边。星期天和夜里,人们爬上陡峭的河岸撒尿。男人们面对逝去的河水感慨,他们小便时获得海员与海永存的感悟。女人们则从不沉思,对塞纳河无动于衷。②

这里的污泥不仅仅是污泥,而是一种象征,因为塞利纳作品中会将整个地球比做"泥球",而深陷污泥之中也成为人

---

① Louis-Ferdinand Céline: *Mort à crédit*, Paris: Edition Gallimard, 2011, p. 480.

② Louis-Ferdinand Céline: *Voyage au bout de la nuit*, Paris: Edition Gallimard, 2007, p. 238.

类境遇的一个形象。① 人类在战争中求生存,正如在污泥沼泽中艰难前行,时刻有无法逃脱、被禁锢其中、最终腐烂在其中的可能。物质世界在塞利纳作品中变成了人类的困境,人类的监狱,塞利纳作品中的人物在其中与令其窒息的死亡的威胁抗争。这种威胁是无处不在的,"固有的焦虑把墙壁拉近,把窗子堵住,使家具撞到人们身上"②,甚至会直接导致人物的死亡,在《奇景Ⅱ》中的小保姆,便是爆炸后在一堆杂物之下窒息而死:

> 好多瓦砾! 一切都被掀翻……天花板塌了下来……那是一个厨房,一切都堆在正中央,就像在我们的头顶上! ……盘子,扫帚,盆子,架子! ……完全不相干的东西堆在一起! ……在这一切之下,有个身体! ……是的,一个身体! 头露出来了! ……我看见了头……另一边,是腿……一个肿胀充血的头……嘴唇肿得特别

---

① Pierre-Maire Miroux: *Matière et lumière, la mort dans l'œuvre de Louis-Ferdinand Céline*, Paris: Société d'études céliniennes, 2006, p. 49.

② M.-C. Bellosta, «Le Capharnaüm célinien ou la place des objets dans *Mort à Crédit*», *Archives des Lettres Modernes*, n° 164, Minard, 1976.

大……一个年轻女孩儿……似乎是死于充血……①

　　人生活在充满威胁的物质世界中,时时都会陷入困境。物质直接或间接地造成人的死亡。当已经物质化的人"陷入困境",即陷入物质世界之中,也就是人与物质相融合,这种物质是不持久的,易腐烂的,时间会逐渐地将其瓦解,直至死亡。② 塞利纳作品中的绝大多数人物都屈从于物质构成的"监狱"之中,接受物质缓慢的凌迟,而不是奋力从中逃脱,正如在自然界中被逐渐分解的有机物一样。这也印证了塞利纳所说的"自然是一种强大的凌驾于人类物质之上的力量"③。因此,透过"污泥"这一外在形象,塞利纳小说文本的深层展现了"肮脏"与"困境"两重核义素,通过这两种核义素不断地重复,塞利纳构建起一个肮脏而充满困境的物质世

---

① Louis-Ferdinand Céline: *Féerie pour une autre fois* Ⅱ, Paris: Edition Gallimard, 2011, p. 587.

② Pierre-Maire Miroux: *Matière et lumière, la mort dans l'œuvre de Louis-Ferdinand Céline*, Paris: Société d'études céliniennes, 2006, p. 50.

③ Interview avec Louis le Cunff, *Le monde et la vie*, n° 90, novembre 1960, in *Cahier 2, Céline et l'actualité littéraire*, 1957 – 1961, textes réunis et présentés par J.-P. Dauphin et H. Godard, Paris: Edition Gallimard, 1976, p. 184.

界,人与世界的"关联性"这一符号学同位素性展现了出来。

表层形象与 形象路径	"污泥"(使人陷入困境)	
深层核义素与符 号学同位素性	核义素: 肮脏、困境	
	符号学同位素性: (人与世界的)关联性	

通过以上表格我们可以看出,塞利纳在文本的表层,通过"污泥"这一形象,展现出了人类不断"面临困境"这一形象路径,每一次面临困境,都是面临物质世界中的死亡威胁,在肮脏与充满困境的物质世界中,塞利纳笔下的大多数人物只能在困境中进行最后的垂死挣扎。这种在物质世界所带来的死亡威胁之下求生存的状态,即是塞利纳笔下人与世界关联性的写照。

除了"污泥"这一形象之外,"蛆虫"更是将死亡的威胁带入生存之中的重要形象之一:"我们死后啃噬我们身体的蛆虫,在我们活着的时候就已经存在于我们身上。"[1]在《茫茫黑夜漫游》中,殖民军人因为外部温度升高而伤口腐烂,"殖

---

① Pierre-Maire Miroux: *Matière et lumière, la mort dans l'œuvre de Louis-Ferdinand Céline*, Paris: Société d'études céliniennes, 2006, p. 57.

民军人登陆迪尔特,身上就爬满了蛆虫"①。这些殖民军人对于孩子来说,就像是"装蛆虫的袋子,一直拉着肚子"②。将人比作蛆虫,人的外表不过是一个面具,扯掉这个面具,我们就会发现真相。巴尔达缪就将一位神甫想象成蛆虫:"然后为了寻开心,我暗自想象他赤条条在祭台前的情景。必须习惯于一上来就把访问你的人看透,而后理解他的意图就比较快了。这样你马上就会发现任何人物的实质都是庞然而贪婪的蛆虫。"③人和蛆虫最终成为同一种存在,蛆虫"粉白而柔软,就像我们"④。对于塞利纳来说,地球就像一个巨大的腐尸,人类蛆虫就在上面不停地蠕动。

塞利纳创造的"蛆虫"这一形象有着双重的意义,它既代表了给人类带来威胁的外部世界,同样也代表了人类自身。在"蛆虫"的外在形象之下的核义素,即"腐蚀"——人被外界环境所腐蚀,正如肉被蛆虫慢慢吞噬,而同时被腐蚀的人也使世界更加污浊,充满腐烂的气息。"腐蚀"即有机物走向消亡的缓慢历程,因此也印证了塞利纳"分期死亡"、缓慢地走

---

① Louis-Ferdinand Céline: *Voyage au bout de la nuit*, Paris: Edition Gallimard, 2011, p. 116.

② *Ibid*., p. 144.

③ *Ibid*., p. 336.

④ *Ibid*., p. 49.

向死亡的思想。"蛆虫"由此与"死亡"相互关联，成为死亡的一种象征，与死亡直接或间接地产生了关联。在《茫茫黑夜漫游》中，玛德隆在她买到的栗子里发现了一只蛆虫。"往回走的路上，我们吃栗子，想让自己变得口渴。结果倒不口渴，嘴里却弄得挺难受。栗子里有蛆虫，正好让玛德隆吃到，好像故意捉弄她似的。从此事情便不可收拾，在这之前，她还有所克制，这一口栗子惹得她怒不可遏。"①后来的情节便是玛德隆枪杀罗班松，蛆虫似乎变成了谋杀的起因，间接地引向死亡。在《分期死亡》中，蛆虫出现在马铃薯里，直接导致库尔西亚自杀。

我们刚刚在那里，在布莱姆·勒伯蒂，弄出来一种非常邪恶的、具有强烈破坏性的蛆虫，它会攻击所有的种子，所有的根茎，破坏着，吮吸着，分解着……甚至还会咬噬铁犁的犁铧！……咬碎和消化着石头！……咬燧石，就像是咬青豆一样，它咬噬着途经的一切。②

---

① Louis-Ferdinand Céline: *Voyage au bout de la nuit*, Paris: Edition Gallimard, 2011, p. 483.

② Louis-Ferdinand Céline: *Mort à crédit*, Paris: Edition Gallimard, 2011, p. 545.

在这样的情况下，蛆虫成了世界末日主题的预演，"在库尔西亚对蛆虫啃烂土地的世界末日式描述中，我们也许能看到腐烂物的顶峰"[1]。塞利纳做出了同样的预言：

> 马铃薯里的蛆虫实际上可以蔓延到整个法国的各种根茎……把整个农村完全吃尽！……到那时在大地上将只剩下砾石！……我们的蛆虫将使整个欧洲变成不毛之地！……只剩下一片腐烂的荒漠……那时候，在久远的年代以后，人们就会说起我们的这次布莱姆·勒伯蒂之灾，就像是现在我们仍然谈论圣经……"[2]

蛆虫直接或间接地与死亡相关，它吞噬着一切，使人类的生存面临着死亡的威胁，这种威胁是切近身边的，而死亡却是缓慢的。这种缓慢的"分期死亡"，是塞利纳笔下每个人物都无法逃脱的命运。关于"蛆虫"这一外在形象的核义素与符号学同位素性分析，我们可以用以下表格表示出来：

---

① 克里斯蒂瓦:《恐怖的权力——论卑贱》,第 211 页。

② Louis-Ferdinand Céline: *Mort à crédit*, Paris: Edition Gallimard, 2011, p. 546.

表层形象与 形象路径	"蛆虫"(吞噬)	
深层核义素与 符号学同位素性	核义素: 腐蚀	
	符号学同位素性: (生存与死亡的)关联性	

　　"蛆虫"这一外在形象,通过"吞噬"这一形象路径而不断重复,人在"被吞噬"的过程中同样也展现出了自身的"蛆虫"性质:人类发动的战争给地球造成了巨大的灾难,因此人类本身也如蛆虫一样腐蚀着世界,在自身腐烂的同时,造成了世界的腐烂。在"蛆虫"这一外在形象之下,不断重复的是"腐蚀"这一核义素,蛆虫所代表的死亡,慢慢地腐蚀着人类的生存,使"分期死亡"成为了塞利纳作品中一种最普遍的死亡方式。战争是人类对世界最强有力的摧毁。除了战争之外,各种恶意与杀戮也同样给世界带来不同程度的腐蚀。因此"蛆虫"映像到人类身上,与人类合二为一,则凸显了塞利纳作品中的"世界末日"主题。"人类-蛆虫"代表的腐蚀不断呈现,世界便逐渐被这种腐蚀所消解。如库尔西亚的马铃薯里长出的蛆虫一样,世界会因腐蚀而呈现出一种末日的视像,因此在"腐蚀"这一核义素不断重复的过程中,其符号学同位素性展现出来,"蛆虫"同样代表了一种关联性,这种关联性即生存与死亡的关联,死亡腐蚀着生存,对于人类如此,

对于我们所生存的世界也是如此。

　　人活着时，肉体便被分解着，死后这种分解更为严重。尸体是塞利纳小说所描绘的重要外在形象之一。物质世界的分解并没有因为人的死亡而结束，人的死亡是这种分解的一个新的开始。塞利纳通过"尸体"这一外在形象，将死亡与世界末日联系起来，将人类的死亡与世界的终结联系起来。《分期死亡》中，费尔迪南就已经在外祖母的墓前想着："卡罗琳娜现在头上应该……爬满了虫子……很肥的虫子……很大的有脚的虫子……它们会在里面咬噬，攒动……"[1]与上文"蛆虫"的形象相联系，这一场景印证了蛆虫在毁灭了生存之后，继续在毁灭着死亡，最终会使世界上所有的物质消失，变得一无所有。只要有尸体，塞利纳必然会强调其"肉"的一面，即强调死亡的物质性。在《茫茫黑夜漫游》中，对上校尸体的描述便凸显了被炸弹炸烂了的肉的形象："上校的头飞走了，脖子上敞开一个大口子，鲜血咕噜咕噜地在炖着，好似锅里熬着果酱。上校的肚子也裂开了，样子难看至极。[2]《分期死亡》中，库尔西亚的尸体也是"碎肉果酱"，还

---

　　① Louis-Ferdinand Céline: *Mortàcrédit*, Paris: Edition Gallimard, 2011, p. 115.

　　② Louis-Ferdinand Céline: *Voyage au bout de la nuit*, Paris: Edition Gallimard, 2011, p. 17.

掺杂着"大块的血块"①。《木偶戏班》中克拉本死去的场景仍是如此："糨糊一样的头（……）那是克拉本……那正是他的脑袋……但是眼睛不在了！……只剩下一堆糨糊……"②《别有奇景Ⅱ》中诺尔芒斯受伤的头部："他的头皮被拽掉了，血飞溅出来！……溅得很远！……从他的头顶，从他的眼睛！……"③死后的尸体上，如同上演着一场血肉的狂欢，人们面对这场狂欢感到既恐惧又兴奋。物质是危险的，因为人们会深陷其中。死去的肉身也是危险的，人们带着一种令人毛骨悚然的狂热投身其中，就像投身于物质世界之中，在那里自由伸展四肢。④《分期死亡》中弗勒里神甫冲向库尔西亚的尸体，"他把手指探进伤口里……他又把两手重新探入死者的肉里……他探索着每一个孔洞……拔掉了所有的边

---

① Louis-Ferdinand Céline: *Mort à crédit*, Paris: Edition Gallimard, 2011, p. 557.

② Louis-Ferdinand Céline: *Guignol's band*, Paris: Edition Gallimard, 2011, p. 682.

③ Louis-Ferdinand Céline: *Féerie pour une autre fois* Ⅱ, Paris: Edition Gallimard, 2011, p. 524.

④ Pierre-Maire Miroux: *Matière et lumière, la mort dans l'œuvre de Louis-Ferdinand Céline*, Paris: Société d'études céliniennes, 2006, p. 60.

缘……他拔出了肺……他胡乱翻弄着……"①《木偶戏班》中
的德尔菲娜也一样扑向克拉本腐烂的尸体。"她重新冲向
我……他从我身上跳过去……她是一只老虎！……"最终她
被费尔迪南撞倒，一下子"坐到了腐烂的尸体上"②。人们面
对死亡后腐烂的尸体所采取的过激行为体现了末日狂欢的
一种视像。塞利纳将生存着的人引入这种死亡的狂欢、末日
的狂欢，使生存与死亡混淆在一起，恐惧与兴奋混淆在一起。
生存的过程中，小说人物不断受到各种困境封闭的限制，死
亡后这种封闭便不复存在，而是完全的开放，正是这种开放
使人们带着狂喜般的兴奋冲向死尸，与此同时也无限地走近
死亡的临界点。"尸体"是将被不断分解的物质，最终腐烂
消亡。

表层形象与形象路径	"尸体"（死亡）
深层核义素与符号学 同位素性	核义素： 腐烂
	符号学同位素性： （死者与世界的）关联性

---

　　① Louis-Ferdinand Céline: *Mort à crédit*, Paris: Edition Gallimard, 2011, p. 594.

　　② Louis-Ferdinand Céline: *Guignol's band*, Paris: Edition Gallimard, 2011, p. 683.

　　塞利纳通过"尸体"这一最终外在形象展现了不断重复的"死亡"形象路径的最终形式。人死后的尸体是被慢慢分解、逐渐腐烂的,这是无法逃脱的自然法则,而"腐烂"也正是"尸体"形象之下的核义素。"尸体"是死者与外部世界最后的关联,"腐烂"这一核义素的重复,揭示了文本深层的符号学同位素性,即死者与世界的"关联性"。死者与世界的关联,首先是以尸体状态呈现的死亡,以及生者对腐烂的死尸的恐惧却兴奋的复杂情感;其次是以腐烂的形式呈现出的分解与消亡,人的肉身死亡之后,分解仍在继续,直至物质消亡。塞利纳的"分期死亡"至此演变成了物质的"分期消亡",其悲观主义思想完全渗透到作品之中。

　　在"尸体"这一外在形象的表现方面,塞利纳还描述了"睡眠"这一特殊形象。塞利纳小说中最有代表性的陷于死亡般沉睡的人物是《别有奇景Ⅱ》中的诺尔芒斯。他几乎所有出现的时间都是在睡觉,爆炸声都没能将他惊醒。"打呼噜的诺尔芒斯鼾声不断,像猪一样哼哼着……啊! 所有的建筑都在颤抖,像炒锅里一样嘈杂……天花板在往下落……这一切都绝不能将他吵醒。"①这种沉睡与物质的各种消极方

----

　　① Louis-Ferdinand Céline: *Féerie pour une autre fois* Ⅱ, Paris: Edition Gallimard, 2011, p. 344.

面相互关联,诺尔芒斯正是物质的代表。首先是一堆肉,"一堆劣质的肉","一只河马",这堆肉又变形成粪便——他在女人们的帮助下昏睡着小便,这一点将童年与粪便也联系起来,"这事情看着都让人新奇:奶娘们技巧娴熟地让他边睡边小便,还打着呼噜。"[①]塞利纳通过诺尔芒斯的深睡向我们确认了睡眠的消极意义。他首先是活着的"肉",同时面临着"粪便"的威胁,最终又在深睡中变成了"尸体"。塞利纳通过"睡眠"这一特殊的外在形象,将生与死连接在一起,睡眠象征着诺尔芒斯的命运,像克拉本和库尔西亚一样,最终他变成了碎肉,他被从楼梯上扔了下去。诺尔芒斯被深深困在睡眠中,因此他是沉重的物质,注定被分解消亡。

值得注意的是,塞利纳小说中有少数人物逃开了这种"行尸走肉"的命运。《茫茫黑夜漫游》中,倍贝尔和昂鲁伊老太太都没有避免死亡,但是他们的尸体并没有呈现在读者面前。因为他们曾是有生命的存在,在死亡面前,他们拼尽全力去抗争,虽然他们没有战胜死亡,但是塞利纳对他们的尸

---

① Louis-Ferdinand Céline: *Féerie pour une autre fois* Ⅱ, Paris: Edition Gallimard, 2011, p. 369.

体不做描述,至少保护了他们的形象。① 死分解着生。死亡在生命中是不可缺少的,无法忍受的,死亡使他笔下的人物们感到恐惧。② 为了抵抗死亡,塞利纳在绝望之中赞颂着生命的能量。"但是生命是一种冲动,应该假装去相信它……就像没有任何东西比它更重要! 更重要!"③在《轻快舞》中,当他带领着一群弱智的孩子穿越德境时,他自己也感到震惊:"那种'加油! 小子!'的能量,无论是否荒唐,一直留在了我的身上……"④

塞利纳通过"污泥""蛆虫""尸体""睡眠"等外在形象,揭示了文本深层存在的符号学同位素性,即"人与世界的关联性""生存与死亡的关联性""死者与世界的关联性",又通过三种"关联性"将其悲观的"分期死亡"的思想贯穿于其文本之中。塞利纳笔下人物的生存不断受到死亡的威胁,大多数

① Pierre-Maire Miroux: *Matière et lumière, la mort dans l'œuvre de Louis-Ferdinand Céline*, Paris: Société d'études céliniennes, 2006, p. 61.

② Philippe Destruel: *Louis-Ferdinand Céline*, Paris: Armand Colin, 2005, p. 31.

③ Louis-Ferdinand Céline: *D'un Château l'ature*, Paris: Edition Gallimard, 2012, p. 211.

④ Louis-Ferdinand Céline: *Rigodon*, Paris: Edition Gallimard, 2012, p. 210.

人物面临死亡的威胁都只能够做最终的垂死挣扎，而无法抗争。塞利纳将这种被动接受"分期死亡"的原因归于人的"物质性"——被"物质化"的人，无法左右其自身的命运。究其最终的原因，人的"物质化"是由战争造成的，战争是一切罪恶的根源。在《茫茫黑夜漫游》中，塞利纳说明了自己描述一切恶与丑的原因："最大的失败，莫过于忘却，尤其忘却使你归天的事情，死得不明不白，死而不知人是多么的卑鄙。当我们身处绝境的时候，不必打肿脸充胖子，也不该忘却，而要如实说出全部真相，揭露人们堕落的全部真相。然后闭上嘴巴，跳入深渊。能做到这一点，一生就算有个交代了。"①"揭露人们堕落的全部真相"，正是塞利纳"生存"与"死亡"主题最终所要达到的目的。

三、"生存"与"死亡"之间：想象与恐惧

我们通过塞利纳文本深层揭示出的"物质性"与"关联性"两个重要的符号学同位素性，分析了塞利纳笔下的"生存"与"死亡"主题的生成。但是从"生"到"死"并不是一个简单的过程。"生存"与"死亡"之间存在着更为复杂却无处不

---

① Louis-Ferdinand Céline: *Voyage au bout de la nuit*, Paris: Edition Gallimard, 2011, p. 25.

在的想象与恐惧。《茫茫黑夜漫游》中，巴尔达缪在战场上亲眼目睹了上校被炸死之后，便开始思考一个问题："我是唯一一个有死亡想象的人吗？"①塞利纳的小说中，生存中夹杂着艰难与痛苦，使得生存的绝对性受到贬抑。② 巴尔达缪花费很大力气想让罗拉明白，无论在哪场战争中死去的士兵，他们的死都是没有意义的："我可以肯定地说，事实证明，只有活着才是最重要的。"③这是巴尔达缪在战争中领悟到的简单道理：好死不如赖活着。但是死亡并没有就此远离。它虽然没有实际地呈现出来，却不断地在人物的想象中呈现出来。它阴险地、偷偷摸摸地嵌入了生存之中。因此，生存与死亡是同一种思想的两个方向。或者说，塞利纳的人物，是为了生存，或是为了生存下去，才会如此经常、如此得意地想

---

① Louis-Ferdinand Céline: *Voyage au bout de la nuit*, Paris: Edition Gallimard, 2011, p. 23.

② Gilbert Schilling: «Images et imaginations de la mort dans le Voyage au bout de la nuit», in *Céline, Voyage au bout de la nuit*, Paris: Klincksieck, 1993, p. 71.

③ Louis-Ferdinand Céline: *Voyage au bout de la nuit*, Paris: Edition Gallimard, 2011, p. 66.

到死亡。① 在塞利纳的小说中,死亡可以通过两种途径打倒人类:战争与疾病。这是"两种没完没了的噩梦"②。塞利纳通过巴尔达缪作为代表,表达了其笔下人物对于死亡的恐惧心理:"我更想死得迟一些……二十年后,三十年后……或许更迟……"③事实上,塞利纳有关死亡的想象,更是有关无法逃避、永恒存在的死亡威胁之下求生存的想象。④ 对死亡的想象比死亡本身更加令人恐惧。

塞利纳的小说中,战争是引起人们产生"死亡想象"、造成"恐惧"的一个重要原因。这种战争可以是外在的暴力的战争,也可以是隐藏于日常生活中的内在的战争。塞利纳小说中的恐惧,是普通百姓的恐慌与软弱,它是"生物学意义上的供述",它是身体与精神的动荡与溃败,最终被归结为恶心

---

① Gilbert Schilling: «Images et imaginations de la mort dans le Voyage au bout de la nuit», in *Céline, Voyage au bout de la nuit,* Paris: Klincksieck, 1993, p. 71.

② Louis-Ferdinand Céline: *Voyage au bout de la nuit,* Paris: Edition Gallimard, 2011, p. 407.

③ *Ibid.*, p. 23.

④ Gilbert Schilling: «Images et imaginations de la mort dans le Voyage au bout de la nuit», in *Céline, Voyage au bout de la nuit,* Paris: Klincksieck, 1993, p. 72.

与谵妄。① 巴尔达缪面对露天屠宰场面的恶心与"呕吐到昏厥",正是将牲畜的死亡与战场上的死亡合二为一,因此产生了恐惧;巴尔达缪在民族广场看到射击时突然"发疯",也是出于对重返战场、再次面对死亡的恐惧。当我们没有想象力的时候,死亡就是无足轻重的,当我们拥有想象力的时候,死亡就无比沉重。② 塞利纳小说的人物被基本划分为尚未直接暴露于危险之中与完全暴露于危险之中两种。有或没有死亡想象,成为塞利纳笔下人物的重要区分标准之一。对于没有死亡想象的人物来说,即便暴力的死亡也不会使其感到恐惧,因为他们甚至对即将到来的死亡毫无预感,例如《茫茫黑夜漫游》中巴尔达缪所遇到的第一个"比狗还凶猛,把死置之脑后"③的上校,甚至没有来得及听完报告进而发号施令,便"霎时间不见了"④——被炸弹炸飞了。塞利纳将上校的悲剧之死归咎于"他从没有过想象"⑤。暴力的死亡并不是

---

① Gilbert Schilling: «Images et imaginations de la mort dans le Voyage au bout de la nuit», in *Céline, Voyage au bout de la nuit*, Paris: Klincksieck, 1993, p. 72.

② *Ibid*., p. 73.

③ Louis-Ferdinand Céline: *Voyage au bout de la nuit*, Paris: Edition Gallimard, 2011, p. 376.

④ *Ibid*., p. 17.

⑤ *Ibid*., p. 19.

命运呈现在人类面前的唯一一副面孔。命运赋予塞利纳人物的感性与想象都归结于一种恐惧:对缓慢的死亡的恐惧。因为有了对死亡的想象,巴尔达缪才会不断地从战争中逃亡,费尔迪南才会不断地产生谵妄。

对死亡的想象是永恒存在的,因此恐惧在死亡之前折磨着生存着的人们。塞利纳的作品并不是对战争中英雄主义的讴歌,而是对遭到战争厄运的软弱的平民百姓的心理的深刻描画。对于社会底层平民百姓来说,无论和平时期还是战争时期,死亡的威胁都一直存在:"对穷人来说,这个世界上有两大类不同的死法,或者死于你的同胞和平时期对你的漠不关心,或者死于你的同胞在战争时期嗜杀的激情。"①这两种死亡最终都归结于塞利纳的"分期死亡",即死亡与时间有着或多或少的关系。"恐惧"便是对死亡与时间之间关系的呈现,有了对死亡的恐惧,并不意味着会有顷刻之间便能毁灭生命的灾难或爆炸。这种恐惧是人们所置身其中的一种状态,是人类生存的一种状态。② 塞利纳认为,死亡、恐怖就

---

① Louis-Ferdinand Céline: *Voyage au bout de la nuit*, Paris: Edition Gallimard, 2011, p. 82.

② Gilbert Schilling: « Images et imaginations de la mort dans le Voyage au bout de la nuit», in *Céline, Voyage au bout de la nuit*, Paris: Klincksieck,1993, p. 76.

是生存。① 战争时期人们对于死亡的恐惧是更加强烈的。塞利纳通过其笔下人物不断描绘这种恐惧，进而表达了自己的反战思想：

> 我反对战争，反对战争的各个方面，我不替战争悲叹，我不对战争逆来顺受，我压根儿反对战争，包括所有卷进战争的人，我与他们毫不相干，我与战争毫无关系，即使他们是九亿九千五百万，而我是只身一人。他们错了，劳拉，我对了，因为只有我一个人知道我想要什么：我不想死。②

塞利纳这种反战思想，源于平民百姓在恐惧之中本能的自我保护的心理——"我不想死"。战争是致人死亡的机器，因此要不顾一切地反对战争。然而对于不幸的人们来说，生命本身就是无组织无顺序的一种暴力存在，日常生活是比战争更令人焦虑的嘈杂。它是一种细节的战争，但是没有总体

---

① 克里斯蒂瓦：《恐怖的权力——论卑贱》，第 189 页。

② Louis-Ferdinand Céline: *Voyage au bout de la nuit*, Paris: Edition Gallimard, 2011, p. 65.

规划也没有中心力量。① 日常生活的这场战争,比暴力的战争更消磨人的意志,更容易带来具体的恐惧。战争不仅仅存在于前线的战场,也存在于不稳定的后方。一切都变成或者将变成死亡的符号,任何未来的设想都不能保证生命的继续。塞利纳在《茫茫黑夜漫游》中描述了日常生活中"恶意的言行"的无处不在,如一张巨网笼罩着我们,令人失望:

> 我们向往,我们等候,我们期望。在这里,在那里,在火车上,在咖啡馆,在街道,在客厅,在女看门人的门房里,我们期待着恶意的言行像战争那样有章法,然而我们只看到骚乱,毫无章法,总是虎头蛇尾,如同这些可怜的小姐和别的人那样,吵不出任何结果。没有人来帮助我们。一片喋喋不休的说话声好似一张灰色而单调的巨网笼罩在我们的生活之上,像幻境那样令人失望。②

在这种人与人之间的漠然、充满恶意的关系中,死亡的

---

① Gilbert Schilling: «Images et imaginations de la mort dans le *Voyage au bout de la nuit* », in *Céline, Voyage au bout de la nuit,* Paris: Klincksieck, 1993, p. 76.

② Louis-Ferdinand Céline: *Voyage au bout de la nuit,* Paris: Edition Gallimard, 2011, p. 13.

威胁缓慢滋生。《分期死亡》中的奥古斯特便因坊间的恶意传闻而走到近乎自杀的地步,非洲航船上的巴尔达缪也因人们恶意揣测几乎窒息而死。日常生活的战争给人们带来无法逃脱的恐惧。人们只有两种选择:使人恐惧或是自己恐惧。[1] 这种恐惧消解着生活,也消解着人们自身,慢慢将人们引向死亡。这种死亡的符号首先是由时间展现给人类的。时间使人类看到自己逐渐的、难以避免的衰弱的形象:

> 我们不得不承认两年的时光缓慢地加深了皱纹,增
> 添了漫画的色调。接受时光给我们的肖像,意味着我们
> 完全承认没有走错道路。我们不约而同地走上正道,又
> 走了两年不可避免的大道,进一步通向腐烂的大道。[2]

"恐惧"展现了死亡与时间的关联,"时间"是塞利纳死亡主题中的一个重要因素。在死亡到来之前,恐惧在时间之中延续,缓慢的时间之中,恐惧不再是巴尔达缪在战场上的恐

---

① Philippe Destruel: *Céline, imaginaire pour une autre fois, la thématique anthropologique dans l'œuvre de Céline*, Paris: Librerie Nizet, 2009, p. 55.

② Louis-Ferdinand Céline: *Voyage au bout de la nuit*, Paris: Edition Gallimard, 2011, p. 77.

慌状态,而是一种沉重的焦虑,无时无刻不呈现在每日的生活之中。

　　给人们带来"死亡想象"、造成"恐惧"的第二个原因便是疾病。塞利纳想象中的疾病都是通过缓慢的、渐进的衰弱过程从人体内部消耗和损害着人类。[1] 巴尔达缪曾在开往非洲的航船上观察着他的对手做着诊断:

　　　　我从舷窗仔细观察这帮遛早的人,觉得他们个个疾病缠身,有的患疟疾,有的酒精中毒,有的大概染上了梅毒。我离十米远就看得出他们衰弱不堪,因此自己的忧虑稍微减轻了。不管怎样,这帮冒充好汉的家伙原来是些败类,比我不如! 蚊虫早已吸过他们的血,并在他们的血管里注进了永不消逝的毒汁,梅毒螺旋体麇集他们的动脉,酒精浸润他们的肝脏,太阳刺激他们的肾脏,阴虱黏附他们身上的毛,湿疹布满他们的肚子,灼热的阳光把他们的视网膜烤得焦黄……[2]

————————

　　[1]　Gilbert Schilling: «Images et imaginations de la mort dans le Voyage au bout de la nuit», in *Céline, Voyage au bout de la nuit,* Paris: Klincksieck,1993, p. 76.

　　[2]　Louis-Ferdinand Céline: *Voyage au bout de la nuit,* Paris: Edition Gallimard, 2011, p. 115.

疾病使人类变成了痛苦忍受的动物，死亡随着疾病的加重而迫近，疾病同样体现了塞利纳的"分期死亡"的观点。人们一旦意识到疾病的存在，对死亡的想象与恐惧便会加重，疾病与战争一样，是人们不断经历又无法摆脱的梦魇。塞利纳在小说中不断指出自己的"医生"身份，认为自己是"穷人们的医生"，以此将医生的工作与作家的工作在文本中结合起来。他在行文中大量应用医学术语，是为了将医学的真实带入小说之中，使人们切实感受到疾病的痛苦，因为"身体能够表现出话语所隐藏的真相"①。塞利纳在其作品中构建了一个物质化的世界，人因此变成了"肉"，而疾病便是加速这些"肉"腐烂分解的活性剂。

塞利纳笔下的疾病，包括生理性与心理性两种。塞利纳所描绘的生理性疾病由内而外侵蚀着人们的身体，使人产生恐惧；心理性疾病则由心至身使人们发疯，使人因恐惧而进入幻境，进而在失去意识的情况想逃离恐惧。其中最为常见的"心理疾病"是高烧之后产生的谵妄。《分期死亡》的开端，

---

① Philippe Destruel: *Céline, imaginaire pour une autre fois, la thématique anthropologique dans l'œuvre de Céline*, Paris: Librerie Nizet, 2009, p. 81.

主人公便因高烧而进入了谵妄，从而引出了童年的故事，将过去的时间带入现在，小说中过去与现在的并置便始于主人公的谵妄，甚至谵妄之中同样还有着谵妄的幻境。成年的费尔迪南在谵妄之中描绘了幼年时期的谵妄：

> 才进店里，我就呕吐不止。全身的温度一个劲地往上猛蹿……一股密集的热浪向我涌来，我感觉自己被烧成了另外一个人。要不是呕吐得那么厉害，那可能会是很有意思的事情。我母亲开始时很怀疑，断言是我吃了太多的牛轧糖……可我不是那种人……她要去强忍住，强迫我少吐。店里有不少客人。送我上厕所的时候，她担心有人偷她的花边。我的病情继续恶化。我吐了满满一盆。我的头部开始沸腾。我掩盖不了我的兴奋……脑海里突然涌现出各种各样滑稽好玩的事情来。[1]

这场谵妄使小费尔迪南的脑子里出现了一个"女巨人"，她不断地膨胀，不断地掠夺着一切，引起巨大的慌乱，人们如

---

[1] Louis-Ferdinand Céline: *Mort à crédit*, Paris: Edition Gallimard, 2011, p. 90.

世界末日降临一般四散而逃，而后一阵熊熊烈火将一切焚烧殆尽。谵妄中"女巨人"的出现使世界呈现了末日的视像，即一种虚幻中的死亡。与生理性疾病引向的现实死亡不同，虚幻的死亡带来的恐惧更加内在，却并没有肉体死亡的痛苦，它将残酷的现实引向虚幻，将沉重的死亡引向轻飘的幽灵，塞利纳通过人物的谵妄使人与幽灵直接接触，使生存直接与死亡对话，使时间失去线性意义，空间失去维度，一切都并置于同一个"黑夜的尽头"。这个"黑夜的尽头"，实际上是塞利纳所幻想出的另一个世界，一个人死后幽灵的居所，即在《茫茫黑夜漫游》题记中所提到的"生命的另一端"。

谵妄使人失去意识，将人从现实世界带到虚幻世界，这种心理性的疾病不但出现在塞利纳的主人公身上，还会出现在次要人物身上。塞利纳有意将真实世界的死亡与虚幻世界的死亡并置，将虚幻的世界作为人们得到解脱的出口。但是要到达虚幻的世界，必须通过谵妄的状态，失去对现实世界的真实意识而产生幻觉。塞利纳笔下的战争，不过也是一场"可怕的谵妄"①。在《北方》中，战争使主人公的朋友勒维

---

① Pierre-Maire Miroux: *Matière et lumière, la mort dans l'œuvre de Louis-Ferdinand Céline*, Paris: Société d'études céliniennes, 2006, p. 254.

冈不断地失去意识产生谵妄,最终谵妄变成了一种常态。他跟着自己脑子里想到的东西而自言自语:

> 不能说他知道自己说了什么……我划了一根火柴想看清楚他的眼睛……眼睛是睁着的,却一动不动……眼睑没有任何的变化……他只是在重复着"你确实知道"……他没法从中解脱了……他连睡觉都睁着眼睛……很好!①

这种持续的昏睡中,他似乎生活在另一个地方,一个梦境里:

> 听我说费尔迪南,我在做梦……不要打扰我!……你也会像我一样做梦!……莉莉也一样……倍贝尔也一样……! 我们四个人都在梦里……这不是很美妙吗?(……)
>
> 他斜着眼睛,就像在他最新电影里一样……甚至比那更严重,我觉得他似乎是在清晨会习惯性进入这种状

---

① Louis-Ferdinand Céline: *Nord*, Paris: Edition Gallimard, 2012, p. 459.

态……

　　梦境，费尔迪南！……梦境！我把你们都带进去！……你会眼前一亮！……一切，你都会看见！……①

　　勒维冈提议将带费尔迪南和所有的同伴们到一个并不确定的地方，他本人似乎因谵妄而成了死亡的摆渡人②，将同伴们引向彼岸世界的大门。因此，心理性的疾病带来的是与现实世界截然相反的虚幻的彼岸世界。作为医生的塞利纳深受当时风头正劲的弗洛伊德学说的影响，将梦境与现实联系起来，而与弗洛伊德不同的是，塞利纳作品中的梦境并不是对现实的解释，而是与现实对立。塞利纳将梦境作为幽灵所生活的幻境，即梦境是以死亡为代价的。谵妄而产生的梦境，是人们逃离残酷现实、逃离恐惧的出口。

　　小结

　　"生存"与"死亡"是塞利纳小说中探讨的重要主题。塞利纳以医生的视角将生存着的人视为"肉"，而将死尸视为有

———————————

　　①　Louis-Ferdinand Céline: *Nord*, Paris: Edition Gallimard, 2012, p. 517.

　　②　关于"摆渡人"的角色，我们将在"时间"与"空间"主题中做进一步的详细论述。

机物质。从符号学同位素角度分析，塞利纳有意地将"生存"与"死亡"物质化，进而突出战争期间人们生死都身不由己的生存状态，深化了"生存"与"死亡"的内涵。"粪便""呕吐物"等外在形象所代表的死亡不断呈现在小说之中，则加重了"死亡"带来的威胁与恐惧。塞利纳笔下的死亡，更多的并不是暴力致死，而是缓慢的"分期死亡"。"死"不断地分解着"生"，在文本表层"蛆虫""尸体""污泥"等形象之下，深层的"关联性"这一同位素性被逐渐呈现出来，塞利纳通过对人与世界的关联、生存与死亡的关联、死者与世界的关联的描述，使"生存"与"死亡"主题的外延展现出来。与此同时，在生存与死亡之间的想象与恐惧，不但联系了"生存"与"死亡"，而且将"时间"主题与"生存"与"死亡"主题联系起来，更加凸显了"分期死亡"的思想。塞利纳通过"生存"与"死亡"主题揭示了战争期间的"全部真相"，进而在悲观的生死观中表达了"绝望之中仍需抗争"的思想，通过"抗争"而凸显了"生存"的意义。

第二节　塞利纳小说中的"时间"与"空间"

塞利纳小说的叙事者总是在不断地流浪之中观察着世界。走向别的地方，逃亡，梦想再次出发……因此他的视角总是逐渐消失的,全景式的,或俯瞰式的。[1] 流浪之中的时间是模糊的,空间是混乱的。因此塞利纳小说的时空背景似乎都具有随意性,但实际上塞利纳小说中的时空主题并不是简单的背景确立,塞利纳不但通过独特的时空交替方式组织叙事结构,而且通过时间与空间主题的叙事将生存与死亡主题引入其中,展现了塞利纳独特的生死时空观,构建出塞利纳小说的整体世界。

塞利纳小说中的时间与空间都具有分散性、碎片性的特征,但是从符号学同位素角度来看,其中却又存在着密切的关联,即同位素角度的"统一性"关系。由于各种统一性关联的存在,时间与空间主题的整体性凸显出来。法国符号学家丰塔尼耶强调同位素性的"文本意义",认为"话语关注意义的内容层面,文本意义关注表达层面。因此话语倾向于单一同位素性,或至少是连贯性,而文本则倾向于多重同位素性,即'复调现象'"[2]。在话语中,"连贯性、衔接、叠合三个术语可以被认为是将部分组合成整体的一种方式",而在文本中,"同位素性可以大体上替代这三个术语,因为同位素性可以

———————

① Philippe Destruel: *Louis-Ferdinand Céline*, Paris: Armand Colin, 2005, p. 27.

② Jacques Fontanille: *Sémiotique et littérature, essai de méthode*, Paris: PUF, 1999, p. 17.

将这三个概念处理为不同余量信息的变体：重复，呼应，主题复现。一个语义价值的余量信息使句子中的各种成分相互兼容，段落间主题相互连接，这些正是构建同位素性的不同方式。"①从这个角度来讲，丰塔尼耶发展了传统的同位素概念，并且将文本整体的构成方式分为了三种：

1. 统一性是由一个单独部分构成：一个独特的、与其他部分都截然不同的部分实际上是与所有部分相互联系的。例如一个城市的所有街区由一条河连接起来。

2. 统一性由所有部分构成：所有部分都具有一个共同之处，或是一个共同的分支，或是一个共同的类别。例如同一种类的动物构成一个动物群。

3. 统一性由成组的部分构成：每一个部分具有与至少一个其他部分相同的因素，例如，风景组成了一个整体，是因为小河在两座山峰交接的地方流淌，而森林覆盖了小河的一面同时也覆盖了部分的草原，而小村庄位于草原上，也位于小河边，等等。②

丰塔尼耶的这三种"整体"的构成方式，都强调了其构成

―――――――――

① 　Jacques Fontanille：*Sémiotique et littérature, essai de méthode*, Paris: PUF, 1999, p. 19.

② 　*Ibid*.

过程,亦即强调文本的"表达性",而非"内容性",也就是侧重于探讨"意义是怎样表达出来的",而非"意义是什么"。其中第二种类型,是传统意义上的同位素性,强调各部分之间恒定的共同属性,被称为"系列"(*série*);第一种类型丰塔尼耶将之称为"集群"(*agglomérat*),在这种类型中,异质部分只有通过另一个恒定而不同的部分才能被相互关联起来。第三种类型描述的是互不相同的各个部分至少两两之间存在着部分的关联,由于这些关联的存在,各个部分共同构成了一个整体,丰塔尼耶将之称为"族群"(*famille*)。三种类型的整体构成方式,通过对整体与部分的不同侧重角度展现了整体的不同构成过程,为我们从同位素角度研究塞利纳小说中的时间与空间主题的整体性提供了可行性的视角。

一、"封闭"与"开放":流浪者的空间

塞利纳小说中的空间是流浪者的空间。主人公既对远方充满向往,又充满各种惶恐不定。"大海"是塞利纳小说中最具代表性的空间之一。对于大海的热爱首先是塞利纳所继承的一份"家族遗产",他的父亲与叔父都曾幻想成为海军军官。这一点在《分期死亡》中塞利纳曾经做了详细的叙述。塞利纳童年时代也曾幻想成为海员,这种对大海的幻想一直延续到默东时期,他曾经在通信或采访中多次表达自己想

退居海边的愿望:"我对树木不感兴趣。如今我想着另外的事情:我小时候要去杜乐丽公园划船,现在我只有一个愿望:每天都看到船……看到大船出海和入港……是在勒阿弗尔还是什么地方都无所谓……但是这个希望破灭了,完了!……"[1]无论是停靠岸边的船,还是开航出海的船,都是飘忽不定的幻想的源头。《茫茫黑夜漫游》的结尾处听到塞纳河上的牵引船的声音时的思考,《分期死亡》中关于迪耶普的描述,《木偶戏班》中对于塔米兹的描述,《别有奇景I》中对圣马洛的描述等,都体现出塞利纳赋予航船与水域的开放意义,它们代表了模糊未知的远方。除此之外,"大海"在小说叙事的过程中也起到了推动的作用。在《茫茫黑夜漫游》中,主人公巴尔达缪为了逃避战争而踏上开往非洲的航船,在非洲碰壁后又辗转乘船到达美国,每一次转折都与大海相关。《分期死亡》中的父母也是将儿子送往了一水之隔的英国。大海与航船是推动主人公命运转折的标记,是将主人公命运引向开放的标记。与大海相关的一切,在其核义素"水"的重复之中,展现了其文本深层的同位素性:空间的"开放性"。

---

① Propos recueillis par Louis-Doucet, 1958, in *Cahier 2*, *Céline et l'actualité littéraire*, *1957 - 1961*, textes réunis et présentés par J.-P. Dauphin et H. Godard, Paris: Edition Gallimard, 1976, p. 106.

与"大海"相对应的是"天空"。天空与大海一样，也彰显了空间开放的意义。天空是单调的，《分期死亡》中库尔西亚乘着热气球飞上了天空。《别有奇景Ⅰ》中，于勒在蒙马特的高高的磨坊之上，仿佛悬空指挥着对巴黎的轰炸。《轻快舞》中费尔迪南在德国看到轰炸时，大喊道："炮弹像是巨大的花束……实在是令人震撼的一景……"①《木偶戏班》中的索斯泰纳曾允诺要带塞利纳去世界屋脊的西藏，而他确实在满眼惊呆的费尔迪南面前飞了起来，飞过了皮卡迪利马戏团。②飞起之后的落地却是痛苦的：库尔西亚每次落地都不亚于一次灾难，费尔迪南作为幻觉的受害者，也同样感受到魔鬼附身，索斯泰纳差点被维持交通秩序的警察杀死。塞利纳小说中主人公对远方的迷恋，对水域的赞叹和对天空的狂热，最终都消失在令人不快的偏航之中。③

大海或水元素，在塞利纳的小说中虽然代表了开放与自由，但是只有当人们航行于其上之时，这种自由才会显现出

---

① Louis-Ferdinand Céline: *Rigodon*, Paris: Edition Gallimard, 2012, p.172.

② Louis-Ferdinand Céline: *Guignol's band*, Paris: Edition Gallimard, 2011, pp. 515 – 517.

③ Philippe Destruel: *Louis-Ferdinand Céline*, Paris: Armand Colin, 2005, p. 29.

来,一旦人落入水中,水便具有了其致命的危险性。①《分期死亡》中所描绘的在迪耶普的海水浴便是末日般的场景:

> ……就在这时,一团可怕的卵石突然向我的胸部齐射过来……我变成了靶子……我被水淹没……真可怕……我被一场滔天的洪水淹没……然后我又被抛了回来,被抛射,被横陈在我母亲的脚边……她想把我抓住,把我从水里拽出来……可我又被卷走……她发出一声恐怖的尖叫。整个海滩上的人都涌了过来……但所有的努力都是徒劳……游泳的人们聚集在一起,焦躁不安……怒涛把我吸到海底后,又让我弹回水面,发出死人般嘶哑的喘气声……②

落入水中的人面临着被水淹没其中的危险。此时的水便不再具有开放性,而是相反地具有封闭性,直接将人物引向窒息与死亡。我们在塞利纳的作品中随处可以看到水的

---

① Pierre-Maire Miroux: *Matière et lumière, la mort dans l'œuvre de Louis-Ferdinand Céline*, Paris: Société d'études céliniennes, 2006, p. 306.

② Louis-Ferdinand Céline: *Mort à crédit*, Paris: Edition Gallimard, 2011, p. 127.

元素。但是使人乐观的、开放性的水的形象却往往暗藏着杀机；使人窒息的封闭的水的形象以多种面目呈现，进而将人拉入死亡之地。水在塞利纳的作品中永远都不是新鲜清洁的水，水不但是不纯净的，而且还经常与其他物质混合起来。水是士兵们在弗兰德平原上之斗争的烂泥浆，也是不幸的人们在日常生活中每天必经的烂泥塘之路："村子从未完全摆脱工地与垃圾堆之间的这些烂泥。"①污水和泥浆因此成为了塞利纳笔下空间景物的特征，也成为其人物的一个恒久的威胁。处于充满污水与泥浆的空间里，人物总是面临着陷入封闭与窒息的危险。

除了污水与泥浆之外，危险的水元素还以雨的形象呈现在塞利纳的小说空间之中。《茫茫黑夜漫游》中巴尔达缪在非洲经历的雨季，也无异于一场冲走一切的原始洪荒：

大雨越频繁，泥浆越黏稠、越深厚。雨季。昨天还俨然是一块岩石，今天却成了一堆松软的污泥。温热的雨水从牟拉的树枝向你瀑布似的倾泻，屋内屋外到处是水，仿佛是一条被丢弃的旧河床。一切都浸泡在泥浆

---

① Louis-Ferdinand Céline: *Voyage au bout de la nuit*, Paris: Edition Gallimard, 2011, p. 326.

里：蹩脚的货物、账目和希望全都黏成一团了，甚至高烧也是黏糊糊的。你在这种瓢泼大雨下连嘴都张不开，好像有什么热乎乎的东西把你的嘴堵住似的。混沌中，我这个诺亚方舟在发呆。我觉得彻底了结的时候已到。①

雨水从天而降，仿佛要自上而下将人溺亡，人被封闭在雨水之中，水的危险性再次显现出来。《分期死亡》中也有类似的场景。迪耶普旅行中，一家人遭遇了一场突如其来的暴雨：

在暴雨来临之前逃跑的海鸥飞到我们周围呱呱地叫着。看见我们这些人也在乌云中穿行，它们一定觉得很奇怪……狂风吹得我们踉踉跄跄，我们碰到任何东西都会紧抓不放……在峭壁的侧面，在海浪般的斜坡上，然后又到了另一个斜坡……无穷无尽……我父亲，他已经被乌云吞灭……他马上就会消失在暴雨之中……②

同时描述的母亲形象更道出了"雨"和"大海"的关联：

---

① Louis-Ferdinand Céline: *Voyage au bout de la nuit*, Paris: Edition Gallimard, 2011, p. 175.

② Louis-Ferdinand Céline: *Mort à crédit*, Paris: Edition Gallimard, 2011, pp. 131 – 132.

"她冒着气泡，像癞蛤蟆一样，英国的雨，像是悬挂着的海洋……"①大海的封闭性与危险性一面由此呈现出来。能够逃避这种危险的唯一办法，便是依赖"船"的存在，巴尔达缪在非洲的小茅屋构成了他在洪荒之中的"诺亚方舟"，在其他作品中，"诺亚方舟"也一直是主人公渴望得到的救赎。《别有奇景Ⅱ》中，费尔迪南期待着可以通过方舟而逃过有如洪荒的巴黎轰炸之灾："无论如何，诺亚和他的家人不是得救了吗！……我对莉莉大声吼道……"②

"大海"或与"水"相关的空间，实际上是带有两面性的。其开放性的一面推动了小说情节的发展，将主人公的命运引向自由的新的未知，而其封闭性的一面则会给主人公带来封闭甚至死亡的威胁，从同位素性角度我们可以得出以下的公式：

大海（船）——水——开放性（拯救）

大海（雨、污水、泥浆）——水——封闭性（威胁）

---

①　Louis-Ferdinand Céline: *Mort à crédit*, Paris: Edition Gallimard, 2011, p. 133.

②　Louis-Ferdinand Céline: *Féerie pour une autre fois* Ⅱ, Paris: Edition Gallimard, 2011, p. 308.

塞利纳作品中的夜晚，同样可以被视为空间性的一部分。因为在很多情况下，夜晚是一个黑暗的延展空间，人们在这个"沉寂而充满威胁"[1]的空间里前行和逃亡。[2] 塞利纳笔下的众多地方都难以抵达，因为它们都位于某个"黑夜的尽头"。《分期死亡》中的"明维尔学院"位于"黑夜的尽头（……），在一座小山之上"[3]，而为了抵达蒙特尔图，库尔西亚和费尔迪南不得不"进入黑夜之中"[4]。《前线》的全部情节，就是一个小分队从营房走失后"从一种黑暗到另一种黑暗的漫游"[5]。黑夜于是变成了一个令人深陷其中的场所，小说中的人物都被黑夜吞没。黑夜蕴含的封闭性对小说人物来说同样具有死亡的威胁——黑夜实际上蕴含了"无限巨

---

① Ph. S. Day: *Miroir allégorique de Louis-Ferdinand Céline*, Paris: Klincksieck, 1974, p. 57.

② Pierre-Maire Miroux: *Matière et lumière, la mort dans l'œuvre de Louis-Ferdinand Céline*, Paris: Société d'études céliniennes, 2006, p. 87.

③ Louis-Ferdinand Céline: *Mort à crédit*, Paris: Edition Gallimard, 2011, p. 227.

④ *Ibid.*, p. 479.

⑤ Louis-Ferdinand Céline: *Casse-Pipe*, Paris: Edition Gallimard, 1991, p. 35.

大的杀机"①，巴尔达缪和战友们组成了一个联络小分队，不得不在黑夜中四处游荡，"月光下灰蒙蒙的墙壁，有如参差不齐的大块冰激凌，白森森的，万籁俱寂。莫非已是世界的尽头?"这时他突然产生了"被关在笼中的兔子的不安"②。但是"既然一定要生活在夜里，最好一直走到黑夜的尽头"③。黑夜的尽头往往与世界的尽头相关联，而世界的尽头则暗含"末日"这一意象，与死亡密切相关。

即便不是在战争中，黑夜也同样保有这种杀机。《茫茫黑夜漫游》中的罗班松准备谋杀昂鲁伊老太太是在夜里；罗班松本人也在夜里被玛德隆枪杀。死亡与夜相互结合，死亡不过是向黑夜之中的深入，就像生命一样，因为生命的真相不过是一种缓期的死亡。④ 谋杀昂鲁伊老太太失败之后，巴尔达缪、罗班松和昂鲁伊夫妇发现他们自己正处于夜的最深处："我们所在的地方没有路也没有光亮(……)这种情况下

---

① Louis-Ferdinand Céline: *Voyage au bout de la nuit*, Paris: Edition Gallimard, 2011, p. 24.

② *Ibid.*

③ Ph. S. Day: *Miroir allégorique de Louis-Ferdinand Céline*, Paris: Klincksieck, 1974, p. 85.

④ Pierre-Maire Miroux: *Matière et lumière, la mort dans l'œuvre de Louis-Ferdinand Céline*, Paris: Société d'études céliniennes, 2006, p. 60.

在黑暗中睁大眼睛也是无济于事。(……)夜晚已经吞没一切，连我们的目光也被吞没。"①罗班松为了谋财而害命，这一尝试让他的眼睛变瞎了。成为瞎子之后，他进入了黑夜的顶点，对于塞利纳来说，瞎子就是个活着的死人，除非这时的失明代表着对黑夜的一种抵抗。对于塞利纳来说，罗班松沉入了他生命的黑夜或是死亡的黑夜，当他想逃脱的时候，不过是更深地沉入了黑夜里。② 而面对倍贝尔的死，巴尔达缪处于一种极度不安之中。"我同样在思考我对于倍贝尔的死是否毫无责任。我家里又冷又安静，就像是偌大的夜的角落里的一个小小的夜，只为我一个人存在(……)我最终睡着了，睡在了只属于我一个人的夜里，睡在了这个棺材里……"③黑夜变成了棺材，人们睡在其中，更确切地说，人

---

① Louis-Ferdinand Céline: *Voyage au bout de la nuit*, Paris: Edition Gallimard, 2011, p. 341.

② Pierre-Maire Miroux: *Matière et lumière, la mort dans l'œuvre de Louis-Ferdinand Céline*, Paris: Société d'études céliniennes, 2006, p. 91.

③ Louis-Ferdinand Céline: *Voyage au bout de la nuit*, Paris: Edition Gallimard, 2011, p. 291.

们死在其中。黑夜就是死亡，它把生命封存在其中。^① 夜晚是个无限巨大的封闭空间，它如大海一样将人与物吞没，使人面临死亡的威胁。塞利纳笔下的人物们不断走入这个充满威胁却又充满诱惑的空间，同时又在黑暗之中迷失了方向，走向死亡：

夜晚——黑暗——（空间的）封闭性

"坟墓之地"是塞利纳小说中经常描述的空间。这其中包括真正的坟墓，也包括被塞利纳描绘成坟墓的城市、地窖、地铁、地下厕所等。真正意义上的坟墓在塞利纳的作品中并没有太多的描述。只有祖母的坟墓和约瑟夫·比奥迪莱的陵墓。坟墓将尸体封在里面，显然是一个腐烂之地，是一个聚集了肉、粪便与死亡的地方，因此是一个完全消极的空间。比奥迪莱的坟墓位于约瑟夫·比奥迪莱学院的正中心，似乎是把这幢建筑物的意义集中体现了出来，这幢建筑物本身就

---

① Pierre-Maire Miroux: *Matière et lumière, la mort dans l'œuvre de Louis-Ferdinand Céline*, Paris: Société d'études céliniennes, 2006, p. 90.

是一个巨大的坟墓，动物的遗体在研究它们的科学家们漠然的目光下慢慢腐烂："出于成本节约，某些腐烂经受着不同程度的降解和延长。实验室里某些训练有素的小伙子们确实曾经在这个活棺材里做饭，腐烂及其怪味都没能对他们产生任何影响。"[①]"坟墓"这个词不仅限于其表面意义，在塞利纳的作品中，更为广阔的空间都可以成为坟墓：地窖、房屋，甚至是城堡。[②]《茫茫黑夜漫游》中图卢兹的地下墓室，和《木偶戏班》中放置克拉本尸体的地窖，都是塞利纳眼中的坟墓。虽然地窖并不是一个真正的坟墓，但是死亡的出现已经完全可以将其转变为一座坟墓。在西格马林根的城堡的地窖里也发现了死尸，"被人们遗忘了十四个世纪"，"被杀死的对手，被吊死，被勒得僵硬（……）还有被劫持的骨架。"[③]这些令人窒息的密闭空间，同样具有"坟墓之地"的特色。

　　作为城市的巴黎，被塞利纳通过舒瓦瑟尔巷以及反复出

---

① Louis-Ferdinand Céline: *Voyage au bout de la nuit*, Paris: Edition Gallimard, 2011, p. 280.

② Pierre-Maire Miroux: *Matière et lumière, la mort dans l'œuvre de Louis-Ferdinand Céline*, Paris: Société d'études céliniennes, 2006, p. 97.

③ Louis-Ferdinand Céline: *D'un Château l'autre*, Paris: Edition Gallimard, 2012, p.150.

现的"克利希广场" ①描绘成"坟墓之地"。图卢兹的"坟墓之地"是木乃伊地下墓室,昂鲁伊老太太请巴尔达缪参观了这个地下墓室,这个地下墓室也同时成为被罗班松谋杀的昂鲁伊老太太的坟墓。②《北方》中,在哈拉斯看来,图卢兹是"无菌世界末日"期间唯一一处仍存在着谵妄现象的地方。③ 显然对于塞利纳来说这是与死亡密切相关的一座城市。同样在《北方》中,柏林也被描绘成一个"尸体城市",但是和图卢兹的木乃伊一样,那里的"尸体房屋"也被整理得有条有理:

---

① 塞利纳应用"克利希广场"这一形象的目的,我们可以在巴黎地图上找答案:克利希广场旁边,便是巴黎最为著名的公墓——蒙玛特公墓。对于巴黎人来说,蒙玛特公墓即是死亡的代名词。也就是说,克利希广场的旁边,是一个死亡之地、幽灵之地,同样,在小说之中,"克利希广场"这一空间的出现,随之而来的,必定是一场通向死亡的狂欢。因此有人从巴黎十八区的艺术、精神、政治和社会生活角度,将塞利纳的《茫茫黑夜漫游》定义为"蒙玛特小说"。

② 图卢兹的木乃伊地下墓室并非杜撰,而是确有其事。对于普通的死者来说,尸体会被换动位置,风干,变成干尸以便保存。在图卢兹,从棺材里移出的尸体,先会被放到钟楼的二层,而后风干了的尸体会被陈列在公墓里,公墓被用白骨装饰成洛可可的风格。或许正是因为对这些故事的了解,使塞利纳将图卢兹设为一个有地下墓室的死亡中心,而在后续作品中,塞利纳又至少两次重复了这一点。

③ Louis-Ferdinand Céline: *Nord*, Paris: Edition Gallimard, 2012, p. 597.

"房子已经完全死去,就像一个火山口一样,所有的肠子管子都喷射在外面,还有心脏,骨头,皮肤;但是所有的内脏都整齐排列在屋顶,就像是屠案上的动物,只需一棍就可以打出它的内脏,但是它突然间又奔跑起来!"[①]这些被毁掉的德国城市也同样是世界末日之地。《木偶戏班》中的伦敦也是死亡之城。在这些城市里,"我们大口呼吸着死亡的气息,此生都难以忘记。"[②]城市被描述成坟墓,与作为坟墓的地下空间具有了同样的功能:封闭的死亡容纳地。坟墓之地的核义素是地下空间,而在此基础上建立的符号学同位素性则是一种封闭性:

　　　　　"坟墓之地"——地下空间——封闭性

　　与这些封闭空间相对应的公墓,在塞利纳看来则是一个

---

　　① Louis-Ferdinand Céline: *Nord*, Paris: Edition Gallimard, 2012, p. 517.

　　② Louis-Ferdinand Céline: *Voyage au bout de la nuit*, Paris: Edition Gallimard, 2011, p. 286.

开放的空间，在这个空间里，尸体变成了幽灵。① 公墓具有
一种自然与文明相结合的特征，它既是人造的场所，又往往
与自然景物紧密连接，这使得公墓具有了自然性与虚幻性。
尸体变成了幽灵在公墓的自然的开放空间中游荡，飘向远
方。在塞利纳的作品中极少提到的下葬的场景也证实了塞
利纳的这一观点。在《北方》中，警察局长西米耶和冯·列登
的葬礼上，出现了两个幽灵：卫兵加尔马尔和他的囚徒牧师。
两个人曾经在很久以前便消失了，此时似乎是从另一个世界
回来，"非常安静，一个人敲着鼓点，另一个人唱着圣歌，跟在
棺材后面……看上去像是外地来的人。"②而后他们又神秘
地消失在了"北方"，很显然，塞利纳的"北方"正是"彼岸"与
"幻境"的方向。加尔马尔，这个幽灵鼓手曾经在之前的《木
偶戏班》中出现过，那时他也是公墓里的幽灵，正在图伊图伊
俱乐部："寻找另一个幽灵米勒·帕特"："突然出现了鼓
声……鼓声阵阵……他敲着，敲着……（……）鼓手走了下
来，我看到了他的帽子……他的防水衣上银色的字写着"公

---

①　Pierre-Maire Miroux: *Matière et lumière, la mo rt dans l'œuvre
de Louis-Ferdinand Céline*, Paris: Société d'études céliniennes, 2006,
p. 99.

②　Louis-Ferdinand Céline: *Nord*, Paris: Edition Gallimard, 2012,
p. 563.

墓"（……）他就这样用鼓点牵引着米勒·帕特……嘡！……嘡！……嘡！……（……）米勒·帕特和公墓守墓人就这样轻轻地走上了楼梯……嘡！……嘡！……嘡！……他们消失在了夜里！"[1]这里的音乐声使人物如同飞在空中，此时死者并没有被封闭起来，而是变成幽灵飞升起来，公墓变成了地狱的入口。塞利纳通过死亡的方式使人得到最终的轻灵的解脱，"死亡"成为使坟墓这个地下空间走向开放的唯一途径。无论是坟墓，还是图卢兹的地下墓室，或者是比奥都莱·约瑟夫的陵墓。地下空间是一个具有威胁性的场所，无论是纽约的厕所（"粪便洞穴"），图卢兹的地下墓室或是缪济娜带巴尔达缪去躲避轰炸的防空洞，地下空间都充斥着以粪便、木乃伊或肉的形式存在的死亡的意象，其作用完全是消极的、面向死亡的。公墓的开放性则具有一个积极作用，即人们要经过以地下空间为象征的死亡，才能获得拯救，这是塞利纳空间主题中所特有的"向死而生"的观点。因此关于公墓的同位素性，我们可以得出以下图示：

公墓——地下空间＋自然——开放性

---

① Louis-Ferdinand Céline: *Guignol's band*, Paris: Edition Gallimard, 2011, p. 461.

地铁是一个特殊的地下空间,同时也是一个通道。首先这是个致死之地,《木偶戏班》中,费尔迪南在地铁里杀死了米勒·帕特;《别有奇景》中,叙事者也是在地铁里受到了年轻的希特勒主义者的死亡威胁。地铁作为一个地下空间,吞没了一切,吞没了所有人。但同时地铁并不是一个完全封闭的地下空间,因此它连接着生与死,它既是轰炸时期保护人们的地下避难所,同样也是造成死亡的"坟墓之地"。《茫茫黑夜漫游》中,塞利纳描述郊区人去往巴黎的情景:"所有的一切一股脑儿全从布满煤焦油和碳酸的阶梯拾级而下,凭着来回票,钻进黑洞里。(……)都市尽量把脚脏的大众藏在地下长长的电气通道里。"[①]地铁于是成为城市躯体的肠道,是一个藏污纳垢的地方,就像是美国纽约的厕所。作为一个粪便之地,地铁是一个让人感到危险和焦虑的场所。就像在一段因便秘而过分堵塞的肠道里,人群作为排泄物在里面拥挤着,堆积着,"上地铁就是一拥而上! 像漩涡一样,一切都消失了! 一切又从里面出来!"[②]地铁作为"通道"的作用在这

---

① Louis-Ferdinand Céline: *Voyage au bout de la nuit*, Paris: Edition Gallimard, 2011, p. 239.

② *Ibid.*, p. 603.

里明显地体现出来。地铁具有一定的开放性,在塞利纳的地铁中,他所运送的不仅仅是他自己,他将我们,乘客和读者,同他一起卷入其中,他的情感将我们带向远远超乎我们期待的彼岸,直到这些深渊的卑贱的丑闻中,他拖着我们向那里飞速冲去。[①] 地铁的"通道"意义,在于将所有的乘客从此处带向彼处,即塞利纳的"彼岸",这一连接性是地铁区别于其他坟墓之地与地下空间的特殊之处所在。我们以下面的图示来表示塞利纳的地铁形象:

地铁——地下空间＋通道——封闭性＋开放性

从我们得出的图示来看,塞利纳笔下的空间都具有共同的同位素性。依据丰塔尼耶整体与部分关系中的"系列"原则,这些空间中的共同的属性是恒定的,它确保了文本衔接。系列原则通过在文本之中引入不同的连续的系列,产生了"接连不断"和"转变"甚至是"主题进展"的效果,使读者在阅读的过程中能够感受到一个连续不断的、紧密联系的片段系

---

① 　马舍雷:《文学在思考什么》,张璐、张新木译,南京:译林出版社,2011 年,第 140 页。

列,同时能够体会到一个逐渐的、持续的意义产生的过程。[①]
塞利纳通过"大海"这一空间表现出双重同位素性:开放与封
闭,"夜晚"则是开放性的表象之下的封闭性,"坟墓之地"是
完全的封闭与死亡,"公墓"则将死亡引向一种虚幻的开放,
"地铁"作为一个同样具有双重同位素性的空间,却被赋予了
"通道"的意义,其生死之间的摆渡作用我们会在后文中继续
探讨。通过这些空间的表面意象及其同位素关系,我们可以
得出以下的图示:

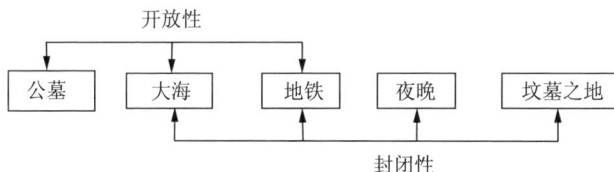

根据上图所示,塞利纳笔下的空间主题,由封闭性与开
放性两种同位素性不断交错进展,空间封闭,人物便面临着
威胁;空间开放,人物的命运便被推向新的未知。塞利纳笔
下的人物,不停地、被动地游走在封闭与开放之间,挣扎于生
存与死亡之间。他们似乎总是在不断重复自己的旅程,逃脱
的希望几乎变成了不可能。在塞利纳式的噩梦里,只有死亡

----

① Jacques Fontanille: *Sémiotique et littérature, essai de méthode*,
Paris: PUF, 1999, p. 37.

才能将人们唤醒。[①] 空间主题与生存和死亡主题由此紧密相连，构成了人物命运的图景。

二、 历史的时间与小说的时间

塞利纳小说的时间是复杂的、模糊的、非线性的。他不断地通过回忆、狂欢的方式呈现时间，又将时间与二次大战的历史相结合，成为一种"编年史"的时间，同时又在其中打破时间的线性流淌，强加入了遗忘、断裂等等使时间淡化的因素，使时间主题呈现出表面分散零散的状态。由于塞利纳小说中时间主题的这些特性，使塞利纳的时间观往往被研究者所忽视。我们试从同位素角度研究塞利纳小说中时间的呈现形式，以发掘塞利纳的时间观中同位素性的关联，以及时间主题的形成。

塞利纳小说以战争为写作背景，其中的社会群体从历史角度来看都是处于危机之中的。面对这种危机，塞利纳早期的作品中首先是通过回忆来挑战"当下"的时间，暂时逃避时刻存在的死亡的威胁。对一战前的曙光的怀恋是这种回忆

---

① Maurice Nideau: «Avènement de Louis-Ferdinand Céline», in *Les critiques de notre temps et Céline*, Paris: Garnier Frères, 1976, p. 121.

的重要体现。自 1900 年起,世界就不停地经历着一种疯狂却不可见的衰落。"当然,一切发生过的都已经发生!……历史不会重来!……"①对于塞利纳来说,"美好年代"成为战前时光最值得追忆的时期。《分期死亡》中,对"美好年代"时期的巴黎的描述非常全面:随处可见的公共马车,玛莱区及其工匠们,王宫的拱廊下的妓女们,万博会的低俗品位,巴黎的时尚,还有塞利纳亲眼所见的巴黎的工商劳务界,以及巴黎的郊区……塞利纳使用了大量的老生常谈的代表形象来描绘这个时代,就像是给 1900 年前后的时光不断地贴上各种标签。② 同时,塞利纳还通过复原各种典型人物来重建那个时期的现实,在《分期死亡》中,塞利纳通过这些人物构建了一个小小世界:暴躁的父亲,懦弱的母亲,坚强开明的外婆,发明家库尔西亚,高尔罗热一家,诺拉,流浪儿,痴儿荣金德……而最具代表性的"美好年代"的人物则是《茫茫黑夜漫游》中的昂鲁伊老太太。昂鲁伊老太太是"美好年代"的遗属和见证,她经历了战前的美好时光,而在年老后则自闭在花园的矮屋里,儿子媳妇时刻算计着她的年金。为了摆脱对她

---

① Louis-Ferdinand Céline: *D'un Château l'autre*, Paris: Edition Gallimard, 2012, p. 29.

② Anne Henry: *Céline écrivain*, Paris: L'Harmattan, 1994, p. 196.

的照顾,儿子和媳妇甚至雇凶杀人。而长期隐居在"墓室一样的陋室中"的昂鲁伊老太太却表现出惊人矍铄的神采:

　　她最后一下子把门打开,突然亮相,血红的眼睛直瞪着我。但目光依然很活泼,两只眼睛在灰褐色的、憔悴的双颊上端滴溜儿转,直接吸引住你,使你不及其余,因为这种目光使你不由自主地感到轻松愉快,使你本能地向往青春。这种活泼的目光使阴暗的氛围产生活力,产生青春的喜悦,这种淡薄而纯洁的生气,我们反倒丧失了。她怒喊的时候,声音沙哑;她像常人一般说话时,声音爽朗,吐字清晰,口齿伶俐,华丽的辞藻和格言警句生动活泼,跳跃奔腾,令人发笑。这种借助声音叙事的本领使人想起古时候的人,那时要是不会又说又唱,不会把说唱巧妙结合起来,就会被视为愚蠢、耻辱和怪癖。[……]岁月给昂鲁伊老太太披上活泼的轻装,有如老树逢春,清癯抖擞。二十年来她家徒四壁,身无分文,却没有给她的心灵造成创伤。①

————————

　　① Louis-Ferdinand Céline: *Voyage au bout de la nuit*, Paris: Edition Gallimard, 2011, pp. 254 – 255.

　　昂鲁伊老太太是从"墓室"里走出的"美好时代"的人物，她的行为与话语表现出她对时间的抵抗，她的语言并不是对垂死的现实的反射，而是一种生机的源泉，这种语言反射出了一个幸福的时代。[①] 对于塞利纳来说，昂鲁伊老太太诠释了他对 1900 年前的黄金时代的怀念。在那个时代，所有的女性都会以昂鲁伊老太太的方式来讲话和歌唱。《分期死亡》中有关外婆的描述也印证了这一点。但是最终昂鲁伊老太太与外婆的去世，都暗示了那个时代的一去不返。塞利纳描述美好年代的人物及其语言，不仅是单纯的回忆，而是通过模仿这种语言，使其魅力获得重生。因此塞利纳曾说，"昂鲁伊老太太就是我"[②]。塞利纳通过引入回忆的"复古"方式，使其人物逃出小说的叙事时间，打破时间的线性流淌，在时间的转换中暂时逃脱死亡的威胁。塞利纳通过"回忆"的方式，在怀念与追忆的表面形象之下，揭示了时间中的"过去"这一同位素性。具有怀念性质的过去的反复呈现，给小说人物带来了一种与历史的关联性。

　　塞利纳最初的作品中，战争的时间是以狂欢节形式展现

---

　　① 　Michel Beaujour: «Temps et substances dans Voyage au bout de la nuit», in *Céline, Voyage au bout de la nuit*, édité par Alain Cresciucci, Paris: Klincksieck, 1993, p. 41.

　　② 　*Ibid.*

出来的。在《茫茫黑夜漫游》中,巴尔达缪参军是具有狂欢意义的一个场景,而他在后方射击场上大喊"有人开枪!劳拉!"[1],也具有狂欢性。使这种狂欢时间更具有意义的是,塞利纳在后期作品中会回想起这些遥远的记忆:"我?……7月14日最后一个来的那个!……广场上所有的士兵们!还有第十一和第十二骑兵团……"[2]紧接着,塞利纳便描述了一场如假面舞会的狂欢。这种狂欢的时间在表象之下呈现出了一种时间的不真实性,而回忆却使狂欢的时间呈现出一种统一性,使之融入了小说时间主题的整体之中。

　　除了在叙事时间中嵌入回忆的时间转换方式之外,塞利纳另一个重要的时间表现方式即时间交替。在其小说作品中,塞利纳不断地以更高的频率和更明确的跨度将"现在"植入叙事之中。[3] 这种过去与现在交替的时间表现方式在《分期死亡》中便已初现端倪,自《从一座城堡到另一座城堡》开始这种表达更为明显。菲利普·阿尔梅拉以《从一座城堡到

---

① Louis-Ferdinand Céline: *Voyage au bout de la nuit*, Paris: Edition Gallimard, 2011, p. 58.

② Louis-Ferdinand Céline: *D'un Château l'autre*, Paris: Edition Gallimard, 2012, p. 93.

③ Philippe Alméras: « Céline: L'Itinéraire d'une écriture », in *PLMA*, Vol. 89, No. 5 (Oct., 1974), pp. 1090 – 1098, p.1096.

另一座城堡》与《北方》为例,观察了这种表达的具体呈现①:

《从一座城堡到另一座城堡》中,默东代表的"现在"与西格玛林根代表的"过去"的交错方式如下:

默东:9—154 页

西格玛林根:155—217 页

默东:290—291 页

西格玛林根:292—430 页

默东:431—443 页

《北方》中,写作时间(1960 年)和叙述时间(1944 年)之间的平衡更加明显:

1960:7—9 页

1944:10—17 页

1960:17—18 页

1944:19—33 页

---

① Philippe Alméras:《Céline:L'Itinéraire d'une écriture》,in *PLMA*,Vol. 89,No. 5(Oct.,1974),因原论文未标注版本信息,故此处所引页码无法与本书所引页码相对应。

1960:34—36 页

1944:37—216 页

1960:217—224 页

1944:225—378 页(其中 242 页、303 页、346 页有 1960 年穿插)

1960:379—385 页

1944:385—440 页

　　塞利纳不断地打断叙事想象,目的是将注意力引向作家本人,使人注意到这位当时依然在世的作家,却被不公正地遗忘了。现实不断插入叙事,意在让读者注意到作家本人的现实生活。[①] 主人公费尔迪南这个人物在小说不断的进展中承载了沉重的过去:他的人生经历逐渐地与《茫茫黑夜漫游》的作者塞利纳的人生经历合二为一。在叙述过去时间的过程之中,塞利纳不断塑造一个没有病人的郊区医生形象,每一本书中的医生形象都见证了一种不公平待遇,勾起读者的同情心。即小说的“过去”与“现在”逐渐重合。将过去与现在相互交替,呈现出时间的不同层次的同时,也更加强调和突出了“现在”的存在,增强了小说的真实性。自塞利纳第

---

　　① Philippe Alméras: «Céline: L'Itinéraire d'une écriture», in *PLMA*, Vol. 89, No. 5 (Oct., 1974), pp. 1090 – 1098, p.1096.

二部小说《分期死亡》以来，主人公便开始逐渐向作者的真实
生活靠近，由巴尔达缪变成了费尔迪南，由费尔迪南变成了
塞利纳，最终在遗作《轻快舞》中变成了德都什医生（塞利纳
的本姓）。作为个体经历的"现在"的不断出现，打破了"过
去"的历史时间的连续性，同时将个人的经历嵌入历史时间
之中："历史之线在我身上的孔洞里穿梭！……"①自身的身
体与历史的主体混淆起来，个体延续的时间与历史的时间混
淆起来，个人记忆与集体记忆混淆起来。回忆性的写作大多
数以叩问身份问题为其本体论功能，塞利纳将"现在"的意义
凸显出来，强调了"现在"的、现实的"我"，是真正历史的见证
者与参与者。时空交错的时间呈现方式，将"过去"与"现在"
两种同位素性并置，同时体现了时间中的"历史"与"当下"的
关联。塞利纳"编年史作者"②的写作姿态也因此更加明确
地展现出来。

　　无论是回忆还是时间的交错，都体现了塞利纳在时间呈
现过程中重要的"历史观"。这种历史观在塞利纳后期作品
中体现得尤为明显。战后塞利纳写作的时期，时间与过去的

---

①　Louis-Ferdinand Céline: *Nord*, Paris: Edition Gallimard, 2012, p. 46.

②　Micheline Besnard: «D'un innommable l'autre: Féerie pour une autrefois», in *Littérature*, n°60, 1985, pp. 19 - 30, p. 20.

关联被战争打破，出现了断裂，一切都变得模糊起来，塞利纳在写作中也努力复制这种模糊的效果，以期呈现被遗忘的历史的真正意义。"[……]！……一切都过去了！……回忆也过去了！……悄悄地……"①这其中显然有人们刻意地遗忘："[……]假设你是贪婪的游客！……去追踪回忆吧！……去追踪它！我想让一切都被遗忘……[……]"②在时间的断裂之后，塞利纳致力于呈现一种毫无负担的时间、毫无掩饰的时间，因此他努力地在"现在"中摆脱"过去"的束缚，通过写作创立一种时间。③

在塞利纳看来，历史是用来背叛的，也是用来遗忘的。这里有一种对官方历史的反抗，因为官方的历史建立在一种记忆缺失的选择的基础之上、建立在遗忘了生活的复杂性的选择的基础之上，这种选择将某些记忆排除在外。④"一切被

① Louis-Ferdinand Céline: *D'un Château l'autre*, Paris: Edition Gallimard, 2012, p. 173.

② *Ibid.*, p. 56.

③ Philippe Destruel: *Céline, Imaginaire pour une autre fois, la thématique anthropologique dans l'œuvre de Céline*, Paris: Librairie Nizet, p. 210.

④ *Ibid.*, p. 212.

战胜的都是垃圾！……我非常清楚！……"①只有最后的胜利者才是有道理的，"是胜利者们写就了历史"②。塞利纳认为已经消失或已经逝去的一切都留有痕迹，在写作中他着力重现那些被官方记忆所排除的特殊线索。塞利纳站在"弱者"的一边，致力于写出"被战胜者"反抗"战胜者"的历史。③从时间角度来看，他所关注的时间，是历史长河中短暂的零散时间，也就是那些重大转变或关键时刻中并不重要的痕迹。例如《从一座城堡到另一座城堡》中，当轰炸的威胁不断临近的时候，叙述者却只想送一个焦躁不安的小女孩回家："……我在这时候，并不关心什么大战略，而是关心让希尔达回到她父亲那里……"④塞利纳通过对重要时刻中微小事件的描述，使历史变得具体，将自身经历融入历史，战争的历史中，各种事件带来的恐惧因此更容易被感知："不断听到炸弹

---

① Louis-Ferdinand Céline: *Nord*, Paris: Edition Gallimard, 2012, p. 21.

② Louis-Ferdinand Céline: *D'un Château l'autre*, Paris: Edition Gallimard, 2012, p. 311.

③ Marie Hartmann: *L'envers de l'histoire contemporaine, études de la «trilogie allemande» de Louis-Ferdinand Célin*e, Paris: Société d'études céliniennes, 2006, p. 17.

④ Louis-Ferdinand Céline: *D'un Château l'autre*, Paris: Edition Gallimard, 2012, p. 229.

的爆炸声,我们最终感知到了自己的重要性,[……]……实际上,对我们来说,[在左恩霍夫],重要的是金色烟叶和食品柜……"①这种对于零散而短暂的时间的关注,将晦暗的过去生动地折射到了写作之中。塞利纳所关注的,并不是集体的时间,即大写的历史,而是个体的时间,即主人公的经历。大写的历史在小说中被遗忘,并被个体的经历所取代,因此塞利纳小说的主人公,与其说是历史的见证者,不如说是历史的参与者,他以自己的经历重新构建了战争时期的非官方的编年史。在塞利纳看来,历史会通过"净化"而将自身歪曲,失去其一致性:"人们几乎从来不知道,那时候我们上演的是另外一出戏。这样的人太多了!"②塞利纳的小说即是官方历史之外的"另一出戏",小说时间解构了历史时间,集体记忆和个体记忆都变得不可靠,"记忆是明确的,忠实的……然后突然之间便不复存在,不复存在! ……"③没有记忆能够与历史的时间重合,历史的时间、历史与历史的可能性,似乎都顷刻之间归于乌有。

---

① Louis-Ferdinand Céline: *Nord*, Paris: Edition Gallimard, 2012, p. 326.

② Louis-Ferdinand Céline: *D'un Château l'autre*, Paris: Edition Gallimard, 2012, p. 177.

③ *Ibid.*, p. 129.

　　塞利纳小说中最多的描述是关于逃亡与流亡。在战争情况下，这是一种匆忙的经历，也是具有威胁性的死亡的经历。逃亡与流亡造成了时间的混乱，必须要透过一些距离、一些遗忘，结合当下的实际才能对逃亡与流亡进行关注与回顾。逃亡与流亡期间，人们所经历的是另一种时间性，在痛苦中度过的时间可以使人们与现实分离，逃离了惯常的节奏，时间开始变得不真实。① 这种感受只是让人更加疯狂地感知到自己的末日。透过勒维冈这个人物，我们进入了飞速运转的历史之中："——我想起来我曾经演过《愤世嫉俗的人》！——那是没多久的事，勒维冈……——几个世纪，费尔迪南！几个世纪了！——确实如此，有几个世纪了！"②叙述者的替身感受到了一种错乱的时间性，在流亡之中那些被毁坏、被轰炸的城市，汉堡，汉诺威，都是这种错乱时间的证明。塞利纳通过个体经历将官方历史变得模糊错乱，使历史的时间变成了被遗忘的时间，通过自己的叙事和想象重新建立了时间。他认为自己是有关"消失"的历史学家，是一个编年史

---

　　① Philippe Destruel: *Céline, Imaginaire pour une autre fois, la thématique anthropologique dans l'œuvre de Céline*, Paris: Librairie Nizet, p. 217.

　　② Louis-Ferdinand Céline: *Nord*, Paris: Edition Gallimard, 2012, p. 427.

家:"历史过去了,您还在这里,我讲给您听……"①"我把您重新带回那些已经消失了的人的小事实、小动作或惊恐之中……"②塞利纳以"战争时代的语言"③展现了战争,在塞利纳的碎片式的时间中,折射出了现代的历史。

塞利纳早期作品中,以回忆时间与狂欢时间将"过去"打破官方历史的时间,建立小说的虚构时间,则是塞利纳在后期创作中的一大特色。在这个过程中,"模糊"与"遗忘"是塞利纳解构历史时间、建立小说时间的两种重要方式。塞利纳以个人具体经历将重要的历史时刻模糊化,使人遗忘官方的历史记忆,将短暂的零散时间中的微小事件不断重复扩大,使时间跳出现实,体现出一种不真实性。在"零散时间"的表象之下,是一种被现在模糊化的过去,是站在"现在"的角度对官方历史的遗忘,这一同位素性与简单的"过去"不同,它代表了一种新的确立,是塞利纳小说时间的最终呈现。因此我们可以看到,从创作时间来看,塞利纳早期作品到后期作

---

① Louis-Ferdinand Céline: *Nord*, Paris: Edition Gallimard, 2012, p. 20.

② *Ibid.*, p. 494.

③ Bernard-Henri Lévy:«Comme un paladin d'ordure et de vérité», *Nouvel Observateur*, 17 octobre 1981 (à propos du livre de Philippe Muray sur Céline).

品中的时间呈现是时间主题逐渐演变到成熟的一个过程。
而塞利纳的历史观也是在这种逐渐演变的过程中形成。时
间主题的演变过程中,仍然具有统一性,这种统一性是通过
"群族"的方式来展现出来的,"族群"原则涉及的整体是至少
两两相关的部分构成的,这些部分以同质并交错链条形式构
成,它们确保了文本与话语之间的陈述叠合,从这个意义上
来讲,它在表面文本衔接的基础上促使人们去发掘文本的连
贯性。① 这种两两相关联的统一性关系使塞利纳小说中的
小说主题得以确立:

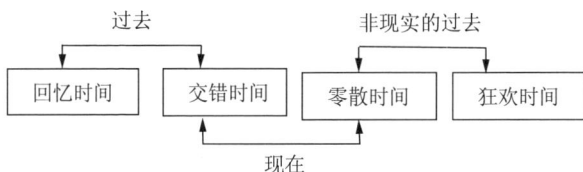

过去　　　　　　　　非现实的过去

```
┌──────┐  ┌──────┐  ┌──────┐  ┌──────┐
│ 回忆时间 │  │ 交错时间 │  │ 零散时间 │  │ 狂欢时间 │
└──────┘  └──────┘  └──────┘  └──────┘
```

现在

　　从上图中我们可以看出,塞利纳的时间主题,由过去、现
在和非现实的过去构成。塞利纳在"过去"中强调"现在",在
"现在"中将"过去"模糊化,构建出一种非现实的过去——狂
欢时间与零散时间,即模糊化与被遗忘的历史时间建立的小
说时间,突出了个人的经历与具体的微小事件,使战争中的

---

　　①　Jacques Fontanille: *Sémiotique et littérature, essai de méthode*,
Paris: PUF, 1999, p. 37.

恐怖被言说得淋漓尽致,给历史蒙上了一种更为悲壮的色彩,最终达到了塞利纳"为遗忘撰写历史"的目的。在塞利纳的最后一部作品中,历史的内在化意义以"黎戈登舞步"的形式展现出来:"[……]……历史的真正意义……以及我们所处的历史阶段……跳到这里! ……噢! 又跳到那里! ……黎戈登舞步! 到处都是舞会! [……] ……见鬼的看热闹的人们……愿一切重新开始! ……"①历史的真相如狂欢舞步般杂乱而难以把握,而塞利纳小说中时间主题的意义则在于采取一种"重新开始"的方式,构建了自己的时间:一种融入大写的历史的个体时间。

三、 幻境与"摆渡时空"

"幻境"一词在塞利纳作品中指与现实相对立的一切,塞利纳将彼岸世界定义为幻境,成为现实世界的对立面。现实世界对于塞利纳来说是活人的世界,即充满恨意的世界。②幻境是脱离了现实的时间与空间,塞利纳所谓的"彼岸世界"

① Louis-Ferdinand Céline: *Rigodon*, Paris: Edition Gallimard, 2012, p. 214.

② Pierre-Marie Miroux: «Féerie de la mort», in *Actes du colloque international de Toulouse (5 - 7 juillet 1990)*, Paris: Société d'études céliniennes, p. 183.

与其说是一个确定的地点，不如说是一个目的地，一个期限，一个非现实的时空，要通过某个通道抵达。这个通道，即从现实时空到虚幻时空的中转地。通道的典型代表是《轻快舞》中的弗朗斯堡车站地下通道。这个车站是德国和丹麦之间的边境检查站，当时的德国是世界末日之地，而丹麦则有如一个拯救一切的彼岸世界。旅客们都必须下到这个地下室，以从"真相—死亡"走向一个彼岸幻境，由此通向复活。塞利纳所描述的灯光也呈现出了一种幽灵的氛围：

> 上面是一盏巨大的吊灯，透出青幽的光线……不太好区分那些人是不是都已经死了……或是他们只是睡去……然后呢？然后我们也像其他人一样，也躺了下来……为了旅行，那是一次旅行！无论是活着还是死了，我们都有权利去旅行，而且没人会阻止我们……①

通过"青幽的灯光"而表现出的氛围中，旅客们就像是幽灵，等待着彼岸之门打开，此处北方的丹麦即是一个可以自由呼吸的彼岸世界。但是，去往丹麦之前，首先要在这个通

---

① Louis-Ferdinand Céline: *Rigodon*, Paris: Edition Gallimard, 2012, p. 261.

道中经历"死亡"。塞利纳的作品中,大多数人会关注战争及其杀戮造成的死亡,而对幻境中的死亡则关注较少。这种死亡是通往彼岸世界的一个出口,塞利纳将之称为"世界的另一端"。"死亡幻境"的意象在塞利纳的作品中随处可见:《木偶戏班》中图伊-图伊俱乐部被称为"地心"。勒维冈在左恩霍夫的房间明显地被描述成一座坟墓,并且由名叫伊阿戈的狗来把守,这条狗就像是看守地狱之门的三头犬塞伯拉斯一样,会允许或阻止那些想进入死亡世界的人们。

塞利纳笔下的主人公也会幻想自己死后进入"幻境"的生活。在《别有奇景》中,他幻想自己在圣马洛,住在大广场上特别为他而建的坟墓中。他在城市的中心落脚,骑着特制的自行车飞过大街小巷,那辆名为"安彭代尔"的自行车完全没有重量:

> 我的自行车是你们完全想象不到的东西,我的安彭代尔!因为我什么也不会拒绝!……活着还是死去?对我来说毫无意义!……我会从这里出去,幻境会把我带走!……你们不会再看见我骑着自行车经过……"①

---

① Louis-Ferdinand Céline: *Féerie pour une autre fois* Ⅱ, Paris: Edition Gallimard, 2011, p. 233.

"这里"在此处指的是叙述者所处的丹麦监狱,即残酷的死亡之地,而幻境将他引向的地方则是一个幸福的死地,生灵最终交付出肉身的重量,化为幽灵飞起在圣马洛的上空。"轻"实际上与音乐或舞蹈一样,是塞利纳幻境世界的符号之一。[①]"幻境"的时空特色,即一种进入虚幻状态的时间与空间。塞利纳的"幻境"是作家想象中人死后所处的时空,是一种遥远的、上升的空间与美好的、不再有痛苦的时间。塞利纳将许多幻境归属于"北方"。众所周知,法国的北方、北欧的丹麦等地是童话的发源地,遥远的、不再痛苦的时空,在无形之中与童话结合了起来。

在《从一座城堡到另一座城堡》中,叙述勒维冈和卡戎抬尸体上船的情节时,叙述者穿插了童年时代乘船远足登船时的情景,以"船"的形象,将"死亡幻境"与"童年幻境"结合了起来。童年远足的目的是让巴黎的孩子们"换换空气":"这叫做去疗养! ……呼吸新鲜空气! ……在风中!"[②]把两次上船放

---

① Pierre-Marie Miroux: «Féerie de la mort», in *Actes du colloque international de Toulouse (5 - 7 juillet 1990)*, Paris: Société d'études céliniennes, p. 185.

② Louis-Ferdinand Céline: *D'un Château l'autre*, Paris: Edition Gallimard, 2012, p. 98.

在一起并不是偶然。向死者的幻境出发，激活了童年时代的一次幻境之旅，童年时代的叙述者也一样是从地下通道走出。"船"与"通道"都是通往"幻境"的必须要素。在《茫茫黑夜漫游》中，主人公所描绘的别列津纳巷也同样具有"摆渡功能"。别列津纳是白俄罗斯的河名，拿破仑在渡过此河的过程中损失惨重，堪称灾难。塞利纳选择这样一个名字作为小说中的重要地名，首先给人一种灾难之想。别列津纳同时又在北方，它也是《北方》的末尾提到的拿破仑大军的幽灵所在地。在《茫茫黑夜漫游》的开头，《瑞士卫队之歌》中，卫兵们在"严寒黑夜"中摸索前行。实际上我们现在已经知道，它是 1812 年由拿破仑大军的瑞士兵团创作的，确切的名字叫做《别列津纳之歌》。[①] 对于挣扎于生死一线的士兵来说，别列津纳也是一座桥，通往生存与希望的桥。真实的死亡需要穿越真实的大地，而梦幻的死亡则是在穿越的过程中找寻到的彼岸世界。[②] 书写幻境以及与幻境相关的死亡，正是一种反向的出

---

① Jean Castiglia, "Aux sources de la Bresina", in *Actes du colloque international de Toulouse*, *(5 - 7 juillet 1990)*, Paris: Société d'études céliniennes, 1991, p. 61.

② Pierre-Marie Miroux: «Féerie de la mort», in *Actes du colloque international de Toulouse (5 - 7 juillet 1990)*, Paris: Société d'études céliniennes, p. 186.

生，是回到最初，回到童年，回到母亲的身边。① 塞利纳的写作是一场永恒的流亡，在这场奥德修之旅中，引导塞利纳的是不断出现和消失的小说人物们，消失了的人物以幽灵的身份在彼岸重现，幻境使人物脱离死亡痛苦，轻灵地飞向自由。

在这些以幽灵身份再现的人物中，有《木偶戏班》中的还魂者米勒·帕特，他被费尔迪南推下铁轨后，又回到世间，引领着费尔迪南和他的女伴维吉尼亚走向地狱的象征图伊-图伊俱乐部。一步一步走下的楼梯也如一个通道，将费尔迪南和维吉尼亚一步一步引入地狱之中。《从一座城堡到另一座城堡》中，在勒维冈牧棒下登船的幽灵们，就连勒维冈本人也不知他们是从何处回归到"民众号"的甲板上。在这个著名的情节里，我们看到了已经成为幽灵的"活死人"们登船进行他们最后的旅行，而在《分期死亡》中，叙述者发谵妄的一段里也看到了装满死者的船："所有的死人我都认出来了……我甚至还认识那个手拿大棒的人。"②同样还有《茫茫黑夜漫游》中的"死人群游"，叙述者和女伴塔尼娅一起来到蒙马特

---

① Pierre-Marie Miroux: «Féerie de la mort», in *Actes du colloque international de Toulouse (5 - 7 juillet 1990)*, Paris: Société d'études céliniennes, p. 187.

② Louis-Ferdinand Céline: *Mort à crédit,* Paris: Edition Gallimard, 2011, p. 45.

高地的制高点，在那里他们除了天空无处可去。"我们来到了世界的尽头，此后就只有死者"。而后这个队伍消失了，跳出了时间，飞过英国，逃往北方的幻境。英国是由一位高大妇人掌管的岛屿，彼时她正在船上为自己泡茶。"那是世界上最美的船……她用巨大的船桨支配着一切"①。

"船桨"这个意象在幽灵的旅行中是一个必不可少的元素。塞利纳将"船桨"这一意象与希腊神话中冥王的船夫卡戎联系到一起，卡戎划着桨，带死人渡过冥河。"卡戎"这一形象最初出现在《从一座城堡到另一座城堡》中。卡戎在《从一座城堡到另一座城堡》被描述成一个可怕的存在，幽灵们上船时遭到他的粗暴对待和骚扰。其中的一个幽灵，埃米尔，被船桨狠狠地打在了头上：

> 迎头一击！他用什么打的？……锤子？乓！他晕倒了！……他没有看到那个魔鬼……没有时间……他是谁？"你听着，我是卡戎！"他又苏醒过来，……他看到了那个家伙！简直难以置信！庞然大物！他跟我说，至少比我大三四倍！……但是长了一个猴子的头！又有

① Louis-Ferdinand Céline: *Voyage au bout de la nuit*, Paris: Edition Gallimard, 2011, p. 366.

点像老虎的头！半虎半猴……①

　　卡戎的粗暴源于传说，死者必须要交钱给摆渡人卡戎，才可以穿越冥河抵达冥界。"付费死亡"这一主题在塞利纳的作品中不断地重现。甚至对于《分期死亡》的书名的理解也出自这个典故。塞利纳在1960年对雅克·达理博奥德解释道："对我来说，人们有权利死亡。我们有一个精彩故事可讲的时候，就可以进入死亡之地，我们交出这个故事，就可以踏入其中。《分期死亡》就是这样的象征。死是对生的奖赏……"②因此，塞利纳在《分期死亡》的序言中说："死亡可不是免费的！那是一块漂亮的、缀满故事的裹尸布，我们要把它呈给死亡女神。最后一口气是很有讲究的。"③塞利纳的作品中，卡戎是塞利纳笔下死亡幻境的核心人物。他在小说中以各种化身的形式呈现出来。例如刚刚提到的拉佩鲁兹，还有在

---

① Louis-Ferdinand Céline: *D'un Château l'autre*, Paris: Edition Gallimard, 2012, pp. 111 - 112.

② *Cahiers 2*, *Céline et l'actualité littéraire*, *1957 - 1961*, textes réunis et présentés par J.-P. Dauphin et H. Godard, Paris: Edition Gallimard, 1976, p. 166.

③ Louis-Ferdinand Céline: *Mort à crédit*, Paris: Edition Gallimard, 2011, p. 40.

"民众号"情节中的勒维冈和他的助手,都承担了卡戎的"生死摆渡人"功能。

　　摆渡人卡戎的船桨,从一个世界到另一个世界的工具与途径。"船桨"在法语中是"*la rame*",这个词也同时具有"地铁列车"之意,是塞利纳"情感地铁"的列车。叙事者像卡戎把所有旅客装载在"民众号"上一样,把他的读者也装载到了他的地铁上:"对不起!我把我的整个世界装进了地铁里!……自愿的或是强迫的……情感的地铁!我的地铁!"[①]塞利纳的地铁,既是《茫茫黑夜漫游》中将巴黎郊区的人们吞没的地铁,是开往黑夜深处的美国纽约的地铁,是《木偶戏班》中费尔迪南将米勒·帕特推下轨道的地铁,也是《北方》中主人公被希特勒主义者威胁的地铁。地铁之中存在着黑暗与死亡的威胁,而同时由于它的摆渡功能,使得地铁被赋予了一种连接现实与幻境的可能性:"那是时间和地点的混乱,见鬼!您知道,那是幻境……幻境就是这样……未来!过去!真的!假的!"[②]

　　塞利纳的"幻境"中,望远镜也是具有摆渡功能的意象之

---

　　① Louis-Ferdinand Céline: *Entretiens avec professeur Y*, Paris: Edition Gallimard, 2001, p. 102.

　　② Louis-Ferdinand Céline: *Féerie pour une autre fois* Ⅰ, Paris: Edition Gallimard, 2011, p. 36.

一。《茫茫黑夜漫游》中拉佩鲁兹斜挎着望远镜引导着幽灵的群游。"拉佩鲁兹脖子上不挂着望远镜就不想从云里出来"①，这说明望远镜对他来说确实是一种必须，是为了引导他的一队死者奔赴彼岸世界。望远镜正是连接现实与幻境的纽带。《从一座城堡到另一座城堡》中，年老的塞利纳在默东用望远镜俯视着巴黎和塞纳河水，河水本身也成为幻象的承载。"整个巴黎，对面的，下面的……塞纳河口……圣心教堂……非常遥远……就在比扬古尔附近……叙雷讷，以及那里到山丘，还有皮托，关于皮托的记忆，贝尔热尔的山间小路……"②望远镜所引出的幻境，塞纳河与蒙马特，蒙马特是塞利纳最喜欢的街区，也是塞利纳的"幻境"中唯一一处城市幻境。尤其是还有皮托，贝尔热尔那条上山的小路，小路易的乳母就住在那里。望远镜连接了"母亲"的彼岸。在《分期死亡》中，塞利纳曾说："在皮托的乳母家，我可以掌控整个巴黎。"③这正和默东的情况相同。通过望远镜，老人与幼童的

---

① Louis-Ferdinand Céline: *Voyage au bout de la nuit*, Paris: Edition Gallimard, 2011, p. 368.

② Louis-Ferdinand Céline: *D'un Château l'autre*, Paris: Edition Gallimard, 2012, p. 397.

③ Louis-Ferdinand Céline: *Mort à crédit*, Paris: Edition Gallimard, 2011, p. 55.

位置重叠起来,老人在努力寻找着幼童的境况。人生的轨迹从此重叠:在临终将死之时,人们通过幻境回到了最初的日子。①

卡戎的船桨是从现实的时空到达幻境的摆渡工具,是生与死之间的摆渡意象。"摆渡"这一功能,各种具体形象的共同同位素性,这里符合丰塔尼耶统一性理论中的"系列"构成方式,塞利纳通过一个系列的"摆渡工具",将幻境与现实连接起来;"卡戎"这一形象及其各种化身透过"摆渡功能"将船、通道、地铁、望远镜等等各种原本不相关的形象连接到了一起,"摆渡人"与"摆渡工具"构成了塞利纳小说中的生死摆渡时空的整体。这种统一性的构成,恰是丰塔尼耶"集群"的体现。"集群"原则涉及各个不同部分组成的一个整体。这些不同部分由一个共属于它们的部分联系起来,而这个部分却与其他各部分都有所不同。这个不同的部分确保了叙述的连贯性,确保了阅读过程中话语的同质性,同时也可以在话语中辨别出一种意向性。② 看似毫无联系的各种表层形

---

① Pierre-Marie Miroux: «Féerie de la mort», in *Actes du colloque international de Toulouse (5 – 7 juillet 1990)*, Paris: Société d'études céliniennes, p. 192.

② Jacques Fontanille: *Sémiotique et littérature, essai de méthode*, Paris: PUF, 1999, p. 37.

象,通过同位素性的统一性产生了联系。我们可以通过下图来展示塞利纳的"摆渡时空":

小结

从同位素性理论中"统一性"的三种构成方式角度,我们对塞利纳小说的时间与空间主题进行了分析。时间与空间主题在塞利纳的作品中的展现都是在看似无规则的表象下构成了统一的整体。塞利纳作品中的空间呈现出"封闭与开放"两种同位素性构成的两个空间序列,小说人物在两个空间序列中穿行,"封闭"与"开放"交错的空间,展现出了一个充满威胁而永恒动荡的世界。塞利纳作品中以回忆时间、交错时间、零散时间、狂欢时间呈现出的"时间形象",从其同位素角度来看,"过去""现在""非现实的过去"等同位素在文本深层使不同的时间形象以"族群"的方式构成了一体。塞利纳通过回溯与循环、模糊与遗忘等方式表现的时间,最终都达到了消解历史时间、重建小说时间的目的,从而构建出塞利纳自己的历史观。官方的历史是建立在"战胜者"对回忆的选择基础上,塞利纳在小说中强调要建立一种真实的、以个人经历为基础的历史时间，以"编年史家"和见证者的身份，重现两次大战期间充满恐惧与错乱的时间。与此同时，塞利纳通过"幻境"这个特殊的时空展现了属于幽灵的安宁的空间与未来的时间。摆渡人卡戎这一形象将船、通道、地铁、望远镜等一系列"摆渡工具"联系起来，通过这种联系，形成了塞利纳小说中独特的"摆渡时空"。两次大战给世界带来了痛苦的磨难与摧残，塞利纳通过小说的时间与空间主题重现了战争阴云笼罩之下的黑暗世界。空间中的开放与封闭、时间中的现在与过去，构建出一个使小说人物不断逃亡却无法逃脱的危险时空。塞利纳赋予小说人物的出口只有"幻境"，只有经历死亡，成为幽灵，才能逃出现实的时空，抵达幻境。"幻境"代表了小说人物向往的希望之地与自由之地，塞利纳将希望、自由与死亡联系起来，增加作品的悲观性。

第三章　人物形象的塑造

　　本章的研究内容是塞利纳小说中的人物符号系统。以符号学"形象性"理论为方法论，从主人公、女性人物以及"非现实人物"等方面研究塞利纳笔下的人物特征。塞利纳塑造了众多令人印象深刻的人物形象，这些形象通过其行为展现出了生活的各种无奈、粗俗与难以承受的痛苦。塞利纳八部小说虽然主人公并不完全相同，但是同样的第一人称写作以及主人公身上可被辨认出的某种恒定的特征，使八部小说的主人公呈现出前后的某种联系性和一致性。塞利纳将自己的人生经历有组织、有目的地融入了写作之中，其小说主人公呈现出了不同年龄段人生经历的连续性。同时塞利纳将主人公与作家自身的身份联系起来，力图重新构建出一个特定历史时期的"自我"形象。塞利纳笔下的女性人物是其小说创作中的一个重要人物群体，对于小说的整体结构与主题的构建起到了重要的作用。塞利纳在八部小说中从不同侧面、不同形象角度塑造了别具特色的女性群体，母亲、女伴、恋人、妻子、妓女等各具特色的人物形象丰富了其小说的内容，深化了小说的思想。"幽灵"是塞利纳小说中极具特色的形象群体。将之归为"人物"，是因为塞利纳将"幽灵"作为重要的描写对象，并通过这两类形象阐释了自己有关死亡、有关战争与生存的意义的思考。

符号学理论经常从其他学科借用术语，"形象性"这一术语借用自美学理论。① 与艺术领域一样，文学领域的"形象性"也是一种对世界上被感知的能指形象的再现。格雷马斯认为，"形象性并不是事物的简单装饰，而是一面显示屏"②。阅读一个文本的同时，我们会观察并记录一系列的信息和意义效果，进而建立其表意过程，即通过"显示屏"呈现形象的过程。这种逐渐建立的表意过程并不是简单地通过叙事所支配的某些关系建立起来的，而是还要通过各种内容单位所支配的关系组织起来。这些用于为施动者角色及其功能定

---

① Denis Bertrand: *Précis de sémiotique littéraire*, Paris: Edition Nathan HER, 2000, p. 97.

② Algrdas Julien Greimas: *De l'imperfection*, Périgueux: Pierre Fanlac, 1987, p. 100.

性的内容单位,被称为"形象"①。文本中的各种形象并不是孤立存在的,而是相互联系,网状铺展的。符号学方法关注的即是这些形象的展开与连接,标记形象之间的关系、确立形象网络的意义。同时,"形象"是小说语言对于真实世界的一种模仿②。在分析这种模仿的方式时,格雷马斯的符号学矩阵为分析文学的塑造提供了一种可行性的结构支撑。从符号学角度去观照"人物"这一概念,需要了解人物在叙事过程中的发展与演变,因此,叙事之中所呈现出的形象网络与形象结构对于分析人物形象来说显得尤为重要。在本章的文本分析之中,我们通过对赋予人物以各种形象的形象路径、形象网络与形象结构进行分析,将之归于各种主题角色,进而发掘形象性与人物塑造之间的关联,力图更加清晰地理清人物形象的塑造过程与发展脉络。

----

① Groupe d'entrevernes: *Analyse sémiotique des textes*, Lyon: Presse universitaire de Lyon, 1988, p. 89.

② Denis Bertrand: *Précis de sémiotique littéraire*, Paris: Edition Nathan HER, 2000, p. 102.

第一节 从巴尔达缪到德都什医生

——塞利纳小说中"自我形象"的构建

塞利纳的第一人称叙事贯穿了八部小说的始终,因此其小说自始至终保持了某种连续性和相似性。塞利纳小说中不断地讲述着一个以日常生活为线索组织而成的故事。这个故事以叙事者-主人公为中心,叙说着他的女人们、他的伙伴们、他在不同时期的爱情与人生际遇。塞利纳笔下主人公的塑造在八部小说中遵循着某种时间顺序,以至于读者会感觉到像是在时刻关注着周围某个朋友的成长,且随着年龄的增长,这个主人公的形象越来越接近真实。被认为有着"伟大艺术的至高品质"[①]的塞利纳代表作《茫茫黑夜漫游》《分期死亡》与德国三部曲《从一座城堡到另一座城堡》《北方》《轻快舞》中,小说主人公逐渐与作家真实身份靠近的联系性体现得尤为明显:"在史诗一样的叙事层面却存在着一种与既有事实精确的吻合,作家本人路易·德都什的出生时间在后期的小说里有精确的表述,塞利纳似乎是感受到了一种为

---

① Anne Henry: *Céline écrivain*, Paris: L'Harmattan, 1994, p. 5.

自己的奥德修记画上句号的需要。"[1]自《别有奇景》以来,塞利纳的真实信息在小说中展现得越来越多,最终费尔迪南·巴尔达缪变成了塞利纳-费尔迪南,在最后的《轻快舞》中又变成了以其本名与真实职业为主人公的德都什医生。本节中我们将以《茫茫黑夜漫游》《分期死亡》与德国三部曲中主人公的前后演变为线索,研究塞利纳如何在不同的小说叙事中塑造了战争时期极具代表性的"欧洲人"的"自我形象"。

一、巴尔达缪与罗班松:"失败者"与"不幸者"的命运

塞利纳处女作《茫茫黑夜漫游》的主人公巴尔达缪是其作品中最具代表性、影响最广泛的人物。在巴尔达缪这个人物的构建过程中,塞利纳采取了"双线合一"的形式,即以罗班松为辅助,对主人公的行为进行牵引、解释与补充,丰富了主人公巴尔达缪的形象。这种写作方式在欧洲文学传统中自古有之,从塞万提斯到乔伊斯,都不乏"中心人物"与"辅助人物"同时存在的例子。辅助人物的地位通常低于中心人物,用于更加清晰地展现中心人物的行为,如《堂吉诃德》中的仆人潘沙,总是会不断重复堂吉诃德的行为。罗班松这个

---

① Philippe Alméras: «Céline: L'Itinéraire d'une écriture », in *PLMA*, Vol. 89, No. 5 (Oct., 1974), pp. 1090—1098, p.1097.

人物的设置也完全符合文学传统的形式，他是巴尔达缪的冒险与痛苦中延伸出的影子，他的命运也预示了巴尔达缪的命运。在《茫茫黑夜漫游》中，罗班松独自将这段"漫游"走到了尽头，直至死亡，而巴尔达缪则需活下来继续小说的叙述。两个人物共同构建了《茫茫黑夜漫游》中"自我"的形象。

《茫茫黑夜漫游》以两个人物的行踪为序，按照空间划分为战场、殖民地、美国、巴黎郊区、图卢兹等几个重要情节，其中又以主人公回归法国为界，划分为前后两大部分。这两部分中，前一部分主人公巴尔达缪话语众多，而后一部分却分外沉默。这一点与罗班松的出现频率紧密相关。罗班松在第一部分中只是偶然出现，带来情节的变化，第二部分则与主人公的联系更为密切。[①] 每一个情节都是一种痛苦的经历，因此每一次空间变化中，巴尔达缪都试图借助各种途径逃脱困境，而罗班松则是在每一个情节的结尾处出现，与巴尔达缪会合。两个人物的第一次相遇是在"战场"情节中，罗班松的出现被设置在一种"不幸"的背景之下，他在诺瓦尔瑟尔的城郊，隐蔽在草丛里：

[①] Anne Henry: *Céline écrivain*, Paris: L'Harmattan, 1994, p. 151.

他从草丛里钻出来的身影活像士兵节日打靶归来。我们互相走近，我手握短枪，他再靠近的话，我或许会莫名其妙地开枪的。

[……]

自开战以来，他是我遇见的第一个预备兵，因为我们总是跟现役军人打交道。我看不清他的面孔，但他的声调跟我们不一样，显得更为忧伤，因此更有魅力。为此我不由得对他产生了几分信任，尽管这是微不足道的。他说道：

"我受够了。我去让德国佬抓住吧！"

"你怎么个去法呢？"

他的计划使我感兴趣，而且这兴趣突然压倒了一切。他有什么办法使德国佬抓住呢？

"我还心中无数呐。"

"你干吗要逃跑？让人家抓住也不容易啊。"

"管不了这么多了，我干脆去投降。"

"这么说你害怕了？"

"我害怕，再说我认为打仗太愚蠢。至于德国人，我管不着，他们没有干对不起我的事。"①

---

①　Louis-Ferdinand Céline: *Voyage au bout de la nuit*, Paris: Edition Gallimard, 2011, p. 41.

　　这次相遇，为巴尔达缪从战场上逃脱埋下了伏笔。巴尔达缪在小说的开端受到爱国主义的鼓舞而盲目地参军入伍，但是在战场上经历了真正的战斗之后，对战争的恐惧战胜了爱国主义，并使他产生了逃离的想法："我这个败类，此刻要是能离开这儿，宁愿付出一切代价去蹲监狱。"①这种想法，与罗班松离开前的话不谋而合："要是现在不走，就永远也脱不开身了"②。对于罗班松想做逃兵的想法，巴尔达缪并不感到气愤或惊讶，甚至非常"感兴趣"。曾经热血沸腾的士兵变成了只求活命的逃兵，罗班松的出现带来了第一次的情节转折，巴尔达缪逃亡的决心已下，他的军旅生涯最终以失败画上了句号。主人公在战争中的"失败者"形象由此呈现出来。在第一次相遇中，罗班松充当了巴尔达缪的向导与启示者，他逃离了服从命令的队伍，努力去寻求个体的拯救。为了让德军相信他真心想做俘虏，他在路上抛弃了行李与枪械：

　　　　衣着随便，手里袋里什么也没有［……］那样他们俘虏你的时候，不伤和气［……］要是咱们能赤条条跑去见

　　① Louis-Ferdinand Céline: *Voyage au bout de la nuit*, Paris: Edition Gallimard, 2011, p. 15.

　　② *Ibid.*, p. 42.

德国人,那就更好,如一匹马那样跑过去,他们猜不透咱们是属于什么兵种的,对吗?①

巴尔达缪对这样的想法表示由衷的赞同:"很对!"两个人物的思想与行为在某种程度上已经合二为一。自第一次相遇起,罗班松就为巴尔达缪的命运做出了预示与铺垫,而两人在一起逃亡的路上看到的一个死去的士兵,更让这种命运充满了恐惧与悲剧色彩:"真是无巧不成书(巴尔达缪对罗班松说),他长得很像你!"悲剧与死亡笼罩在两个人物的命运之上,不幸随着情节的发展不断降临。

"战场"这一情节中,我们可以归纳出主人公形象建立过程中的形象性特征:

叙事情节	人物	形象路径	主题角色
战场	巴尔达缪	参军 两军对战	"热血青年" "受惊吓的士兵" "逃兵"
	罗班松	误会开火	"预备兵" "部队溃散的士兵" "逃兵"

① Louis-Ferdinand Céline: *Voyage au bout de la nuit*, Paris: Edition Gallimard, 2011, p. 43.

　　从以上表格我们可以看出,"战场"情节中,两个人物同时经历了真正的战争场面。巴尔达缪的形象路径是以"参军"开始,突出了初入军营时主人公思想的单纯与盲目,经历了真正交火与枪林弹雨中无处不在的血淋淋的死亡之后,巴尔达缪受到了惊吓,塞利纳通过"露天分肉"时巴尔达缪的呕吐直至昏厥,呈现了这种惊吓给主人公带来的生理与心理的恐惧感,这种恶心与死亡直接相关①,为他最终成为逃兵埋下了伏笔。罗班松的出现补充了非现役军人的心理状态,巴尔达缪遭遇的是真正的两军对战,而罗班松所在的部队却因为比约定时间早到了三小时而被法军轻步兵当做德国人而猛烈射击,部队溃散,罗班松产生了趁此机会逃亡的想法。塞利纳通过罗班松这一形象,在引领主人公的命运的同时,又补充说明了战争的盲目与残酷:死亡的威胁不但来自敌人,也来自"自己人"。因此逃亡成了两个人物的共同的唯一的选择。主人公"失败者"的雏形初步展现出来。

　　在"非洲"情节中,罗班松仍然以神出鬼没的"不幸的向

---

　　① Pierre-Maire Miroux: *Matière et lumière, la mort dans l'œuvre de Louis-Ferdinand Céline*, Paris: Société d'études céliniennes, 2006, p. 75.

导"的身份出现在巴尔达缪面前。经历了战场上的失败之后,巴尔达缪试图到非洲殖民地闯荡一番。他找到的第一份工作是到丛林深处经营一家公司的事务所。抵达之后,他才发现所谓的"事务所",只是一些堆满杂乱货物的小茅屋。而他的前任正是他一时没有认出的罗班松:

> 他约莫三十岁,大胡子。我抵达时没有顾得上仔细看他,只是一味感到为难;他留给我的住所太简陋了,可谓家徒四壁,我却可能在里面住上几千年呐。然后我打量他,发现他长着一张冒险家的脸,面庞棱角分明,显露出一种叛逆的性格,锋芒毕露,与众不同,不肯按部就班地生活;鼻子又圆又大,面颊鼓鼓的,满腹牢骚从嘴里喋喋不休地向外喷射,抗议不得志的命运。此公原是个不幸者。[①]

《茫茫黑夜漫游》中,塞利纳并没有对主人公巴尔达缪的外貌进行描写,但是对于罗班松却多次细致地刻画,在非洲相遇的这一段中更将罗班松归于不得志的"不幸者"。巴尔

---

① Louis-Ferdinand Céline: *Voyage au bout de la nuit*, Paris: Edition Gallimard, 2011, p. 163.

达缪起初对这位前任感到恐惧,怕他会"谋杀"了自己,但是晚上他又睡在了罗班松的近旁,因为罗班松是他在几乎荒无人烟的丛林中唯一的安慰。当巴尔达缪在黑暗中突然意识到这位前任便是罗班松的时候,罗班松早已逃得无影无踪。认出罗班松之后的巴尔达缪并未显得轻松,因为罗班松的出现代表着他的厄运①,在非洲殖民地罗班松并未获得成功,这也预示了巴尔达缪继续失败的命运。巴尔达缪与罗班松一样,都是同样的"不幸者":"心衰力竭后,谁的长相都差不多。"②虽然我们无法勾勒出巴尔达缪的外貌,但是巴尔达缪通过对罗班松的辨认,也毫无疑问地在他的身上看到了心衰力竭后的自己。非洲之旅给巴尔达缪带来的是深深的失望,这种失望并不是简单的消遣或是小说情节变换的一个借口,而是一种自然存在的事件,是一种灵魂的状态,是一种永恒存在的悲惨与荒谬的趋势。③ 巴尔达缪最终放火烧毁了茅屋,紧随罗班松的逃亡之路。非洲情节中的人物形象构建是

----

① Isabelle Blondiaux: *Une écriture psychotique: Louis-Ferdinand Céline*, Paris: Edition Nizet, 1985, p. 63.

② Louis-Ferdinand Céline: *Voyage au bout de la nuit*, Paris: Edition Gallimard, 2011, p. 43.

③ Pol Vandromme: *Céline*, Puiseaux: Edition Pardès, 2001, p. 27.

对战场情节中人物形象的补充,两个人物通过非洲情节而展
现出其"不幸者"的面孔:

叙事情节	人物	形象路径	主题角色
非洲	巴尔达缪	进入殖民地 寻找工作 工作交接 丛林生活 逃离殖民地	"伪殖民者" "新任办事员" "被抛弃的伙伴" "病人" "丛林纵火者"
	罗班松	工作交接 逃离殖民地	"前任办事员" "携款潜逃者"

　　《茫茫黑夜漫游》的非洲情节并不复杂,以巴尔达缪在非
洲"闯荡"为主线,叙述了他寻找工作、赴任以及焚毁办事处
逃亡的过程。罗班松先巴尔达缪一步进入了非洲,两人共同
的经历预示了共同的命运。巴尔达缪与罗班松短暂交汇,并
未相互认出,当巴尔达缪突然意识到前任即是曾经的伙伴
时,他却被罗班松所抛弃。最终巴尔达缪贫病交加,自然有
如一种强大的带有敌意的力量将他包围起来①,他难以适应
被人类文明遗忘的"不幸者"的生活,焚毁茅屋,沿着罗班松

---

　　① Pol Vandromme: *Céline*, Puiseaux: Edition Pardès, 2001,
p. 33.

的足迹逃离了非洲。两个人物在"战场"与"非洲"情节中都在寻找着一种"个体"的救赎。以一种"只要能活着,怎样都好"的态度面对生活,但是时代的形势使这种个体的救赎变得不可能,他们的不幸更在于能够清醒地意识到自己在不幸之中,却永远无法逃离。在"失败者"的基础上,主人公"不幸者"的形象进一步被塑造出来。

在美国,巴尔达缪的冒险也同样以失败告终。他在底特律工厂的工作也并没有能够维持很久。塞利纳笔下的人物都承受着一种"现代病":他们不能安于一处。他们唯一的办法、唯一的屏障,就是在没有光亮的街上逃亡,在战壕中逃亡。① 此时巴尔达缪竟开始特意寻找罗班松的行踪:

> 我又回到市中心。回家前,我去法国领事馆绕了一下,打听是否有人听说过一个叫罗班松的法国人。[……]从那时候起,我一直期待着同罗班松相遇。②

巴尔达缪与罗班松从偶然的相遇到主动的寻找,罗班松

---

① Pol Vandromme: *Céline*, Puiseaux: Edition Pardès, 2001, p. 34.

② Louis-Ferdinand Céline: *Voyage au bout de la nuit*, Paris: Edition Gallimard, 2011, p. 231.

一直以来失败的逃亡,让巴尔达缪最终决定放弃逃亡,很快,
他做出了回归法国的决定。美国女友莫莉的温柔并没有能
够抵挡住结束逃亡、回归故乡的渴望。这个决定,是在与罗
班松的再次相遇之时表明的:

  "你呢? 你干些什么?"他问我,"还那么瞎胡来吗?
还没折腾够? 还想四处旅行?"
  "我想回法国,"我回答,"我看够了,你说得对,
是该……"
  "你还有希望,"他打断我说,"我们这些人已经是煮
烂的苹果,不可造就了。不知不觉就老了,我心里明白。
我也想回国,但证件的事不好办。"①

  在这一情节中,巴尔达缪做出决定,而罗班松决定追
寻巴尔达缪的脚步,两个人物的角色发生了转变。巴尔
达缪先行回到了法国,罗班松感受到了一种被抛弃的命
运。巴尔达缪在进入美国之初,充当了荒唐可笑的"计蚤
员",而后开始了街头的流浪。城市的高楼冰冷感觉、在

  ①　Louis-Ferdinand Céline: *Voyage au bout de la nuit*, Paris: Edition Gallimard, 2011, pp. 233 - 234.

福特工厂感受到的几乎被窒息的机械化,都使巴尔达缪难以忍受,他最终投入了妓女莫莉的温柔怀抱。莫莉的温柔给巴尔达缪带来满足的同时也带来虚幻之感,最终他意识到回归的必要。对于罗班松来说,他和巴尔达缪同样经历了美国梦的破灭。

叙事情节	人物	形象路径	主题角色
美国	巴尔达缪	初入美国 街头流浪 寻找工作 美国爱情 离美回国	"计蚤员" "街头流浪者" "汽车厂工人" "靠妓女生活的人" "结束逃亡的人"
	罗班松	在美国工作 巧遇巴尔达缪	"午夜清扫者" "被伙伴抛弃的人" "决定回归的人"

通过上表我们可以看出,巴尔达缪与罗班松各自带着"美国梦"在美国经历了种种磨难后,终于意识到个体救赎的不可能,决定回归法国。从美国情节开始,两人的角色发生了转变,巴尔达缪开始充当向导的角色,巴尔达缪离开莫莉,也预示了罗班松最终离开未婚妻玛德隆的必然性。四处碰壁的两个人物,几番逃亡都并未摆脱失败的命运,因为他们

所有的逃亡，最终都把他们带回了原点，带回到他们的恐惧的迷宫之中。①

回归法国后，巴尔达缪继续医学学业，成为一名郊区医生。作为医生的巴尔达缪采取了一种玩世不恭的态度："做一个诊所里的观察者[……]一个窥视者[……]而后持保留态度，玩世不恭……并且与世界保持距离。"在"自我与同类之间筑起一座铜墙铁壁"②。因此，在放弃了劝说一位母亲不想将流产的女儿送往医院的愚蠢行为之后，巴尔达缪凝视着巴黎渐渐暗下来的黄昏，"夜的大门"③在城市的上空关闭。巴尔达缪这种玩世不恭的态度透着一种小心谨慎与自我封闭，从美国回归之后的他，对过去缄口不提，想以此抵抗笼罩在他上空的浓浓黑夜，却仍然无法逃脱死亡的恐惧。作为医生的巴尔达缪非常清楚，生命的真相并不是昏厥与抒情歌曲的真相，而是一种残酷的真相，是溃疡的真相、伤口的真

---

① Pol Vandromme: Céline, Puiseaux: Edition Pardès, 2001, p. 34.

② *Cahier 2, Céline et l'actualité littéraire, 1957—1961*, textes réunis et présentés par J.-P. Dauphin et H. Godard, Paris: Edition Gallimard, 1976, p. 100.

③ Louis-Ferdinand Céline: *Voyage au bout de la nuit*, Paris: Edition Gallimard, 2011, p. 263.

相、悲痛的真相、临终的真相。① 巴尔达缪所治疗的疾病大多是人的一生的象征：生产和流产、性及其相关的疾病、将人引向死亡的各种重症、在当时被视为绝症的肺结核以及癌症等。这种恐惧无时无刻不威胁着他，使他再次产生逃亡的渴望。

回归之后的情节中，罗班松的作用愈发明显，在谋杀昂鲁伊老太太、图卢兹地下墓穴等情节中，罗班松甚至成为各种冒险行为的主角，巴尔达缪则变成了一个被动的证人。与此同时，两个人物相互的影响依然存在。已经成为医生的巴尔达缪在巴黎郊区与罗班松重逢时就在罗班松的身上看到了一种"疾病"：

> 再次遇见罗班松，我受到很大的刺激，犹如某种旧病复发。看到他被痛苦扭成一团的嘴脸，我仿佛做了一场噩梦，又一次勾起了我的心病，我张口结舌，不知所措。他突然来到我的面前使我惊讶不已，毫无疑问他是特意来这里找我的，而我根本不想见到他。他肯定还会再来，迫使我重新考虑他的事情。弄得我无论干什么事都会联想起他这个坏蛋，甚至凭窗望见街上的行人也会

① Pol Vandromme: Céline, Puiseaux: Edition Pardès, 2001, p. 31.

思绪万千,哪怕他们走路的样子、在门角聊天的样子、比肩接踵的样子都很平常。我知道他们在寻求什么,也知道他们若无其事的外表下掩盖着什么,那就是他们想杀人或自杀,当然不是一蹴而就,而是像罗班松那样采取缓慢的手段了结自己:旧的忧愁,新的烦恼,尚且无名的怨恨。这一切虽然不是赤裸裸的战争,来势却十分凶猛。[1]

罗班松紧随巴尔达缪回到了法国,而巴尔达缪重遇罗班松时表现的震惊忠实地反映了他的思想。他在罗班松身上所感到的"旧病"到底是什么?首先,罗班松呈现给他的是一种最为残酷的痛苦的形象。[2] 巴尔达缪已经生活在了所有困难聚集的郊区,罗班松让他对这种不幸的意识更为清醒。经历了一段行医生活之后,巴尔达缪"失败的医生"的身份已经明显确立起来,在罗班松带来的"旧病"里,他所感受到的失败更加动摇了他回归之后刚刚建立起来的自信,使他在罗班松的身上更进一步体会到了感同身受的不幸。其次,在罗班松极端的痛苦之中,巴尔达缪回想起了自己不断逃避、不

---

① Louis-Ferdinand Céline: *Voyage au bout de la nuit*, Paris: Edition Gallimard, 2011, p. 270.

② Frédéric Vitoux: *Louis-Ferdinand Céline*, *Misère et paroles*, Paris: Edition Gallimard, 1973, p. 159.

愿面对的痛苦过去。他的过去与现在如罗班松一样,通过
"旧的忧愁"与"新的烦恼"将自己"缓慢地了结"。巴尔达缪
与罗班松在小说第二部分的所有会面都令巴尔达缪想起了
难以承受的痛苦,他试图通过无视或逃亡来拒绝这一切,忘
记自己的悲痛。巴尔达缪的困境与脆弱因此不断呈现出来:
失败的医生、落魄的演员,直到最后成为直击罗班松死亡的
见证者。在"黑夜尽头"的漫漫旅程中,罗班松比巴尔达缪行
得更远,真正抵达了"尽头"。

叙事情节	人物	形象路径	主题角色
回归法国	巴尔达缪	朗西行医 小丑表演 精神病院 目击谋杀	"郊区医生" "小丑演员" "精神科医生" "目击证人"
	罗班松	谋杀昂鲁伊老太太 图卢兹墓穴守墓 逃离未婚妻 被杀	"谋杀者" "守墓人" "未婚夫" "死者"

　　回归法国后,巴尔达缪的各种安顿的尝试都以失败告
终,罗班松的到来更将其失败的过去与失败的现在联系在一
起,构建起"失败者"与"不幸者"的完整形象。小说的结尾部
分,罗班松甚至超越了巴尔达缪的位置,成为真正的主人公,
"他者"替代了"自我",走到了黑夜的尽头。在图卢兹做守墓
人期间,罗班松也和巴尔达缪离开莫莉一样,离开了未婚妻

玛德隆,放弃了即将到来的家庭生活。罗班松的抉择重复了巴尔达缪的行为,但是两者却有着不同的动因,因此引起了不同的结果,将小说引向了结局。塞利纳借罗班松之口终于将最初的"病症"解释清楚,他承认他对所有的谎言、对所有卑劣的消遣都感到厌倦:

> 　　如果你想打破砂锅问到底,什么都要知道,那好吧,我告诉你,一切都使我厌恶,一切都叫我受不了,不仅仅是你!如此而已!尤其受不了爱情!不管是你的爱情还是别人的爱情!你搞的那套情爱,你想知道像什么吗?像在厕所里做爱!你现在明白我的意思了吧?你要把我和你缠在一起,你的种种情爱对我来说,如果你想知道的话,是在侮辱我。况且你猜想不到你是个肮脏的女人,因为你自己意识不到;你也猜想不到你是一个叫人讨厌的女人!不要再拾人牙慧,不要再人云亦云!你觉得这很正常,重复别人的话就够了,别人说爱情是最了不起的东西呀,对大家永远都是至高无上的呀,等等,我才不把大家的爱情放在眼里呢!你明白我的意思吗?他们肮脏的爱情与我毫不相干,我的姑娘!你来得不巧啊!来得太晚啦!爱情对我无缘了!如此而已!你却大发雷霆![……]你一定想知道你我之间隔着什

么吗？好吧，你我之间隔着整个世界。这下你满意了吧？[1]

对于罗班松的理由，玛德隆选择了拒绝。她拒绝孤独和被抛弃的命运，因此在出租车上开枪打死了罗班松。第一章中有关塞利纳小说音乐性的分析中，我们已经提到，"玛德隆"这个名字来自战争期间士兵们传唱的一首歌。这个名字使我们看到了"爱情不过是谎言"是一个令人恐惧的事实：爱情的欲望不过是残杀的欲望。[2] 罗班松之死，可以说是被人杀害，同样可以说是他放弃了自己的生命。这种"厌倦一切"的状态是死亡的临界点，他的一段独白更引起了生命之危，他以"你我之间隔着整个世界"，说明自己早已看到了玛德隆所无法理解的世界的另一面，对于罗班松来说，死亡正是他最终能够实现自我救赎的方式，是从各种困苦中解脱的渠道。塞利纳用"人们不再说什么"式的沉默，结束了整部小说，这场"失败者"与"不幸者"的"黑夜漫游"结束于死亡，结

---

① Louis-Ferdinand Céline: *Voyage au bout de la nuit*, Paris: Edition Gallimard, 2011, p. 493.

② Marie-Christine Bellosta: *Céline ou l'art de la contradiction: Lecture de voyage au bout de la nuit*, Paris: Presse Universitaire de France, 1990, p.148.

束于沉默。

二、 小费尔迪南:"受害者"的成长

《分期死亡》可以说是《茫茫黑夜漫游》的"史前史",叙述了巴尔达缪参军以前,童年少年时期的成长历程。塞利纳在众多生存的重要时刻都赋予巴尔达缪以一种悲怆的态度,并将这种态度夸大出来。他的目的是将悲剧不仅仅置于某一个不幸的情节之中,而是将其置于整个人类境遇的中心。[1]在《分期死亡》中,小费尔迪南所呈现的并不是悲怆,而是一种艰辛与无奈。小费尔迪南的经历比巴尔达缪简单,他的身份变化也并不复杂。小说开端承接《茫茫黑夜漫游》,以费尔迪南(巴尔达缪)医生兼作家的叙事展开,而后引入了童年的回忆。通过对费尔迪南童年的描述,成年的巴尔达缪·费尔迪南的行为变得更加容易理解。《分期死亡》较之《茫茫黑夜漫游》而言,更加具有静态性。作为中心人物的小费尔迪南在各种事件中更类似于一个观众,而不是参与者。[2] 小费尔迪南并没有像巴尔达缪一样经历波澜曲折,作为一个孩子,

———————————

① Anne Henry: *Céline écrivain*, Paris: L'Harmattan, 1994, p. 89.

② Frédéric Vitoux: *Louis-Ferdinand Céline, Misère et paroles*, Paris: Edition Gallimard, 1973, p. 172.

他大多数时候只能被动地忍受着世界,接受父母安排给他的生活。同时,他的个性也在不断地接触人与物的过程中发生着转变。塞利纳在这部小说中以一种静态描述的方式详细地勾勒出一个"受害者"的小主人公形象,将他描述成"有罪的世界中的一个无辜的孩子"①。他所面对的是一场悲惨的戏剧,是死亡与他所需忍受的一切日常的困境。

《分期死亡》中,塞利纳放弃了第一部小说中巴尔达缪的玩世不恭、懒惰与无政府主义倾向,非常巧妙地调整了费尔迪南在具体环境中的表现,使之符合其年龄描述。在这部以回忆为主的小说中,小主人公的形象通过四个部分呈现出来:小学时期、学徒时期、英国语言学习时期、"科学杂志"时期。塞利纳在塑造小费尔迪南的形象的同时,也描绘了他所生存的外部世界,这个世界即一战爆发前的"美好年代",科技进步的经济繁荣表象之下呈现的种种危机已经深入到人们的日常生活之中,"美好年代"很快成为虚幻的泡影。

"小学时期"这一叙事情节中,小费尔迪南是一个平庸而毫无生趣的小学生,靠运气才得以小学毕业。塞利纳侧重描述了小费尔迪南所处的家庭关系:暴躁的父亲、软弱的母亲以及坚强乐观、带给他温暖却很快去世的外婆。作为回忆的

---

① Philippe Sollers, *Céline*, Paris: Ecriture, 2009, p. 14.

重点部分,塞利纳透过孩子的眼睛观察了万国博览会,同时描述了一家人一次不幸的英国之旅。"小学时期"的小费尔迪南在家庭关系、社会关系以及人际关系中无疑是一个受害者,但是他此时对自己的境遇并无意识,也从未思考过这样的生活是否正常。他从来没有被尖刻易怒的父亲所理解,也没有被软弱的母亲所理解:

> "他脏得跟三十六头猪一样!他一点也不晓得自重!他永远都不可能自食其力!所有的老板都会将他扫地出门!……"在他看来,我的未来只是一堆狗屎……[……]爸爸站得高看得远,爸爸看到的全都是暗无天日的景象。①
>
> 我母亲自始至终觉得我是一个没心没肺的孩子,一个自私自利、反复无常的怪物,一个没头没脑、鲁莽轻率的小粗人……他们什么都尝试过了,却是白费力气,真的无济于事……没有任何东西奈何得了我那些灾难性的、不可救药的习性……她明确承认我父亲言之

---

① Louis-Ferdinand Céline: *Mort à crédit*, Paris: Edition Gallimard, 2011, p. 70.

有理······①

　　家庭生活中的小费尔迪南时刻保持着战战兢兢的样子，甚至自责"我真不该出世"②，只有在外祖母身边才获得了短暂的家庭温暖。透过这个普通的家庭，塞利纳描述了"美好年代"时期隐藏的危机，以母亲为代表的小商贩们正逐步走向破产的命运，以父亲为代表的小职员们则身受重重剥削。这两个代表人物身上集中体现了当时社会的物质方面的拜金主义，同时也体现了非物质方面的对梦想、冒险以及艺术的崇拜。成长在这样的家庭环境之中的小费尔迪南，唯有以沉默来面对各种矛盾。

　　"学徒时期"小费尔迪南进入"商界"的尝试不断失败。在贝尔洛浦和戈洛日店里的学徒期间，他成为雇主们剥削利用的对象，也发现了人性之恶。学徒小费尔迪南成为一个"典型的受害者"③，无辜而无知，但是他在不断失败之中发现了世界的谎言与人性的缺点，逐渐学会了反抗。在戈洛

---

　　① Louis-Ferdinand Céline: *Mort à crédit*, Paris: Edition Gallimard, 2011, p. 289.

　　② *Ibid*., p. 56.

　　③ Frédéric Vitoux: *Louis-Ferdinand Céline, Misère et paroles*, Paris: Edition Gallimard, 1973, p. 175.

日珠宝店做学徒期间,戈洛日太太通过对小费尔迪南进行色诱而偷走了由他保管的自家店里的名贵珠宝,小费尔迪南因此饱受父母的责骂,最终将他送往英国学习英语。小费尔迪南从此开始了"在人性丑恶的负重之下不断被碾压"[1]的过程。

"英国语言学习时期",小费尔迪南的反抗意识凸显出来,他以一种拒绝的姿态与外界的事物保持距离,甚至对于语言学习也毫无兴趣。在八个月的旅居英国期间,他一直保持着沉默,不肯开口学习任何一句英语,这一切导致他最终并未被英国所接受,英国的学习之旅,也同样变成了一种痛苦的回忆。小费尔迪南寄宿的明维尔学院是一个自我封闭并处于危机之中的空间,它同样也是骤变中的社会的一个缩影。小费尔迪南以一个"沉默的学生"的目光注视着其中的一切。和主任夫人诺拉一起散步时,小费尔迪南关注到不远处新建起了一座"希望学院",这个竞争对手的出现,也预示了明维尔学院关门的结局。

"科学杂志时期"叙述了小费尔迪南在经历了失败的语言学习之后,回到法国无所事事,父母对他已经无法忍受,最

---

[1] Gabriel Brunet: « Le cas Céline », in *Je suis partout*, juin 6, 1936.

终因病躲到爱德华舅舅家,经由爱德华舅舅的介绍而进入了科学家库尔西亚的杂志社做免费助手。在库尔西亚那里,他无数次尝试逃出悲惨境遇的办法,却仍然只能越陷越深。库尔西亚自杀后,小费尔迪南又回到了舅舅家。此时费尔迪南艰难成年,终于获得了自由,决定参军入伍。这一情节无疑与《茫茫黑夜漫游》开端所叙述的巴尔达缪参军顺利承接起来。这一时期是小费尔迪南真正的"接受教育"的时期,痛苦与希望、短暂的快乐与消遣最终带来的是一个真正的不幸时期,库尔西亚的自杀使小费尔迪南第一次真正地面对悲惨的死亡,从而得到了脱胎换骨的成长,也为自己逃脱困境寻找到了一个新的方向。

　　小费尔迪南这一人物的塑造,与巴尔达缪并不相同。虽然在《分期死亡》中也出现了爱德华舅舅、发明家库尔西亚等类似于罗班松的线索性辅助人物,但是这个人物与中心人物的关系并不是一种"共生关系",因此小主人公的形象更加独立和突出。在《分期死亡》中,并不是叙事情节带动了形象路径的发展,而是形象路径渗透到了各个叙事情节之中,使小说主题更为突出。小费尔迪南身份的变化较之巴尔达缪也更为简单而明确。我们通过下表对小费尔迪南这一形象的塑造进行具体的分析:

人物	形象路径	叙事情节	主题角色
小费尔迪南	死亡	外婆之死 诺拉之死 库尔西亚之死	"悲伤的外孙" "离开的学生（情人）" "惊恐的同伴"
	家庭	亲生父母家庭 戈洛日家 诺拉家 库尔西亚家	"惊吓中的孩子" "被诬陷的学徒" "被暴力对待的学生" "被无偿使用的助手"
	教育	语言学习 科学杂志 科学农场 科学幻灭	"沉默的学生" "学习中的助手" "科学型农民" "失望的受害者"

　　小费尔迪南对于"死亡"的深刻认识，首先是从外婆之死开始的。小费尔迪南的家庭中，父母无休止的争吵与打架，让他时刻生活在恐惧之中，成为一个"受惊吓的孩子"。外婆对小费尔迪南的教育则是充满温情的，她一直充当着小费尔迪南的保护者的角色：

　　　　外婆呢，她心里最清楚我需要玩耍，而一天到晚待在店铺里会妨碍我的身心健康。我那言行激烈、狂暴易怒的父亲成天大呼小叫，她听了很不是滋味。她买了一条小狗给我，好让我在等顾客的时候有个玩伴。[①]

　　我跟外婆卡罗琳娜学识字，进度不是很快，尽管如此，有一天，我还是学会了从一数到一百，读书认字甚至更胜她一筹。[②]

外婆给予最多的是陪伴，她带着小费尔迪南去看电影，送他去上学，陪他看无聊的滚球游戏，从某种意义上讲，外婆代替了母亲的角色，成为小费尔迪南所依赖的温柔的母亲。与此同时，外婆对于事物的判断与对于生活的态度也给小费尔迪南带来了积极的影响。外婆对于万国博览会的态度也预示了小费尔迪南"科学教育"的失败：

　　外婆不相信已经宣布即将举办的万国博览会。前一次博览会，也就是1882年那一次，除了阻碍了小商业的发展，除了让那些白痴胡乱花钱之外，一点作用也没起到。那么大张旗鼓，那么轰轰烈烈，那么煞有介事，一届博览会下来，除了两三片荒地和灰泥残片之外，什么

---

　　① Louis-Ferdinand Céline: *Mort à crédit*, Paris: Edition Gallimard, 2011, p. 69.

　　② *Ibid*., p. 90.

也没留下,如此肮脏不堪的灰泥片,二十年后也没有人想把它们弄走……①

卡罗琳娜外婆的形象与昂鲁伊老太太一样,她们都是时间的证人,她们所经历的时代造就了她们踏实劳动、坚强乐观的性格。塞利纳不断在作品中追忆这个逝去的时代。外婆最终被自己的"两所房子"所害死,两所房子是她一生辛苦经营的物业,收租与维修都亲力亲为,最终耗尽了她最后的生命。外婆之死给小费尔迪南带来的打击无疑是巨大的。小费尔迪南见到临终的外婆:

> 我看见她在床上,呼吸是多么费劲。她的脸色变成了黄红色,上面沁满了汗珠,就像一张正在融化的面具……外婆目不转睛地看着我,但她的目光依然很慈祥……[……](外婆)尽力用最温柔的声音,她小声地说,"努力学习,我的小费尔迪南!"……②

---

① Louis-Ferdinand Céline: *Mort à crédit*, Paris: Edition Gallimard, 2011, p. 81.

② *Ibid.*, p. 103.

　　临终之前的外婆向小费尔迪南传递的信息仍然是最传统的教育信息，希望他通过努力学习而有所长进。外婆的去世带来的悲伤是沉重的，也是小费尔迪南第一次经历了死亡后的悲伤：

　　　　我们关上店门。我们放下所有的帘子……我们就好像羞于见人……像是犯了什么罪一样……我们一动也不敢动，担心动一下就会损坏我们的悲伤……我们和妈妈一起哭，趴在餐桌上……我们感觉不到饥饿……我们什么都不想了……我们并没有占多大的空间，可是我们总希望缩得更小……向某个人请求谅解，向所有的人请求谅解……彼此之间也相互谅解……我们敦促一家人相互珍惜……我们害怕又失去……永远失去……就像卡罗琳娜……①

　　小费尔迪南所经历的这次死亡，悲伤的同时也意识到死亡就是"永远失去"，因此开始学会谅解与宽容，因为害怕再失去而学着珍惜，这是死亡带给一个孩子的成长。外婆的去

---

① Louis-Ferdinand Céline: *Mort à crédit*, Paris: Edition Gallimard, 2011, p. 103.

世使小费尔迪南失去了最后的庇护，也由此逐渐开始了他独自面对世界的成长历程。外婆之死对于小费尔迪南来说具有重要的意义，它代表了小费尔迪南从童年到少年的过渡。犹如孩子失去了"母亲"，童年记忆里仅有的温柔怀念随外婆的逝去而消失，小费尔迪南成为死亡的最直接受害者。接下来所面对的肮脏龌龊的社会与险恶的人性都成为小费尔迪南成长过程中必经的苦难。外婆之死与诺拉之死、库尔西亚之死相互呼应，构成了小说中"死亡"情节的顶点。①

诺拉之死是小费尔迪南第一次经受的"性暴力"。被送往英国明维尔学院学习英语的小费尔迪南，以沉默不合作的方式抵抗着学校校长麦瑞文先生的粗暴，当学校面临关门的命运时，他已经成为仅剩的两名学生之一。校长夫人诺拉对于小费尔迪南来说一直充当着"母亲"这一角色，想尽办法使他开口说英语。小费尔迪南却对她的身体产生了无限的兴趣，甚至幻想着诺拉的身体进行手淫。在小费尔迪南离开学校的前夜，诺拉来到小费尔迪南的房间，初次的性爱体验对于小费尔迪南来说是以一种粗暴甚至残酷的方式进行的：

---

① Maurice Bardèche: *Louis-Ferdinand Céline*, Paris: La table ronde, 1986, pp. 145.

她像龙卷风一样向我扑过来，她身子一跃就到了床上！绝对是真的！……我全身承受着她的冲击力！她把我紧紧地搂在怀里！……我在她的抚摸下，全身充血，软瘫成一团……[……]我施展各种花招……但我还是被她包抄了……她死命地抱住我……整个床铺都在震动！这疯子，她要跟我决一死战……①

小费尔迪南的离开意味着学校关门势在必行。这时的诺拉已经不再是温柔的母亲，而成为一个真正的"疯子"，以小费尔迪南的身体来抵御她无法面对的学校倒闭的痛苦与即将到来的死亡的恐惧。而这场"死战"在并没有结束的情况下，疯狂的诺拉便挣开了小费尔迪南的怀抱而冲出房间，冲向河堤，投河自尽："我听见了她的窒息声……我听见她的汩汩吃水声……我还听见了汽笛声……我听见她灌水的声音……她被大浪吞没了……被漩涡卷走了……"②诺拉的一生本应该是完美的一生，充满美德与智慧的一生，但是因为愚蠢而无法生育的丈夫，她的一生最终被完全毁掉，只

① Louis-Ferdinand Céline: *Mort à crédit*, Paris: Edition Gallimard, 2011, p. 278 – 279.

② *Ibid.*, p. 281.

留下失望。① 这场"性暴力"以诺拉之死结束,小费尔迪南关于性与女人的一切美好幻想都化为泡影,诺拉之死使小费尔迪南成为"性"的受害者,同时也以一种悲惨的方式完成了他生理上的成长。《分期死亡》中描述了众多的死亡,小费尔迪南以不断目睹死亡的方式成长,死亡由此成为了生命的真相,成为人们相互转告的口令。它不再是一个个体的真相,而成为社会群体的真相。② 塞利纳使小费尔迪南不断地面对死亡,即不断地接近生命的真相。

"家庭"是《分期死亡》中的一个重要主题,家庭关系是小主人公塑造过程中的重要关系之一。《分期死亡》可以被理解为"从一个家庭到另一个家庭"③的故事。小费尔迪南离开父母之后又不断地进入截然不同的家庭,但是这些家庭都具有同时代的共性:父亲总是以多话的表象掩盖他们的无能为力,母亲总是固执而实际。每个家庭中的"父亲"与"母亲"的不同更在于父亲总是会以幻想来美化残酷的现实。费尔

---

① Maurice Bardèche: *Louis-Ferdinand Céline*, Paris: La table ronde, 1986, pp. 132 – 133.

② Pol Vandromme: *Céline*, Puiseaux: Edition Pardès, 2001, p. 56.

③ Anne Henry: *Céline écrivain*, Paris: L'Harmattan, 1994, p. 194.

迪南的父亲奥古斯特时常画着远航的船，做着出海的梦，母亲则为了一点小生意四处游走；在珠宝店主戈洛日家里，戈洛日总是无忧无虑等待着"雕刻技术的革新"①，而他淫荡的妻子则引诱小费尔迪南以盗取小金佛；在英国，麦瑞文夫妇承接了"家庭关系"的结构，麦瑞文先生是以暴力方式迫使小费尔迪南服从的学校校长，而他的妻子诺拉似乎钟情于小费尔迪南，最后却因学校的破产而自杀；小说第二部分中最重要的库尔西亚家也是小费尔迪南最欣赏的家庭，库尔西亚口若悬河而诡计多端，比小费尔迪南的父亲胜出甚远，他的妻子伊莱娜忠诚而充满精力，与可怜的克莱芒丝截然不同。

　　小费尔迪南先后生活在这样四个家庭里，通过这些家庭与整个社会建立了联系。当他离开某一个家庭的时候，已经在无意之中深深地烙上了这个家庭的印记。但是对于小费尔迪南来说，这些家庭给他的教育并不是成功的案例，每一个家庭之中，他都以"受害者"的形象呈现出来：自己父母家里无休止的争吵让他的童年充满了恐惧；珠宝店主的妻子最终诬陷了他；寄宿学校里麦瑞文先生对他暴力以待；库尔西

---

① Louis-Ferdinand Céline: *Mort à crédit*, Paris: Edition Gallimard, 2011, p. 168.

亚无偿地利用他……以至于在《木偶戏班》中塞利纳借成年的费尔迪南之口说出了教育失败的真相："我们带着父母的建议进入生活,最终却发现这些建议都站不住脚。"①小费尔迪南一直在寻找一种理想的家庭生活,库尔西亚一家曾经给他带来过些许希望,他们对于投奔他们而来的一群"野孩子"的教育计划曾使费尔迪南感到振奋,他们对待孩子的方式是四个家庭之中"最不暴力"②的方式,但是最终"科学农场"失败,库尔西亚破产直至自杀,库尔西亚之死也令小费尔迪南的科学教育彻底结束。与此同时,小费尔迪南也逐渐发现了他们收容这些孩子的真正用意,库尔西亚的虚伪使小费尔迪南陷入了深深的绝望之中,随着科学梦一起破灭的,还有小费尔迪南的家庭梦想。

　　小费尔迪南的"教育"与"成长"是《分期死亡》的主要内容。塞利纳以"语言"与"科学"两种教育方式探讨了小费尔迪南的"成长"问题。小费尔迪南的语言教育是父母将他送往英国的八个月中完成的。在这八个月里,小费尔迪南一直保持着沉默:

---

①　Louis-Ferdinand Céline: *Guignol's band*, Paris: Edition Gallimard, 2011, p. 23.

②　Philippe Destruel: *Louis-Ferdinand Céline*, Paris: Armand Colin, 2005, p. 79.

我没有发牢骚，我既没有说 hip! 也没有说 yep! 和 youf! ……我没有说 yes……我没有说 no……我什么也 没有说! ……也真够壮烈的……我不跟任何人说话。 我觉得这样很好……①

面对麦瑞文先生的暴力方式，小费尔迪南"一言不发，封闭自己"，同时又"对他恨之入骨"②。最终他见证了明维尔学院的倒闭，"两手空空地回到了法国"③。这次语言学习的经历，是小费尔迪南第一次有意识地反抗的经历，在他的成长过程中具有举足轻重的意义。他已经从无辜而无知的受害者开始思考自己所处的境遇，辨别周围人的善恶，有意地采取自我保护的抵抗措施。这种转变，也是小费尔迪南成长历程的一个关键所在。

科学的发展是"美好年代"的重要标志，但是塞利纳却在

---

① Louis-Ferdinand Céline: *Mort à crédit*, Paris: Edition Gallimard, 2011, p. 244.

② *Ibid*., p. 245.

③ *Ibid*., p. 284.

作品中呈现出了一种"灾难性的科学"①。塞利纳使小费尔迪南通过万国博览会与库尔西亚的发明创造接触到了"科学教育"。万国博览会是"美好年代"的盛事，塞利纳却透过小费尔迪南的视角讲述了万博会"灾难性"的真实场面：

　　　　在机械长廊里，我们都惊呆了，那里的所见所闻简直就像发生在一座透明的大教堂里的悬而未决的<u>大灾难</u>，教堂里镶嵌着小块彩色玻璃，高耸入云。沸反盈天的喧哗声中，我们听不见父亲说话，尽管如此，他还在那里声嘶力竭地大喊大叫，嗓子都喊破了。蒸汽喷涌而出，扑向四面八方。还有一<u>些</u>惊人的大锅，有三层楼那么高，亮闪闪的摇杆从地狱深处重重地朝我们袭来……最后，我们再也受不了了，我们害怕了，<u>从那里逃了出去</u>……

　　　　在宽大的"饮品宫"，我们鱼贯而行，在很远的地方就发现有可爱的橘子汽水摆在一个小小的移动柜台上，可以免费品尝……在我们和橘子汽水中间发生了骚乱……骚动的人群一个劲地往大口杯那里挤去。口渴

---

① Anne Henry: *Céline écrivain*, Paris: L'Harmattan, 1994, p. 196.

无情。我们要是也去冒险的话，只怕会被人杀个片甲不留。<u>我们从另外一扇门逃了出去</u>……①

　　小费尔迪南以"惊呆""大灾难"以及接连的"逃了出去"来表达对万博会的感想。科学不再具有其吸引力，而成为各种可笑甚至可怕的表现，因此小费尔迪南相较于"万国"这个玄而又玄的概念来说，"还是更喜欢塞纳河畔"②。父亲带领全家参观万博会，并没有达到对小费尔迪南进行科学教育的目的，而只是满足了他个人炫耀的虚荣心。母亲则以父亲为荣，同样认为这次参观非常"值得"。万国博览会给小费尔迪南留下了灾难与可怕的印象，初次的科学教育也因此以失败告终。

　　发明家库尔西亚是一个纸上谈兵的科学家，他的科学实验并没有真正地成功过，他对技术革新的理论激情不过表现了他对行动的谨慎拒绝。库尔西亚这一人物及其一系列的冒险行为都是对"美好年代"的各种伪科学的嘲讽与揭露。库尔西亚这个人物缺乏内在性，我们只能够通过外在表象来

---

① Louis-Ferdinand Céline: *Mort à crédit*, Paris: Edition Gallimard, 2011, pp. 83 - 84.

② *Ibid*., p. 84.

认识他。他总是处于不断的变动之中,虽然塞利纳呈现出有关他的一切细节,但是读者仍然很难体会出他到底是怎样的一个人物。① 小费尔迪南眼中的库尔西亚首先是一位科普学家,他写出了无数的"科学著作",甚至成为大多数学校里"课程的一部分"②,但是"你可以把书里的内容记下来,也可以忘记它,轻而易举。"③小费尔迪南对于这位"科学家"的认识越来越深,对他的崇拜感便越来越少,甚至在他发表长篇大论的时候,小费尔迪南采取了充耳不闻的态度:

> "我任由他唾沫横飞……我看着别处……树木……
> 远处的花园之中……草坪……保姆……在长椅周围蹦
> 蹦跳跳的雀群……[……]我很难受……我控制住自
> 己……我还是蛮了不起的……那个娘娘腔他还在信口
> 雌黄!……"④

————————

①　Maurice Bardèche: *Louis-Ferdinand Céline*, Paris: La table ronde, 1986, pp. 132 - 133.

②　Louis-Ferdinand Céline: *Mort à crédit*, Paris: Edition Gallimard, 2011, p. 360.

③　*Ibid*.

④　*Ibid*., p. 392.

库尔西亚的科学教育并不能够使小费尔迪南信服，他甚至很快看清了所有"发明家"的本质：

> 从总体上看，那些搞发明的人，可以按照他们的癖好来分类……有一类人几乎个个都是与人为善的……那些热衷神秘放射物的人，比方说对"地气"、对"向心力"着迷的人……他们都是些脾气特别温顺随和的小伙子，对你言听计从，即使你让他们吃你手心里的东西……家用物品的小发明人，同样也不很难对付……[……]可那些想改进技术的人呢？……啊！碰到这种人可得当心啦！全都是疯子，不折不扣的狂人，这种咄咄逼人尖酸刻薄的发明人几乎全部都是搞"永动机的"……他们这些人，总是不惜采取任何手段向你证明他们的发现！……①

小费尔迪南对于"发明家"的各种定性，否定了科学的真正意义，而将科学与人的本质联系起来，使其达到了对人的认识。失败的科学教育，却从另一方面使小费尔迪南得到了

---

① Louis-Ferdinand Céline: *Mort à crédit*, Paris: Edition Gallimard, 2011, p. 392.

成长,对人与世界的认识都进一步成熟。发明家库尔西亚的一系列发明都以失败告终,最终以一种腐烂的形式呈现出来:航空气球被摔得粉碎无法再修补,而他的种植计划也直接生产出了长满蛆虫的土豆。最终破产自杀的发明家本人,死相也以一种极端残忍的脑浆迸裂的形式呈现出来。塞利纳通过小费尔迪南的"科学教育"使读者看到众多伪科学的最终结果是分解与腐烂,没有任何意义。小费尔迪南在失败的教育中领悟到了人性与社会,从而逐渐具有了独立判断与思考的能力,但同时各种失败的教育与经历,又让他感到绝望与无助,"受害者"的形象最终变成了《茫茫黑夜漫游》中的逃亡者、失败者与不幸者。

三、 从费尔迪南到德都什: 流亡医生与编年史家

塞利纳 1954—1961 年间创作的"德国三部曲"《从一座城堡到另一座城堡》《北方》《轻快舞》被视为其作品的"顶峰"[①]。三部曲与《茫茫黑夜漫游》一脉相承,将塞利纳的写作主题与叙事意义更加明确地呈现出来。"漫游"、"黑夜"、走到"尽头"的想法,构成了塞利纳小说中恒定的母题:移动,空间,地点。"从一座城堡到另一座城堡"中包含了不同地点之间的位移;

---

① Anne Henry: *Céline écrivain*, Paris: L'Harmattan, 1994, p. 213.

"北方"是一个地点，却处于虚空之中，没有位移；"轻快舞"却是虚空之中的运动，没有地点。[①]这种缺失之中的不断变换印证了三部曲中的"流亡"主题。在这场流亡之中，主人公与作者真实身份的关系似乎越来越接近，呈现出一种强烈的"自传性"的色彩。但是塞利纳本人却否定了这一点："我的书是自传？那是第三种力量的叙事。但愿人们在其中看到的并不是一段生活，而是一段谵妄。"[②]塞利纳在写作过程中不断地对自己的亲身经历进行改造。战争、非洲、美国、舒瓦瑟尔巷、巴登巴登、西格玛林根等情节与地点在小说中的描述都并不完全是作者的经历，但是塞利纳通过人物的变化而将一种真实性呈现出来。除第一部小说使用了与作家本人完全不相关的"巴尔达缪"这一名字之外，第二部小说起就使用了自己的真名"费尔迪南"，而自《别有奇景》开始，"塞利纳"这个名字便开始成为其小说主人公的名字。在"德国三部曲"中，这个名字又变成了塞利纳的本姓与真实职业："塞利纳-德都什医生"。

三部曲中的人物身份最为简单，"塞利纳-德都什医生"

---

① Philip Stephen Day: *Miroir allégogique de Louis-Ferdinand Céline*, Paris: Klincksieck, 1974, p. 238.

② Dauphin, J.-P. & Godard, Henri: *Cahiers Céline 1. Céline et l'actualité littéraire 1932—1957*. Paris: Edition Gallimard, 1976, p. 30.

兼"编年史家"是贯穿始终的人物形象。塞利纳同样应用了自己的经历进行创作："有一场灾难发生了。[……]它引起了轰动,群情激奋,枪林弹雨。我置身其中,我利用了这场灾难,它成为我的素材。"①在三部曲中,塞利纳并不是在寻找一个深层的身份问题,而是在追寻外部世界的变化。② 这种观点与俄罗斯诗人曼德尔施塔姆不谋而合:"我不想谈及我自己,而是想窥视这个世纪,时间的声音与低吟。我的记忆与一切个人的东西为敌,我的记忆不是充满爱而是充满了敌意,它不是为了复制过去而存在,而是为了使过去远离而存在。"③因此,三部曲中的主人公是事件的参与者,更是观察者,德都什医生的职业使他能够更好地观察到社会的各个方面。医生总能看到别人忽略的东西,他可以诊治病患,甚至社会也成为他的诊断对象。在《茫茫黑夜漫游》中,巴尔达缪便指出了医生的特殊性:"有了医学,我这个并不太有天分的

① Interview Cl. Sarraute. cf . *Préface de Romans II* , Paris: Edition Gallimard, 1974, p. 1.

② Anne Henry: *Céline écrivain*, Paris: L'Harmattan, 1994, p. 87.

③ Osip Mandelstam: *Le bruit du temps* (1925), Paris: Edition Gallimard, 1972, trad. Scherrer, p. 77.

人，也同样得以更加接近人与动物，接近一切。"①他带着一种叙述的匆忙，急于从一个发现到另一个发现，从一个历史的类比到另一个历史的类比，既不花时间解释，也不停下来喘息，急于说出自己可能会在下一分钟忘记的东西。从小费尔迪南到巴尔达缪再到塞利纳-德都什医生，塞利纳叙述了一个人物的生命历程，同时也将"受害者""失败者与不幸者"的形象记入了自己的"编年史"中，最终以"历史"的形式将其表述出来，以外部世界取代了主人公的内心世界，将大写的历史融入了主人公的个人经历之中。

三部曲中的第一部，《从一座城堡到另一座城堡》是关于西格玛林根的编年史，描述了二战法国通敌者的结局。在这一块黑森林东南部的小小领地之上，盟军登陆后，第三帝国允许维希政府入驻其中。塞利纳在西格玛林根居住了四个月，从 1944 年 11 月到 1945 年 3 月，因此他并没有参与贝当政府的入驻也没有参与其离开。但是塞利纳居住期间的无名的通敌者们、民兵们以及德军军官们给了他足够的想象以

---

① Louis-Ferdinand Céline: *Voyage au bout de la nuit*, Paris: Edition Gallimard, 2011, p. 240.

复制政府入驻期间的情况。①"传奇是真实的,而历史是虚假的"②。塞利纳通过其详尽而令人恐惧的事实勾勒的画面,呈现出与正史不同的、却更加真实的"传奇"。自《茫茫黑夜漫游》以来,塞利纳笔下主人公的生存就是"一场疾病、一场谵妄、一种没有尽头的焦虑"③。巴尔达缪"如老鼠一样"没有目的没有希望地漫游了世界。而在《从一座城堡到另一座城堡》中,主人公的境遇更加残酷,他同一群流民一起落入了洪荒之中,死亡不再是个体的或"分期"的,而是成为一种集体的牺牲。叙事者不能随便决定是否"离开",每个人都不由自主地被卷进了一场集体的谵妄之中,无法逃脱。

西格玛林根最高的城堡是一座"时间性、历史性"的古建筑,只要在里面走一走就可以意识到这一点,墙壁上挂着霍恩佐勒恩家族的画像。④ 在城堡里避难的有1142位难民,同时还有"十四位部长……十五位将军……七位海军上将……

---

① Anne Henry: *Céline écrivain*, Paris: L'Harmattan, 1994, p. 238.

② Jules Lachelier: *Correspondance* 1933 pas d'éd. Mentionné, p. 113.

③ Philip Stephen Day: *Miroir allégogique de Louis-Ferdinand Céline*, Paris: Klincksieck, 1974, p. 237.

④ Louis-Ferdinand Céline: *D'un Château l'autre*, Paris: Edition Gallimard, 2012, p.170.

还有一位国家元首！……"①所有这些人足以构成一部历史
剧的全部演员，城堡成为这出戏剧的背景。但是这座城堡同
样也是一个恐惧的迷宫，想要生存下去，必须要选择正确的
走廊，找到真正的出口，否则就可能遇到盖世太保，而其中的
"36 号房间"也是一个神秘的死亡之地，很多人被带进这个
房间，却没有人出来过。主人公塞利纳在这个特殊的避难场
所中，除了"避难者"的身份之外，还承担着医生的职责，有着
一个相对特殊的地位：他靠吗啡与氰化物幸存下来。他是唯
一拥有氰化物的人，他将氰化物分给没有勇气继续活下去的
军官，以此换得吗啡，去照顾他的那些"临终"的病人。他因
此成为唯一洞悉生死秘密的"拯救者"。但是随着他的吗啡
逐渐消耗和盟军的靠近，他发现他曾经帮助过的人们正在计
划如何牺牲他以保全自身。主人公和 1142 名难民一起躲避
在这个封闭的空间里，共同面对着死亡的威胁与未知的命
运。战争、寒冷、饥饿是他们生存的日常，本能的需要便成为
最紧急的事。② 主人公的形象逐渐融入了集体之中，从而使

---

① Louis-Ferdinand Céline: *D'un Château l'autre*, Paris: Edition Gallimard, 2012, p. 171.

② Philip Stephen Day: *Miroir allégorique de Louis-Ferdinand Céline*, Paris: Klincksieck, 1974, p. 240.

历史的面貌显露出来。塞利纳变成了"大木偶剧编年史家"，他写出的故事是一出拙劣的戏剧，粗俗而血腥。"编年史家"在其谦虚的表象之下凸显了一种变化：在将如透视画一般的文学引向其极端之后，在赋予一种完全悲壮的世界观以特权之后，塞利纳恢复了自负的主观性，将感受性从其注定的在事物中的沉浸里挖掘出来，使智慧直接发出光亮。夸张的手法与主观性被缩减到最小程度，自我被毫无掩饰地重新投入到其最初的权力，即思想之中。[①] 主人公在一种危险的境遇下进行观察与思考，其"编年史家"的形象逐渐突出出来。

人物	叙事情节	形象路径	主题角色
塞利纳	西格玛林根	城堡避难 行医 日常观察	"避难者" "掌握生死秘密的拯救者" "编年史家"

　　三部曲的第二部《北方》是塞利纳对纳粹集中营的暗讽之作。虽然主人公并没有置身于集中营中，而是被自己的德国医生朋友安顿在了柏林西北的左恩霍夫，但是主人公的经历依然与集中营中的囚犯相似。主人公塞利纳被德国人以"合作者"（法国通敌者）身份被安置在一个避难所，而他的身

---

① Anne Henry: *Céline écrivain*, Paris: L'Harmattan, 1994, p. 97.

份更像是一个法国的"政治流放者"被关进了德国的集中营。他所处的环境是"一个非常阴暗的圆形小屋,折叠式的铁床,一个洗脸盆,一个水桶,就这么多……这比格伦沃尔德差多了,介于修道院和监狱之间……"①这种禁闭的幻境让主人公产生了一种非人的感受:"你没有什么好说的,只能服从。你没有什么好希望的,你是一只动物……"②除此之外,饥饿是他们面临的最大威胁。左恩霍夫的生活大部分是与寻找"饭盒"相关的。塞利纳与纳粹医生哈拉斯的对话总是被有关食物的话题所打断。当哈拉斯提起左恩霍夫未来的生活以及柏林的轰炸情况时,塞利纳的话题总是引向食物:

> 好吧,哈拉斯,我听明白了,我们不会被炸死,但是我们会被他们给我们吃的东西弄死,肯定会这样![……]不要以为我在抱怨,哈拉斯!……一千卡路里就足够了,可是汤里连三百卡路里都没有……③

哈拉斯的保护与"各种安排"使他们三个人物最终得以

---

① Louis-Ferdinand Céline: *Nord*, Paris: Edition Gallimard, 2012, p. 165.

② *Ibid*., p. 201.

③ *Ibid*., p. 185 – 186.

果腹。塞利纳所描述的"各种安排",令人们想到集中营中的囚犯偷盗食物和各种物品,这些偷盗来的东西会在犯人们之间互相买卖交换。塞利纳的描述中,香烟也是"极有价值的流通货币":"饭盒的问题,我有办法! 只需要香烟就可以解决!"①香烟还可以用以自救:"当一切都充满恨意,你的四周都成了屠宰场,你会发现比起其他刽子手来说,有那么两三个刽子手会稍微放松一些,这时你可以用你的好东西去解决问题,两根香烟,半盒饭,你就会干得很好!"②

在左恩霍夫期间,医生兼作家塞利纳还受命写一本有关几世纪以来法德医生关系的著作,但是他一直未能完成这项工作,因为他自身的生存也受到了不断的威胁:法国劳工们准备将他作为叛徒消灭掉,德国军官则在寻找机会揭露他的间谍身份,他不得不日日夜夜在逃避各种敌意中度过。他最终找到了一张地图,在图上标明了逃往北方丹麦的最快路径,但是他周围的一切使得逃亡也成为一种不可能。左恩霍夫地狱般的形象逐渐显露出来,塞利纳杜撰出的"左恩霍夫"这个地名,在德语中有"怒气之地"的含义,在这个地方谵妄

---

① Louis-Ferdinand Céline: *Nord*, Paris: Edition Gallimard, 2012, p. 304.

② *Ibid.*, p. 291.

与暴力聚集在了一起，呈现出一场由贪吃者、暴力者与疯子们掀起的末日狂欢。主人公的形象也在这场狂欢之中凸显出来。

人物	叙事情节	形象路径	主题角色
塞利纳	左恩霍夫	左恩霍夫避难 寻找食物 艰难写作	"通敌者" "饥饿的'集中营囚犯'" "面临威胁的作者"

塞利纳在《北方》中所呈现出的主人公形象是对纳粹集中营的反讽，而忠实地观察与记录这一切的"编年史家"形象更加深刻形象地呈现出来。塞利纳通过将主人公塑造成"写作者"这一主题角色，更加加深了其对战争的真相与对历史真实性的探索。

《轻快舞》被称为是一场"长途火车旅行"，其中第一段旅行描述了从柏林开往罗斯托克的火车，车上运送着不分生死的人们："没有人曾试图打开车厢门……里面塞满了一切，伤员，旅客和尸体，没办法把这些移开，一切就黏合在一起，混合在一起……"①主人公德都什医生见证了希特勒式的"选择"。火车每到一站，都会将途中死去的人扔下去。"我们在

---

① Louis-Ferdinand Céline: *Rigodon*, Paris: Edition Gallimard, 2012, p. 57.

撤离……当然路上会有人死掉,我们在每一站都把他们扔下去……拉死尸很费力气……"①因为"集中营里已经没有余位,也没有食物"②,因此纳粹对进入集中营的人也开始了"选择",这时就需要对集中营的囚犯进行分类,一类会被直接处死,另一类会被送去做苦役。在"柏林至罗斯托克的火车"这一情节中,主任医师对旅客进行筛选的办法就是让他们躺在雪地里:"他们没有跟您解释吗?这是尼采式的选择方法……自然选择!……强者生存!寒冷,冰雪,裸身,都会使他们强壮……特别是那些伤员!……支持不住的弱者们,我们会把他们埋掉……"经过初次的选择之后,幸存者还要经历第二次的选择"……他们会被送往罗斯托克……在那里我们把他们分开……一部分去医院,去看外科……还有一部分会留下来参加土方工程……他们为死去的人挖坑……那些两三天后就不会再动的死人……"③经过这样的选择之后,主人公以"被选择的人"的身份幸存了下来。与此同时,主人公也成为无数死亡的见证者,甚至成了"生来就是为了

---

① Louis-Ferdinand Céline: *Rigodon*, Paris: Edition Gallimard, 2012, p. 58.

② *Ibid.*, p. 151.

③ *Ibid.*, p. 67.

看见死人的人"①。

第二段旅程预示了一种空间上的流亡。原本向北方的逃亡,突然变成了南方。"西格玛林根? 在德国? ……是的! 是的! 但完全是在南方! ……"②主人公在朝着北方寻求安全的过程中因为交通工具的缺失而阴差阳错乘上开往南方的列车,使这趟旅程变成了不能自主的流亡。在朝向南方的旅途中,塞利纳呈现出的是一个没有任何保护、没有任何出口的空间,这个空间里充满了各种危险,主人公在其中充当了组织者和中间人的角色,直到终于改变方向,朝向北方前往丹麦。而第三段旅程中,主人公经过了许多"失去了名字的车站和失去了车站的城市"③,在被战争毁灭后又被遗弃的世界里迷失了方向。而确定了朝北方行进的时候,主人公不由得狂喜:"我们出发了! 我们不会停下! 北方! ……北方! ……没有任何理由让我们停下……我们也不会在任何地方停下……我真想笑出声来! ……"这段旅程中最重要的一个情节是主人公在火车上偶遇了一群红十字会保护下的

---

　　　① Louis-Ferdinand Céline: *D'un Château l'autre*, Paris: Edition Gallimard, 2012, p. 106.

　　　② Louis-Ferdinand Céline: *Rigodon*, Paris: Edition Gallimard, 2012, p. 74.

　　　③ *Ibid.*, p. 162.

小麻风病人,他接受委托将这些孩子带往北方。在这期间,主人公医生与保护者的身份又重新变得鲜明起来。我们通过下表对人物形象的塑造过程进行总结:

人物	叙事情节	形象路径	主题角色
德都什医生	柏林-罗斯托克 西格玛林根 丹麦	逃亡北方 向南流亡 拯救小病人	"被选择的人" "组织者、中间人" "医生、保护者"

从上表我们可以看出,主人公德都什医生从被动的"被选择",到主动的"组织逃亡",到最后承担起自己医生和保护者的身份,护送小麻风病人去往北方,其面对战争与困境的态度已经从最初的"受害者""逃亡者"等被动的形象转变成一个积极主动的抗争形象,即便这种抗争依然是在逃亡之中的抗争,但是其积极意义却不可忽视,这一情节也是塞利纳在八部小说中唯一一次充满希望的描写。

塞利纳的"德国三部曲"通过塑造一个"通敌的""流亡医生"的见证,而呈现出其"编年史家"的形象,进而重新阐释了历史。战争是一场决定性的决斗,在这场决斗中,战争各方知道自己为何而战,而战胜者总是最有道理的。[①]"这种文

---

① Anne Henry: *Céline écrivain*, Paris: L'Harmattan, 1994, p. 215.

明的天才之处就在于在最恶劣的偏执狂的残杀中找到了理性!……历史的意义。"①塞利纳在完全保留世界的暴力、死亡与危险、毁灭的同时,抨击历史发展的实质,他迫使我们重建回忆的内容。他严格依据自身经历,只讲述亲眼所见的内容,逐渐用"民族流亡"之说代替我们所熟悉的战争概念。主人公的逃亡并不是个体性的,而是集体性的,战争给人们带来的创伤集中到主人公的身上体现出来。②塞利纳并没有将这种现象称为"民族流亡",而是将以一种讽刺性的方式称之为"民族旅行"③。在三部曲中,主人公只是叙述所见,让事实说话。"德国的二十万名穷苦劳工是否会思考一些事情?"④被留在西格玛林根的老奶奶们是否感到悲伤? 那些在车站抢夺"大军用饭盒里的甘薯和香肠"的孕妇们,是否也会有所怀念?⑤ 红十字会护送的那些孩子们,是否也会想念他们的父母? "母亲们,孩子们,老人们……[……]没有人感

---

① Louis-Ferdinand Céline: *Nord*, Paris: Edition Gallimard, 2012, p. 300.

② Anne Henry: *Céline écrivain*, Paris: L'Harmattan, 1994, p. 215.

③ *Ibid.*, p. 216.

④ Louis-Ferdinand Céline: *D'un Château l'autre*, Paris: Edition Gallimard, 2012, p. 224.

⑤ *Ibid*.

到悲伤,我甚至觉得他们是笑着的"①。战争被融入了日常生活中,战争的可怕也正在于此。更可怕的是,战争的结束却并不是任何东西的结束。在柏林,老人们清理着炸弹的同时,视野里出现了粗野的年轻人。无论如何,总是有人幸存下来:柏林的妓女们开始去和盟军士兵幽会,而叙事者还在致力于拯救那些流着口水的麻风病儿们。德国三部曲使我们看到了毁灭之后几乎同时出现的重组,生活立即恢复了正常。② 叙事者非常清楚地描述了战争中人们麻木的精神:当灾难没有降临到自己头上时,每个人都会平静地穿过废墟,从死者身上跨过,对自己的幸存感到宽慰。《轻快舞》中负责将俄占普鲁士地区的麻风病人送往南部的菲丽丝修女,一心只想着给她的修女帽上浆。德都什医生也一直关心着他的小猫倍贝尔能够吃到柏林房客从一个小型掩体那里钓上来的新鲜鲱鱼,但是当那个小型掩体被盟军炸毁时,他却对弹药手葬礼上的祷告毫无兴趣。三部曲的主人公借"流亡医生"的身份,以"编年史家"的视角冷眼观察着世界,将一个残

①　Louis-Ferdinand Céline: *Nord*, Paris: Edition Gallimard, 2012, p. 116.

②　Anne Henry: *Céline écrivain*, Paris: L'Harmattan, 1994, p. 216.

酷而冷漠的末日景象呈现在读者面前，历史的真实性通过一个主人公的形象被呈现出来。

小结

塞利纳似乎选择了一个"没有任何集体意义的个体"①作为其主人公。在《茫茫黑夜漫游》中，塞利纳借巴尔达缪之口说出了真相："在那个时候，像我们这样的小人物更容易相信荒谬透顶的事。"②塞利纳将他对下层社会的感知全部赋予同一个"小人物"，有计划地塑造了巴尔达缪这一形象。③巴尔达缪首先是一个城市人，他不喜欢乡村，"我对乡村从来没有感情，总觉得乡村凄凉：无边无际的土疙瘩，见不到人的房屋，不知通向何处的道路。加上打仗，更不值得流连了。"④他是一个普通的法国人，在战争中，他不过是一个逃兵。巴尔达缪（费尔迪南）有一个小商贩的家庭，他喜欢过众

---

① Louis-Ferdinand Céline: *L'Eglise*, Paris: Edition Gallimard, 1952, p. 161.

② Louis-Ferdinand Céline: *Voyage au bout de la nuit*, Paris: Edition Gallimard, 2011, p. 78.

③ Anne Henry: *Céline écrivain*, Paris: L'Harmattan, 1994, p. 92.

④ Louis-Ferdinand Céline: *Voyage au bout de la nuit*, Paris: Edition Gallimard, 2011, p. 13.

多漂亮的女孩,最终拥有一个陪他(塞利纳-德都什医生)四处流亡的善良的妻子。塞利纳笔下的这个代言人,通过其各种反应构建出了世界的真相。他游历着世界,观察着世界,他只是一个可怜的家伙,一个"受害者",为了求生而成为"流亡者"。塞利纳赋予巴尔达缪以一种非常具有共性的身份。他以个人的经历叙述着与众不同的历史,在这段历史中,战争毁灭了人性,死亡成为日常。从小说主角与作家真实身份之间的关系角度来说,塞利纳在后续作品中不断使用与自己真实身份相关的信息,他不是致力于重复《茫茫黑夜漫游》的虚构式奥德修记的结构,而是不断地想要超越最初的样式。① 在慢慢抛去各种伪装的过程中,塞利纳使巴尔达缪这个普通小法国人的形象不断地接近真实,从而呈现了战争期间法国人的群体形象。

第二节 "女人们"与"幽灵们"

塞利纳的作品中,"女人们"与"幽灵们"是两个重要且具

---

① Philippe Alméras: « Céline: L'Itinéraire d'une écriture », in *PLMA*, Vol. 89, No. 5 (Oct., 1974), pp. 1090 - 1098, p.1097.

有结构意义的人物群体,这两类人物对主人公形象的塑造起到了不可忽视的作用,他们在主人公生命中不同时期的出现,影响了主人公的命运的变化,推动了小说情节的发展。

一、"沉默的母亲"与"卑贱的母亲"

《茫茫黑夜漫游》中最为感人的情节是巴尔达缪离开美国与莫莉告别的情景。巴尔达缪回归法国后写道:

> 善良而可敬的莫莉!不管她在什么地方,如果她能读到这个作品,我要对她说,我对她的感情没有变,我仍旧而且永远爱她,以我的方式爱她,如果她愿意,她可以来分享我的面包和分担我的命运。如果她不美了,那也不要紧,我们能和睦相处。我身上还保存着她那么多的美,这美依然那么富有活力,依然那么新鲜入时,足够我们俩分享的,至少可以分享二十年,届时我们也离开人世了。①

底特律的妓女莫莉是巴尔达缪在美国的情人,她对巴尔

---

① Louis-Ferdinand Céline: *Voyage au bout de la nuit*, Paris: Edition Gallimard, 2011, p. 175.

达缪的爱与包容、关心与引导，使她超越了一个情人的角色，展现出母性光辉。她给费尔迪南的美国经历增添了仅有的温柔与梦想，让巴尔达缪第一次感到被当做一个真正的人而被爱。这种感受首先是来自莫莉对他的一些建议：

> "别再去福特厂啦！"莫莉劝我说，"不如找个小职员的差事。譬如当翻译，这才是像你这样的人干的。"我敢说，这是第一次有人从理解我内心的角度关心我，站在我的立场上关心我，而不是像其他所有人那样站在自己的立场上评判我。倘若我早一点遇见莫莉那该多好啊！在我选择走一条路而不走另一条路的时候认识她那该多好啊！①

莫莉对巴尔达缪的爱是无私而耐心的，她为两人的未来设想了很多计划，巴尔达缪虽然"非常喜欢她，却更喜欢我的癖好：到处奔逃，寻找自己也弄不清的东西"，因此他"进入了某种模式"，不得不"认真承担自己的角色和承受自己的命

---

① Louis-Ferdinand Céline: *Voyage au bout de la nuit*, Paris: Edition Gallimard, 2011, p. 229.

运"①。他不断地向莫莉讲述各种"在幻觉和傲慢中挣扎"②的经历,但是莫莉却拒绝了他的个性的影响,与他的"胡言乱语"完全格格不入,依然保持着自身单纯而善良的想法。

> 她不太明白我胡言乱语究竟想说些什么,但她仍支持我与幻觉作斗争或与幻觉共处:我怎么选择都行。她的温存感染力极强;她的善意,使我倍感亲切,几乎由我独占了。③

莫莉为"不幸者"巴尔达缪提供了一个躲避之处,包容了他的胡言乱语,甚至不去纠正他。她不懂巴尔达缪所说的幽灵,也不会陷入巴尔达缪式的胡思乱想,却以沉默的方式驱走了巴尔达缪不幸的谵妄。巴尔达缪在莫莉的身上看到自己的另一面,正是莫莉的沉默使他感到放松。这种善意的沉默有两种作用。首先,它使巴尔达缪的逃亡与幻想的欲望轻微地发生了转变,使巴尔达缪能够将自己的渴望建立在一种

---

① Louis-Ferdinand Céline: *Voyage au bout de la nuit*, Paris: Edition Gallimard, 2011, p. 229.

② *Ibid.*

③ *Ibid.*, p. 230.

理性的基础之上①：

> 她的心地实在好，对人无微不至的关怀能落实到金钱，不像我和其他人那样是装出来的。对于我那糊涂的冒险，莫莉巴不得给予资助。虽然她有时觉得我这个青年相当呆头呆脑，但认为我确实有信念，不该给我泼冷水。她只要求我给她列出一份简单的预算开支清单，准备由她负担。②

其次，这种沉默使巴尔达缪在莫莉呈现给他的自己的真实形象中审视自己，提升自己与改变自己，从而转换自己的态度。③ 莫莉通过沉默使他认清了自己。巴尔达缪最终离开了莫莉，因为莫莉善意的帮助使巴尔达缪感到自卑，同时也让巴尔达缪看到了自身的缺点与悲惨的境遇。莫莉对此非常清楚，并且因此感到痛苦，因为她的爱最终使巴尔达缪

---

① Frédéric Vitoux: *Louis-Ferdinand Céline, Misère et paroles*, Paris: Edition Gallimard, p. 61.

② Louis-Ferdinand Céline: *Voyage au bout de la nuit*, Paris: Edition Gallimard, 2011, p. 229.

③ Frédéric Vitoux: *Louis-Ferdinand Céline, Misère et paroles*, Paris: Edition Gallimard, p. 61.

远离了她。莫莉的无私与沉默,她的真诚使她难以就悲伤这个话题说出什么话语。"在她心里经受的一切对她来说就已经足够了"①。莫莉的存在最重要的意义是帮助主人公认清了自己的价值所在。莫莉的沉默使她曾经非常孤独,而与巴尔达缪在一起后,她的沉默以一种母性的力量温暖了巴尔达缪。她意识到了巴尔达缪的离开是不可避免的决定,最终以一种近于慈爱的却悲伤的方式原谅了他。

> "你挺多情的,费尔迪南",她劝慰我说,"别为我伤心。你自己多保重,别想得太多,你总想更多地了解人生,这样会得病的。也许这是你的道路,你单枪匹马开辟的道路。孤独的旅行者走得最远。如此说来你要很快启程了?"②

巴尔达缪每次逃亡,都会在不久之后意识到自己所处的境遇与自己刚刚离开的境遇其实有着相似的封闭的特

---

① Louis-Ferdinand Céline: *Voyage au bout de la nuit*, Paris: Edition Gallimard, 2011, p. 231.

② *Ibid.*, p. 235.

色①,只是他已经被逃亡的执念所纠缠,不得不继续他的"漫游"。离开莫莉回归法国,巴尔达缪感受到的是同样的命运,仍然要在充满敌意的世界里生活,这次逃亡并没有给他带来解脱,对莫莉的怀念成为他有关美国记忆中最为温情的一面。

在《分期死亡》中充当了"母亲"角色、对小费尔迪南关心与教育的卡罗琳娜外婆也同样是一个"沉默的母亲"。卡罗琳娜教小费尔迪南识字的过程中,小费尔迪南感受到了这种沉默的力量:

> 白天里,我还有外婆陪伴,她教我识字。她自己会认的字并不多,因为她很晚才学习认字,那时她已经是几个孩子的母亲了。我不能说她是一个多么亲切、多么慈爱的人,但她不大言语,仅凭这一点,她就很了不起!此外,她从不甩我耳光!……她对我父亲怀恨在心。她不能容忍他受的那点教育,他的胆小怕事,他在狂怒之下所做出的窝囊废才有的粗暴行为,反正就是没有一样东西合她的意。她的女儿在她眼里也够蠢的了,嫁了这

---

① Pierre Verdaguer: *L'Univers de la Cruauté, une lecture de Céline*, Genève: Librairie Droz, 1988, p. 132.

么个在保险公司上班、每月只挣到区区七十法郎工资的窝囊废。我呢，我还是个小孩，她还不是特别清楚该怎么对我定性，她还要对我观察一段日子，她是个个性很强的女人。①

塞利纳将外婆与父亲的形象对立起来，"和蔼的保护者"②外婆与"像个大喇叭一样对我叫"③的父亲形成了鲜明的对比。父亲的暴躁易怒大吼大叫使一切教育最终都以灾难告终，而外婆只希望让小费尔迪南自己意识到问题的存在、找到解决的办法，或是对现实进行比较和领悟。小费尔迪南显然对外婆的教育方式更加依赖和信服，外婆是小费尔迪南所处的悲惨世界中唯一一个懂得沉默、懂得听他诉说、让他学习的人。④ 在与小费尔迪南一起去租户处讨租时也是一样，面对贫穷的租户们的各种恶言恶语与牢骚抱怨，甚

---

① Louis-Ferdinand Céline: *Mort à crédit*, Paris: Edition Gallimard, 2011, p. 64.

② Jean-Paul Mugnier: *L'enfance Meurtrie de Louis-Ferdinand Céline*, Paris: L'Harmattan, 2000, p. 110.

③ Louis-Ferdinand Céline: *Mort à crédit*, Paris: Edition Gallimard, 2011, p. 70.

④ Frédéric Vitoux: *Louis-Ferdinand Céline, Misère et paroles*, Paris: Edition Gallimard, p. 64.

至是让她清理马桶的不合理要求,她都以沉默的方式承受了
这种恶意,而并没有像富人那样毫无怜悯之心地只看重金
钱。小费尔迪南意识到,外婆"也正因此而死"。

> 谁也不愿意花心思对房子进行维修……外婆嘛,把
> 自己都豁出去了,但都是在做无用功……可以说,最后
> 害死她的也正是这两所房子……一月天,天寒地冻,她
> 却待得比平常还要晚,开始时倒弄冷水,然后又搞热
> 水……暴露在穿堂风中,往水泵里塞麻绳,让水龙头
> 解冻。
> 租户们端着蜡烛过来,围在我们周围,给我们出主
> 意,看我们工作的进展。一提到租金,他们又要求再缓
> 一缓。下个礼拜又得回来一趟……我们踏上去火车站
> 那条大路。①

相对于租户们的吵闹嘈杂,外婆是沉默无声的。小费尔
迪南看到的只有外婆劳作的身影。外婆的沉默的劳作不可

----

① Louis-Ferdinand Céline: *Mort à crédit*, Paris: Edition
Gallimard, 2011, p. 101.

避免地将她引向了死亡。外婆清晰地看到了世间的丑恶与
凄惨,却只能沉默地屈从,这种"受害者"的形象也同样深深
植入小费尔迪南的心中。正如莫莉不愿意勉强将巴尔达缪
留在身边,而沉默地接受了分别的事实,外婆也以沉默的方
式接受了所有的苦难,从而将命运引向了悲剧。主人公在
她们的沉默中感觉到了她们的失望,看清了世界的悲剧面
目。这也成为成年之后的费尔迪南(巴尔达缪)以不断逃亡
的方式摆脱苦难的重要原因所在。塞利纳笔下"沉默的母
亲"都参与了主人公的教育。她们的沉默和她们的真诚在主
人公身上激起了全新的感情,改变了他们看待世界的方
式。① 她们通过各自沉默的方式使主人公发现世界的真相,
通过她们的智慧丰富了主人公的感知,进而完善了主人公的
形象。

与"沉默的母亲"形象相对应的是《分期死亡》中小费尔
迪南真正的母亲克莱芒丝。克莱芒丝与莫莉和外婆卡罗琳
娜相比,是一个"絮絮叨叨"②的人,她总是企图以没完没了

---

① Frédéric Vitoux: *Louis-Ferdinand Céline, Misère et paroles*,
Paris: Edition Gallimard, p. 63.

② Louis-Ferdinand Céline: *Mort à crédit*, Paris: Edition
Gallimard, 2011, p. 44.

的话语平息一切。《分期死亡》开端中，费尔迪南与母亲便就父亲的话题开始了争吵：

　　"啊！要是你父亲在这里该有多好！"……我听到这些话……我勃然大怒！她还赖在这里！我转过身去。我父亲在我眼里就是败类！……我大喊大叫……"全宇宙都没有比他更坏的王八蛋！从老佛爷商场到摩羯星！……"刚开始听到我这么说时，她呆若木鸡！她在那里僵住了！如同僵尸一般……然后她醒过神来。她骂我是不肖之子。我都不知道把眼睛往哪里望。她嚎啕大哭。她在地上打滚。悲痛欲绝。她跪在地上。她重新站起来。她拿着雨伞朝我冲过来。

　　她朝我劈头盖脸地乱打一气。伞柄在她手里折断了[……]她的回忆全都是我父亲给她留下的，伴着回忆是数不清的可恶的事情。往事占据了她的全部身心！他死得越久，她就越爱他！就像一条母狗那样没完没了……可我，我不答应，就算打死我，我也要反抗！我再次告诉她，父亲是一个彻头彻尾的阴险小人、伪君子、粗人、懦夫！[……]我看见她那消瘦的脚踝，就像一根棍子，周围一点肉也没有，长裤也皱巴巴的，真恶心！……

我一直以来知道那里是怎么回事……我朝那上面吐了
一大口……①

在小费尔迪南的家庭关系中，父亲与母亲的争吵已经成
为一种日常。小费尔迪南因此迁怒父亲，认为他是"败类"，
是"彻头彻尾的阴险小人、伪君子、粗人、懦夫"，甚至曾经想
过要杀死父亲。但他同样并不喜欢母亲，母亲的卑贱形象如
"一条母狗"，令他觉得恶心。在《分期死亡》中，除了母亲卑
躬屈膝的性格之外，她的身体缺陷也同样是令她形象变得卑
贱的重要原因。她的腿"一条粗一条细"，为了防止烧菜的油
污溅到裙子上，她脱去裙子只穿衬裙，这时父亲勃然大怒，暴
跳如雷，"他的脸会涨得通红，全身鼓胀，眼睛转起来像一条
恶龙，看上去凶恶极了"。同时他又命令小费尔迪南"把身子
转过去，面朝墙壁！小无赖！不许转回来！"父亲不愿意让小
费尔迪南看见母亲只穿衬裙的样子，更不愿意他看到母亲的
瘸腿。但是母亲却"什么事也没发生一样坚持把碗洗完……
她还甚至试着哼了一支小曲来调节气氛"，然后走过去"亲了
父亲"，父亲则"假装在院子的深处寻找什么东西。他放了一

---

① Louis-Ferdinand Céline: *Mort à crédit*, Paris: Edition
Gallimard, 2011, p. 46.

个响屁。紧张的局势缓和了。"母亲则"心有灵犀地跟着放了一个屁,但没他那么响,然后她淘气地逃进了厨房最里面。"①在父母的关系中,母亲处于一种低等的地位,而身体的缺陷又令她显得更加自卑,她的瘸腿使她在父亲面前毫无吸引力②,只能处处以卑贱的形式顺从父亲、维护父亲,面对命运的不公,甘愿一个人潸然泪下。这个自我虐待狂的母亲不停地干活,有点令人厌恶、令人迷惑,她是卑贱的。③ 父亲则不时地因为"妈妈和妈妈的那条瘸腿,一点点鸡毛蒜皮的小事都会让他大发雷霆。"④母亲和她的瘸腿,构成了一种卑贱的符号,也成为令成年费尔迪南感到恶心的原因。与塞利纳后期作品中所崇尚的舞蹈演员的轻盈之腿相比,母亲的瘸腿使她无法超越生活的沉重负担,飞升至"幻境",只能以卑贱的形式存在于大地上,承受悲惨的命运。这个真实的母亲的形象,代表了世界的悲惨真相,它与苦难、疾病、牺牲、衰退

---

① Louis-Ferdinand Céline: *Mort à crédit*, Paris: Edition Gallimard, 2011, p. 46.

② Jean-Paul Mugnier: *L'enfance Meurtrie de Louis-Ferdinand Céline*, Paris: L'Harmattan, 2000, p. 104.

③ 克里斯蒂瓦:《恐怖的权力——论卑贱》,第225页。

④ Louis-Ferdinand Céline: *Mort à crédit*, Paris: Edition Gallimard, 2011, p. 64.

紧密相关。这个真实的母亲一刻不停地工作着，却是使人厌恶的。这个形象在《茫茫黑夜漫游》中便已经有所体现。巴尔达缪在战场上因伤住院，母亲到医院看望他，巴尔达缪仍然将母亲比作"母狗"，甚至还"不如母狗"，因为母亲总是听命于人，逆来顺受，这是她的"根本命运和可恶的悲剧"[①]，这种性格使巴尔达缪认为她是一个"贱民"：

> 她重新见到我时非常激动，哭哭啼啼的，好像一条母狗失而复得它的崽子。她大概以为拥抱拥抱我就能助我一臂之力，其实还不如母狗，因为她相信别人让她来领我的理由，母狗则不然，它只相信自己的感觉。
>
> ［⋯⋯］
>
> 我和母亲一起经过一条条街观看着市面。她给我讲生意上的小事，城里人对战事的议论，说什么战争是可悲的，甚至是"可怕的"，但只要大无畏，我们终将胜利。在她看来，人被打死，只不过因为发生了意外，好似赛马，要是死死抓住缰绳，就不会摔下来。至于她自己，战争给她带来新的忧伤，但她尽量不去触动，因为这种忧伤在她就是一种恐惧，充满着许多她不理解的可怕的

---

① 克里斯蒂瓦：《恐怖的权力——论卑贱》，第 226 页。

事情。她从心底里认为像她这样的小民百姓生来是受苦受难的,吃苦是与生俱来的职责。[……]我母亲是个"贱民",逆来顺受而忧愁悲伤地着眼于未来,成了她信念和性格的基础。①

塑造一个"卑贱"的母亲的形象,对于塞利纳来说其目的在于呈现"母亲"的两面性。莫莉与外婆卡罗琳娜所代表的"沉默的母亲"是高贵的,克莱芒丝则诠释了母性的卑贱与苦难。塞利纳从医学的角度分析母性的双面性,一方面母亲是给予生命的人,另一方面,母亲也同样可以是带走生命的人。② 从生产的角度来讲,母亲可以顺利生产,同样也会有流产的危险,流产意味着死亡,意味着卑贱,是小说中女性悲剧命运的根源。③ 虽然克莱芒丝并没有流产,但是小费尔迪南成长的过程中她付出了无数的艰辛,以至于小费尔迪南

---

① Louis-Ferdinand Céline: *Voyage au bout de la nuit*, Paris: Edition Gallimard, 2011, p. 95.

② Frédéric Vitoux: *Louis-Ferdinand Céline, Misère et paroles*, Paris: Edition Gallimard, p. 164.

③ Julia Kristeva: *Pouvoir de l'horreur*, essai sur l'abjection, Paris: Edition Seuil, 1983, p. 186.

说，"为了养活我，她什么事情都做过，我真不该出世！"①"高贵的母亲"与"卑贱的母亲"形成了一种二元对立，高贵的母亲专注于主人公的精神层面，教育与爱；卑贱的母亲则以日夜不停的劳作维持主人公赖以生存的物质层面。对于小说主人公来说，母亲的双面性呈现了同样的悲剧性，高贵的母亲与卑贱的母亲通过不同的方式促成了主人公悲观性格的形成。

二、"仙女""女巫"与"女性的肉身"

除了母亲的形象之外，"仙女""女巫"与"女性的肉身"同样是塞利纳作品女性形象塑造过程中不可忽视的群体。塞利纳笔下的"仙女"形象是通过《木偶戏班》中维尔吉妮与"德国三部曲"中的莉莉两个主要人物展现出来的。这两个人物一个是主人公塞利纳爱慕的少女，另一个是伴随主人公塞利纳-德都什逃亡的妻子。

《木偶戏班Ⅱ》是一部充满纯粹的想象与诗意的谵妄的作品，塞利纳对现实失去了兴趣，在这部作品中，他描述了一

---

① Louis-Ferdinand Céline: *Voyage au bout de la nuit*, Paris: Edition Gallimard, 2011, p. 56.

个精彩的梦境。①《木偶戏班》中的维尔吉妮是欧科勒甘上校的侄女，是一个金发的窈窕少女，丰满，调皮，充满好奇心。对于主人公费尔迪南来说，她是一个"仙女"一样的存在，主人公以一种直白的方式这样表达出来：

> 她是一个真正的仙女！她不再只是一个孩子！……小狗也能明白她说的话……她们在谈论我，谈论我的着装，我的行为……它用它的尾巴来回答她，它摇着尾巴，轻轻拍打着地毯……确实如此……她们意见一致……她应该也了解我……啊！突然间仿佛进入了另一个世界！②

塞利纳赋予了维尔吉妮一种"仙女"的特质，甚至能够与动物沟通，正如童话故事中仙女总有动物的陪伴一样，维尔吉妮和她的小狗构建出了"另一个世界"。维尔吉妮是一个年轻女孩，《木偶戏班》中的费尔迪南对她一见钟情并且被她

---

① Maurice Bardèche: *Louis-Ferdinand Céline*, Paris: La table ronde, 1986, p. 212.

② Louis-Ferdinand Céline: *Guignol's band*, Paris: Edition Gallimard, 2011, p. 277.

深深吸引,用尽言词描述她的美好:

> 一个非常年轻的女孩……一个小姑娘……很漂亮,
> 一个可人儿!……一个金发小孩儿,一个诱人的女
> 孩……我一下子就爱上了她……啊!真令人陶醉……
> 啊!一见钟情!……啊!美丽的蓝眼睛!……她的微
> 笑!……我爱极了这个娃娃!……[……]我什么也听
> 不见了,我悬在那里,什么也说不出来。[……]她穿着
> 短裙……多么优雅!她的腿多么迷人……[……]我所
> 知的仙女就是这个样子……①

塞利纳赋予了维尔吉妮轻盈的身姿,她展现出了塞利纳
对年轻舞蹈演员的最完美的幻想形象,塞利纳把她比作仙境
的舞者:

> 维尔吉妮毫无疑问是最优雅的……是一个充满诱
> 惑力的女孩……在音乐里她身轻如燕……所有人都仰
> 慕她……她美妙无比……她像旋风一样……不断上

---

① Louis-Ferdinand Céline: *Guignol's band*, Paris: Edition Gallimard, 2011, p. 254.

升……像梦－样……在各种曲调里……飞升……①

　　维尔吉妮的童贞与活力使主人公意乱神迷,他的意识很模糊,仿佛顷刻间自己也变成了一个孩子,经历了一种无法言说的愉悦。这种愉悦在不幸与快乐之间摇摆,在侵犯与享受之间摇摆。维尔吉妮时而被他赞扬,时而又被他诋毁。充实与空虚的感受不断在他心中交替。费尔迪南变成了自己受虐之恋的玩偶,不断地被自己疯狂的爱与嫉妒的想象所折磨。②维尔吉妮代表了女性一切的美好,费尔迪南一方面想去占有这种美好,另一方面又充满自卑与嫉妒,因此他时刻处于一种痛苦的矛盾之中。这种爱情的心醉神迷不可避免地将主人公引向一种自省,使他意识到自身的恶意。他最终在这种爱的迷乱中感觉到自己无法不带着暴力去爱,爱别人,或是因为美好的别人而爱自己,因为他的身体与心灵深处都深深隐藏着死亡,隐藏着他对自己的担忧,他

　　①　Louis-Ferdinand Céline: *Guignol's band*, Paris: Edition Gallimard, 2011, p. 699.

　　②　Philippe Destruel: *Céline, Imaginaire pour une autre fois, la thématique anthropologique dans l'œuvre de Céline*, Paris: Librairie Nizet, p. 180.

对别人的兴趣，只能是永恒而深切的痛苦。[①] 维尔吉妮使费尔迪南最终意识到了现实的沉重，使他再次产生了逃离痛苦境遇的想法。

"德国三部曲"中的莉莉与维尔吉妮一样与动物非常亲近。在整个战争之中，她的流浪过程都有小猫倍贝尔的陪伴，她同样与动物们接触和沟通，是动物们使她逃避了对死亡的恐惧，同样又能够在残酷的现实中永远保持着一丝希望。对于莉莉来说，"人类的悲剧她已经司空见惯，确实如此……但是动物的悲剧却没有人在乎过，而对于她来说，只有动物才存在着……时间过去，很多事情过去了……我想了想，觉得她是对的。"[②]莉莉的职业是芭蕾舞演员，芭蕾舞演员的轻盈与上升的动作使塞利纳联想到仙境。对于塞利纳来说，莉莉身上更呈现出了"仙女"的一切特质，舞蹈演员所应具备的一切，在她的身上甚至她的灵魂里都同样展现了出来："完全自然的和谐，身体与灵魂的舞者，异常高贵！

---

① Philippe Destruel: *Céline, Imaginaire pour une autre fois, la thématique anthropologique dans l'œuvre de Céline*, Paris: Librairie Nizet, p. 181.

② Louis-Ferdinand Céline: *Nord*, Paris: Edition Gallimard, 2012, p. 448 – 449.

[……]极美的姿态,她的内心从未有过任何犹豫和笨拙。"①
塞利纳小说中对于舞蹈演员的关注是非常值得注意的,其作
品中不断有舞蹈演员的出现。第一部作品《茫茫黑夜漫游》
题词献给带给他无数灵感的舞蹈演员、他曾经的伴侣伊利莎
白·克拉格。舞蹈,特别是芭蕾舞在塞利纳的想象之中具有
一种特殊的作用。它代表着一种上升,以摆脱沉重的肉身,
塞利纳以此来作为对人的本质的否定。②塞利纳笔下的"仙
女"人物,都同样是具有轻盈的可以上升的身体与高贵灵魂
的人,她们的灵魂使她们能够"从沉默中走出,带着更多的幸
福引导我们走向不同的道路。"③

　　塞利纳笔下的女性人物中,还有一类具有灵魂却与邪恶
相关的形象,即"女巫"。"女巫"这一形象具有迷惑性,同样
也具有伤害力,甚至会致人死亡。《茫茫黑夜漫游》中后方医
院里准备将受伤的士兵们重新送往战场、鼓励他们再次参战
的女护士们就充当了"女巫"的角色,而医院的女看门人,利

---

①　Louis-Ferdinand Céline: *Féerie pour une autre fois I*, Paris: Edition Gallimard, 2011, p. 123.

②　André Derval, «Je suis tout à la danse», in *Magazine littéraire*, hors série N° 4, 4° semestre 2002, p. 35.

③　*Cahier Céline 3, Les derniers jours de Semmelweis*, Paris: Edition Gallimard,1977, p. 94.

用她与康复期的士兵们的性关系来发现和告发弄虚作假者，把他们送上断头台：

> 女看门人住在校门口靠近栅栏的小屋里，她卖给我们麦芽糖、橘子和缝补衣扣的用品等。另外她还卖给我们欢快。她与低级军官交欢一次要十法郎。人人都可以去买欢快，但是得提防在交欢时吐露真心话，否则就会付出昂贵的代价。如果你说了知心话，她便一五一十向主任医生做小报告，那你的情况就进入军事法庭的档案。据可靠说法，一个不满二十岁的北非籍下士，一个吞下铁钉制造胃痛的工程预备兵，都是因为说真话让她搬了嘴而被枪毙的。[①]

康复期的战士们为了寻欢作乐受到女看门人的诱惑，因为"她干房事的本领很高明"，但是这种诱惑之下是死亡的深渊。女看门人殷勤中显示出了杀机，这种杀机将女性形象"恶"的一面表露无遗。塞利纳笔下的"女巫"通常是与性相关的，因此女巫的"性"本身便与杀机与死亡密切相关。塞利纳

---

① Louis-Ferdinand Céline: *Voyage au bout de la nuit*, Paris: Edition Gallimard, 2011, p. 62.

的作品中有时以青绿色呈现这种死亡。青绿色即死尸开始腐烂时的颜色，《别有奇景》中的咪咪委身于于勒时便呈现出这种颜色："她开始浑身赤裸，一丝不挂！……她的身体，可以说是青绿色的！……"[1]"女巫"自己化身为死亡，她如一具行尸，与她发生性关系的同时，就是与死亡、与恶结为一体。

《茫茫黑夜漫游》中的玛德隆也是"女巫"形象的代表，她爱上罗班松，最后因罗班松的拒绝而枪杀了他。与其他"女巫"式人物不同的是，玛德隆最初并没有心怀杀机，而是按照自己的方式计划了两个人的未来，以罗班松作为自己美好爱情的寄托。罗班松"漫游"到图卢兹遇到玛德隆，正如在海上漂泊的奥德修遇到了卡吕普索，玛德隆与卡吕普索一样，强迫自己喜欢的人与自己结婚，并许以各种长久的期待。奥德修离开海岛返回故土之时，卡吕普索只是含泪惜别，而玛德隆面对罗班松"一切都叫我受不了！不仅仅是你！"[2]的解释时，她对罗班松的态度便急转直下，对于这个毁了她的爱情理想与生活理想的男人，她认为"非得把他杀了才能使他不再信口雌黄！对这样的畜生，坐大牢是不够的！下流的臭权

---

① Louis-Ferdinand Céline: *Féerie pour une autre fois II*, Paris: Edition Gallimard, 2011, p. 509.

② Louis-Ferdinand Céline: *Voyage au bout de la nuit*, Paris: Edition Gallimard, 2011, p. 493.

杆！坐大牢是不够的,应当让他上断头台！"①最终玛德隆开
枪杀死了罗班松,消失在茫茫黑夜的尽头,同时也以死亡给
巴尔达缪与罗班松的"漫游"画上了终止符。"女巫"的形象
在塞利纳的创作中是与死亡密切相关的。女性的美对于主
人公来说是抵御空虚与死亡的良药②。与"仙女"相比较,
"女巫"同样具有美好的、诱人的肉身,但是她们的灵魂是邪
恶的,"女巫"的出现,不断使主人公直接或间接地陷入死亡
的恐惧之中。

　　塞利纳笔下的主人公所交往过的女性人物,除了"仙女"
与"女巫"两类具有灵魂的女性人物之外,还有一类是没有灵
魂的"女性的肉身"。对于主人公来说,这些女性不过是有着
女性性征的肉身躯壳,空洞而充满欲望。这类人物的突出代
表是《茫茫黑夜漫游》中,已经因病手术切除子宫且经营"肉
体生意"的埃洛特太太,《分期死亡》中的小费尔迪南的姑妈
也同样被归于此类:

---

① Louis-Ferdinand Céline: *Voyage au bout de la nuit*, Paris: Edition Gallimard, 2011, p. 494.

② Pierre Lainé: *Qui suis-je ? Céline*, Grez-sur-Loing: Pardès, 2005, p. 40.

　　我父亲的姐姐，我的埃莱纳姑妈，她的人生经历更加不同寻常。她的风帆鼓满了风。她一路漂泊，来到了俄罗斯。她在圣彼得堡沦落风尘。没过多久，她就要什么有什么了：豪华四轮马车，两个雪橇，一座归她独有并且以她的名字命名的村庄。她连续两次来过廊巷看我们，衣着华丽得就像一个王妃，幸福得不得了，一言难尽。可她没什么好下场，后来惨死在一名军官的枪弹之下。她身上没有意志力。只有肉体，欲望，靡靡之音。爸爸一想到她就想吐。母亲在得知她的死讯之后下了个结论："死得够惨的！但自私自利者就该是这种下场！"①

　　塞利纳通过小费尔迪南父母之口表达了对这类没有灵魂，"只有肉体，欲望，靡靡之音"的女性人物的评价，她们是卑贱的，肮脏的，令人作呕的，即使死去也是毫无意义。她们通过女性的肉体获得一切物质的满足，但是精神上依然是空洞无物的。《分期死亡》中，塞利纳便将每天衣着繁复、无所事事的女顾客们比作"戴重孝的鸟"②，以突出她们没有灵魂

---

　　①　Louis-Ferdinand Céline：*Mort à crédit*，Paris：Edition Gallimard，2011，p. 61.

　　②　*Ibid.*，p. 57.

的本质。

　　塞利纳的主人公遇到的女性人物中，只有肉体没有灵魂的女性居于多数。《分期死亡》的开端提到的两个女人，主人公的秘书维特鲁夫太太及其外孙女米海伊。维特鲁夫太太"真的好讨厌，面目可憎，做事可恶"[①]，米海伊则"集所有女人的恶习于一身，真的是恶贯满盈，一肚子坏水"[②]。塞利纳对两个女性人物除了"恶"的定性之外，更重要的是对她们的"性"的描述。

　　　　维特鲁夫大妈身上散发出一种胡椒味。红棕色头发的女人常常都这样。我想，这些红棕色头发的女人就是畜生的命吧，这种粗野、悲惨的动物性特征与生俱来。当我听见她扯着嗓门说起往事的时候，我好想把她打翻在地……她总是欲火焚身，却很难找到人让她获得满足。除非那人是酒鬼，并且是在深更半夜的时候，否则她是没有机会的。［……］她没有积蓄，日子捉襟见肘，这没什么好说的。为了挣钱养活自己，小小地享受一

────────────

　　① Louis-Ferdinand Céline: *Mort à crédit*, Paris: Edition Gallimard, 2011, p. 19.

　　② *Ibid*.

下,她就得缠住一个客人,给他惊喜,或者趁他疲惫不堪
无力抵抗的时候把他俘获。<u>这种生活跟在地狱里有什
么两样呢</u>。[1]

将维特鲁夫太太归于"恶人"之后,塞利纳立刻呈现出她
的"动物性"的本质:她是没有灵魂的人,生来就具有"粗野、
悲惨的动物性",只关心肉体的欢愉,但是肉体的欢愉并没能
够给她带来快乐,她依然只能过着地狱般的生活,"一直生活
在对孤独的极度恐惧中"[2]。没有灵魂的肉体,正如行尸走
肉一般,已经接近了死亡,却不得不苟延残喘。女性的性征
成为她痛苦的根源。她的侄女米海伊则是一种对立性的
存在:

> 该看看她的臀部!那屁股真让人触目惊心……她
> 短裙皱巴巴的……为了让它显得更加突出……就像有
> 褶裥的手风琴似的。那些失业的人很急切,很饥渴,可
> 就是没有钱……于是大吵大闹。"你的屁股!"他们朝她

---

① Louis-Ferdinand Céline: *Mort à crédit*, Paris: Edition
Gallimard, 2011, pp. 20 - 21.

② André Smith: *La nuit de Louis-Ferdinand Céline*, Paris:
Bernard Graset, p. 106.

大喊大叫……劈头盖脸。在走廊的尽头，他们的阳具不断枉然地勃起。①

　　两个"女性的肉身"存在于主人公的身边，分别代表了"不足"与"过度"，她们的肉体享乐永远没有"恰好"的存在，总是令人失望的。两个人物在主人公身上也唤起了同类女性的经验。维特鲁夫太太代表了小费尔迪南童年时期所遇到的纵欲无度的女性。与父亲一起送货时，因为被父亲训斥，小费尔迪南委屈地一直哭到了女主顾家里，这位女主顾的淫荡让小费尔迪南不知所措：

　　　　女主顾她想安慰我。她倒了一杯白兰地给我父亲。她跟他这么说道："我的朋友，把桌子擦亮一点吧，淋了雨，我担心会起黑斑……"女佣把一块抹布递给他。他开始干活。女主人叫我跟他过去，要拿糖给我吃。我跟着她进了卧室。[……]她猛地掀开身上的晨衣，把大腿一览无余地暴露在我面前，很粗的大腿，还有她的屁股，她那毛茸茸的小土丘，真是个野人！她用手指在小丘里

---

　　① Louis-Ferdinand Céline: *Mort à crédit*, Paris: Edition Gallimard, 2011, p. 21.

面胡乱鼓捣起来……"你看，我亲爱的小宝贝！……过
来，我的爱人！过来吮吸我那里面！……"①

　　女主顾对小男孩的欺侮同样也将她与"恶"和性的饥渴
联系起来。没有灵魂的女性是丑恶的，令人作呕的。她们永
远无法飞升至幻境，只能永远带着沉重的肉身紧贴大地，无
限地接近死亡的命运。米海伊的"触目惊心的屁股"使她与
英国语言学校的校长夫人诺拉非常相像，小费尔迪南曾经对
诺拉的臀部非常迷恋："她并不只是长着一个漂亮的脸蛋，她
的美臀也让人拍案叫绝……这屁股饱满、内敛，既不大，也不
小，在短裙里面浑然一体，可谓肉体的盛宴……"②诺拉对于
主人公来说，原本是仙女一般的存在，而由于语言学校的倒
闭，诺拉因为这场失败而放弃了理性与灵魂③，最终引向堕
落，坠入了凡间，与小费尔迪南疯狂交欢后投河自尽。

　　"母亲""仙女""女巫"与"女性的肉身"这四类女性形象，
在塞利纳的作品中形成了女性的群体。她们从各自形象的

---

　　①　Louis-Ferdinand Céline: *Mort à crédit*, Paris: Edition
Gallimard, 2011, p. 59.

　　②　*Ibid*. , p. 235.

　　③　André Smith: *La nuit de Louis-Ferdinand Céine*, Paris:
Bernard Graset, p. 108.

不同特征角度对主人公的塑造产生了不同的影响，同时丰富了小说的内容，增加了情节的起伏。从每一类女性人物的形象特征来看，塞利纳对于女性人物的塑造，主要源于两种二元对立，即高贵/卑贱的对立，与灵魂/肉体的对立。这两种二元对立结合起来，便可以清晰地建立起女性人物塑造过程中的形象矩阵：

高贵　　　　　**卑贱**

（有灵有肉："仙女"与"沉默的母亲"）　（无灵无肉："卑贱的母亲"）

X

非卑贱　　**非高贵**

（有灵无肉："女巫"）　　（有肉无灵："女性的肉身"）

塞利纳作品中，"高贵"的女性人物是具有灵魂的，她们身上展现的是灵魂与肉体结合的美感，她们的灵魂会通向上升与解脱，对主人公产生了帮助与有益的影响。"沉默的母亲"莫莉与外婆卡罗琳娜、"仙女"维尔吉妮和莉莉都属于灵肉结合的高贵女性。她们之间又稍有不同："沉默的母亲"的肉体之美与"仙女"的肉体之美并不相同，塞利纳并没有像描绘"仙女"一样盛赞两位"沉默的母亲"的女性外表，而是分别强调了她们的健康之美，这种美对于莫莉来说体现在她的丰腴健壮，对于外婆来说则体现在她不停地劳作。高贵的女

性,对于塞利纳来说是"有灵有肉"的女性。"卑贱"的女性是
没有灵魂的,她们的肉体沉重,使她们无法摆脱世间残酷悲
惨的命运,生活在死亡的威胁之中。同时"卑贱"的女性的肉
体也是没有意义的,它因其各种缺陷而缺少了女性的特征,
它既不能够呈现女性的美感,也不能够勾起男性的欲望。
"卑贱的母亲"克莱芒丝在塞利纳小说中就是这样一个"卑
贱"的代表。对于塞利纳来说,母亲的形象是"无灵无肉"的。
塞利纳笔下"女性的肉身"便是灵肉分离的代表。对于这类
人物的描述,塞利纳最常用的手法便是使其"动物化",呈现
其粗野的动物性,其身上呈现的荒淫肉欲是这类人物的最大
特征。她们也是塞利纳笔下"有肉无灵"的人物代表,在形象
矩阵中,属于"非高贵"的类型。"女巫"这类女性人物则呈现
出一种不同的特征,她们拥有灵魂,但是她们的灵魂往往是
邪恶并暗藏杀机的。她们的肉体具有诱惑性,但是她们更加
关注的是灵魂,如玛德隆一样,相较于肉体的欢愉,更加看重
自己的"爱情理想",并且因为"爱情理想"被毁灭而举枪杀
人。灵魂使她们具有上升的可能,但是她们身上暗藏的杀机
与死亡紧紧联系在一起,死亡使她们的灵魂背上了重负,无
法上升,因此她们是"有灵无肉"的"非卑贱"的人物。塞利纳
通过"灵与肉""高贵与卑贱"的对立,塑造了四类女性人物。
"高贵的女性"与"卑贱的女性"是绝对对立的。"沉默的母

亲"卡罗琳娜外婆的教育方式与对待小费尔迪南的看法便与
"卑贱的母亲"截然不同,主人公对待她们的态度也是喜欢与
厌恶两个极端;"高贵的女性"和"非卑贱的女性"有矛盾性的
存在,却并不对立。莫莉和玛德隆都有爱情理想,她们存在
着共同点,但是当她们的爱情理想化为泡影时,一个采取了
放手与原谅,另一个却采取了置对方于死地的极端方式,因
此导致主人公对于二人的态度也完全不同。巴尔达缪对于
莫莉是深情怀念,罗班松却想尽一切办法逃离玛德隆,最终
死亡使二者彻底分开。"卑贱的女性"与"非高贵的女性"也
同样存在矛盾却并不对立。"卑贱的母亲"克莱芒丝与"女性
的肉身"维特鲁夫太太等人同样不关心灵魂,但是母亲并不
以(无法以)肉欲为生存必须,其作为"女性"而存在的一面被
抹杀和忽视,而维特鲁夫太太等人的生活里,肉欲是其重心
所在,其形象甚至可以被女性的身体特征所替代(如米海伊
的臀部、戈洛日太太的乳房等)。

三、"幽灵""魔鬼"与谵妄

塞利纳的作品中,"幽灵"与"魔鬼"是一类特殊的"人
物",他们的存在体现了塞利纳小说中独特的叙事形式,对于
呈现作家写作技巧具有重要的意义。《茫茫黑夜漫游》中的
"广场幽灵"、《分期死亡》中的女巨人、《木偶戏班》中的米

勒·帕特、《别有奇景》中的画家于勒、《从一座城堡到另一座城堡》中的卡戎等形象,都以各自不同的方式呈现出了非真实世界的人物,这些人物与真实世界的人物形成对比,使塞利纳的视域中呈现出了真实与虚幻两个截然不同的世界。

《茫茫黑夜漫游》中巴尔达缪为了安慰失去情人的女伴塔尼娅,与她一起在一家咖啡馆喝酒。此时已至深夜,"黑夜如同一个深邃的巨洞,吞没了鳞次栉比的屋宇"①。巴尔达缪第一次见到了成群的幽灵:

> 小教堂上的时钟隔一段时间敲打一次,这一点越来越明显。再往前走便是死人的世界。死人开始在附近的小丘广场出现,从我们坐的地方看得清清楚楚,死人正通过迪法耶尔商场的上空向东而去。[……]我知道死人中间有倍贝尔,我甚至还和倍贝尔打了一个照面;离他不远便是那个流产的朗西姑娘,脸色苍白,这回她的五脏六腑全被掏空;还有许多我以前的病人,一些从来想不到的女病人;还有一些人,那个在森林里被打得死去活来的黑人单独躲在一片云里,我在托波的时候就

---

① Louis-Ferdinand Céline: *Voyage au bout de la nuit*, Paris: Edition Gallimard, 2011, p. 366.

认识他；还有格拉帕神甫和原始森林中的老上尉。[……]期间我还认出许多其他去世的人，认出的人越来越多，多得使我不好意思看他们：他们在我身旁生活多年，我却视而不见。①

这天夜晚聚集在城市上空的全是废物和幽灵，特别从附近公墓过来的死人更是名不见经传。但有一个小公墓却非同凡响，巴黎公社社员们鲜血淋淋地张着大嘴，好像要高喊什么，但喊不出来。云端死人们等着公社社员，等着拉佩鲁斯，他们等着航海家指挥这天夜里的集会。②

塞利纳提到《茫茫黑夜漫游》时曾说，"这是一部小说，但是它并不是'人物'的故事，确切地说这是一个幽灵的故事。"③这些"幽灵"，实际上都是在作品的叙事时间中逐渐消失的、逐渐被遗忘的人物。读者不断被"旅程"中的新人物所吸引，而渐渐对这些曾经存在的人物"视而不见"。作者把人

---

① Louis-Ferdinand Céline: *Voyage au bout de la nuit*, Paris: Edition Gallimard, 2011, p. 366-367.

② *Ibid*., p. 367.

③ J.-P. Dauphin et Henri Godard: *Cahiers Céline 1. Céline et l'actualité littéraire (1932—1957)*. Paris: Edition Gallimard, 1976, p.38.

物变成幽灵，这些人物便具有了幽灵的特性，他们可以随时随地出现在任何情节和背景之中，从而这些人物冲破了时间与空间的限制，使小说的时间和空间变得无限开放，即整部小说形成了一场没有尽头的、另一个世界里的狂欢。主人公巴尔达缪因此被定性为"在鬼魂的世界里行走的人、生活在鬼魂周围的人"①在离开美国之时，巴尔达缪也同样发出了这样的感叹："也许不完全是我的过错，是生活逼得我经常跟魂灵打交道啊。"②

　　《分期死亡》中的"女巨人"也是塞利纳小说中著名的"幽灵"之一。这个"女巨人"的形象是小费尔迪南高烧谵妄中的产物：

　　　　最后，我终于不吐了……但我还是浑身发烫高烧不退……我来了兴致……我万万没想到我的脑袋瓜还能装下那么多东西……一些稀奇古怪的念头。不可思议的情绪。开始我看到的是一片红……恰似一片充满鲜血的云……它来到天空中央……然后开始变形……它

---

① Nicolas Hewitt: *The Golden Age of Louis-Ferdinand Céline*, New York: Oswald Wolff Books, Berg Publishers, 1987, p. 75.

② Louis-Ferdinand Céline: *Voyage au bout de la nuit*, Paris: Edition Gallimard, 2011, p. 235.

变成了一位女顾客的模样⋯⋯而且身材出奇高大⋯⋯像巨人一般⋯⋯她开始向我们下达命令⋯⋯[⋯⋯]还有那个小加斯东,死去的精装书装订工中的一个,他特意跑回来,正在吮吸妈妈的奶。[⋯⋯]阿尔米德姑婆从公墓里出来,通报说她乘坐一辆敞篷四轮马车,到了廊巷的巷尾。她来这里兜一圈⋯⋯①

　　小费尔迪南上学后的第九天突然病倒,母亲认为他是因为吃多了牛轧糖,认为他给家庭带来了霉运。此时的小主人公高烧发烫,开始幻想自己的血液充盈成一片红云,进而以"女顾客"的形象飞升起来,逃离封闭的廊巷,逃离污秽之地。这个高空中的"幽灵队伍",很容易让我们将其与《茫茫黑夜漫游》中的幽灵广场联系起来,而女巨人带领的队伍,不但有死去的人,还有廊巷里所有的邻居、小商贩,甚至还包括所有能带走的钱财、物品,这场狂欢已经不分生死,幽灵与人一起进入了主人公的谵妄之中。女巨人最终把所有人抛在了万国博览的现场,"万博会"是当时的热门话题,是现实性的代表,谵妄之中的虚幻与现实同样难以区分,女巨人将人们

---

　　① Louis-Ferdinand Céline: *Mort à crédit*, Paris: Edition Gallimard, 2011, pp. 90 – 91.

从天空抛向大地，即从虚幻抛向现实，这种坠落是小主人公逃离之不可能的象征，同时也是毁灭的象征，呈现出一种世界末日的景象：

> 一时间狂风暴雨大作，凛冽的寒风从下面涌进来，冻得我们哇哇直叫……我们被冻结在河堤上，瑟瑟发抖，无人理会，陷入绝望。女巨人从路堤和三艘驳船之间飞走了！……廊巷里的所有邻居一个个脸色惨白，我一个人都认不出来了……她骗了所有人！女巨人带着无尽的赃物飞走了……万博会不复存在！……早就结束了！……我们已经听见狼群在往后林荫大道上嗥叫……
>
> 是时候开溜了……但我们都跑错了方向……很多人的脚没了……①

这种跌回现实之后的惨相，是谵妄之后的痛苦与失望的象征。主人公忍受着家庭的痛苦，最终以谵妄的形式爆发，借此逃避现实。但是谵妄中"跌落"的一幕恰恰说明这并不

---

① Louis-Ferdinand Céline: *Mort à crédit*, Paris: Edition Gallimard, 2011, p. 95 - 96.

是一种成功的逃离方式,谵妄后面对现实的痛苦,比现实本身更加凄惨。这种世界末日的意象,在呈现出跌落的痛苦的同时,也暗示了小费尔迪南在家庭之中的无法逃避的悲剧处境。面对"卑贱的母亲",小费尔迪南在谵妄之中幻想出一个无所不能的"女巨人",希望女巨人能够以母亲的形象带他到另一个世界,但是这种希望仍然只有破灭的结局。因为"死亡并不是免费的",为了抵达冥界,有时候甚至需要"分期付款"①。

  《别有奇景》中的画家于勒是塞利纳小说作品中一个特殊的人物形象。他并不是幽灵,但是他却以一种类似幽灵的形式存在着,更确切地说,可以被看做是一个人世间的"魔鬼"。塞利纳将于勒的形象描述成了一具尸体:"画家的内心是丑陋的,我就是这么想的……就像是一个母腹中的胎儿(……)你可以想象他的丑陋……他就像一具尸体……"②此外,塞利纳还不断地将其描述成一个死人、一个杀机腾腾的杀人犯,与骑着自行车飞上天空的主人公刚好相反:

---

  ① 关于这一点,参见第二章有关"摆渡人"卡戎的论述。

  ② Louis-Ferdinand Céline: *Féerie pour une autre fois Version B'*, in *Roman Ⅳ*, Paris: Edition Gallimard, 1993, p. 988.

　　他看着我两脚交替踏着自行车踏板！……他不再
跟我说话了！……他皱着眉……他缩了回去……他那
带着一脸怪相的头缩回了脖子里，缩得很深，非常深！
像是缩成一团的仇恨……他就像一个圆圆的无头魔
鬼……他的头在肚子里，在他的肠道里，低沉地噪叫
着……噪叫着！［……］他手里拿着锁链，准备杀死
我……①

　　这个充满恶意的"魔鬼形象"，与《木偶戏班》中的米勒·
帕特、《北方》中的冯·雷登是同一类人物，后两者也同样曾
经威胁过主人公的生死。于勒与米勒·帕特的相似之处在
于，两者虽然都是魔鬼，但是他们都具有迷人的一面②，米
勒·帕特是一个侏儒，他的身体"非常轻！……非常轻！"，他
被主人公推下地铁轨道致死之后，又以"还魂者"的身份重新
出现，在图伊图伊俱乐部，成了一个鼓手，于勒也同样有吹奏
铜号的能力。塞利纳的小说中，音乐代表了美好迷人事物，
但这并不能够说明二者身上便具有了"善"的一面。在《别有

---

　　①　Louis-Ferdinand Céline: *Féerie pour une autre fois Version B'*,
in *Roman Ⅳ*, Paris: Edition Gallimard, 1993, p. 175.

　　②　Frédéric Vitoux: *Louis-Ferdinand Céline, Misère et paroles*,
Paris: Edition Gallimard, p. 130.

奇景Ⅱ》中,于勒高踞磨坊之上,像是在指挥巴黎的"轰炸演出",场面恢宏,景象壮丽,但是这是一场罪恶深重的战争与死亡的表演,于勒被描述成"恶"的代表:

> 一千只火箭同时发射!从地平线的一端爆炸到另一端!我看到了赤道的雷暴!我看到了以前的战争中的轰炸回到了大地上回到了风景中,但是这样的火山般的疯狂的铺展激起了参与精神!……放弃善!呼唤恶!我看到了恶,并不是每个人身上都有的,我却对它了如指掌!(……)恶就在磨坊顶上![①]

《别有奇景Ⅱ》中,于勒的"恶"与战争的"恶"结合起来,使他成为战火中的恶魔,在轰炸声中彰显出他的欢乐。塞利纳作品中有关轰炸场景的描述,被克里斯蒂娃称为"世界末日的音乐"[②],在痛苦与杀戮构成的末日的狂欢中,于勒是至高的指挥者,指挥着恶的爆发。"还魂者"米勒·帕特与"魔鬼"于勒的不同之处在于,他被不明所以地"复活"之后,成为

---

① Louis-Ferdinand Céline: *Féerie pour une autre fois Ⅱ*, Paris: Edition Gallimard, 2011, p. 262.

② 克里斯蒂瓦:《恐怖的权力——论卑贱》,第218页。

一个卡戎式的冥河"摆渡人"。塞利纳将米勒·帕特与"船"的意象结合起来,使米勒·帕特驾船带着维尔吉妮和主人公到"地狱"的象征——图伊图伊俱乐部。

塞利纳作品中,"幽灵"与"魔鬼"以及"还魂者"的出现都与主人公的谵妄密切相关。当主人公处于谵妄之中时,这些"超现实"的人物便自然而然地呈现出来,构成一个与现实世界截然不同的虚幻世界。《茫茫黑夜漫游》中的"幽灵游行",将已经出现过的人物变成幽灵,巴尔达缪本人成为一个"通灵者"。《分期死亡》的开端,作者谵妄之中又遇见了这些幽灵:"我看见了成千上万只小船出现在左岸……每一条小船上的船帆下面都蜷缩着一个死人……还有他的故事……还有他为让船帆鼓满而撒下的那些小谎言。"①《从一座城堡到另一座城堡》中有关幽灵的情节,也同样是主人公谵妄之后脑海中产生的向北方寻找"死人王国"的故事,"民众号"上的幽灵们已经看到了丹麦的冰天雪地,漫游的尽头以及黑夜的尽头。"幽灵人物们"登上了幽灵船,驶往幽灵之地。幽灵即是去往"彼岸"过程中的死人,他们最终会由不同的"摆渡者"

---

① Louis-Ferdinand Céline: *Mort à crédit*, Paris: Edition Gallimard, 2011, p. 47.

陪伴，抵达"生命的另一端"[1]。

　　"谵妄"被认为是医学出身的塞利纳所特有的一种写作方式。谵妄是一种痛苦的病态，因此谵妄之中产生的幻觉也同样是对现实的病态扭曲。塞利纳小说中的某些章节中，主人公处于一种高烧、意识不清或是鬼魂附身的状态，这种状态会伴随着人物、事物和形势的逐渐变形，就像一场梦境，一切都不真实，但却具有预见性。[2] 谵妄只出现在主人公所承受的痛苦超出限度的时刻，此时主人公便会在非现实的世界里寻找一种庇护，暂时地逃离现实的痛苦。但这种逃离并不能够给主人公一种彻底的解决问题的方法，因为最终谵妄会将主人公抛到一个更为失望的境地。[3]通过谵妄而逃避到一个"非现实世界"，主人公所看到的是另一种痛苦、另一种悲伤，同样也会遇到另一些受害者，谵妄只是让主人公更加真实地看到了悲惨的现实与世界的死亡。[4] 与主人公的"漫

---

① Pierre-Maire Miroux: *Matière et lumière, la mort dans l'œuvre de Louis-Ferdinand Céline*, Paris: Société d'études céliniennes, 2006, p. 290.

② Maurice Bardèche: *Louis-Ferdinand Céline*, Paris: La table ronde, 1986, p. 150.

③ Frédéric Vitoux: *Louis-Ferdinand Céline, Misère et paroles*, Paris: Edition Gallimard, p. 103.

④ *Ibid.*, p. 110.

游"或"逃亡"相比较,谵妄本身也是一种精神上的"漫游"或"逃亡",其结果仍是将主人公引向世界的真相,通过谵妄之中短暂地逃离现实,主人公在意识回归之后往往会寻找到一种解决问题的可能性,进而改变自己对现实世界的态度。

除了谵妄而产生的"幽灵""魔鬼""还魂者"这些非现实的人物之外,塞利纳所描述的"物化的人"也与现实产生了一定的距离。《茫茫黑夜漫游》中对纽约机械化生产中的"把人变成机器"的描述、对非洲殖民地黑人的描述都是"物化的人"的典型例证。塞利纳将人的物化归因于技术的进步,他认为技术的进步并没有让人类的人性得以发展,反而使人与机器混淆起来,使人成为机器的奴隶,从而逐渐失去了自我的意识而与自杀无异。底特律工厂生产的情景非常能够说明这一问题:

　　在宽阔的厂房里,一切都在震动,你自己也从头震到脚,震动自上而下,来自玻璃窗、地板和废铁。震到后来,你自己也变成了机器,浑身的肉都在这震耳欲聋的嘈杂声中微微颤动,这声音钻到你的体内,在你的脑袋里转着,搅动着你下面的肠子,又蹿到了你的眼睛,像是在轻轻地敲着,迅速、无限而又不知疲倦。[……]必须从外部把生命扼杀,把生命铸成钢铁,铸成有用的东西。

正因为对生命爱惜得不够，所以才必须把生命变成物，变成结结实实的物体，这是规律。①

在《轻快舞》中，塞利纳也表达了对这种物化的控诉："地球不需要人类，它需要的是人科动物……"②在塞利纳看来，技术的进步和退步打乱了时间的进程，人类意识到这一点所带来的痛苦，是一件最为痛苦的事情，因为人类已经成为其自我毁灭之中的一个有缺陷的玩偶。③技术将人类变成了机器人，不再有任何思考与自省，失去了思考能力的人，已经不是一个完整的人，而成为一个行走的物品。

塞利纳通过"幽灵""魔鬼""还魂者""物化的人"展现出了一个"非现实人物"的群体。非现实人物的出现，构建了一个非现实的世界。主人公通过谵妄的方式发现这个非现实世界，感受到其中与现实世界不同的痛苦与死亡的样式，引起了他对现实世界及其自身的重新思考与审视。塞利纳小

---

① Louis-Ferdinand Céline: *Voyage au bout de la nuit*, Paris: Edition Gallimard, 2011, p. 235.

② Louis-Ferdinand Céline: *Rigodon*, Paris: Edition Gallimard, 2012, p. 219.

③ Philippe Destruel: *Louis-Ferdinand Céline*, Paris: Armand Colin, 2005, p. 88.

说中的非现实世界与现实世界并不是平行的、不相关的,而是相互影响与交织的。非现实世界的人物大多来自现实世界,是对现实世界的一种呼应与折射,主人公作为两个世界之间的"通灵者",不断尝试以非现实世界为庇护,逃避现实世界的痛苦,而这种逃避最终是失败的,无论他如何逃避,回归总是不可避免。塞利纳通过现实与非现实的对立,呈现了一个生死交织的世界。现实/虚幻、生/死两种二元对立构建起了塞利纳"非现实世界人物"的形象矩阵:

生　　　　死
（现实：主人公）　　　（虚幻：幽灵）

X

非死　　　非生
（虚幻中的现实：还魂者）　　　（现实中的虚幻：魔鬼、物化的人）

现实世界与非现实世界的对立,实际上是"生"与"死"的对立。主人公作为"通灵者",是非现实世界中唯一生存的人。而"幽灵"们则是死者的代表。以米勒·帕特为代表的"还魂者"虽然已死,却能够以"摆渡人"的身份再次回到人间,因此是以一种"非死"的状态存在;以于勒为代表的穷凶极恶的"魔鬼",与"物化的人",虽然活着,却被作者认为是被邪恶占满了灵魂或是没有思想与灵魂,如"尸体"或"机器",因此处于一种"非生"的状态。以"生"与"死"为标志的虚实对立的两个世界之间,存在着"非生""非死"这样的边缘地带,而主人公的"通灵者"身份,更将两个世界紧密结合起来。非现实世界成为主人公逃离现实世界的避难所,这种逃离往往是通过主人公失去意识、病态的谵妄而实现的。塞利纳通过非现实人物而构建出了一个"非现实世界",其意义在于通过非现实世界与现实世界之间的"过渡"与"边界"的概念突出主人公逃亡的欲望以及回归之后的失望,主人公穿越于现实与非现实的两个时空,却只能看到死亡的不同形式,以此将人物融入了小说的"时空"与"生死"两大主题。

小结

塞利纳笔下的人物世界纷繁复杂而又个性鲜明。主人公、女性人物、非现实人物分别呈现了塞利纳人物塑造过程中的不同层次的作用与意义。塞利纳选取了一个"小人物"作为其小说的主人公,并且以这个"小人物"贯穿了八部小说,叙述了他的童年、青年、成年、暮年的人生经历,并以一种"反普鲁斯特"的形式将主人公与作家自身经历的关系逐渐紧密结合,呈现出愈来愈真实的叙事效果。主人公从童年的"受害者",成长为"流亡者",最终在特殊的历史时期以"编年史家"的形象记叙了历史的真实面貌。塞利纳以这样一个普通小人物的形象代表了战争期间的法国大众,以主人公的"流亡"的形式刻画各种社会关系与战争景象,以呈现历史的真实性与复杂性,因此作家更加关注的并不是人物的内心,而是人物所生存的外部世界。外部世界不断地对主人公的命运产生影响,其中外部世界的人物也同样影响了主人公形象的塑造。塞利纳以高贵/卑贱、灵魂/肉体两对二元对立关系塑造了"沉默的母亲""卑贱的母亲""仙女""女巫""女性的肉身"等各类女性形象,并以这些女性形象对主人公的影响与改变从侧面突出了主人公生活轨迹的变化、梳理了主人公思想与个性发展,使主人公的特征以更加立体和丰富的形式呈现在读者面前。非现实人物以"幽灵""魔鬼""还魂者""物化的人"等形象出现在主人公身边,使主人公能够在一个"非现实"的世界里反观自身思考命运,并最终在不可抵抗的回归中对现实达到一种崭新的认识。塞利纳通过"时间与空间""生存与死亡"之间的人物的塑造,将小说人物与主题紧密结合起来,其小说有如诺亚方舟将战争时期的各色人物收入其中,以个性鲜明的人物形象与各种复杂的人物关系实现了其"编年史家"的历史书写。

第四章　文本开放性研究

　　塞利纳小说作品的经典意义不仅体现在其自身的叙事手法、人物塑造与主题风格方面，更体现在其在文学文本网络之间的互动作用。本章以互文性为手段，通过三个侧面对塞利纳作品的文本开放性进行研究。首先是以《木偶戏班》为主要研究对象，探讨塞利纳小说作品内部的互文关系，力图揭示出塞利纳小说作品内部叙事结构、主题与风格的一致性。塞利纳通过自我复写与自我仿作，将自《茫茫黑夜漫游》而始的"旅行""死亡""战争"等主题贯穿其八部小说之中，使其小说作品构成了一个完整的"战争叙事"。其次是通过分析《茫茫黑夜漫游》与同时代作品《追忆似水年华》之间的互文关系，以揭示塞利纳通过对普鲁斯特作品的参照与置换，将普鲁斯特女性人物塑造方法与时间维度引入了自身作品之中,由此阐明了"文学记忆"对写作的影响,即既有文学作品在文学创作中的再现是文学传承与颠覆的基础。最后将大江健三郎作品《静静的生活》与《轻快舞》进行深度剖析,挖掘出大江健三郎在写作中对塞利纳作品的吸收与转换成分,从一个侧面展现塞利纳作品对后世作家的国际性影响。这三个研究侧面,分别关注了文学文本的三个维度:即同一作家作品之间的相互关联、作家对既有作品的吸收与转换以及对后世作品的影响。

第一节　"自我复写"的建构及意义

——《木偶戏班》与塞利纳早期作品之间的互文关系

《木偶戏班》[①](Guignol's Band)是塞利纳作品中较特殊的一部。它的特殊性首先体现在它的时间节点上。出版于1944 年的这部小说,是塞利纳结束了近八年(1936—1944)的"反犹主义小册子"时期,回归小说创作的标志。其次,《木偶戏班Ⅱ》(《伦敦桥》)出版于塞利纳逝世后,与《木偶戏班Ⅰ》之间有二十年的时间间隔,七星文库版塞利纳全集第三

---

① 一译《丑帮》。

卷还收录了部分被认为是"《木偶戏班Ⅲ》"的文字，使《木偶戏班》成为一个未完成的系列，这在塞利纳的创作中仅此一例。最后，从其描写内容上来看，之前的《茫茫黑夜漫游》与《分期死亡》都是以法国境内为主，《木偶戏班》则独自构成了"伦敦小说"系列。《木偶戏班》长期以来一直被认为是塞利纳的次要作品，塞利纳本人对《木偶戏班Ⅱ》的搁置，更加深了这样的论断，使《木偶戏班》从某种程度上成为一部相对"孤立"且被忽略的小说。《木偶戏班》究竟是延续了塞利纳的小说创作脉络，还是仅作为从"反犹主义小册子"时期回归小说创作的一种过渡性尝试，在评论界莫衷一是。相较前两部小说，《木偶戏班》无疑是一部全新的作品。但它并不是一部孤立于塞利纳小说创作计划之外的特殊之作。塞利纳的完整写作计划旨在创作"童年—战争—伦敦"三部曲。① 从其八部小说的内容中我们可以分辨出《分期死亡》《前线》《木偶戏班》分别对应了其写作计划的三个部分，《木偶戏班》正是其写作计划的重要一环。遗憾的是塞利纳并没有将整个计划完整实现。从主题方面来看，《木偶戏班》中仍以塞利纳小说作品贯穿始终的"战争"为主题。从其内容方面来看，

----

① Henri Godard: Préface de l'édition Pléiade, tome Ⅲ, Paris: Edition Gallimard, p. Ⅺ.

《木偶戏班》中提及了前两部小说中的某些人物,其芭蕾舞的
描述也同样延续之前的创作。《木偶戏班》的书名选择也与
前两部小说一样,具有深层指涉意义,并与塞利纳创作中的
"死亡"主题密切相关。法语中,"*Guignol*"一词总是和戏剧
有关,"*Grand Guignol*",既表示给孩子们表演的木偶,也指
笨拙的喜剧演员或小丑。《木偶戏班》中叙述者描述了一战
期间旅居伦敦的愚蠢可笑的自己,正是对小丑角色的明显影
射。① 除了自我指涉之外,塞利纳还将一战期间的伦敦人描
述成了巨大舞台上的木偶,在伦敦的城市中上演着一场真实
的木偶剧。此外,《木偶戏班》还意味着与厄运相连的一个群
体。"*band*"一词在英文中来源于"*bind*",即"相连",*Guignol*
来源于"*guigner*",古法语中的含义是"偷看",由此引申出
"厄运之眼",而其名词形式"*guigne*"则有"厄运,倒霉"
之意。②

---

① O'Connell, David, « Louis-Ferdinand Céline：An introduction. » *Critical essays on Louis-Ferdinand Céline*. Ed. William K. Buchkley. Boston：G.K. Hall，1989. pp. 119 – 120.

② Denise Aebersold, « La quête parodique de la fleur du Tibet：Symbolisme du voyage dans Guignol's Band » *Actes du colloque international de Londres L.-F. Céline 5 – 7 juillet 1988*，Paris：Editions du lérot & Sociétés des Etudes Céliniennes，1989. p. 13.

虽然《木偶戏班》在塞利纳创作中具有一定的特殊性，但是它仍属于塞利纳小说创作计划的一个重要部分，从主题、风格、语言特色以及小说内容角度来看，《木偶戏班Ⅰ&Ⅱ》与自《茫茫黑夜漫游》起的其他六部小说一起构成了统一的整体，其与早期的《茫茫黑夜漫游》和《分期死亡》之间的关联更加紧密，塞利纳在《木偶戏班》中以"自我复写"的方式重建了前两部作品中的重要主题及意象，并通过这种建构使其写作风格日趋成熟。

一、 叙事结构的复制

《木偶戏班》的开端描述了1940年奥尔良桥被轰炸的事件，剧烈的爆炸声先于一切词语——"*Braoum*! *Vraoum*!"①两个拟声词开启了塞利纳又一部"街砖"一样的大部头作品。这部被称为"伦敦小说"的作品，将其写作背景设定为一战期间的伦敦。作者的描写对象仍是社会的最底层："《木偶戏班》描述了流氓们、吃软饭的男人们、皮条客、妓女们、疯子们和盗贼们……它向我们展示了各种卑贱粗俗的行为、各种犯

---

　　① Louis-Ferdinand Céline: *Guignol's Band Ⅰ et Ⅱ*, Paris: Editions Gallimard, 2011. p. 13.

罪与疯狂,就像是一份如实地反映世界的证词。"①塞利纳每部作品的开端都非常有特色。《茫茫黑夜漫游》著名的开端中是两个人的对话,"我可什么也没说,是阿蒂尔·加纳特让我说的。"主人公完全是一种被动无奈的姿态。《分期死亡》的开端则暗示了承接《茫茫黑夜漫游》的末尾,"我的房间里来了好多人,他们滔滔不绝地说了好多事情。"②无论是前者的"双人对话",还是后者的"好多人的滔滔不绝",都是作者刻意营造出来的一种众声喧哗的复调效果。《木偶戏班》继承并发展了这种方式,开端不但有各种对话呈现,更以奥尔良桥被炸毁的巨大声响作为这种复调性的背景音,增强了恢宏的气势。《木偶戏班》的开端开门见山地将塞利纳小说体系中"毁灭"这一主题浓墨重彩地渲染出来:自《木偶戏班》以来,新词与拟声词充斥其中,或许是因为塞利纳后期作品是战争编年史,而现代战争,直到广岛原爆,都是以吵闹喧杂为标志。③ 这个开端使得《木偶戏班》自然而然地贴上了塞氏

---

① Jacques de Lesdain, A propos de Guignol's band, in *Aspects*, 2 juin 1944.

② Louis-Ferdinand Céline: *Mort à crédit*, Paris: Edition Gallimard, 2011, p. 1.

③ Philippe Alméras: "Céline: L'Itinéraire d'une écriture", in *PMLA*, Vol. 89, No. 5 (Oct., 1974), pp. 1090—1098. p.1094.

独有的复调性标签,而其承上启下的作用也呈现出来。此外,在其"回忆性结构"方面,《木偶戏班》也完全按照《分期死亡》所开启的模式承袭下来,即先叙述当下的事件,随后逐渐转入大篇幅的回忆之中。塞利纳随后的小说也不断复制这一模式,并且在后期的小说之中将"现在/过去"之间的切换变得更加频繁,以此"不断打破读者的想象并使其将注意力集中到作家本人身上。"①这也是为什么后期作品的自传性较之前期更加明显。塞利纳的八部小说,正是通过不断地自我复制和自我引用而呈现为一个统一整体,其作品间的互文关系也因此愈加凸现出来。

《木偶戏班》作为过渡性的作品,其对前两部作品的承袭是非常明显的。从其叙事结构方面来看,"火"的意象的复写及其与叙事结构之间的关系的重构是最为突出的表现之一。"火"的意象在《茫茫黑夜漫游》的开端便铺展开来。主人公巴尔达缪第一次目睹两军交火,就看到了上校被活活炸死。塞利纳用"火"的意象来描述这场死亡:

> 我记得上校刚说完"那么面包呢?"一切都完了。只

---

① Philippe Alméras: "Céline: L'Itinéraire d'une écriture", in *PMLA*, Vol. 89, No. 5 (Oct., 1974), p.1096.

剩下火以及炮火的声响。这种声音，没有经历过的人是难以想象的。眼睛、耳朵、鼻子、嘴巴，都满是炮火声，我心想这下完蛋了，我自己也成了火与炮火声的一部分了。①

"火"的第一次出现，便与战争、死亡紧密相关，置人于死地的战火正是主人公逃离战场的理由："从监狱里能活着出来，从战争中则不一定。"②在随后的任务中，巴尔达缪发现四周处处有村庄着火："天天被包围在火中间，四处烈火熊熊，仿佛大乡小镇一起点火庆祝什么古怪的节日，火焰直冲云霄，形成一派火连天、天连火的景象。一切都被火焰吞没，教堂，谷仓，一处接着一处起火……"③塞利纳不仅以火来描述战争的凶残，同样以火的意象突出了作品的悲观主题。在一片漆黑的"茫茫黑夜"中，"有火观看时，黑夜好看多了，不那么难熬了，不那么孤独了"④：战争的黑暗中，唯一的亮光竟是将村庄与森林烧得荡然无存的火、毁灭一切的火。作为

---

① Louis-Ferdinand Céline: *Voyage au bout de la nuit*, Paris: Edition Gallimard, 2011, p. 17.

② *Ibid*., p. 15.

③ *Ibid*., p. 29.

④ *Ibid*.

士兵的巴尔达缪，不是挺身而出去杀敌，而是冷眼旁观着被
毁灭的一切，因为"不能进也不能退，只能排着队去送死"①。
火是死神眼中的烈焰，是战争之火也是地狱之火。为了躲避
"火"带来的死亡的威胁，主人公想方设法逃离了战场，回到
了后方的巴黎。"火"的意象不断地推动着主人公的思想变
化，从而推动着情节的发展——主人公离开非洲的小茅屋
时，也放火烧毁了茅屋，"烈火熊熊，账就此清算了"②。"火
净化一切"③，战争与殖民地就此被主人公抛在脑后，几乎不
留任何痕迹，他继续追寻着他的"黑色太阳"罗班松所走的方
向，尽管这是一段"多灾多难"④的旅程。

《木偶戏班》将"火"的意象与叙事情节的发展之关联演
绎得更加淋漓尽致。塞利纳在《木偶戏班》中有意识地将
"火"与每一次叙事的转折联系起来，使"火"具有了一种结构

① Louis-Ferdinand Céline: *Voyage au bout de la nuit*, Paris: Edition Gallimard, 2011, p. 30.

② *Ibid.*, p. 176.

③ *Ibid.*, p. 175.

④ *Ibid.*, p. 176.

性的意义。① 主人公费尔迪南初到伦敦,一直处于皮条客卡斯卡德的庇护下,而在"丁拜"酒吧中费尔迪南、波洛与卡斯卡德发生争吵,波洛最终将酒吧引爆:"房子被炸了! 真是壮观! 火光熊熊! ……啊! 他妈的! 我看见了! 他妈的! 是他! ……他把那东西扔进了火焰里!"②此次爆炸之后,费尔迪南不得不离开卡斯卡德的庇护,畏罪逃亡:"丁拜爆炸后,我经历了怎样的溃退! 怎样的历练!"③这次逃亡也结束了小说的第一段叙事。第二段叙事开始,费尔迪南又在当铺老板克拉本那里找到了避难所,但这个避难所最后也同样被波洛引爆,克拉本被炸死,他的房子被焚烧殆尽:"人们看着房子燃烧着,克拉本的房子……我却想着另外的事情! ……没有什么像火焰这样吸引人,尤其是当它飞舞着,喷射着,向着天空飘荡着……"④这场火的结果,仍是使费尔迪南面临着不可改变的逃亡命运。小说的最后一段叙事即展开于此次

---

① Alain Cressciucci: « Mise à feu, le thème du feu dans Guignol's band », *Actes du Colloque international de Toulouse L.-F. Céline* (5 – 7 *juillet 1990*), Paris: Editions du Lérot & Société d'Etudes Céliniennes. p. 78.

② Louis-Ferdinand Céline: *Guignol's band*, Paris: Edition Gallimard, 2011, p. 104.

③ *Ibid.*, p. 109.

④ *Ibid.*, p. 172.

逃亡。逃亡中费尔迪南遇到了伪装成中国人的索斯泰纳，而小说的结局，人们在庆祝"费尔迪南圣日"时，码头发生了爆炸。

塞利纳有意将三次爆炸、三次火光冲天的景象作为《木偶戏班》的叙事节点，将"火"的意象与小说的叙事结构联系起来。"火"的意象在《木偶戏班》中的应用显然比在《茫茫黑夜漫游》中更具结构意义。在《木偶戏班》这部完全没有正面战争场面描写的小说中，"火"的意象将战场的硝烟引入了文本之中，将《茫茫黑夜漫游》中的两军交火、村庄的漫天大火变成了各种爆炸后的火光，被火焚烧的酒吧、房子与码头集中代表了后方的平民生活。通过三场大火，塞利纳表述了战争不仅仅是战场的硝烟，被卷入这场战争的所有人，都无法逃离战争这场大火，无法逃离死亡的威胁与逃亡的命运。[①]特别是其中的第一场火的影射十分明显：这场火始于波洛投放炸药后的两个拟声词："*Vrang！Brang！*"这两个拟声词正呼应了小说开头奥尔良桥被轰炸的场景：塞利纳用"*Braoum！Vraoum！*"两个拟声词开启了《木偶戏班》的叙

---

① Pierre-Marie Miroux: « Du Pont de Londres à Guignol's Band Ⅲ: hantise de la guerre et de la mort dans l'écriture de Céline » *Actes du seizième colloque international Louis-Ferdinand Céline*: *Céline et la Guerre*, Paris: Société d'études céliniennes. p. 221.

述，也创立了小说中熊熊烈火的叙事意象。

《木偶戏班》中"火"的意象不仅与《茫茫黑夜漫游》紧密相关，也将《木偶戏班》与《分期死亡》联系起来。《分期死亡》中呈现的"火"并不是战争之火，而是"心理之火"，即"谵妄之火"。《分期死亡》的叙事开始不久便讲到主人公生病高烧不退，进入了一场谵妄之中，无数次梦见失火的场景：

> 整个世界都被烧光了，只剩下滔天的火光……一片可怕的火光带着一根撬棍嗡嗡地从我的大脑间穿过，翻搅里面的一切……用剧痛把我撕裂……它狼吞虎咽地啃食着我脑子里的东西，就像在吃一碗熊熊燃烧的面包汤……那根撬棍便是它的汤勺……它从此与我形影不离……①

在《木偶戏班》中，费尔迪南得知维尔吉妮怀孕后不久便陷入谵妄之中，疯狂地喊道：

> 我只看到了火！周围是一片火海！我的小木桶烧

---

① Louis-Ferdinand Céline: *Mort à crédit*, Paris: Edition Gallimard, 2011, p. 98.

起来了！那是格林威治的火灾！所有的一切都喷射出来，漫溢出来，投身到火红之中，燃烧着，爆裂着！我大声呼喊，我艰难忍受，我四处求救！但愿人们把我身上的火扑灭！……①

《木偶戏班》沿用了《分期死亡》的谵妄场景，同样将谵妄与"火"的意象联系起来，将整个世界描绘成一片火海，火更在自己的身上"燃烧"，或是通过某种方式触及自身。在《分期死亡》中，火的意象是由主人公的高烧引起，但也同样表现了小说中无处不在的"毁灭"主题。② 只是此处的谵妄与疾病的关系更为紧密，作为病症发作的逻辑更加明显。在《木偶戏班》中，主人公首先通过"这就像是我的父亲"③来回忆起在《分期死亡》中父亲的暴力行为，在谵妄之中渴望着反抗，无意识的谵妄之中带着有意识的回忆与抗争，"火"的意

---

① Louis-Ferdinand Céline：*Guignol's band*，Paris：Edition Gallimard，2011，p. 542.

② Alain Cressciucci：« Mise à feu，le thème du feu dans Guignol's band »，*Actes du Colloque international de Toulouse L.-F. Céline（5 - 7 juillet 1990）*，Paris：Editions du Lérot & Société d'Etudes Céliniennes，p. 81.

③ Louis-Ferdinand Céline：*Guignol's band*，Paris：Edition Gallimard，2011，p. 541.

象不再只是"毁灭一切"的代表，更是回忆之火与复仇之火。《木偶戏班》中，塞利纳通过对《分期死亡》中的"火/谵妄"这一关系的复写与重建，也将两个文本历时性地连接起来，文本汇合之处，其主题更加鲜明而复杂地表现了出来。在《木偶戏班》之中，两处鲜明的"谵妄"情节，都将"谵妄"与"节庆"联系起来。[1] 谵妄中的火，如同一场肆虐的狂欢，本应出现的节庆的焰火变成了恐惧之火、战争之火，"火"的意象不断呈现在小说中，使《木偶戏班》成为塞利纳"暗夜"小说中唯一一部呈现出明亮的小说，只是这种明亮之源在于毁灭一切的火，通天的火光呈现出了世界末日的视像。这也正是塞利纳在其小说体系中悲观主题与死亡主题的一种体现。

二、"旅行"主题的复写

《茫茫黑夜漫游》的题目便突出了"旅行"这一主题。作者以主人公的四段"旅程"划分了小说的情节发展阶段。巴尔达缪的"旅行"并不是观光游览，而是为逃命不得不一次又一次出发，因此有评论认为《茫茫黑夜漫游》中的旅行，更确

---

[1]　Alain Cressciucci: « Mise à feu，le thème du feu dans Guignol's band »，*Actes du Colloque international de Toulouse L.-F. Céline*（5－7 *juillet 1990*），Paris：Editions du Lérot & Société d'Etudes Céliniennes. p. 85.

切地说应该是一种流浪。① 《分期死亡》也同样表现了主人公在巴黎小商业圈子里的流浪,同时和《茫茫黑夜漫游》一样,年幼的主人公被送往英国学习英语,这段流浪又被推向了法国之外。在《木偶戏班》中,塞利纳毫无意外地复写了这一主题:费尔迪南从法国来到了伦敦,在伦敦又不断地为寻找庇护之处而奔波,仿佛世界虽大,塞利纳笔下的主人公却永远难以找到一个安全的藏身之所。这种不间断的"旅程",不停息的流浪,正与塞利纳的"死亡"主题相呼应,每一次启程,都是为了逃亡,都与死亡擦肩而过。塞利纳所有的小说中都呈现了一个共同特点:空间的变化与不稳定性。《茫茫黑夜漫游》中巴尔达缪在战争中为了保命而当了逃兵,而后继续逃亡非洲和美国,最终回到巴黎的郊区。《分期死亡》中的小费尔迪南则先是小商业圈中不停被辞退的学徒,而后又被父母送往英国求学。《木偶戏班》不但重复了前两部小说中的空间不断变化的叙事,还以不同层次的空间描述深化了"死亡"主题。

　　《木偶戏班》中主人公费尔迪南在伤兵医院里的病友拉乌尔给了费尔迪南一位英国叔叔的地址,在这位以拉皮条为

_____

　　① 柳鸣九:《弄炸药而没伤手的人——记塞利纳学权威亨利·戈达尔》,见沈志明编选:《塞利纳精选集》,第 933 页。

业的叔叔邀请之下，费尔迪南来到了伦敦。费尔迪南来到伦敦是为了逃避战争，因此从抵达伦敦的那一刻开始，便是为了避难。但是这场避难从一开始便存在各种隐患：这是一场由叛乱分子鼓动的，由皮条客接待的避难，其不稳定性与边缘性显而易见，为另一场逃亡埋下了伏笔。[①]　其中最明显的空间变化有三次，即三次逃亡与避难，三次在伦敦城内的"小旅行"。与《茫茫黑夜漫游》中的"战场—非洲—美国—巴黎郊区"的空间结构类似，塞利纳也设置了代表性的地点，即卡斯卡德的莱策斯特街，克拉本的房子以及欧科勒甘上校的房子。和《茫茫黑夜漫游》中的空间一样，每一个空间都曾经被幻想成一个可以安身立命的地方，然而真实的情况却不停地表明在这些空间里安定下来的不可能性，主人公不得不继续着其逃亡的命运。《茫茫黑夜漫游》通过其不断变化的空间来展现战争中的整个世界，《木偶戏班》则通过不同的地点来发掘伦敦城的不同面貌。从这个意义上来讲，主人公的"旅程"实际上是塞利纳构建其小说世界的一种方式。

对于《木偶戏班》中的费尔迪南来说，莱策斯特街代表了

---

① Alain Cresciucci: *Les territoires Céliniens: Expression dans l'espace et expérience du monde dans les romans de L. F. Céline*, Paris: Editions aux Amateurs de livres, 1990. p. 166.

皮条客和妓女的世界，其粗俗的价值构成了一种思想的重负，费尔迪南既想要在这个世界中得到保护，又无法忍受其中暧昧甚至危险的氛围，因此他在这个空间里寻求庇护的同时也在试图去毁灭它。① 短暂地栖身之后，他终于借丁拜爆炸事件逃离了莱策斯特街。和《茫茫黑夜漫游》中的巴尔达缪一样，费尔迪南也不愿意生活在意识被禁锢并且充满敌意的空间内，"旅行"的呼唤从未停息，这次逃离构成了他在伦敦的"旅程"的开始。远离卡斯卡德和他的妓女们之后，费尔迪南几经周折在当铺老板克拉本的家里安顿下来。这里不再有暧昧的氛围，取而代之的是当铺杂物堆积的空间。这间当铺里集中了周围所有穷苦人的不幸的物件，这个被杂物充斥的空间虽然给费尔迪南带来了暂时的安稳，"这里非常安静……非常令人安心［……］总之一切都是平常的，而且天气很好……"②但是杂乱的物品带来的压力不久便显现出来：

---

① Alain Cresciucci: *Les territoires Céliniens: Expression dans l'espace et expérience du monde dans les romans de L. F. Céline*, Paris: Editions aux Amateurs de livres, 1990. p. 166.

② Louis-Ferdinand Céline: *Guignol's band*, Paris: Edition Gallimard, 2011, p. 111.

　　在提塔斯四周的蹩脚货堆成的小山真是颇为壮观。一切都随时可能往下掉……这些东西会无缘无故地滚下来,五金制品会越过儿童车,越过女式自行车,越过所有的碗碟所有的小玩意儿,像雪崩或龙卷风一样崩塌下来,像一阵激流倾泻而下,震得远一点的床垫、枕头、被褥发颤……提塔斯本人在这种混乱不堪的中心却非常自在!……①

这个被物品所窒息的空间里,只有它的主人提塔斯才能够生活得自由自在乐在其中。塞利纳用"雪崩""龙卷风"这类自然灾害的词语来描述这个空间,显然这个空间对于主人公来说仍然是充满危险的,它的危险来自它的无序,以及由这种无序所引起的各种忧虑。"蹩脚货"所代表的"虚假"价值,比起卡斯卡德处的粗俗更令人生畏。这个被物质压抑的空间里,人被物质窒息,无法感受到自由,也无法产生安全感,因此塞利纳以一场火灾毁灭了这个物质空间,同时也炸死了它的主人,主人公不得不又开始了另一段逃亡之路。

---

　　① Louis-Ferdinand Céline: *Guignol's band*, Paris: Edition Gallimard, 2011, p. 128.

　　最后一次避难之旅中费尔迪南遇到了伪装成中国人的索斯泰纳。索斯泰纳这个人物延续了《分期死亡》中的骗子库尔西亚的形象，而这两个"骗子"形象都可以在《茫茫黑夜漫游》中为杀死婆婆不择手段的昂鲁伊太太身上找到其"骗子"形象的雏形。索斯泰纳和费尔迪南共同以防毒面罩试用者的身份在欧科勒甘上校家中得以安身。上校家这个空间不同于之前两个避难之处，这是一处真正的英国传统住宅，内饰奢华，花园精致。费尔迪南在这里还遇到了他的爱情——上校的侄女维尔吉妮。在这个看似美好的空间内，费尔迪南度过了他在伦敦最快乐的时光。但是这个空间中依然存在着各种令他不得不逃亡的危险：首先，在这个空间内部他并没有获得安全感，因为上校并不喜欢他；而这个空间外部还有其他的仇人在寻找他，令他分外担忧。其次，这个空间虽然不同于前两个空间的粗俗暧昧或是假货成堆，但是它却从另一方面表现出了伦敦的负面价值：上流社会的虚伪本质。在这个奢华空间之下掩饰着另一种危险：这是个制造防毒面具的场所，费尔迪南作为试用者，无时无刻不面临着毒气的威胁，并曾因毒气而陷入癫狂状态，将自己想象成一匹战马，丑态百出。因此上校之处并不是费尔迪南的久留之地，最终费尔迪南难逃被动的"旅行"的命运，小说以费尔迪南再次上路告终："走吧，上路！"①自《茫茫黑夜漫游》起的逃亡之路显然并没有结束，且一直延伸到最后的作品《轻快舞》之中。

《木偶戏班》中的"旅行"主题是透过主人公在伦敦城内不断的空间转换而展现出来的。塞利纳通过主人公的这种空间转换复写了《茫茫黑夜漫游》以及《分期死亡》中的"旅行"主题，突出了其作品中从始至终的主人公"被迫踏入旅程"的特色。但是塞利纳并没有满足于单纯的复写，与其早期两部小说中"旅行"主题不同的是，塞利纳在《木偶戏班》中，特别是在《木偶戏班Ⅱ》中，突出了主人公所处空间的不同意义。《路易·费尔迪南-塞利纳的影射之镜》一书指出，塞利纳的《伦敦桥》(《木偶戏班Ⅱ》)正如但丁的《神曲》，"《伦敦桥》呈现出了一种与《神曲》平行的结构。图伊图伊俱乐部，正如我们所知，是地狱；费尔迪南总是在码头上等待着离开，码头构成了炼狱；他在伦敦的花园里与维尔吉妮度过的美好时光是天堂。"②显然在《木偶戏班》的写作过程中，不断变化的空间被赋予了等级的意义，通过建立与"地狱、炼狱、

---

① Louis-Ferdinand Céline: *Guignol's band*, Paris: Edition Gallimard, 2011, p. 721.

② Philippe Stephen Day: *Le miroir allégorique de Louis-Ferdiand Céline*. Paris: Klincksieck, 1974. p. 205.

天堂"对等的空间结构,塞利纳超出了《茫茫黑夜漫游》中"黑夜尽头"的范畴,构建出一个险象环生而无法逃脱的世界,"天堂"只如瞬间的幻象,"天堂"中的恋人最终被引向"地狱"的深处,艰难逃出,前途未卜。从这一点上来看,《木偶戏班》中的空间变换更深刻地表现了作者悲观绝望的情绪,主人公旅途中的每一步都必然面临死亡的威胁,是这种威胁促使他不断投身到新的空间,继续他的茫然之旅。

三、"颠倒的世界"与"隐藏的战争"

塞利纳通过自我重复与自我仿作的方式在《木偶戏班》中重建了其早期作品《茫茫黑夜漫游》与《分期死亡》中的结构,复写了其中的主题。互文性理论研究者萨莫瓦约认为,"写……就是再写,立足已有的基垫,致力不断的创造。"①同样,塞利纳也并非只是对已有结构与主题进行单纯的重复,而是在复写与仿作的过程中,沿着已有的路线进行了新的创造。仿作即仿作者从被模仿对象处提炼出后者的手法结构,然后加以诠释,并利用新的参照,根据自己所要给读者产生

---

① 蒂费纳·萨莫瓦约:《互文性研究》,邵炜译,天津:天津人民出版社,2003 年,第 68 页。

的效果，重新忠实地构造这一结构。"①其最重要的价值在于忠实于引入文本的结构的同时，采用"新的参照"，产生新的效果。在《木偶戏班》的"自我仿作"中，这种"新"主要体现在两点：首先，塞利纳通过复制前期小说的结构所构建出的世界，看似毫无变化，世界上却突出了"颠倒"的意味。其次，《木偶戏班》与塞利纳其他小说作品不同，是一部"远离"战争的作品。但是仔细分析之下，塞利纳又通过各种互文嵌入的手法，将"战争"这一无法避免的主题隐藏在了小说之中，战争从未远离。

塞利纳通过模仿《茫茫黑夜漫游》与《分期死亡》而构建出了《木偶戏班》中各种不稳定的空间。而在这些空间的不稳定性基础上，塞利纳更为其赋予了"倒置"的意象。最明显的一处情节即当铺老板克拉本之死。克拉本视财如命，最终因吸毒发疯，吞金不吐而被波洛折磨致死。这个情节被认为是具有重要的有关农神萨图努斯诞生的隐喻。②古希腊罗马神话认为，大地女神盖亚孕育了星空，天和地得以分开。

---

① 蒂费纳·萨莫瓦约：《互文性研究》，第47页。

② Denise Aebersold, « La quête parodique de la fleur du Tibet：Symbolisme du voyage dans Guignol's Band » *Actes du colloque international de Londres L.-F. Céline 5 -7 juillet 1988*，Paris：Editions du lérot & Sociétés des Etudes Céliniennes，1989. p. 13.

星空即后来的农神萨图努斯。萨图努斯的诞生是由地到天，如果把金子看做是星空的隐喻，那么克拉本之死恰是萨图努斯诞生的反向行为：光明被吞入黑暗之中，死亡笼罩一切。克拉本被波洛与费尔迪南倒挂起来，为了使他能够将吞入肚中的金子全部吐出来，但是克拉本"一颗金币也不肯吐出来"，并且大喊着"正午！正午！"[1]"倒挂"本身代表了视野的颠倒，而克拉本吞金不吐，正是对萨图努斯诞生的消解：光明被吞噬，唯有孤独笼罩一切。克拉本最终坠地而死，费尔迪南难辞其咎。这场由毒品引起的狂欢，由金钱导致的死亡，正是对西方的农神节的隐喻，这一切却最终结束于无尽黑暗的地下室中。世界在"倒置"与"逆向"之中陷入了一片黑暗。塞利纳在《木偶戏班》之中构建的"倒置"意象表达了对战争期间黑暗笼罩秩序颠倒的控诉。这种倒置在《木偶戏班 II》中又进一步得到了深化：其中恶魔的化身"米勒·帕特"被塞利纳推下地铁轨道被地铁碾压后又毫无解释地"复活"，并且引领着维尔吉妮来到了如地狱一般的"图伊图伊俱乐部"。"图伊图伊"在古埃及神话里意为"幽冥世界"，它正是世界的镜中倒影，米勒·帕特在其中以另一种倒置的形象出现，倒

---

[1] Louis-Ferdinand Céline: *Guignol's band*, Paris: Edition Gallimard, 2011, p. 156.

立着"在天花板上跳舞"。"幽灵重现"的意象在《茫茫黑夜漫游》中已有具体的体现：塞利纳通过"教堂的钟声［……］接连至无穷"①打破了原本匀速前行、线性流淌的时间，将读者们引向了"世界的尽头"，这个尽头，既有空间的意味，同样也代表着时间的转折。它是连接此岸世界与彼岸世界的边界，原本平稳连续、单调循环的时间突然被从中截断，为"幽灵"的出现提供了可能性。而所谓的这些"幽灵"，实际上都是在作品的叙事时间中逐渐消失的、逐渐被遗忘的人物。读者不断被"旅程"中的新人物所吸引，而渐渐对这些曾经存在的人物"视而不见"。作者把人物变成幽灵，这些人物便具有了幽灵的特性：可以随时随地出现在任何情节和背景之中，从而这些人物冲破了时间与空间的限制，使小说的时间和空间变得无限开放，即整部小说形成了一场没有尽头的、另一个世界里的狂欢。主人公巴尔达缪因此被定性为"在鬼魂的世界里行走的人、生活在鬼魂周围的人"②。在离开美国之时，巴尔达缪也同样发出了这样的感叹："也许不完全是我的过错，是

---

① Louis-Ferdinand Céline: *Voyage au bout de la nuit*, Paris: Edition Gallimard, 2011, p. 366.

② Nicolas Hewitt: *The Golden Age of Louis-Ferdinand Céline*, New York: Oswald Wolff Books, Berg Publishers, 1987, p. 75.

生活逼得我经常跟魂灵打交道啊。"①但是在《木偶戏班》中，米勒·帕特的"幽灵再现"是毫无征兆毫无解释的，因此幽灵所代表的死亡的威胁在《木偶戏班》之中被推进到无法躲避的境界，世界是倒置的，地狱是无处不在的。小说的结尾费尔迪南、索斯泰纳和维尔吉妮在夜里逃上了一辆带着不祥数字的公交车：113 路，此时"天还没有太亮"②，暗淡的晨光让读者联想到了罗班松之死。主人公们的命运也因此被暗示出来。

　　塞利纳通过自我仿作而将《茫茫黑夜漫游》及《分期死亡》中的世界映像引入了《木偶戏班》之中。与此同时塞利纳又通过"倒置"意象的构建，使《木偶戏班》产生了新的思想维度。从"战争"这一主题的角度来看，作为一部完全没有正面战场描写的小说，《木偶戏班》却同样以互文手法再现了如火如荼的战争，呼应了其前期和后期的作品。"战争"这一主题首先是通过各种地名引入《木偶戏班》的文本之中。塞利纳借助人物之口将与战争相关的信息一一呈现出来：和平主义

---

　　① Louis-Ferdinand Céline: *Voyage au bout de la nuit*, Paris: Edition Gallimard, 2011, p. 235.

　　② Louis-Ferdinand Céline: *Guignol's band*, Paris: Edition Gallimard, 2011, p. 178.

者卡斯卡德看到皮条客们被战争蛊惑,不禁大叫"听到你们这么说真让我觉得荒谬!……我受不了了!那不是凡尔登,是索姆河!……"①"凡尔登"与"索姆河"都是欧洲战场上著名战役的发生地,而这两场战役中伤亡也最为惨重。《木偶戏班Ⅰ》结尾处,作者仍然将"索姆河战役"引入了文本之中:克拉本死后,巴尔达缪在报纸上寻找关于这一消息的报道,但是一无所获:报纸上只谈论着"进攻索姆河……囚犯……俘虏营……纪尧姆二世……失火的战机,等等,没有一句关于我们的话。"②克拉本遭到谋杀的事件,似乎是悄无声息地过去了,正是索姆河战役的惨况和战争的肆虐使得伦敦的媒体无暇关注这一杀人事件,费尔迪南也因此得以解脱。③ 塞利纳通过反复提及索姆河战役的方式,使读者感受到这场战役仿佛就发生在主人公的身边,与主人公的命运息息相关。除了索姆河、凡尔登之外,塞利纳还同样提到了弗兰德、阿图

---

① Louis-Ferdinand Céline: *Guignol's band*, Paris: Edition Gallimard, 2011, p. 59.

② *Ibid.* , p. 243.

③ Tom Quinn: « La mémoire de la grande guerre dans Guignol's Band et Féerie pour une autre fois » *Actes du seizième colloque international Louis-Ferdiand Céline*: *Céline et la Guerre* , Paris: Société d'études céliniennes. p. 226.

瓦等著名的战场，这些主要战场毫无争议地嵌入了欧洲人的
集体记忆之中，战争的场面随着这些战场的名字而扩展开来。

除了以战场暗示战争之外，塞利纳还将后方的医院引入
了叙述之中。"在弗兰德平原上的哈泽布鲁克后方医院"[①]
是小说主人公费尔迪南的记忆，也是作家塞利纳本人的真实
经历。有关这段经历，塞利纳以"我重新开始讲"[②]来引入，
这个句子无疑是在影射《茫茫黑夜漫游》的开端第一句话"事
情就这样开始了。"一个有关战争的故事通过这样一个影射
得以重新构建起来：

> 在哈泽布鲁克医院，他们已经准备好为我做截肢
> [……]那时候我在哈泽布鲁克医院的病房里交了一个
> 真正的朋友，法尔西·拉乌尔……他左手受了伤……
> [……]我们有时间闲谈一会儿……他很同情我，我们一
> 起制订了精彩的计划。我们刚好同龄……"我们一起去
> 伦敦!"说定了……[③]

---

① Louis-Ferdinand Céline: *Guignol's band*, Paris: Edition
Gallimard, 2011, p. 196.

② *Ibid.*, p. 203.

③ *Ibid.*, p. 204.

有关后方医院的一段记忆与描述,再次印证了战争中的受伤与失去勇气对于士兵来说都是无比真实的事情,作者在小说中不断提到后方医院的情节,也呼应了《茫茫黑夜漫游》中主人公巴尔达缪在战争中逃亡的过程。对死亡与伤痛的恐惧与对和平生活的向往使费尔迪南来到了伦敦,而和他一起畅谈未来的拉乌尔却未能如愿:

> 一天早上人们来找法尔西·拉乌尔！……他缠着绷带从病房里出来了……宪兵们传唤他,把他带上了车……手铐……[……]自残！……这是真的或不是真的……他们想要怎样就怎样！……[……]他们在清晨把他枪决了。①

这一事件同时也呼应了《茫茫黑夜漫游》中的一个情节:"从这时候起开始枪毙精神不振的士兵,甚至成班成班地枪毙,借此鼓舞士气。宪兵为此立功,受到表彰。宪兵进行着特殊的小战争,非常的战争,真正的战争。"②塞利纳将战场

---

① Louis-Ferdinand Céline: *Guignol's band*, Paris: Edition Gallimard, 2011, p. 204.

② Louis-Ferdinand Céline: *Voyage au bout de la nuit*, Paris: Edition Gallimard, 2011, p. 30.

的地名与后方医院的名字引入了《木偶戏班》的文本之中,从而将不断出现于塞利纳小说之中的战争场面与士气低落的伤兵对战争的恐惧栩栩如生地再现于《木偶戏班》的读者面前。特别是大篇幅的对于后方医院的描述,与《茫茫黑夜漫游》相呼应,揭示了"真正的战争"无处不在,战争中疯狂的人与人的仇杀不分敌我。

小结

《木偶戏班》作为塞利纳小说中一部未完成的作品,其重要性曾一直受到研究界的质疑。从互文性的角度来看,塞利纳以"自我复写"与"自我仿作"的方式,在《木偶戏班》中又一次构建出《茫茫黑夜漫游》与《分期死亡》的叙事结构,重复了这两部早期作品中的"旅行"主题,同时以"颠倒的世界"与"隐性的战争"的意象突出了塞利纳小说作品中贯穿始终的"死亡"叙事。因此,《木偶戏班》是塞利纳小说体系中一部不可忽视的作品,在塞利纳的小说创作历程中起到了至关重要的承上启下作用。塞利纳在复写已有作品的结构与主题的同时,模仿并进一步强化了早期作品的风格,因此,《木偶戏班》也是塞利纳小说艺术走向成熟的重要标志。

第二节　《茫茫黑夜漫游》对《追忆似水年华》的转换

　　近年来，法国文学界越来越多的学者认为塞利纳与普鲁斯特是法国20世纪两位最杰出的小说家。[①] 帕斯卡尔·伊弗里在其专著《塞利纳与普鲁斯特》中指出，这两位作家各自的写作风格成为整个20世纪最为著名的两种风格，同时他们通过写作杰出地重构了一个历史时期的全部社会状况，他们对人性的揭示超越了任何人，并为后世提供了一种深刻的美学思考。[②] 从表面上看，两位作家的作品属于截然相反的两个极端，在其内容方面，普鲁斯特的作品是上流社会中形形色色人物的忠实写照，塞利纳则将视角对准社会底层人民的痛苦挣扎；在语言方面，普鲁斯特的语言优美华丽，风格典雅考究，塞利纳则在小说中极尽鄙俗之能事，行话俚语和市井庸言层出不穷，似乎塞利纳的作品从任何方面来讲都不可

---

　　① 徐和瑾："《长夜行》译后记"，塞利纳：《长夜行》，徐和瑾译，上海：上海译文出版社，1996年，第595页。

　　② Pascal A. Ifri: *Céline et Proust, Correspondances proustiennes dans l'oeuvre de L.-F. Céline*, Birmingham, Alabama: Summa Publication, 1996, p. 1.

能与《追忆似水年华》产生关联。虽然两者之间有着这许多
表面看来不可逾越的差异，但是塞利纳依然在其处女作中便
提及了普鲁斯特的名字，更值得我们注意的是，普鲁斯特是
《茫茫黑夜漫游》中所提到的唯一一位现代作家。也正是《茫
茫黑夜漫游》出版的同一年，一位记者将塞利纳誉为"平民普
鲁斯特"[①]。科林·内特尔贝克也曾提出塞利纳似乎"与普
鲁斯特之间的关系更近于他与那些被他称为大师的莫朗、巴
比塞等人。"[②]帕斯卡尔·伊弗里的专著《塞利纳与普鲁斯
特》从自传性角度深入分析了两位作家的相似性，为我们研
究两者之间的互文关系提供了基础：普鲁斯特的《追忆似水
年华》建立在作家生活的基础之上，建立在他对童年的回忆
的基础之上，塞利纳的小说也同样反映了其自身的众多经
验，从他幼年时代在舒瓦瑟尔巷里的生活到他晚年在默东的
时期，包括他直接或间接地参加的两次世界大战。两位作家
都很自然地将自身的性格侧面分配到不同的主角身上，将现

---

① Cf. Henri Godard: Céline; *Roman I*, Paris: Edition Gallimard, coll. "La Pléiade", 1981, p. 1270.

② Pierre-Edmond Robert: « L-F. Céline du côté de chez Proust » pp. 91 – 95, in Pascal A. Ifri: *Céline et Proust*, *Correspondances proustiennes dans l'oeuvre de L.-F. Céline*, Birmingham, Alabama: Summa Publication, 1996, p.4.

实生活中人物的某些特点夸大,形成想象出来的人物,或是将他们的现实旅程融入小说的维度,将其简化、使其变得紧凑,使他们的旅程服务于他们的艺术家视角。① 但是,伊弗里的分析专注于塞利纳对普鲁斯特作品的借鉴与参照,却忽略了塞利纳选择普鲁斯特作品作为参照的另一重要意图,即对文学传统、对经典作品的反冲与颠覆。塞利纳在创作《茫茫黑夜漫游》时曾仔细阅读普鲁斯特的作品,他认为普鲁斯特的风格是"腐朽的、贵族的、性欲倒错的"②,以《追忆似水年华》为代表的"经典作品"是"有气无力的"③。《茫茫黑夜漫游》从行文第一句话开始就极具针对性,而其隐形的对话者,即是具有规范性和高雅性的文学经典著作。塞利纳在小说中标榜的"恐怖的力量"④以及黑夜与死亡笼罩的末日气氛,使其小说具有一种明显的"颠覆性"艺术效果,也是其小

① Pascal A. Ifri: *Céline et Proust, Correspondances proustiennes dans l'oeuvre de L.-F. Céline*, Birmingham, Alabama: Summa Publication, 1996, pp. 23－24.

② Louis-Ferdinand Céline: « Lettre à Lucien Combelle du 12/2/43 »,reproduite dans Colin Nettlebeck: *Cahiers Céline 5. Lettres à des amies*. Paris: Edition Gallimard, 1979.

③ *Ibid*.

④ Julia Kristeva: *Pouvoirs de l'Horreur*. Paris: Éditions du Seuil, 1980, p. 248.

说在战争背景下引起关注的重要原因。

帕斯卡尔·伊弗里认为,两部作品对于两位作家来说都是一种自传性的转化。普鲁斯特的《追忆似水年华》建立在普鲁斯特生活的基础之上,建立在他童年的基础之上,塞利纳的小说也同样反映了作者的众多经验,从他幼年时代在舒瓦瑟尔巷里的生活到他晚年在默东的时期,其中包括他直接或间接地参加的两次世界大战。两部作品的自传性还体现在两位作家将自己的名字或姓氏赋予了小说的主人公。虽然这两部作品从多重角度反映着作者本人的生活,但是两位作家各自出于不同的原因,尤其是出于美学的角度考虑,给事实赋予了众多自由性。然而,具体事实的相似并不能够使人们忘记不同之处。因此,他们的作品更多地属于小说范畴而非纯粹的自传范畴。例如,他们变换了众多真实人物和地点的名字(同样也保留了大量原名),并且毫不犹豫地将生活之中所遇到的各种人物的不同特性融入一个小说人物或一个故事情节之中,或是将现实生活中某些地点的特征融合在一起杜撰出一个新的地点。此外,伊弗里认为,两位作家都会很自然地将自身的性格侧面分配到不同的主角身上,将现实生活中人物的某些特点夸大,形成新的想象出来的人物,或是将生活中的事件进行改编,或是将他们的现实旅程融入小说的维度,将其简化,使其变得紧凑,使他们的旅程服务于他们的艺术家视角。① 塞利纳与普鲁斯特的创作过程中有着众多的共同因素,这些共同因素的存在为我们分析两位作家的作品之间的关系提供了必不可少的依据。虽然两位作家笔下的主人公生活在社会的两个极端,他们的经历也看似迥然相异,但是普鲁斯特和塞利纳的世界观有着惊人的相似之处,社会地位的不同使他们的作品表面上呈现出了截然不同的效果。两位作家为我们展现了同一个破败的社会的两个方面,其中的差异丝毫不能阻挡这个社会的代表人物突兀地聚集在一起。② 两位作家的相似之处并不是偶然的,这种相似恰恰是塞利纳在创作过程中应用互文性手法所产生的效果。下面我们试从两部小说中最具代表性的女性人物塑造与时间主题两个方面入手,探讨两部小说之间可能存在的互文关系。

---

① Cf. Pascal A. Ifri: *Céline et Proust, Correspondances proustiennes dans l'oeuvre de L.-F. Céline*, Birmingham, Alabama: Summa Publication, 1996, pp. 23 - 24.

② Pascal A. Ifri: *Céline et Proust, Correspondances proustiennes dans l'oeuvre de L.-F. Céline*, Birmingham, Alabama: Summa Pubication, 1996, p.27.

一、 女性人物的参照系

蒂费纳·萨莫瓦约在《互文性研究》一书中将互文手法进行分类。她认为互文手法可以分为两大类：一类是共存关系（甲文出现在乙文之中），一类是派生关系（甲文在乙文之中被重复和转换，热奈特将这种情况称为超文手法）。[①] 在这一原则的基础上，萨莫瓦约又进一步对互文手法进行详细区分，从三个方面诠释互文性手法的应用性：引用与抄袭、戏拟和仿作、合并/粘贴。萨莫瓦约认为，一篇文本对另一篇文本的吸纳就是以多种形式合并和粘贴原文被借用的部分。而合并即或多或少将原文纳入当前文本里，以便丰富该文中的资料，而后也有可能把这些资料隐藏在文本中。[②] 按照这种观点来解读塞利纳的作品，我们可以发现塞利纳在《茫茫黑夜漫游》中对普鲁斯特最明显的"引用"是通过提到普鲁斯特的名字让人想及作家的作品和风格。依据萨莫瓦约的分类，这种手法属于"合并－暗示"："互文的出现被暗示，但并不进一步明说。它更需要读者有足够的知识和由此及彼的想象力。"例如作者用简单参考的方式，"提到一个名字（作家

---

① 蒂费纳·萨莫瓦约：《互文性研究》，第 36 页。
② 同上，第 49 页。

的、神话的、人物的）或题目可以反映出若干文本。"①塞利纳对普鲁斯特的第一次评论便属于这种"简单参考"。在《茫茫黑夜漫游》中有关战争中后方生活的章节里，塞利纳描绘了埃罗特太太这一形象："她在别列津纳巷经营日用布制品、手套、书籍"。同时她也做"爱情生意"：

> 埃罗特太太面对杂七杂八的众人能保持清醒的头脑，从不吃亏，首先要有赚头，从她的感情出卖中得到好处；其次她引线搭桥也能获利。她凭三寸不烂之舌，论长道短，含沙射影，背信弃义，或搭成或拆散一对鸳鸯，她一概干得兴致勃勃。②

此时塞利纳便将普鲁斯特的生活与埃罗特太太的生意相对比：

> 普鲁斯特过着半幽灵式的生活，极其顽强地沉浸在上流社会无尽无休的繁文缛节之中：拘泥礼仪的上层人

---

① 蒂费纳·萨莫瓦约：《互文性研究》，第50页。

② Louis-Ferdinand Céline: *Voyage au bout de la nuit*, Paris: Edition Gallimard, 2011, p. 73.

士头脑空虚而想入非非，寻欢作乐而优柔寡断，一心期
待他们的华托，慢条斯理地寻找未必存在的爱情岛。然
而埃罗特太太出身民间，心眼儿实在，踏踏实实地满足
原始的欲望，既简单又具体。①

　　塞利纳通过提及普鲁斯特的名字而将普鲁斯特的小说
世界引入了《茫茫黑夜漫游》的文本。此时塞利纳笔下的叙
事者，以一种看似对《追忆似水年华》降格的风格，对普鲁斯
特进行既非肯定又非否定的观察。这种观察似乎表现出他
为自己隐藏了众多描绘"空虚的人"的生活的能量而感到遗
憾。②"普鲁斯特过着半幽灵式的生活"，这句话既把普鲁
斯特同《追忆似水年华》的主人公联系起来，也把普鲁斯特
同巴尔达缪联系起来。因为在整个《茫茫黑夜漫游》之中，巴
尔达缪不断地以一个被众多幽灵包围的幽灵形象出现在读

---

　　①　Louis-Ferdinand Céline: *Voyage au bout de la nuit*, Paris:
Edition Gallimard, 2011, p. 73.

　　②　Pascal A. Ifri: *Céline et Proust, Correspondances proustiennes
dans l'oeuvre de L.-F. Céline*, Birmingham, Alabama: Summa Publica-
tion, 1996, p.10.

者面前。① 同时塞利纳在此时提起普鲁斯特,也是将普鲁斯特的爱情观与埃罗特太太"踏踏实实地满足原始的欲望"的生意相对比,形成一种降格的讽刺效应,亦即热奈特提出的"滑稽反串"②手法。以这一段对比为切入点,我们可以发现《茫茫黑夜漫游》中的爱情观或多或少地包含着对普鲁斯特的影射和讽刺。除了这样一段明显的对比以外,这种讽刺效应还尤其表现在塞利纳的女性人物塑造方面。对于普鲁斯特来说,女性与爱情主题是在描述斯万与奥黛特之间的爱情和马塞尔自己的各种爱情经验时进行展开的。这些情节使作者提出了一整套关于爱情的理论,从而使《追忆似水年华》从很大程度上成为一部爱情论著。塞利纳则摒弃这种文学。马克·昂里曾就小说中的爱情向他提问,他回答说:

---

① « *Voyage au bout de la nuit* : Voyage imaginaire et histoire de fantômes », in *Actes du colloque international de la Haye*, 25 - 28/7/83 (Bibliothèque de littérature française contemporaine de l'Université Paris 7), inédit, p. 17.

② 热奈特的"超文性"概念中,将"派生"手法具体分为:戏拟、仿作和滑稽反串。戏拟的定义是对一篇文本改变主题但保留风格的转换。滑稽反串则是保留原作主题,以低于原文层次的风格进行复写。从其本质上来看,"滑稽反串"正与巴赫金理论中的"降格"相对应。这也从一个方面表明了互文性理论中术语的混杂性。

"那是一种非常值得尊敬的东西,两个生命之间的关系,非常自然的关系,为了抵御生活中无穷无尽的冲突而存在。很温柔,很惬意,但是我不认为它适合作为一种文学。我觉得这样的故事是粗俗而且沉重的:'我爱你……'那是个令人生厌的词语,我从来不使用它,因为爱不是用来表达的,爱是感觉出来的,这已足够。"①

在爱情观方面,塞利纳与普鲁斯特截然相反的观点成就了两部作品中一种潜在的对立关系。从其创作机制来讲,互文性可以概括地说是一种"联系性",但是这种联系并不是任意的,而是通过某些特定的方式。根据索莱尔斯的定义,文本之间的"复读、强调、浓缩、转移、深化"等都是产生这种联系性的方式。② 虽然塞利纳笔下的叙事者认为长篇大论地谈及爱情是不恰当的,但是在塞利纳的写作之中,女性仍然占有一个不可忽视的地位,他带着普鲁斯特在《追忆似水年华》中一样的热忱去寻找、去追求、去赞美、去诋毁。在互文性角度的观照下,我们更发现,塞利纳在塑造女性形象的过

① J.-P. Dauphin et Henri Godard: *Cahiers Céline 2. Céline et l'actualité littéraire (1957 —1961)*. Paris: Edition Gallimard, 1976, p.115.

② 索莱尔斯:《理论全览》,瑟伊出版社,1971年,第75页,转引自王瑾:《互文性》,第21页。

程之中与普鲁斯特的手法不谋而合。普鲁斯特笔下的女性形象在某种程度上似乎成为《茫茫黑夜漫游》中女性形象的参照系。

在普鲁斯特的作品中,女人通常会因作者关注于其外表或精神特征而产生迥然相异的区分。当作者专注其外表时,女人通常会被捧到天上,会被男主人公不断地赞美和追求,对于男主人公来说,她是世间唯一的快乐。当作者专注于其精神时,她便是苍白的星星:男主人公达到了清醒的认识,女人通常变成了乏味的、反复无常的、可以被蔑视的,甚至她们生来就是恶人和叛徒。因此,她只有在肉体方面才有一些价值,而在精神或道德方面,最好的情况是她并不在意,最坏的情况是她将成为痛苦的源泉。[①] 这一点在《追忆似水年华》中体现得非常明显。斯万和马塞尔首先是困惑,而后如果条件适宜的话,他们便会被女人的外表所吸引和困扰,此时他们则表现出一种无尽的热情。正是如此斯万认为姿色平庸的奥黛特仿佛波提切利所绘的塞弗拉一般美丽,甚至变成了

---

① Pascal A. Ifri: *Céline et Proust, Correspondances proustiennes dans l'oeuvre de L.-F. Céline*, Birmingham, Alabama: Summa Publication, 1996, p. 108.

"一件无法估价的杰作"①。同样,初见希尔贝特时的小马塞尔被她的目光迷惑,目不转睛地看着她,他的目光"想要触摸她,捕获她,把它所看到的身体和灵魂一起都带走"②。不久后当见到盖尔芒特夫人时,他也同样如此惊讶:虽然他对盖尔芒特夫人过于世俗的特征感到失望,但是他仍然使自己相信面前是一个超凡的造物。③ 至于"花季少女们",阿尔贝蒂娜也身处其中,她们的身体和姿态使马塞尔心荡神驰,甚至将她们比做"在希腊神话中的处女"④。当他看见在他生命中不扮演任何角色的女性过客的时候,这种迷恋也可以在他身上滋生出来。例如,在开往巴尔贝克的火车上,他瞥见了一个年轻的养奶牛的姑娘,竟萌发出想要和她度过余生的愿望。⑤ 每当他偶遇一位漂亮的陌生女孩时,这一场景都会重演,无论是在贡布雷郊区,在巴尔贝克或在巴黎。因此这个情节是具有启示性的:斯万为了一个甚至不是"他的类型"的女人牺牲了他的时间、名誉、朋友和家庭,马塞尔也可以被一

---

① 普鲁斯特:《追忆似水年华》(上),李恒基等译,南京:译林出版社,1994 年,第 132 页。

② 同上,第 84 页。

③ 同上,第 103 页。

④ 同上,第 458 页。

⑤ 同上,第 367 页。

个小女孩儿或是一个女人所迷惑，她们的美或是她们的神秘会燃亮他的感官，使他愿意专注于她们，甚至为她们献出自己的生命。对女人外貌表象的热情，实际上很快便会转化为想要了解她灵魂秘密的欲望，而这种欲望永远不能够得到满足：或者是因为被爱的女人是一个阴谋家，通过谎言或欺骗来躲避男人的追逐；或者是因为她的灵魂空洞无物。奥黛特和阿尔贝蒂娜属于前一类女人，她们通过逃避斯万和马塞尔的探究而将他们的生活变成了真正的阴谋，而盖尔芒特夫人属于后一类女人，她的表面肤浅和内在空虚相应存在。简言之，失望的程度总是与最初的热情旗鼓相当，女人的品性永远都不能达到从其外表体现出来的或想象出来的层次。

在塞利纳的作品中，其过程也是相似的。不同的是塞利纳笔下的主人公并没有让众多的女人走进他的生活。但在女人身体所带来的欢乐面前，巴尔达缪的表现并不亚于马塞尔，在有关劳拉的情节中我们便可以看出这一点："劳拉的肉体对我来说是一种无穷的欢乐，抚摸这具美国肉体其乐无穷，令我玩不忍释。"[①]这种热情对索菲也是一样，她的"青春

---

　　① Louis-Ferdinand Céline: *Voyage au bout de la nuit*, Paris: Edition Gallimard, 2011, p. 53.

活力""矫健身姿"①都激发了巴尔达缪的兴趣。至于缪济娜,对于巴尔达缪来说,她是一个"真正的音乐天使,可爱绝顶的小提琴师",她"那么妩媚那么娇嫩",有着"纤细灵巧的手指"②此外,正如在《追忆似水年华》中一样,当《茫茫黑夜漫游》的主人公开始更清楚地认识女人的时候,他便会越来越失望:劳拉不仅和军官们通奸欺骗他,还不惜一切代价地要他回到战场上为法兰西而战,遭到拒绝之后便遗弃了他,随后不久劳拉回到美国,行为方式像是一个"婊子"③,缪济娜最终也被认为是一个"婊子"④,她和阿根廷人一起欺骗了他,她只关注自己的利益,并且最终也同样离开了他。索菲是一个傻瓜,她不再满足于背叛他,甚至给他出了"馊主意"⑤,让他介入使罗班松与玛德隆和解。塞利纳小说中的女性人物同《追忆似水年华》中一样,呈现了一种双面性:她们的外表使主人公兴奋不已,她们愚蠢的、欺骗性的或直接恶意的行为使主人公的热情急速冷却。但是我们应该注意

---

①　Louis-Ferdinand Céline: *Voyage au bout de la nuit*, Paris: Edition Gallimard, 2011, p. 472.

②　*Ibid.*, p. 80.

③　*Ibid.*, p. 229.

④　*Ibid.*, p. 229.

⑤　*Ibid.*, p. 475.

在塞利纳的作品中还有一个例外的女性形象,即莫莉,底特律的妓女,"长长的腿纤细而富有弹性,金黄的汗毛煞是好看,再加上那般的温存,更使我倾倒"①,更重要的是"她的心地实在好,对人的关怀无微不至"②。甚至巴尔达缪毫不吝惜地赞美她:"莫莉这女人是多么不寻常! 多么好心! 多么有姿色! 多么有活力! 多么富有情欲!"③

通过以上分析我们可以看出,在《追忆似水年华》中,主人公对待所爱的女人的态度方面,有这样一个公式性套路:

"完美(女性人物的外表)—兴奋(男主人公态度)"——→

"乏味(女性人物的精神)—冷漠(男主人公态度)"

主人公最开始总是带着自己的想象看女人,把自己的完美想法强加于女人的形象之上,女人的形象也因此完美,从而引起他们的狂热与兴奋,一旦他们发现了女人的真实面貌不断显现,女人在他们眼中便成为乏味的东西,他们便会热

---

①　Louis-Ferdinand Céline: *Voyage au bout de la nuit*, Paris: Edition Gallimard, 2011, p. 228.

②　*Ibid*., p. 230.

③　*Ibid*., p. 229.

情冷却,失望情绪随之滋生出来。而这样一个参照性的公式在《茫茫黑夜漫游》的女性形象塑造方面完全适用。

普鲁斯特在《追忆似水年华》中写道,"对一个人最为专注的爱总是对另一种东西的爱"①。在普鲁斯特的作品之中,男主人公们经常会被女人所吸引,除了外貌之外,还因为女人们在他们眼中象征或代表了能够吸引他们的一个地方或一种观点。我们知道马塞尔甚至在见面之前便对希尔贝特有着浓厚的兴趣,那是因为他从斯万那里得知贝戈特是她的"老朋友"②。同样,他认为自己喜欢盖尔芒特夫人,那是因为她"是热纳维耶夫·德布拉邦特的后裔"③;他对阿尔贝蒂娜的迷恋总是与他对巴尔贝克海滨和对大海的爱恋不可分割,他在第一次准备拥抱她的时候,便已经意识到了这一点。④ 我们在塞利纳的作品中也发现了同样的转变。帕斯卡尔·伊弗里认为,下面这段描述可能就是受到了普鲁斯特的影响:"所有的青年目标都对准显赫的海滩、水边,在那里

---

① 普鲁斯特:《追忆似水年华》(上),第 409 页。
② 同上,第 60 页。
③ 同上,第 103 页。
④ 同上,第 542 页。

女人显得自由自在,她们美得不需要我们的想象力。"①巴尔达缪和劳拉的关系中,对于地点的爱好便与对女人的爱联系了起来:巴尔达缪因为喜欢劳拉而对美国产生了兴趣。不同的是,此时对于地点的爱是两人关系的结果,而非马塞尔和阿尔贝蒂娜关系中的原因。但是人物与地点的共存关系是相同的。正因如此,《茫茫黑夜漫游》的主人公"对美国产生了好奇心"②,因为"抚摸劳拉"而"决定早晚要造访美国"③。巴尔达缪对于美国的想象和兴趣促使他不断地从劳拉身上"获取新世界的信息",对劳拉的爱逐渐地转变成了对美国的向往。对于缪济娜的激情则出于巴尔达缪对音乐的爱好,缪济娜在巴尔达缪的眼中恰如音乐的化身。

帕斯卡尔·伊弗里指出,普鲁斯特和塞利纳笔下的女人总是与现实毫不相干:主人公和叙事者从来没有按照本真的样子去思考异性,而是透过了一道充满他们的偏见、欲望和幻想的屏幕来观察女人。他们不能够了解女人,是因为他们在女人们的身上只看到和发现了他们想要寻找的东西,而忽

---

① Louis-Ferdinand Céline: *Voyage au bout de la nuit*, Paris: Edition Gallimard, 2011, p. 377.

② *Ibid.*, p. 49.

③ *Ibid.*, p. 53.

视了女人的真实性格。这种观点总是一成不变地带来失望，由现实和梦想之间的冲撞而产生的失望。也正是这种失望解释了两位作家对女人的否定评论。此时我们便明白为什么马塞尔和巴尔达缪总是对那些他们无法与之交谈的女人们抱有幻想。《追忆似水年华》的作者渴望着那些来来往往的花季少女，却毫无挽留之意。在《茫茫黑夜漫游》中这一场景则转变为了巴尔达缪欣赏着不可接近的过往的纽约美女。① 因为不断对自己身边的女性感到失望，所以他们总是不断想守候新的猎物，而没有任何交往的女人也不会给他们带来失望的感觉。如果说这两个男人不断地选择的女人总是说谎或是会变得无意义，使他们不能与之保持长久的关系，那么其原因更大程度上是这两个男人并不想真正地了解女人，他们害怕自己的幻觉破灭，害怕看到他们赋予女人的形象瓦解。② 巴尔达缪没有任何风险，因为他拒绝从肉体以外的方面考虑女人，例如他曾就劳拉说起过："我相信她的肉

---

① Louis-Ferdinand Céline: *Voyage au bout de la nuit*, Paris: Edition Gallimard, 2011, p. 194.

② Cf. Pascal A. Ifri: *Céline et Proust, Correspondances prousti- ennes dans l'oeuvre de L.-F. Céline*, Birmingham, Alabama: Summa Publication, 1996, p. 112.

体,不相信她的精神。"①

二、 时间和空间的混淆与转换

时间和艺术一起构成了《追忆似水年华》的中心主题。时间更成为普鲁斯特小说中的主角。通过分析我们发现,在《茫茫黑夜漫游》中塞利纳通过将时间概念融入空间之中,使作品的时间维度变得模糊,但是又以各种各样的方式来表达自己的时间观,即时间与死亡密切相关。为了更清楚地表达自己的观点,塞利纳所遵循的恰是普鲁斯特在《追忆似水年华》中的做法,通过回忆来"寻找逝去的时间"。简言之,《茫茫黑夜漫游》在空间的表象之下探讨了时间的哲学意义。因此时间问题也是两部作品之间互文关系的一个重要切合点。

对于普鲁斯特来说,人所生存的环境是一个时间的环境,在这个环境中回忆是一种决定性的力量,它通过一种原始的生理介质将过去与现在联系起来②,因此《追忆似水年

---

① Louis-Ferdinand Céline: *Voyage au bout de la nuit*, Paris: Edition Gallimard, 2011, p. 55.

② Herbert V. Fackler: «Proust's "Rememberance of the things past" and Céline's "Journey to the end of the night": A study in approches to creativity and fear», *The South Central Bulletin*, Vol.32, N°4, Studies by Members of SCMLA, winter, 1972, p.201.

华》将时间问题作为作品的核心。而塞利纳仿佛是在有意避免谈及时间。从整体上看,塞利纳尽量避免明确的历史事件时间参考,因为他不想将《茫茫黑夜漫游》写成一部时代的编年史。但是这些时间参考可以在小说的叙事中起到时间标杆的作用。对万国博览会的影射①、在小说第一页提及普安卡雷总统的执政时期、对战争的描述和日常生活的某些细节,能够让人知道小说的时代背景是 20 世纪上半叶,1915～1930 年之间。另一方面,随着小说情节的发展,其时间标志愈加模糊。从美国回到法国到在朗西执业从医中间所经历的时间,作者说"好歹经受住五六年的学术磨难"②,而就在朗西的停留时间,作者却没有任何表示。小说中事件的发生也并没有明确的日期,只有偶尔提到的季节时令,或是一周中的某一天。③《茫茫黑夜漫游》无论从其题目还是从其内容方面来讲都给人一种强烈的空间感。但是我们发现塞利纳笔下人物的"旅程"更多的是在海上、战争的黑夜中等特殊的空间中完成,而大海正是时间缺失和永恒的象征,同时也

---

① Louis-Ferdinand Céline: *Voyage au bout de la nuit*, Paris: Edition Gallimard, 2011, p. 176.

② *Ibid.*, p. 237.

③ A.-C. et J.-P. Damour: *Louis Ferdinand Céline: Voyage au bout de la nuit*, Paris: Presse Universitaire de France, 1985, p. 10.

是无意识的象征。战争的黑夜更是将时间和空间混为一体，时间和空间的混淆也正是塞利纳作品中时间维度的特殊之处。① 巴尔达缪的旅程最终结束在塞纳河，流水通常是时间的譬喻，因此小说的结尾仍然可以看作是时间的象征。更值得注意的是，我们认为时间元素与空间元素的混合是塞利纳表达时间观念的一大特色，但是这种手法在《追忆似水年华》中有着同样的体现。有评论认为，大海与水的画面构成了《追忆似水年华》中最为重要、数量最为众多的画面类别。水的意象和象征在普鲁斯特小说中居于中心地位，并成为了解小说中众多基本主题的关键所在，如爱情、社会、记忆与时间等等主题。对于普鲁斯特来说，液态的水代表着永恒的变化状态，大海则不断地有各种水流汇入，它的表面会随着天气而发生变化。除了这些变化之外，大海还是一个永恒神秘的、不可深入的意象。② 帕斯卡尔·伊弗里则更进一步指出时间维度在塞利纳作品中的重要地位，并具体分析了塞利纳

---

① Cf. Herbert V. Fackler: «Proust's "Rememberance of the things past" and Céline's "Journey to the end of the night": A study in approches to creativity and fear», *The South Central Bulletin*, Vol.32, N°4, Studies by Members of SCMLA, winter, 1972, p. 201.

② Graham Victor: «Water imagery and symbolisme in Proust», *Romanic Review*, April, 1959, p. 118.

笔下叙事者或主人公在流逝的时间和衰老面前所体现的态度、他对过去的怀念、他寻找逝去的时间的渴望、他分离某些特殊时刻的能力、他对记忆的概念和过去突然充斥他的记忆的方式、他在叙事过程中对时间的掌握、他的作品所体现出的他战胜时间的方式等,最终总结出塞利纳的叙事者也同样带着寻找逝去的时光的某种成功出发,他的写作包含了他追寻过程的证据,因此,他认为"塞利纳的作品从这一点上又一次让人惊异地想到普鲁斯特的作品"①。

　　普鲁斯特笔下的主人公首先意识到了时间流逝的损伤性,其证明便是时间的流逝蹂躏着主人公周围的人物的容颜,他们对于这种损伤总是格外地敏感,这一主题在《追忆似水年华》是一个主导主题。普鲁斯特的小说展示了流年的雕饰和死亡的接近在马塞尔的外祖母和母亲身上所留下的痕迹,同样还有在斯万、维尔巴里西斯侯爵夫人、夏吕斯、奥黛特和众多其他主角身上的表现,主人公和读者都为时间的破坏行为感到震惊。塞利纳一直认为"重现的时光"这一部分是一个"著名的章节",因此同样的主题在塞利纳的作品中占

---

① Pascal A. Ifri: *Céline et Proust, Correspondances proustiennes dans l'oeuvre de L.-F. Céline*, Birmingham, Alabama: Summa Publication, 1996, p. 191.

有同样的位置并不足为奇。在《茫茫黑夜漫游》中，"重现的时光"这一主题曾多次出现。首先是叙事者提起每两年都能见到一次的缪济娜："每隔两年相遇，我们能一眼看出对方脸上增添了难看的痕迹，哪怕对方春风满面也能看出来，有如本能的反应决不会弄错。乍一见面尽管犹豫片刻，好像初看到一张外国钞票时不敢拿那样，但很快就看准对方脸部的变化：整体由于不协调感的增加而变得难看了。"①巴尔达缪继续道："接受时光给我们塑造的肖像意味着我们完全承认没有走错道路。我们不约而同地走上正道，又走了两年不可避免的大道，进一步通向腐烂的大道。如此而已。"②在确认了"生活把你扭曲，把你的脸挫伤"③之后，他重复着同样的想法，尤其是"随着年龄的增长，人越来越难看，越来越令人生厌，根本掩饰不住痛苦和衰竭。丑相经过二十年、三十年或更长的时间从下身慢慢爬上脸部，最后把面庞搞得令人反感。人尽管花费毕生的精力勾画自己的丑相，却永远完工不了，因为丑相是那么浓重、那么复杂，很难神态逼真、栩栩如

---

① Louis-Ferdinand Céline: *Voyage au bout de la nuit*, Paris: Edition Gallimard, 2011, p. 77.

② *Ibid*.

③ *Ibid*., p. 216.

生地反映心灵。"①这些理论在众多人物身上,尤其是罗班松的身上得到了印证:"他离开图卢兹后瘦多了,我发现他的脸蒙上一层以前不曾看见的阴影,有如一幅肖像画增添一层遗忘的、沉默的笔触。"②此处塞利纳与普鲁斯特同样通过容颜的凋谢来描写时间雕琢的鬼斧神工,甚至我们可以发现在描述时间留下的痕迹时,塞利纳的风格语气也与普鲁斯特有几分相似。时间慢慢渗透在塞利纳的作品之中,普鲁斯特式的时间感悟在《茫茫黑夜漫游》中不断出现。热奈特在对互文性和超文性的区分中指出,互文性强调"一篇文本在另一篇文本中的切实体现",它的特点是横向地将文献罗列于文本中。相反地,超文性对文本的体现却是纵向的:"我们所称的超文是:通过简单转换或间接转换把一篇文本从已有文本中派生出来。"③塞利纳此时将普鲁斯特式的时间纵向地引入《茫茫黑夜漫游》之中,正是超文性的一个恰切例证。而这种"派生"的过程,我们也可以认为是《追忆似水年华》中的元素在《茫茫黑夜漫游》中的"渗透",两部作品的"派生"关系并不

---

① Louis-Ferdinand Céline: *Voyage au bout de la nuit*, Paris: Edition Gallimard, 2011, p. 217.

② *Ibid*., p. 450.

③ 热奈特:《隐迹稿本》,第14页。转引自王瑾:《互文性》,第21页。

是非常显性的，而是在无形之中的一种转化和吸收过程。

塞利纳笔下的主人公在过去的生活面前所表现出的不安推动着他不断地想要"逃出时间之外"①，这一点恰好是在模仿《追忆似水年华》中的斯万或马塞尔，他们懂得某些"特殊的时刻"，某些兴奋，通常这些都属于艺术范畴，在这些时刻中，他们觉得自己不再是凡间琐事的主体。巴尔达缪从本质上看也通过强迫自己遗忘而达到了这种状态，他的遗忘尤其是借助电影院（"电影这种精彩的灵魂的谵妄"②）和各种消遣娱乐来实现的，而耽于谵妄更是巴尔达缪的惯用方式。谵妄是让他能够暂时否定或逃离可怕现实的一个条件："我们活在这个世界上，最好的事情莫过于离开这个世界，不是么？疯不疯，怕不怕，无关紧要。"③当巴尔达缪因为害怕再次回到前线而病倒发疯时，小说的叙事者提出了这样一句反问。当巴尔达缪处于开往非洲的航船上时，当他在午夜的广场看见鬼魂时，他都是"世界之舟上的一位特殊乘客"，因为他"看到时间停止"，"谵妄成为永恒的唯一替代品"④。

---

① Louis-Ferdinand Céline: *Voyage au bout de la nuit*, Paris: Edition Gallimard, 2011, p. 368.

② *Ibid*., p. 202.

③ *Ibid*., p. 60.

④ *Ibid*., p. 367.

　　《追忆似水年华》中马塞尔对时间无情流逝的敏锐感受使他愈发体会到对死亡的恐惧、对过去的怀念和一种模糊却挥之不去的寻回逝去的时间的欲望，这种愿望最终通过马塞尔的回忆得以实现。很明显对过去的怀念浸透在普鲁斯特小说的字里行间，使他的小说如同逝去的时间的赞歌：叙事者在这部小说中赞颂了第一次世界大战前中止的那一个时代。同样塞利纳的作品中也揭示了一个难以忍受的现在，在这个现在中，总是回荡着 1914 年以前的那个田园牧歌般的世界的声音，充满了对过去生活的回忆。昂鲁伊老太太便是那个田园牧歌般的世界的代表人物，她"代表了塞利纳对1900 年前的黄金时代的所有怀念"[①]。主人公暗淡的生活并没有阻止他在流逝的时间面前感到失望。普鲁斯特笔下的主人公想要重新经历过去的痛苦而非幸福时光，塞利纳笔下的主人公也同样希望重溯他的人生历程。这一方面是因为他"喜欢他的痛苦"[②]，另一方面是因为对于艺术家来说过去的吸引力不仅仅在于过去发生了什么，还在于他可以用过去

---

　　① Cf. Pascal A. Ifri: *Céline et Proust, Correspondances proustiennes dans l'oeuvre de L.-F. Céline*, Birmingham, Alabama: Summa Publication, 1996, p. 191.

　　② Louis-Ferdinand Céline: *Voyage au bout de la nuit*, Paris: Edition Gallimard, 2011, p. 229.

来作为自己的救赎。

塞利纳笔下的叙事者和普鲁斯特笔下的叙事者一样，对过去，尤其是对自身的过去都有着一种深深的怀念，虽然过去通常是痛苦的。这种怀念或多或少地给他一种意愿，使他有如追随着马塞尔一样，去"寻找过去的时间"。或如巴尔达缪所说，"早年是那么荒唐、那么欺人、那么轻信，恨不得立刻结束青春，让青春摆脱你，超越你，看着青春离开、远去，观察青春的种种虚浮，体验茫然若失的感受，重温青春旧事而后跟青春一起消逝。这样就能确信青春真的消逝了，自己也安心地、悄悄地重回时间的另一端，以便真切地看待人和事。"①这种回溯以往的愿望，正是普鲁斯特进行创作的动力。塞利纳在其作品之中从未将有意识的回忆和无意识的回忆作区分，也从未系统化地探讨这一主题，但是他似乎也同样懂得与马塞尔相近的经验。在非洲放火这一段中，塞利纳便将普鲁斯特的回忆理论付诸实践并肯定了这一理论，尤其是普鲁斯特认为"气味和滋味会在形销之后长期存在，即使人亡物毁，久远的往事了无痕迹，唯独气味和滋味虽说脆弱却更有生命力，虽说虚幻却更经久不散，更忠贞不矢，它们

---

① Louis-Ferdinand Céline: *Voyage au bout de la nuit*, Paris: Edition Gallimard, 2011, p. 288.

仍然对依稀往事寄托着回忆、期待和希望,它们以几乎无从辨认的蛛丝马迹,坚强不屈地支撑起整座回忆的巨厦。"①贝克特在《普鲁斯特论》中指出,《追忆似水年华》中,"玛德莱娜小点心"这一情节证明了普鲁斯特的整部著作是一座非自主记忆的纪念碑[……]普鲁斯特的整个世界来自一只茶杯。②他力图抓住情感的无限丰富性,将各种感觉、意念的网络所产生的无比丰富的实感捕捉住,展现由无数个不同时刻的心理活动组成的人的一生,从味觉、嗅觉、听觉、触觉出发,产生联想。③在《茫茫黑夜漫游》中,巴尔达缪逃离波迪里埃公司的"丛林办事处"——一间小茅屋的时候,放火烧毁了这间茅屋。烈焰燃烧橡胶的气味勾起了他无限回忆,这种气味正如"玛德莱娜小点心"在马塞尔身上引起的震颤:"时间是在太阳下山之后。火焰很快升起,迅猛异常。村里的土著人闻讯赶来围观,看着大伙叽里呱啦议论纷纷。罗班松收购的原始橡胶在火中吱吱作响,散发的臭味儿使我不禁想起格雷纳尔河滨路电话公司那次闻名遐迩的火灾。抒情歌曲唱得特别

---

① 普鲁斯特:《追忆似水年华》(上),第30页。

② 塞·贝克特等:《普鲁斯特论》,沈睿、黄伟等译,北京:社会科学文献出版社,1999年,第22页。

③ 郑克鲁:《法国文学史教程》,北京:北京大学出版社,2008年,第336页。

棒的夏尔叔叔带我去观看。事情发生在万国博览会的前一年，我当时年纪还小。回忆如臭气般、如火焰般油然浮现。我的茅屋也像着火的电话公司臭气熏天，虽然潮湿不堪，照样燃烧，而且烈火熊熊，货物等一切的一切焚毁净尽。账就此清算了。森林恢复平静。万籁俱寂。"①只是在这里所产生的回忆"如臭气般、如火焰般油然浮现"，较之玛德莱娜小点心带来的美丽回忆，无疑是一种有意的降格。此外，塞利纳多次通过回忆提到"万国博览会"，追溯1900年的资本主义黄金时期。1900年对于塞利纳来说是一个不复返的美好年代，因此这里塞利纳的回忆是有目的的、自主的回忆，旨在通过这种回忆表明自己反对现有状况的思想。

虽然《追忆似水年华》中多种表达时间的方式在《茫茫黑夜漫游》中都得以再现，但是巴尔达缪的时间概念与马塞尔的时间概念又是截然不同的，他的时间总是与死亡相互联系。这是塞利纳作品中时间维度的又一特色。用劳伦斯·迪雷尔的术语来说，时间是"一种死亡意识的量度"②，而巴尔达缪是一个非常具有死亡意识的人。他的旅程最终结束

①　Louis-Ferdinand Céline: *Voyage au bout de la nuit*, Paris: Edition Gallimard, 2011, p. 176.

②　Lawrence Durrell: *A Key to Modern British Poetry Norman*, Oklahoma: University of Oklahoma Press, 1964, p. 23.

在塞纳河,因为他发现自己再也不能凝视二十年间的逃亡历程,在这段历程中他"没有找到任何确实比死亡更强有力的思想"①,最终他气馁地总结道:"我们不再说这些。"②他不再继续行走,因为旅程是没有结果的。他整个的朝圣过程将他带回了不说话的起点:"事情就这样开始了。我什么也没有说,什么也没有。"③时间的经过唯一的结果是拉近了巴尔达缪与死亡之间的距离。开头和结尾的沉默呼应,表现出一种时间无限轮回的意味。塞利纳通过将时间与空间混淆,使作品之中充满了时间缺失的空间或是时间永恒的空间。给读者留下的印象是一片漫无边际的黑夜,而时间和空间的界限都已经模糊。博茹尔认为,《茫茫黑夜漫游》实际上首先反映了"一种面对时间和死亡的丑闻所表现出的极为厌恶的态度",叙事者"被时间的眩晕所俘获",因为他"必须在一个总是过去的现在之中生活和忍受痛苦"。正是对"因时间而变得不堪忍受的生活及这种生活之中令人反胃的事物"的反抗,解释了为什么塞利纳的叙事中总是出现粪便、垃圾、腐烂物、黏液、口水、正在腐烂的器官以及一切代表着"人类在时

---

① Louis-Ferdinand Céline: *Voyage au bout de la nuit*, Paris: Edition Gallimard, 2011, p. 501.

② *Ibid.*, p. 505.

③ *Ibid.*, p. 4.

间中消解"的事物。① 《追忆似水年华》中的叙事者不断坚持认为人类、事物、思想、感觉和印象都是脆弱的，巴尔达缪非常清楚自己过去丢失了什么，他以更加残酷的方式强调了生活、痛苦、幸福的时光、人与人之间的关系以及回忆的无意义性，一切终将会被时间和死亡的漩涡所带走。

小结

塞利纳在《茫茫黑夜漫游》中通过时间与空间的混淆、特殊时间观，以及回忆在《茫茫黑夜漫游》中的重要作用再现了普鲁斯特式的时间；普鲁斯特的女性形象塑造和女性形象的象征意义在塞利纳的《茫茫黑夜漫游》中也以各种不同的形式得到了转化和吸收，《追忆似水年华》无疑为《茫茫黑夜漫游》中的时间表现和女性形象的塑造提供了一个参照。通过塞利纳作品与普鲁斯特作品之间互文关系的研究，我们再次验证了互文性理论中的普遍观点：文学来自模仿和转换。

作为写作手法的互文性，从其具体的操作方式上来看可以包括模仿、戏拟、转换、指涉、拼贴、重写、引用，甚至抄袭等

---

① Cf. Pascal A. Ifri: *Céline et Proust, Correspondances proustiennes dans l'oeuvre de L.-F. Céline*, Birmingham, Alabama: Summa Publication, 1996, p. 193.

等多种方法，其互文性的体现程度各不相同。作出标注的引用和抄袭是一种明显的镶嵌，即热奈特所谓的"狭义的互文性"，对于熟悉互文本的读者来说，这两种互文手法最容易识别。热奈特提出的"派生"，亦即"超文性"，则需要纵向的转换来实现。转换的方法往往需要读者有着较强的辨别能力。作者将一篇文本转化到自己的文本中来，首先便需要打破原来文本的内在意义联系或逻辑联系，对原文本进行解构，而后从中抽出作者所需的部分元素进行改造与重组，使其产生变化，形成新的文本。本章我们谈到塞利纳在《茫茫黑夜漫游》中对普鲁斯特《追忆似水年华》的转换。我们的分析着眼点主要在两个方面。首先是《茫茫黑夜漫游》中女性人物与《追忆似水年华》中女性人物之间的互文转换关系。表面上看来，《茫茫黑夜漫游》中描写的女性形象多是下层的女性，歌女、妓女等，《追忆似水年华》之中描述的则是上流社会的女性，公爵夫人、贵族少女等，但是塞利纳对《茫茫黑夜漫游》中女性人物的描述过程，完全遵循了《追忆似水年华》中的程式，即一个现实与想象悖反的过程。而作者对女性的迷恋同样都是与某一个空间地点有关，如《追忆似水年华》中描述的阿尔贝蒂娜与巴尔贝克之间的关系，《茫茫黑夜漫游》中最具代表性的则是劳拉所代表的美国。从这一点上，作者又开始将空间概念进一步发挥：虽然从其题目和内容上我们都可以明显看出《茫茫黑夜漫游》是一部空间性极强的小说,《追忆似水年华》则是以时间作为主角的作品。但是塞利纳在不断描述空间转换的写作过程中,又通过对过往的追忆和流水的意象来重组时间线索,从而将小说中的时间与死亡相互联系,形成自己特殊的时间观念。这一点也同样是在对《追忆似水年华》的转换中形成的创新。从本章的分析我们可以看出,两部看似完全没有交叉点的作品,实质上是通过塞利纳的巧妙转换过程而产生了密不可分的联系。最值得注意的是,普鲁斯特正是《茫茫黑夜漫游》中唯一提到的一位与作者同时代的作家。作者是在阅读了普鲁斯特的作品之后对其进行有意的分析与解构,从而对其进行重新整合,这一整合的过程中作家加入了自己的构思内容,并将自己的悲观观念置于新的结构之上:想象与现实间的不断悖反、时间与死亡的不断接近,这两点都是作者的反抗与失望相互交织的情绪的完美展现。可以说对自己同时代最著名的作家的解构与转换,也同样是塞利纳颠覆性写作的明确宣言。但我们还需要注意到,塞利纳的这种转换手法仍然是对原有文本的一种吸收,因此可以说每一种颠覆必然是在对既有元素进行吸收的基础上进行发展。文学传统与颠覆之间的关系亦应如此。

第三节　大江健三郎《静静的生活》与塞利纳

《轻快舞》之间的互文关系

——兼论塞利纳作品中的"卑贱书写"

2002 年法国《文学杂志》推出"塞利纳专刊"①，大江健三郎为这本专刊撰写了卷首文章"加油，小子!"（*Hardit Petit*!）。这是大江健三郎又一次公开地、明确地谈及塞利纳对自己的影响。毕业于东京大学法文系的大江健三郎，在写作过程中深受法国文学的影响。研究界目前对大江健三郎的"法国师承"脉络梳理主要集中在萨特、罗曼·加里等作家，对塞利纳的探讨尚未多见。大江健三郎本人在其封笔之作《别了，我的书》中向影响自己的文学大师们致敬时，却将塞利纳与叶芝、贝克特、陀思妥耶夫斯基、纳博科夫等人的形象并列其中。《别了，我的书》中的主人公长江古义人是一位有成就的大作家，可以被认为是作者大江的化身。互文性是

---

① 这是该杂志继"弗洛伊德专刊""普鲁斯特专刊""尼采专刊"后推出的第四本专刊，2002 年第四季度出版。将塞利纳与弗洛伊德等人并列，无疑体现了法国文坛对塞利纳的肯定与重视。

他有意追求的写作特色①："早在我刚开始写作那阵子曾有一位前辈鞭策我,'要写互文性小说'。目前,我要解读出那些正是互文性小说要素的、包括人事在内的所有一切的、微小的,甚至有些奇态的'征候',并将其记述下来。"②《别了,我的书》,既是大江健三郎对其文学创作方式的总结,也是对其创作主题的总结。古义人所执着的"鲁滨逊小说"与椿繁所策划的"爆炸事件"是这一总结的两条具体线索,这两条线索又恰切地与作者对塞利纳作品的解读对应起来。"鲁滨逊小说",是大江健三郎对自身文学创作方式的总结,而在小说第八章中作者着力分析的"鲁滨逊"这一人物③,正是塞利纳的代表作《茫茫黑夜漫游》中的线索人物;"爆炸事件"是大江健三郎终其一生都在关注的创作主题,塞利纳则从其处女作开始就使"爆炸"场面充斥其作品的字里行间。从大江健三郎的写作历程与创作主题来看,塞利纳的影响贯穿其始终。在为"塞利纳专刊"所作的卷首语中,大江健三郎回顾了自己大学时代最初接触塞利纳作品的情形,并坦言《北方》给他带

---

① 陆建德:"互文性、信仰及其他——读大江健三郎《别了,我的书》",载《外国文学研究》2007 年第 6 期,第 42 页。

② 大江健三郎:《别了,我的书》,许金龙译,天津:百花文艺出版社,2006 年,第 276 页。

③ 按照法文原文,"鲁滨逊"应译作"罗班松"。

来了巨大震撼。同时,大江健三郎承认:"我对'塞利纳问题'的关注,不仅止于《北方》的阅读,这是一个我迄今仍未完全解决的问题。[……]我继续阅读着所有能够找到的他的作品。"①大江健三郎在封笔之作中通过"古义人"这一形象,再次言明了塞利纳对他的影响:古义人藏有很多法国作家塞利纳的作品和研究他的著作,那些图书是六隅先生②(即大江的恩师渡边一夫)的遗物。他可能更像塞利纳在《长夜漫漫的旅程》③(1932年)中所描写的那样,把目光死死投向自己所处时代的茫茫黑夜:"你必须不含丝毫谎言地说出在这个世界上曾见到过的人类的所有的堕落。然后,你就闭上嘴巴进入坟墓之中。作为人这一生的工作,只要做了这些也就足够了。"④

　　大江健三郎首先作为法国文学的研究者,而后又成为作家,其对塞利纳作品的解读、评论、引用与模仿都呈现出多层

---

　　① Kenzaburo Oe:《Hardit petit!》, *Magazine littéraire*, *Magazine littéraire*, *Hors-série*, *Louis-Ferdinand Céline*, 2002, p. 6.

　　② "六隅先生",法国的地图呈六边形,此处以"六隅"代指法国,"六隅先生"指大江健三郎的法文老师渡边一夫先生。

　　③ 《长夜漫漫的旅程》,常见译法为沈志明译《茫茫黑夜漫游》及徐和瑾译《长夜行》。

　　④ 大江健三郎:《别了,我的书》,第163页。

面、多维度的特色。大江健三郎为"塞利纳专刊"所写的卷首语"加油,小子!",其题目来自塞利纳的《分期死亡》,是主人公费尔迪南的叔叔爱德华对侄子的鼓励话语。在后期的《轻快舞》中,塞利纳又特别回顾了《分期死亡》中的情景,并在鼓励小麻风病人时同样使用了这句话。大江健三郎在文中指出,《轻快舞》以及其中的"加油,小子!"的精神在自己的文学创作及生活中都产生了重要的影响。本章中我们选择塞利纳的《轻快舞》与大江健三郎的《静静的生活》为互文本,探讨两部作品之间由人物设置、引用评论而呈现的显性互文关系,同时以"卑贱书写"为切入点,分析大江健三郎对塞利纳"卑贱—边界""卑贱—狂欢"两个写作范式的模仿,以及由此产生的两个文本之间深层而隐性的互文关系。

一、 引用与评论: 显性的互文关系

大江健三郎作品中,《静静的生活》相较于其他作品来说是被中国研究界关注较少的一部。《静静的生活》是大江所擅长的自传体小说并以第一人称叙述,讲述了父亲——作家"健"因"排水管事件"而陷入悲观,携母亲赴美国访学,留在家中的兄、妹、弟三人在留守期间积极应对生活中大事小情的种种经历。塞利纳的《轻快舞》则是以二战期间主人公塞利纳逃亡德国为线索,描写了逃亡过程中的经历见闻。其中主

人公救助一群小麻风病人的经历,对大江健三郎触动最深,他曾坦言在不断阅读《轻快舞》的过程中获得了极大的精神动力:

> 在我残疾的儿子从儿童向少年过渡的时期,我们遇到了难以预料的痛苦困境。在与所有这些困境抗争之时,我一直都在阅读《轻快舞》[……]我毫无缘由、毫无目的地侧耳倾听着这句激励的话:"加油,小子!"①

《轻快舞》的文本在《静静的生活》中的显性呈现方式是非常易于察觉的。大江从情节设置开始便将《轻快舞》引入了《静静的生活》之中,而后又通过对《轻快舞》文本的直接引用、借人物之口对作品进行评论等方式使作为互文本的《轻快舞》自然地嵌入了《静静的生活》之中。

人物设定——互文嵌入的方式

在人物设定方面,大江健三郎将小说主人公、叙述者设

---

① Kenzaburo Oe: «Hardit petit!», *Magazine littéraire*, *Magazine littéraire*, *Hors-série*, *Louis-Ferdinand Céline*, 2002, p. 6.*Céline*, 2002, p. 7.

置为大学法文系毕业班的学生:"自从结束二年级的课程后,我就每天阅读着塞利纳的作品。[……]在我心中,一开始就决定了自己亲近塞利纳作品的方式是透过孩子们,那一群被塞利纳称为'我们可怜的小白痴们'、可怜而疯狂地与死亡争斗的孩子们。"①《轻快舞》被主人公选为毕业论文的研究对象,以小说元素的形式呈现在《静静的生活》之中:

> 我毕业论文所谈论的主线是《里巩顿》②。因此,塞利纳在和"我们的小白痴们"之间的关系,并没让无时不在的伤感主义进入,他也摆不出悲悯的身段,抱住'好可怜哪!'的想法不放,身为医生的塞利纳反而为了孩子们活用了自己的专长,并努力地奋斗不懈。在困难的环境中,孩子们一方面残疾,另一方面却发挥了对残疾的对抗精神。③

---

① 大江健三郎:《静静的生活》,张子云译,桂林:漓江出版社,2000年,第190页。

② 塞利纳作品《轻快舞》原题名为"*Rigodon*",亦有《黎戈登》《里巩顿》等译法,本文尊重各个出处原文,引用时译名有不统一之处。《轻快舞》译名出自《茫茫黑夜漫游》译者沈志明编选的《塞利纳精选集》。

③ 大江健三郎:《静静的生活》,第198页。

　　主人公不断地翻译、摘抄、思考、领悟《轻快舞》的过程，既是对《轻快舞》这一互文本进行解构与重组的过程，也是推动小说情节发展、升华小说主题的方式。透过"我的小白痴们"——《轻快舞》中的麻风病儿、即"孩子们"这一主题意象，大江健三郎使《轻快舞》呈现出一个经过特殊读者"小球"的阅读而重新提炼的线索：在《静静的生活》中，作为"战争三部曲"之一的《轻快舞》几乎将战争主题推至其次，变成了"病儿与死亡抗争"的励志故事。正是这个故事使主人公加入学生团体、成为看护智障儿童的义工。另一方面，这个故事也引发了作者对日本民众漠视残疾儿童的谴责："日本的健康正常人，虽然嘴上不说，对于残疾的孩子所采取的冷酷态度，却到了令人骇然的程度。"①大江通过《轻快舞》中的引文来体现"塞利纳温柔的一面"，更加增强了两种态度的对比效果：

　　　　我的小白痴们，能做的部分都做了，我们已经帮不上什么忙了。瑞典人、张口垂涎、既聋又哑……三十年荏苒，想起他们，如果他们还活着的话，现在也都已经长大了吧……或许他们不再流口水，耳朵也听得见了，能

---

　　①　大江健三郎：《静静的生活》，第 191 页。

够好好地受教育……虽然老人们已经没什么希望,但孩子们一切都还……①

大江健三郎在谈及自己的生活时曾提到,"直截了当地说,有着智障儿子的这个家庭,在社会上是易于受到伤害的。"②"某种恶意包围着我们生活的那个时期非常之长。"③在这个时期里,作家不断地以《轻快舞》中"加油,小子!"的暖意来抵御公众眼中的恶意。具体到小说之中,大江健三郎借小球之口也表明了这种态度:

这些虽然只是在我的胸中,我用在塞利纳那儿发现的语汇,呼喊着"加油,小子!"式的口号:年幼的塞利纳和外出工作的母亲一起朝那家店走去,虽然自己打算帮忙,但偶然间经过那儿的叔父大声地督促这位小少爷,呼号"加油,小子!"的声音在空气间传响着。尽管这样的表现方式有两重含义,浮现在我心中的则是正面鼓励那种——塞利纳在《里巩顿》一书的回忆中发掘这件往

---

① 大江健三郎:《静静的生活》,第192页。

② 大江健三郎:《大江健三郎讲述作家自我》,尾崎真理子采访整理,许金龙译,北京:金城出版社,2011年,第167页。

③ 同上,第169页。

事时,我想他应该也是这样的感觉。[……]但即使是这样的过程,我都希望在男子更衣室里的哥哥能够发挥"加油,小子!"的精神,超越可能的窘境。①

小说主人公小球将自己的毕业论文主题与自己的生活结合起来,认为残疾的哥哥也应该发挥《轻快舞》中"加油,小子!"的精神,克服困难超越窘境。大江健三郎希望通过"法文系毕业生"这一人物设定,将《轻快舞》中有关"残疾"的主题引入《静静的生活》,并用"麻风病儿"面对疾病坚强不息的抵抗精神鼓舞主人公,使主人公将这种精神传递给其他小说人物。

引用与评论——互文本的元文性

在《隐迹稿本》中,热奈特给互文性的定义为"一篇文本在另一篇文本中切实地出现",并在此基础上提出了"跨文性"概念,将文本的跨越关系分为五类,其中"一篇文本和它所评论的文本之间的关系"被定义为"元文性"②。《静静的生活》对《轻快舞》的引用与评论恰能对应热奈特所提出的

①　大江健三郎:《静静的生活》,第229页。
②　费蒂纳·萨莫瓦约:《互文性研究》,第18页。

"互文性"与"元文性"的定义。《轻快舞》中众多段落被以原文引用形式引入《静静的生活》之中,为了配合小说情节的发展,大江健三郎详细叙述了《轻快舞》的情节脉络、故事梗概,使两部作品之间的互文关系体现得尤为明显。为了从多方面阐释自己对《轻快舞》的理解,大江健三郎借人物之口对这部小说进行讨论,构成了小说内部的一种元文本关系。

《轻快舞》中面临战争与疾病双重威胁的患儿们,是大江健三郎最为关注的主体,这些孩子们在"塞利纳医生"的带领下展现出了与命运抗争的神奇力量:

> 火车终于抵达荒芜的汉堡。孩子们都凭靠自己的力量下了火车,来到月台。
>
> 孩子们都围拢过来,不论男孩女孩都一样……大家都穿着可笑的衣服,显得很不合身……十五个人左右……不错,一看就知道是笨蛋……流口水的、瘸脚的,还有斜歪着脸的,完全是肉体障碍的白痴……①

孩子们比任何人都更加接近死亡,塞利纳的表述略带迟疑却仍然肯定地说这是一群"白痴",对于主人公小球来说,

---

① 大江健三郎:《静静的生活》,第 203 页。

平时如果听到这样的话语定会恼怒万分,但是塞利纳此时却并无恶意,甚至是带着对亲近人物的宠溺。小球通过对《轻快舞》不断引用而揭示了塞利纳笔下"加油,小子!"真正含义所在:

> "喂!我的孩子们!出发吧!"所有的孩子都跟着我来……我引导着……这种"加油,小子!"的能量本身,也许很奇怪,也许没什么奇怪,经常残留在我的体内……就像年轻时学会的事物,刻骨铭心地遗留下来……之后,就只剩下模仿、复写、劳役、过分谦让的礼仪和竞争而已……[1]

在照顾这群"小白痴"的同时,塞利纳也感受到了孩子们的力量,甚至觉得"加油孩子们"这种能量,不仅鼓舞着孩子们,也成为自己身上难以磨灭的印记。孩子们面对疾病与死亡本能的求生的渴望所呈现出的积极向上的态度与精神,正是大江健三郎在《静静的生活》中不断描述的残疾人对命运的抗争力量。大江健三郎在回顾自己与智障儿子共同的生活时,对这种能量也有着深刻的体会:

---

[1]　大江健三郎:《静静的生活》,第 203 页。

四十多年来,每天夜晚,我把用毛毯包裹儿子作为一天里最后的工作。那种时刻,我往往会闪过一个念头——这就是我的"永远"吗?(笑)二十来岁那会儿,这是无法想象的人生,我竟会成为四十余年来每天如此的人。然而,经过四十年之后再来看这个问题,我便觉察到,每天夜晚,在那个短暂的两分钟或三分钟里,在深夜中,与光稍微说上几句话,会给我增添怎样的精力呀!把光的事情写在小说里,总能够使我面对崭新的工作,即便在每天的生活中,他也是以这种方式显现出积极因素的存在。①

无论是在写作中或是生活中,"残疾"都是大江所面对的永恒主题。通过"小白痴们"而传递出残疾人的抗争力量是《轻快舞》在《静静的生活》中的重要作用之一。此外,大江健三郎还通过小说人物"弟弟"之口将《轻快舞》定义为"铁路小说",即轻松易懂的通俗小说,并且以主人公之口对其进行了肯定:"要把它(铁路小说)和塞利纳连结在一起,不禁令我迟

---

① 大江健三郎:《大江健三郎讲述作家自我》,第87页。

疑了一下,但仔细去想也确实如此。"①随之立刻补充道:"不是那种打发时间游山玩水的'铁路小说',而且刚好相反,就像你偶尔会说的,他是那种冷不防给人当头棒喝的家伙——而且从文章中也可以找到这感觉的正确出处,那场面其实是非常震撼的。"②"当头棒喝"是《轻快舞》与普通的铁路小说最大的不同之处,而此处其具体意义是指《轻快舞》中对塞利纳在爆炸中头部受伤的描述,这一"当头棒喝",具体到《静静的生活》之中,即体现在哥哥"小鸟"的脑部先天疾病,接连接受手术而"受伤",作为残疾人的小鸟,对疾病与死亡有着异于常人的敏感。③ 作为健全人的塞利纳面对死亡的态度则十分理性,"死亡和痛苦,非如我想象般的巨大,因为他们经常发生了,如果我曾郑重以待,那必定意味着我的疯狂。我非得更理性不可。"④

　　大江健三郎在《静静的生活》中,以人物设置、原文引用、情节复述、交流讨论相结合的方式,大篇幅地讲述了塞利纳的故事,使《轻快舞》成为"小说的悲伤"一节中最为核心的内

① 大江健三郎:《静静的生活》,第 214 页。
② 同上,第 215 页。
③ 同上,第 217 页。
④ 同上,第 216 页。

容,融入了小说的叙事线索,推进了小说情节的发展,两个文本间显性的互文关系增强了小说的感染力量,突出了小说的"抗争"主题。

二、"卑贱"的力量:隐性的互文关系

《静静的生活》与《轻快舞》之间的互文关系并不仅限于显性层面,在克里斯蒂娃"卑贱"理论的观照下,两部作品间的深层互文关系变得清晰而明确。在《恐怖的权力》中,克里斯蒂娃赋予"卑贱"多层指义,它是一种"缺乏",一种"自恋癖",一种"边界",它与母性、恐怖、污秽相连,既吸引人又令人憎恶。[1] 卑贱是自我对卑贱物的心理反应,是"污秽"的近义词。[2] 但让人产生卑贱感的,"并不是清洁或健康的缺乏,而是那些扰乱身份、干扰体系、破坏秩序的东西"[3]。克里斯蒂瓦认为,塞利纳的狂欢化写作是表现卑贱文学的典范[4],

---

① 罗婷:"克里斯特娃关于母性/卑贱的话语权力与文学表现",载《国外文学》2003年第1期[3—9页],第3页。

② 胡晓华:"'卑贱'的回归——论欧茨小说《圣殿》的自我认同观",载《外国文学》2011年第4期[20—27页],第21页。

③ 克里斯蒂瓦:《恐怖的权力——论卑贱》,第6页。

④ 罗婷:"克里斯特娃关于母性/卑贱的权力话语与文学表现",载《国外文学》2003年第1期[3—9页],第7页。

她在《恐怖的权力》中用了六章的篇幅对他的创作主题、语言风格、叙事技巧等进行了详细的分析,指出"塞利纳从身体到语言都达到了道德、政治和风格诱导法的顶峰,也是划时代的顶峰。"①塞利纳以"卑贱书写"的方式淋漓尽致地言说了死亡、恐怖等主题,"在卑贱的暗夜中传出恶魔般的笑声",大江健三郎则在模仿这种写作机制的框架下,构建了"卑贱"的另一种表意方式,并使之升华为"静静的生活"。

卑贱—边界:"堵"的意象

"封闭状态",即"堵"的意象是塞利纳小说中的常见描写。《轻快舞》的开端,主人公将大门紧闭,一切将其视为"叛徒"的来访者都被"堵"在门外,而他自己则通过院子为自己划定边界,时刻处于"封闭"之中。《轻快舞》的主要情节都与火车相关,战时的火车也同样是个拥堵而封闭且污秽而充满风险的空间。小说的主人公是落魄而卑微的,其描述的人物也都身处社会的最底层,他们时时面对着"卑贱物"——战争中的"死亡"威胁的侵袭,不断地逃亡,不断地重新划定边界:因为"卑贱物赖以生存的那个人是被抛弃者,他(自我)置放,(自我)分离,(自我)定位,因此说他在流浪。他不去自我认

----

① 克里斯蒂瓦:《恐怖的权力——论卑贱》,第35页。

识,不去希望,不去寻找归属或拒绝。"①因此,塞利纳的主人公不断地在"封闭"与"开放"状态之间、"堵"与"通"之间继续着他逃离污秽与风险的曲折旅程,他在两种状态间流浪,不断地受到"封闭"或"堵"的威胁,走入茫茫未知的长夜。

大江健三郎同样以"堵"的意象制造了一个有些令人意外的开端:堵塞的下水道最终成为父亲陷入"困境"的导火索。叙述者首先讲述了父亲的奇怪爱好:疏通下水道。父亲对此乐此不疲,已经成为定期的惯例,并能乐在其中。"虽然父亲每次工作结束都会洗净手脚,但还是会留下臭水沟的味道,父亲就这样在沙发上开始读起书来了。父亲闲适地躺卧着,浑身散发的满足感,像水沟的臭味一样,虽然少量,却浓厚……"②"堵塞的下水道"显然是污秽聚集恶臭散发之处,构成了一个"卑贱"意象,而父亲对此事的特殊爱好,几乎被升华成了一种对成功的追求、渴望和享受的感受,他享受着"卑贱物"被清除的乐趣甚至是突破困境的满足感,因此在一次"不成功的清理"之后,父亲体会到了严重的挫败感,由此陷入"困境",最终带着母亲远赴加州。失败的父亲将自己封闭起来,划定自己与周围世界甚至是孩子们的界限,将堵塞

① 克里斯蒂瓦:《恐怖的权力——论卑贱》,第11页。
② 大江健三郎:《静静的生活》,第43页。

的下水道所代表的"困境"的"卑贱意象"排斥在外。作为边界的卑贱，更是一种模棱两可的状态："因为它在标界时并不从根本上将主体从威胁它的东西中解脱开来——相反，他承认主体处于永久的危险之中。"[1]因此，父亲的"败走加州"并没有完全将其从"困境"中解脱出来，而是使他始终处于"失败感"的威胁之中。

堵塞的下水道只是父亲陷入困境的导火索，其真正的困境在于重藤夫妇眼中的创作瓶颈、祖母与姑姑眼中的亲人病故以及小球眼中的残疾哥哥的性发育问题。面对三重窘境而无计可施的状态使父亲变成了"失败的自己"。"失败的自己"即"卑贱物"的一种呈现形式，它以"他人"的方式占据了"我"的地方和位置，使"我"感到"卑贱"。克里斯蒂娃认为，自我通常"没有能耐以足够的力量去承担某种强制性排斥行为，以排斥卑贱的事物"，而是把它置于"原始压抑的边缘地带"，卑贱物因此成为"一个召唤和排斥的极，如一个不可驯服的飞去来器，不知疲倦地使它的寄居者完全不能把握自己"[2]。因此，自我"不停地与这个卑贱物分离，他总是认为，卑贱物是一块被遗忘的领地，但又是一块时时被回忆起

---

① 　克里斯蒂瓦：《恐怖的权力——论卑贱》，第 14 页。
② 　同上，第 1 页。

来的领地"①。父亲的状态即如所言,逃亡加州之后,"失败的自我"带来的威胁并没有立即消失,他虽然想将这一"卑贱物"遗忘,却不得不时时以通信的形式与小球保持联系,即与封闭自我的"边界"之外保持着联系。从另一方面来看,父亲摆脱"自我的卑贱",也是在与小球进行通信的过程中渐渐地得以实现的。书写文本意味着具有想象卑贱物的能力,也就是说能设身处地地看待自己,仅仅通过语言游戏把卑贱物分开。② 父女通过通信的方式分享生活与阅读,增进对彼此以及自身的了解,亦即他们通过"最正常的解决办法,同时又是最平淡的、公共的、可交流的、可分享的办法,那就是叙事。作为痛苦叙述的叙事:害怕、恶心、喊叫出的卑贱,将平静下来,串联成故事。"③这些"串联成的故事"最终以小球的"家庭日记"的方式寄送给在加州的父亲。小说借"母亲"之口,指出"家庭日记"是父亲回归、找回真正的自我的重要通道:"祖母在信上写道,爸爸在森林里遇见山神之后,突然就想不起自己的名字,有些小孩觉得有趣,就拿来当游戏的材料:'喂,说出名字来!'(父亲)读家庭日记的时候,或许会重新记

---

①　克里斯蒂瓦:《恐怖的权力——论卑贱》,第 12 页。

②　同上,第 24 页。

③　同上,第 205 页。

忆起家人真正的名字。"①

　　大江健三郎虽然通过"卑贱—边界"这一范式模仿了塞利纳的叙事框架,但是与塞利纳不同,大江健三郎并没有通过划定边界的方式使主人公一再逃离,进而将主人公引向卑贱的极端——"世界末日"。在《静静的生活》中,"卑贱物"的设置从外在变成了"自身的卑贱",即"卑贱物侵入我的体内,使我变成卑贱物",而"通过升华,我掌握着卑贱物"②。大江健三郎以书写来应对"卑贱",使卑贱升华为文字叙事,从而变为"静静的生活"。

　　在《静静的生活》中,"堵"的意象更多地以抽象的思维形式呈现出来。主人公小球对婚姻的思考中也巧妙地涉及了这一意象:

　　　　"说到嫁人,当然没有具体的'目标'呀! 即使是做假设,不论是以怎样的方式开始,结果总是死路一条。"

　　　　"但是,爸妈也没有告诉我步出死胡同的方法,不是吗?"③

　　──────────

　　①　大江健三郎:《静静的生活》,第 287 页。
　　②　克里斯蒂瓦:《恐怖的权力——论卑贱》,第 17 页。
　　③　大江健三郎:《静静的生活》,第 10 页。

　　"死路一条"与"死胡同"的表达方式,都是对"封闭"和"堵"的具体描述。"堵"代表了一种封闭,显然要有一个边界,这个边界即主体与卑贱物之间的界线。主体千方百计希望通过这条界线逃离卑贱物,却始终为之所困。因为需要照顾智障的哥哥,小球一直责无旁贷地认为自己要带着哥哥一同嫁人。"因为要和小鸟住在一起,所以要嫁人的话,对方至少要有两房一厅的公寓! 在那儿,我想过着静静的生活。"①这条路显然行不通,甚至给主人公带来了困扰:"昨晚的那番话,让我对自己感到失望,比什么都不说还要糟。回到卧室后辗转难眠……"还梦见了没有新郎的婚礼。将这一"堵"的意象引向极致的是这一梦境的"变奏","小球梦见带着小鸟嫁给了他(新井)……"②而这个"变奏"的梦境被小鸟转述给自己的健身教练新井,致使小球险些遭到新井的强奸。这一情节更加印证了"带着哥哥出嫁"是完全行不通的。"带着哥哥出嫁"这样一个异常的想法,无法被世俗社会所接受,在日本社会中智障人士仍受到不公正的待遇,连同其亲属都会被一条"卑贱"的边界隔开,因此小球本人也认定这是"死路一

---

①　大江健三郎:《静静的生活》,第9页。

②　同上,第263页。

条"。但是兄妹三人留守期间,小球不断地发现哥哥愈加独立,而弟弟也渐渐参与照顾哥哥,小球通过家庭日记的方式呈现了生活中的种种变化,未来之路显然并不会是"死路一条"。

卑贱—狂欢:"爆发描写"

《静静的生活》虽然仍旧是大江所擅长的自传体小说并以第一人称叙述,但叙事的视角不是从第一人称父亲健的角度入手,而是从其女儿小球的视角切入,以家庭日记的形式记录了兄、妹、弟三人所经历的事件。对于叙述者的转变,大江健三郎曾解释道:"我写小说时,即便选择女性为讲述人,可实际上那还是本人的叙述,只是考虑到小说技巧上的需要,才偶尔选择女性为讲述人的,而不是被塑造出来的、拥有毋庸置疑的现实感的女性叙述者,其肉体和智能兼而有之的女性在讲述。"①就日语语言本身来讲,男性用语和女性用语具有明显的区分,女性用语较之严肃、规范化的男性用语而言,显得更加自由和口语化,更有利于内心情感的抒发。大江健三郎设置在大学法文系就读的长女"小球"这一形象作为主人公,却不断地让她以并不符合身份的、低俗用语来呈

---

① 大江健三郎:《大江健三郎讲述作家自我》,第154页。

现出一种语言与身份的反差：

> 我心中涌起他妈的、他妈的攻击性情绪。与其说是突如其来的爆发，不如说是积郁胸中已久。坦白说，我最近经常说他妈的、他妈的这类被小鸟训斥为粗话的字眼。①
>
> 我只在席间的一隅静静地听他们谈论，但是胸中却"他妈的、他妈的……"声音大作。②
>
> 看到小男孩的当众自慰行为，那个他妈的、他妈的，又在心里咕嚷着。③

口语语体在大江健三郎作品中的出现，是因为他早已意识到塞利纳作品中口语语体使用的意义："我刚进入法国文学专业，就学习了口语体语言、叙述体语言以及文章体语言在法语中的差异，了解到在我出生前后，也就是在 20 世纪 30 年代中期开始活跃起来的作家中，有一位叫做路易-费尔迪南·塞利纳的作家，他把与口语体语言相近的文体带进了法

---

① 大江健三郎：《静静的生活》，第 13 页。
② 同上，第 14 页。
③ 同上，第 15 页。

国文学的世界。"①口语语体作为一种"卑贱"的表述方式,在
塞利纳的作品中体现出了强大的反抗力量,它压制着书面语
体,形成一种狂欢式的颠覆,恰到好处地抒发了主人公的情
绪,每一次沟壑万千的涌动,都代表了一种被压抑的、一触即
发的冲动,这种"冲动",即被克里斯蒂瓦称为"原始压抑"的
"卑贱"。在克里斯蒂瓦看来,塞利纳的写作以狂欢化的方
式,淋漓尽致地言说了"恐怖",揭示了人类被压抑的另一面,
即回到了给予生命、死亡并摧毁无限的母性卑贱的那面。②
语言的颠覆是塞利纳狂欢化写作的集中表现,是面对"卑贱"
的世界的恐惧反应。

　　大江健三郎在《静静的生活》中通过主人公"小球"的语
言,多次呈现口语中"爆发性"的脏话所代表的"原始压抑",
原始压抑找到一种躯体的和有意义的内在标记,即征兆和符
号:厌恶、恶心、卑贱。③作为"卑贱物"的原始压抑在《静静
的生活》中展示出了狂欢节"颠覆性"一面,而这种表现是爆
发性的,猝不及防的。因为"卑贱物"蔑视它的主人,不向主

---

　　① 大江健三郎:《大江健三郎讲述作家自我》,第6页。

　　② 罗婷:"克里斯特娃关于母性/卑贱的权力话语与文学表现",载
《国外文学》2003年第1期[3—9页],第7页。

　　③ 克里斯蒂瓦:《恐怖的权力——论卑贱》,第16页。

人示意就激起一阵排泄，一阵痉挛，一声喊叫。[①] 大江健三郎也同样借助主人公之口道出了卑贱物的"蔑视行为"："我的小圆头像是要向两极撕裂似的胀热起来，他妈的！他妈的！两脚拼命拍打着，继续地向前游，但究竟为何而发，咒骂着他妈的！他妈的！自己也不明白。"[②]

塞利纳作品中狂欢化写作的最直接表现形式是对"爆发性场面"的描写。克里斯蒂瓦认为，塞利纳对轰炸汉堡的描写是人类悲剧的顶峰或是对人类从容不迫的嘲讽。[③] 在一片倒塌声中，在焦昧和混乱中，卑贱的疯狂倒向了灾难的美丽[④]：

> "绿里透红的火焰在围着圆圈跳舞……而且跳得很圆！……冲向天穹！……应该说，这些瓦砾中的街道，绿的……粉红的……红的……冒着火焰的……倒是让人感到分外地愉快，真正的节日，比它平常的状况，单点粗糙的砖块要强得多……如果不是混乱，反叛，地震，世

---

① 　克里斯蒂瓦：《恐怖的权力——论卑贱》，第 1 页。
② 　大江健三郎：《静静的生活》，第 274 页。
③ 　克里斯蒂瓦：《恐怖的权力——论卑贱》，第 195 页。
④ 　同上，第 218 页。

界末日从中带来的大火灾,这些火焰永远也不会如此欢

悦……"①

痛苦、恐惧,及其它们向卑贱的汇集,似乎成了与世界末日相适合的批示,而塞利纳的写作就是这种世界末日的视像。② 塞利纳将战争中的杀戮与痛苦以狂欢化的方式揭露出来,勾勒出一场"卑贱物"的狂欢,并将卑贱升华为具有宗教意义的"世界末日",以此揭示战争的罪恶和人类困难的命运。与此同时,他又蔑视着宗教,"卑贱的各种净化方式——各种陶冶净化——构成了宗教的历史,最终归结为这个绝妙无比的净化,这就是艺术,它源于宗教又超越宗教。从这个角度来看,艺术经验深深扎根于卑贱之中,成为宗教感情的主要组成部分。"③因此,塞利纳在世界末日的视像之中,传递出的是"狂欢化的嘲笑",以卑贱文学嘲笑了战争的恐怖。

大江健三郎在《静静的生活》中并没有直接描写真枪实弹的"爆炸",却也同样以各种狂欢式的"爆发"描写,将"卑

---

　　① Louis-Ferdinand Céline: *Rigodon*, Paris: Edition Gallimard, 2012, pp.161 - 162.

　　② 克里斯蒂瓦:《恐怖的权力——论卑贱》,第 220 页。

　　③ 同上,第 25 页。

贱"一览无余地呈现出来。尤其是在描述哥哥的病情轻微发作时,"父亲就当游戏似的,让小鸟也当做像是做了件伟大的事一般。"①

　　"小鸟,是发作拉肚子吗? 好! 加油! 到厕所去! 不要在半途放弃啊! 不要让发作拉肚子泄出来啊! ……太好了! 赶上了! 拉肚子成功!"[……]父亲在这阶段极度热衷带小鸟去厕所的任务,想来是理所当然。如果最后又是大功告成的话,心里自然是很高兴的了。

　　小鸟还在上护理学校时,和"KIN"一样,类似"发作拉肚子"这样似已变成专有名词的用词尽管奇怪,不也都像是愉快的节庆一般嬉闹度过? 然而,发作前或者说已经开始发作时——身体内,不是会感到气管、食道或胃肠直冒着热气泡?②

　　将小鸟的癫痫病发作当做一种"节庆"嬉闹度过,全家动员架着病情发作的哥哥,将哥哥带到厕所。发作中的哥哥如

---

①　大江健三郎:《静静的生活》,第 50 页。
②　同上,第 52 页。

同在做一件伟大的事情,癫痫发作中完全无意识的病人被加冕为王,而将令人作呕的排泄场景描述成狂欢,以"狂欢"的精神将作为"卑贱物"的"排泄"升华成一种"节庆",这种升华的过程与塞利纳的"爆发性描写"有着异曲同工之妙,都是将痛苦向卑贱汇集,使卑贱达到一种疯狂的程度,但大江健三郎对"卑贱物"的升华过程中并没有塞利纳作品中的绝望悲观的苦难,而是带有一种乐观向上的生活态度,这种不同使两种升华的导向出现了本质的差异:塞利纳将人类的苦难升华为世界末日的警醒,而大江健三郎则将智障儿子的病痛升华为"静静的生活"中的一种狂欢。这种病痛并不会与世界末日相联系,因为世界末日对于大江健三郎来说,存在于遥远的未来,存在于"艺术"的范畴:

> [世界末日]在我们有生之年,说不定也还不会来,而是以极慢的速度走近,我们除了以同样的方式生存着等待,也别无他法。虽说是如此,当然,我们内心会产生事先唰地张望一下——速度极慢但终于来临的'世界末日'是什么样子的念头吧? 艺术家的工作,大体上不就是为了这些吗?①

---

① 大江健三郎:《静静的生活》,第 97 页。

对于大江健三郎来说,通过对"卑贱物"进行爆发性描述,使之升华为一种狂欢精神、一种节庆气氛,最终给主人公带来了正面而积极的力量,使之能够掌握卑贱,战胜卑贱。《静静的生活》虽然复制了《轻快舞》的"卑贱—狂欢"范式,但却并没有将这种狂欢引向世界末日的悲观,而是赋予小说以乐观向上的意义,让人感到一阵轻快。塞利纳振聋发聩的嘲笑声在大江健三郎的作品中变成了全家人与病魔作战的坚强欢笑声,但面对卑贱时主人公那"强烈而隐隐的反抗"①却没有变化,狂欢式的爆发场景既是"卑贱"的顶峰,也是反抗的顶峰。

三、 塞利纳的"卑贱书写"及其文学功能

《静静的生活》与《轻快舞》之间互文关系的特殊之处在于,前者不但从写作技巧与写作范式上模仿后者,同时又以元文本的形式出现,将《轻快舞》的文本作为其评论对象进行探讨,从而使两部作品之间的显性互文关系与隐性互文关系相互交织,既体现了文学技巧的传承,又呈现了文学情感的共鸣。

---

① 克里斯蒂瓦:《恐怖的权力——论卑贱》,第1页。

从显性的互文技巧上讲,大江健三郎小说中便暗示了自己的"互文性写作方式":

> 在小鸟作曲课结束之前,我读了重藤太太借给我的父亲的小说,不仅是读了画红线的部分,也读了无法完全理解的部分,便把它写在经常随身带着的塞利纳用的卡片上,再夹进"家庭日记"中。①

以"家庭日记"形式写就的《静静的生活》中,夹杂着"父亲的小说"和"塞利纳卡片",这种客观的嵌入方式暗示了互文交叉的写作技巧。但两个文本更为深层的互文关系,即塞利纳"卑贱书写"在《静静的生活》中的体现,更加值得深入探究。"卑贱—边界"与"卑贱—狂欢"是塞利纳"卑贱书写"中最明显的两种范式,通过这两种范式,塞利纳表现出了他"完全别样"的效果:"他召唤出我们身上用禁止、学习、言语无法抓住的东西,或与之作斗争的东西。"②这种"人们不愿意承认但有无人不知的东西",就是克里斯蒂娃所谓的"卑贱"。塞利纳带领读者走入茫茫黑夜的尽头,并让读者看清,他自

---

① 大江健三郎:《静静的生活》,第 271 页。
② 克里斯蒂瓦:《恐怖的权力——论卑贱》,第 189 页。

身正处于"写作物"之中,是他在掌握着卑贱,与卑贱进行抗争。因此"他既不是演员也不是殉道者,或者说二者兼而有之,像一个相信自己计谋的真正作家。"①

克里斯蒂娃将塞利纳的小说分为三类:以《长夜行》《分期死亡》为代表的早期古典故事、流浪文学,后期以《北方》《黎戈登》为代表的复调小说,以及中期以《木偶戏班》和《伦敦桥》等为代表的狂欢节小说。塞利纳的小说具有传统小说情节曲折的特色,然而其口语化的写作风格却对传统小说构成了一种颠覆,这种风格"触及隐秘的神经,用说话抓取激情,让书写物口语化,也就是说使文字变成当代的、快捷的、猥亵的"②。塞利纳的写作就像一种斗争,是主人公与如影随形的"卑贱物"的斗争,塞利纳通过"卑贱书写"的方式建立了"塞氏风格",并向传统写作发起了挑战。"卑贱书写"在塞利纳小说中展现了两种文学功能:作为"宣泄"的功能以及作为"自我保护"的功能。塞利纳的作品无一不笼罩在浓浓的战争硝烟背景之中,恐怖与死亡便是生存本身,也是塞利纳作品中的核心主题。如何在无时不在的恐怖的压抑之下得以喘息,如何逃离无处不在的死亡威胁,是塞利纳笔下主人

---

①　克里斯蒂瓦:《恐怖的权力——论卑贱》,第189页。

②　同上,第193页。

公最为关注的问题。塞利纳通过"卑贱—狂欢"这一范式使主人公在高度压抑的状态下得以宣泄,卑贱物的狂欢是这种宣泄的顶点,无论是《茫茫黑夜漫游》中的焚烧茅屋,还是《轻快舞》中的轰炸汉堡,都呈现了世界末日的狂欢视像,这种宣泄悲剧的顶点,也是疯狂的顶点。

同时,塞利纳通过"卑贱—边界"这一范式使主人公不断逃离死亡的威胁,达到自我保护的目的。大江健三郎在《静静的生活》中关注到了《轻快舞》主人公的不断流亡,并以此揭示了"轻快舞"的来源:"他没有回到法国,也没有停留在德国,有时到瑞士,有时到丹麦,像是跳着里巩顿舞蹈般地穿梭于德国境内。"①

主人公以"自我保护"的方式抵抗"卑贱物"(死亡)的侵袭,并将其转向"对生命的保护",这无疑是将卑贱升华为一种普世的爱,回归到人性最单纯的善与爱的一面。大江健三郎在《静静的生活》中指出了塞利纳的这种"回归"呈现了"深沉动人"的文学情感:

> 塞利纳的书写方式确实是以自我为中心的,其中也充满了狂暴的怒斥及流亡者的自我辩护。[……]然而,

---

① 大江健三郎:《静静的生活》,第 198 页。

在战争中，一切的目的只在于拯救自己以及与自己相关的生命。一边出口秽言、怒骂、诅咒，另一方面又东奔西窜逃难的塞利纳，当他偶遇新生婴儿或"我们的小白痴们"时，情感上却无法冷淡以待。这尽管是不自然的事，但是写得深沉动人甚或有锥心之痛。这样的《里巩顿》深深地打动着我。①

大江健三郎认为，塞利纳既是 20 世纪的见证者，同时也是一位预言家。② 塞利纳以这两种身份描述了两次大战期间法国的人类生存境遇，其主人公在不断面临恐怖与死亡的绝望之中奋力抗争的力量，既体现为主人公对自身生命的本能的热爱，也体现为主人公对他人的关爱，这种发自内心的强大的爱即塞利纳通过作品所传递的最强烈的文学情感。以"卑贱书写"的方式进行文学情感的宣泄与表述是塞利纳写作的突出特色之一，大江健三郎将塞利纳的"卑贱书写"应用于《静静的生活》的情感表述之中，深沉而生动地表达出了主人公对于自身生活的热爱。

---

①　大江健三郎:《静静的生活》，第 199 页。

②　Kenzaburo Oe: «Hardit petit!», *Magazine littéraire*, *Magazine littéraire*, *Hors-série, Louis-Ferdinand Céline*, 2002, p. 7.

小结

在互文性理论的视角下，"任何文本都处在若干文本的交汇处，都是对这些文本的重读、更新、浓缩、移位和深化。"①但是这并不意味着我们在互文性研究的过程中需要不惜一切代价找到互文本之间的"同"，并且将所有的焦点集中于"同"，亦即不能够只关注谁源自谁，或是谁影响谁，因为"一个文本的价值在于它对其他文本的整合和摧毁作用。"②这就意味着互文性研究中不但要关注文本之间的关联性，更要关注文本之间的相异性，相异性赋予了文本新的价值和意义。大江健三郎的《静静的生活》从显性的人物设置、直接引用与评论等方面，将《轻快舞》的文本引入其中，但大江健三郎并未止于这种显性的互文技巧，而是融入了自己的思考："鸥外、漱石、岩野抱鸣等都是把外国文学移植到日语中进行融合，想创造出新的文体。多年来，我也是把读［外文］原著与日语的思考相结合，想创造自己的文学。从这个意义上说，我是近代化后，日本作家的典型代表之一。"③大江健三

---

① 王瑾:《互文性》，第 33 页。

② 同上。

③ 陈云辉:"大江健三郎小说基本倾向简论"，《西安电子科技大学学报(社会科学版)》，2006 年第三期，第 124 页。

郎通过塞利纳"卑贱—边界""卑贱—狂欢"的写作范式复制
了塞利纳"卑贱书写"的写作方式,但是大江健三郎选择了与
塞利纳截然不同的对抗"卑贱物"的方式,没有将"卑贱"引向
"世界末日"的视像,而是将其升华为"静静的生活"的态度。
塞利纳"加油,小子!"的鼓励声,以一种斗争精神和文学情感
的形象不断回响在大江健三郎的创作过程中,大江健三郎也
通过对塞利纳的模仿实现了这种精神与情感的传承:"这就
是为什么我[大江健三郎]四十年来一直致力于'塞利纳问
题'的研究,模仿着这位老巨人的笑声,在内心深处认识到在
他自我毁灭的过程中,是我在进行表述。"①在互文本的"毁
灭"过程中"表述"新文本,正是大江健三郎对塞利纳作品的
解读与吸收的方式。

①　Kenzaburo Oe: « Hardit petit ! », *Magazine littéraire, Hors-série, Louis-Ferdinand Céline*, 2002, p. 6.

结　论

　　20世纪上半叶的法国经历了两次世界大战的洗礼,其间政治局势动荡,社会问题不断涌现。生于忧患之中的作家塞利纳,以"编年史家"的身份自居,通过独特的视角对自身所处的时代进行观察与审视,将社会万象包罗入自己的文学创作之中。其八部小说揭示了法国乃至整个欧洲战前、战间、战后社会诸多方面不可回避的问题,以俚俗却雄辩的语言、夸张的手法、史诗般的笔触描绘了一个异化的、罪恶的世界,在20世纪法国文学史上留下了浓墨重彩的一笔。塞利纳以其独特的语言风格和叙事手法,对既有的法国文学传统发起了攻击,这种攻击性、挑衅性与悲惨的社会现实结合起来,一度使塞利纳的创作走向"反犹主义小册子"的极端,因此在这位作家身上的争议自20世纪三四十年代以来至今从未间断,影响了塞利纳文学作品在法国乃至整个世界的译介与接受。塞利纳到底是一位具有颠覆性和人文关怀的经典作家,还是一位以写作表达反犹思想的"法奸"和"政治流氓"? 如何在文学史上给予这样一位争议性作家以正确的评价? 这是所有塞利纳的研究者与读者无法回避的问题。复杂性与矛盾性是塞利纳小说呈现出的最直接的特色,因此,清晰而有逻辑地对其文本表层之下的意义进行阐释,成为理解塞利纳作品的关键所在。

　　我们在符号学理论的关照下,以塞利纳的八部小说为研究对象,从四个层面对其作品进行了解读,力图从叙事、主题、人物与文本开放性等不同角度分析塞利纳小说的创作机制,由表及里地挖掘塞利纳小说文学意义的呈现过程。塞利纳的创作从文学角度来讲,具有现实性、经典性以及独特的社会历史价值,其作品既是对法国文学传统的颠覆,同时又是一种另类的延续。在语言、形式与风格等方面,塞利纳对法国文学传统进行了颠覆性的革新,但是从其思想上仍然与法国文学传统一脉相承。贯穿塞利纳八部小说作品始终的一个核心问题即"人"的问题:在特殊的历史时期内,人是以何种状态生存、以何种状态抗争? 塞利纳小说最重要的关注点即对战争期间人的生存境遇的关注。围绕这一中心问题,本书通过四章的篇幅,从三个方面探讨了塞利纳笔下"人"的构建方式,从不同侧面揭示出塞利纳小说的文学意义之所在,论证了其作品的"经典性"问题,为正确评价塞利纳在文学史上的重要地位提供了依据,也为我国读者与研究者理解作家作品提供了一种参考。

本书第一章通过复调与狂欢两种视角,探讨了塞利纳小说的叙事特色,通过对其作品的叙事研究呈现了"人"及其生活的世界的"声音"。塞利纳的作品从第一行字开始便呈现出了明显的对话性,主人公以口语呈现的叙事声音,以一种清晰可辨的、被压制的姿态呈现在读者面前。口语语言与传统的文学语言针锋相对,一种颠覆性的基调已然形成。我们通过对作者与人物的对话、读者与人物的对话、人物与人物的对话三种形式分析了"对话"的表象之下呈现出的众声喧哗的复调效果。这种复调效果中,不同的声音与意识并置,文学语言与传统道德都受到了调侃与讽刺。与此同时,塞利纳作品中呈现的狂欢思维与狂欢视角,以狂欢的形式将社会语言的复杂声音复制到文学作品之中,更将颠覆性进行到底,一系列降格与讽刺、脱冕与加冕等狂欢形式的运用,使阶级被颠倒,秩序被嘲笑,既有的文学传统成为其"卑贱狂欢"的嘲讽对象。塞利纳的狂欢叙事与世界末日、与死亡紧密相关,使其作品中的狂欢呈现出一种强烈的悲剧性与恐惧效应。以口语为叙事语言,以狂欢化、复调性为特色的叙事风格在法国文学史上展现了其小说对文学传统**颠覆性**的一面，是塞利纳小说的文学意义之一。

本书第二章与第三章透过主题书写与人物塑造，呈现了塞利纳作品中"人"的思想。塞利纳笔下所呈现的人物复杂多样，我们首先通过符号学理论中的"同位素性"对其作品中的"时间与空间""生存与死亡"主题进行剖析，从外部世界展现了在特殊时空之下"人"的生存境遇；而后从符号学的"形象性"角度分析了主人公及辅助人物与次要人物的塑造过程，从人物本身角度揭示出其思想意识的变化与命运的变迁。塞利纳以医生的视角将生存着的人视为"肉"，而将死尸视为物质，呈现了"物质性"的同位素性，生存与死亡被物质化，突出了人物生死都身不由己的生存状态。人物所生存的空间是不断充满封闭的、令人窒息的危险；其时间则是现在与过去交错并存的错乱时间，逃脱封闭的空间与错乱的时间成为人物生存的本能。生与死之间的恐惧渗透到主人公的形象之中，使主人公意识到"生命的真相不过是一种缓期的死亡"这一悲观思想。

在人物形象塑造的分析过程中，我们通过文本表面呈现出的"形象路径"而挖掘其"主题角色"，将八部小说具有联系性的主人公塑造过程分解为从童年的"受害者"到成年的"逃亡者"与"失败者"到暮年的"编年史家"的形象，在主人公一系列主题角色演变的过程中，塞利纳已经由对战争与社会不公的控诉转变到对历史的思考。我们通过格雷马斯的符号学矩阵分析了女性人物形象与"非现实人物"形象。女性人物形象以灵魂与肉体、高贵与卑贱两种不同的对立关系被构建起来，对主人公的思想意识变化产生了重要的影响，"非现实人物"则以现实与虚幻、生存与死亡两种对立关系，构建出一个非现实的世界，使主人公能够借助非现实的世界而对现实世界达到一种崭新的认识：虚幻的世界并不是解脱的出口，唯有面对现实、不断抗争才能获得自由。通过主题书写与人物塑造，对人类最根本的问题——生存与死亡表达了自己独特的观点，呈现出的小说的**思想性**，是塞利纳小说的文学意义之二。

塞利纳笔下的人物与其个人经历密切相关，因此具有一定的自传性质，但其小说并不是自传，而是以个人经历为基础的虚构作品。本书第四章中，我们在互文性的观点下分析了其作品内部的互文关系以及与普鲁斯特、大江健三郎等作家的经典文本的吸收与影响关系，通过文本开放性将"人"置于文本网络之中。塞利纳小说作品之间的互文关系，揭示了其作品以"自我复写"的方式呈现出结构、主题的一致性，这种一致性使其笔下人物的悲观思想与抗争思想贯穿作品的始终；塞利纳与普鲁斯特之间的互文关系则展现了塞利纳在人物塑造过程中对既有经典文本的参照与转换，塞利纳的人物虽然具有颠覆性，但同样也是根植于文学传统之中；大江健三郎通过重建塞利纳的"卑贱"写作范式，将塞利纳笔下人物淋漓尽致的宣泄方式与坚持不懈的斗争精神呈现在自己的作品之中，但是大江健三郎又避开塞利纳的"世界末日"与"卑贱"的关联，在自己的作品中将"卑贱"升华为"静静的生活"，因而使其作品具有了不同的意义。塞利纳从互文性写作技巧出发，对经典作品进行整合与转换，同时建立了可被后世作家模仿与重建的写作范式。由文本开放性呈现出的**对经典文本的吸收与影响**，是塞利纳小说的文学意义之三。

　　塞利纳的小说以"人"为中心，构建了一个特定历史环境下悲观、黑暗、充满战争恐惧的世界。其笔下的人物形象代表了战争时期的法国普通民众，但同时他又强调这个形象的个体性，认为个体性是绝对真相的一种形式。塞利纳的小说主题关注了 20 世纪各种主要方面的社会问题，其小说的情节与历史必然有所重合，但是塞利纳笔下的历史，却与历史学家的历史并不相同。塞利纳对于历史的关注形成于深层，对于他来说，历史的参与者并不是政治明星们，而是人性，是"人类群体在物质与精神的强大力量形成的激流中，被带向末日的屠杀时体现出的人性"①,因此,塞利纳后期作品中对于历史的关注,实际上是对"人"的关注,特别是对在战争中"被战胜的人"的关注。虽然塞利纳以"编年史家"自居,但作为一种文学创作,塞利纳的小说情节并不能被视为真正的历史事实。不可否认的是,它为我们提供了一种切入历史、回顾历史与思考历史的可能性。这使塞利纳的作品同时具有了不可忽视的历史价值。

塞利纳作品的译者沈志明先生将塞利纳称为"沧海遗珠"。在塞利纳作品争议不断的生命历程中,其文学意义与历史价值得到了越来越多的关注,我们有理由相信,这位以"人"为本的经典作家,终将在文学史上得到公正的对待。

---

① Anne Henry: *Céline écrivain*, Paris: L'Hermattan, p. 256.

参考文献

Ⅰ 外文资料

<u>塞利纳作品</u>①

L'Eglise, Paris: Edition Gallimard, 1952.

Voyage au bout de la nuit, Paris: Edition Gallimard, 2011.

Mort à crédit, Paris: Edition Gallimard, 2011.

Guignol's band, Paris: Edition Gallimard, 2011.

Féerie pour une autre fois Ⅰ, Paris: Edition Gallimard, 1995.

Casse-Pipe, Paris: Edition Gallimard, 1991.

---

① 塞利纳作品的"七星文库"版价格较贵,为读者查阅方便,本课题研究中引用部分出自塞利纳作品的"Folio"版。

D'un Château l'autre, Paris: Edition Gallimard, 2012.

Nord, Paris: Edition Gallimard, 2012.

Rigodon, Paris: Edition Gallimard, 2012.

Entretiens avec professeur Y, Paris: Edition Gallimard, 2001.

Roman Ⅰ (Voyage au bout de la nuit, Mort à Crédit), éd. Henri Godard, Paris: Edition Gallimard, coll. 'La Pléïade', 1981

Roman Ⅱ (D'un château l'autre, Nord, Rigodon), éd. Henri Godard, Paris: Edition Gallimard, coll. 'La Pléïade', 1974

Roman Ⅲ (Guignol's Band Ⅰ, Guignol's Band Ⅱ), éd. Henri Godard, Paris: Edition Gallimard, coll. 'La Pléïade', 1988

Roman Ⅳ (Féerie pour une autre fois Ⅰ, Féerie pour une autre fois Ⅱ, Entretiens avec le Professeur Y), éd. Henri Godard, Paris: Edition Gallimard, coll. 'La Pléïade', 1993

Le Style contre les Idées: Rabelais, Zola, Sartre et les autres..., ed. Lucien Combelle, Paris: Editions Complexe, 1987.

« Céline: 'Au début était l'émotion' », propos recueillis par Robert Sadoul, in *Magazine littéraire*, Hors série, N° 4, 4° semestre 2002.

塞利纳研究资料

Cahiers Céline 1, Céline et l'actualité littéraire 1932—1957, textes réunis et présentés par J.-P. Dauphin et H. Godard, Paris: Edition Gallimard, 1976.

Cahiers Céline 2, Céline et l'actualité littéraire, 1957—1961, textes réunis et présentés par J.-P. Dauphin et H. Godard,

Paris: Edition Gallimard, 1976.

Cahier Céline 3, *Les derniers jours de Semmelweis*, textes réunis et présentés par J.-P. Dauphin et H. Godard, Paris: Edition Gallimard, 1977.

Cahiers Céline 4, *Lettres et premiers écrits d'Afrique*, *1916—1917*, textes réunis et présentés par J.-P. Dauphin et H. Godard, Paris: Edition Gallimard, 1978.

Cahiers Céline 5. Lettres à des amies, textes réunis et présentés par Collin W. Nettelbeck, Paris: Edition Gallimard, 1979.

Aebersold, Denise, « La quête parodique de la fleur du Tibet: Symbolisme du voyage dans Guignol's Band» *Actes du colloque international de Londres L.-F. Céline 5 - 7 juillet 1988*, Paris: Editions du lérot &- Sociétés des Etudes Céliniennes, 1989.

Alméras, Philippe, « Céline: L'Itinéraire d'une écriture », in *PLMA*, Vol. 89, No. 5 (Oct., 1974).

　　—Céline entre haine et passion, Paris: Robert Laffont, 1994.

　　—Dictionaire Céline, Paris: Plon, 2004.

Altman, Georges, *Le goût de la vie. Un livre neuf et fort: Voyage au bout de la nuit. Le Monde*, le 29 octobre, 1932.

Babcock-Abrahams, Barbara, «The Novel and the Carnival World: An Essay in Memory of Joe Doherty», in MLN, Vol. 89, No. 6. *Comparative Literature*. Dec., 1974.

Bardèche, Maurice, *Louis-Ferdinand Céline*, Paris: La table ronde, 1986.

Beaujour, Michel, « Temps et substances dans Voyage au bout de la nuit », in *Céline, Voyage au bout de la nuit*, édité par Alain Cresciucci, Paris: Klincksieck, 1993.

Bellosta, Marie-Christine, « Le Capharnaüm célinien ou la place des objets dans *Mort à Crédit* », *Archives des Lettres Modernes*, n° 164, Minard, 1976.

　　—*Céline ou l'art de la contradiction: Lecture de voyage au bout de la nuit*, Paris: Presse Universitaire de France, 1990.

Besnard, Micheline, «D'un innommable l'autre: Féerie pour une autrefois », in *Littérature*, n°60, 1985.

Blondiaux, Isabelle,*Une écriture psychotique: Louis-Ferdinand Céline*, Paris: Edition Nizet, 1985.

Brunet, Gabriel, « Le cas Céline », in *Je suis partout*, juin 6, 1936.

Castiglia, Jean, "Aux sources de la Bresina", in *Actes du colloque international de Toulouse*, (5 - 7 juillet 1990), Paris: Société d'études céliniennes, 1991.

Cresciucci, Alain,*Les territoires Céliniens: Expression dans l'espace et expérience du monde dans les romans de L. F. Céline*, Paris: Editions aux Amateurs de livres, 1990.

　　—«Mise à feu, le thème du feu dans Guignol's band », *Actes du Colloque international de Toulouse L.-F. Céline (5 - 7 juillet 1990)*, Paris: Editions du Lérot & Société d'Etudes Céliniennes.

Damour, A.-C. & J.-P.,*Louis Ferdinand Céline: Voyage au bout de la nuit,* Paris: Presse Universitaire de France, 1985.

Daudet, Léon, « Louis-Ferdinand Céline: Voyage au bout de la nuit », in *Candide*, 22 décembre 1932.

Day, Philip Stephen, *Miroir allégogique de Louis-Ferdinand Céline*, Paris: Klincksieck, 1974.

De Lesdain, Jacques, A propos de Guignol's band, in *Aspects*, 2 juin 1944.

Derval, André, « Je suis tout à la danse », in *Magazine littéraire*, hors série N° 4, 4° semestre 2002.

De Roux, Dominique, *La mort de L.-F. Céline*, Paris: La Table Ronde, 1966.

Destruel, Philippe, *Céline, immaginaire pour une autre fois, la thématique anthropologique dans l'œuvre de Céline*, Paris: Librerie Nizet, 2009.

—*Louis-Ferdinand Céline*, Paris: Armand Colin, 2005.

Donley, Michael, « Le dernier musicien du roman », in *Magazine littéraire*, hors-série, N°4, 4°semestre 2002.

Duraffour, Annick& Taguieff, Pierre-André, *Céline, la race, le juif, Légende littéraire et vérité historique*, Paris: Fayard, 2017.

Durrell, Lawrence, *A Key to Modern British Poetry Norman*, Oklahoma: University of Oklahoma Press, 1964.

Fackler, Herbert V., «Proust's "Rememberance of the things past" and Céline's "Journey to the end of the night": A study in approches to creativity and fear», *The South Central Bulletin*, Vol. 32, N°4, Studies by Members of SCMLA, winter, 1972.

Ferrier, Michaël: *Céline et la chanson*, Paris: Du Lérot, 2004.

Gibault, François, *Céline, Première Partie, Le Temps des Espérances (1894—1932)*, Paris: Mercure de France, 1985.

Godard, Henri, *Poétique de Céline*, Paris: Edition Gallimard, 1985.

——« Les voix dans la voix », in *Magazine littéraire, Hors-série, Louis-Ferdinand Céline*, 2002.

——*Henri Godard Commente Voyage au bout de la nuit de Louis-Ferdinand Céline*, Paris: Edition Gallimard, 1991.

——*Céline Scandale*, Paris: Edition Gallimard, 2011.

Hartmann, Marie, *L'envers de l'histoire conptemporaine, études de la « triologie allemande » de Louis-Ferdinand Céline*, Paris: Société d'études céliniennes, 2006.

Henry, Anne, *Céline écrivain*, Paris: L'Harmattan, 1994.

Hewitt, Nicolas, *The Golden Age of Louis-Ferdinand Céline*, New York: Oswald Wolff Books, Berg Publishers, 1987.

Ifri, Pascal A., *Céline et Proust, Correspondances proustiennes dans l'oeuvre de L.-F. Céline*, Birmingham, Alabama: Summa Publication, 1996.

Klinkeberg, Jean-Marie, « sémiotique », in *Dictionnaire du littéraire*, Paris: PUF, 2002.

Kristeva, Julia, *Pouvoir de l'horreur, essai sur l'abjection*, Paris: Edition Seuil, 1983.

Lainé, Pierre: *Qui suis-je? Céline*, Grez-sur-Loing: Pardès, 2005.

Lévy, Bernard-Henri, «Comme un paladin d'ordure et de vérité», *Nouvel Observateur*, 17 octobre 1981.

Mandelstam, Osip, *Le bruit du temps* (1925), Paris: Edition Gallimard, 1972, trad. Scherrer.

Mauray, Philippe, *Céline*, Paris: Denoël, 1984.

Miroux, Pierre-Maire, *Matière et lumière, la mort dans l'œuvre de Louis-Ferdinand Céline*, Paris: Société d'études céliniennes, 2006.

Mugnier, Jean-Paul, *L'enfance Meurtrie de Louis-Ferdinand Céline*, Paris: L'Harmattan, 2000.

Nettelbeck, Collin W., « Journey to the End of Art: The evolution of the novels of Louis-Ferdinand Céline », in *Publications of the Modern Language Association of America* 87(1):80, January 1972.

Nideau, Maurice, « Avènement de Louis-Ferdinand Céline », in *Les critiques de notre temps et Céline*, Paris: Garnier Frères, 1976.

O'Connell, David, « Louis-Ferdinand Céline: An introduction. » *Critical essays on Louis-Ferdinand Céline*. Ed. William K. Buchkley. Boston: G. K. Hall, 1989.

Oe, Kenzaburo, « Hardit petit ! », *Magazine littéraire*, *Magazine littéraire, Hors-série, Louis-Ferdinand Céline*, 2002.

Poulet, Robert, «Les décombre d'un monument », in Jean-Pierre Dauphin, *Les critiques de notre temps et Céline*, Paris: Garnier frère, 1976

Quinn, Tom, « La mémoire de la grande guerre dans Guignol's Band et Féerie pour une autre fois »*Actes du seizième colloque international Louis-Ferdiand Céline: Céline et la Guerre*, Paris:

Société d'études céliniennes.

Robert, Pierre-Edmond, « L-F. Céline du côté de chez Proust »
pp. 91 – 95, in Pascal A. Ifri: *Céline et Proust,
Correspondances proustiennes dans l'oeuvre de L.-F. Céline*,
Birmingham, Alabama: Summa Publication, 1996.

Rousseaux, André, « Le cas Céline », in *Figaro* [Paris], 10
décembre, 1932.

Sarraute, Claude, «Céline nous dit comme il fait bouger la place
des mots», in *Le Monde*, 1 juin 1960.

Schilling, Gilbert, « Images et imaginations de la mort dans le
Voyage au bout de la nuit », *Céline, Voyage au bout de la
nuit*, Paris: Klincksieck, 1993.

Smith, André: *La nuit de Louis-Ferdinand Céine*, Paris: Bernard
Graset, 1973.

Sollers, Philippe, *Céline*, Paris: Ecriture, 2009.

Vandromme, Pol, *Céline*, Puiseaux: Edition Pardès, 2001.

Verdaguer, Pierre, *L'Univers de la Cruauté, une lecture de
Céline*, Genève: Librairie Droz, 1988.

Victor, Graham, «Water imagery and symbolisme in Proust»,
Romanic Review, April, 1959.

Vitoux, Frédéric, *Louis-Ferdinand Céline, Misère et paroles*,
Paris: Edition Gallimard, 1973.

符号学研究资料

Bakhtine, Mikhaïl, *L'Oeuvre de François Rabelais et la Culture*

Populaire au Moyen Age et sous la Renaissance, Traduit du russe par Andrée Robel, Paris: Edition Gallimard, 1970.

Bakhtine, Mikhaïl, *La poétique de Dostoïvski*, Traduction de Isabelle Kolitcheff, Préface de Julia Kristeva, Paris: Edition du Seuil, 1970.

Bertrand, Denis, *Précis de sémiotique littéraire*, Paris: Edition Nathan HER, 2000.

Fontanille, Jacques, *Sémiotique et littérature, essai de méthode*, Paris: PUF, 1999.

Greimas, Algrdas Julien, *De l'imperfection*, Périgueux: Pierre Fanlac, 1987.

Greimas, Algrdas Julien & Courtés, Joseph, *Sémiotique: Dictionnaire raisonné de la théorie du langage*, Paris: Hachette, 1979.

Groupe d'entrevernes, *Analyse sémiotique des textes*, Lyon: Presse universitaire de Lyon, 1988.

Hénaux, Anne, *Les enjeux de la sémiotique*, Paris: PUF, 2012.

Kristeva, Julia, *Le Texte du Roman, Approche sémiologique d'une structure discursive transformationnelle*, Paris: Mouton Publishers, 1979.

II 中文资料

塞利纳作品

塞利纳:《长夜行》,徐和瑾译,上海:上海译文出版社,1996 年。

沈志明编选:《塞利纳精选集》,济南:山东文艺出版社,2000 年。

塞利纳:《死缓》,金龙格译,桂林:漓江出版社,2016 年。

塞利纳研究资料

刘成富:"塞林,创造口语奇迹的人",载《解放军外国语学院学报》,2003 年第 3 期。

柳鸣九:"廿世纪流浪汉体小说的杰作:论《茫茫黑夜漫游》",载《外国文学研究》,1987 年第 4 期。

——《弄炸药而没伤手的人——记塞利纳学权威亨利·戈达尔》,见沈志明编选:《塞利纳精选集》,济南:山东文艺出版社,2000 年。

——《塞利纳的"城堡"与"圆桌骑士"——在塞利纳故居》,参见沈志明编选:《塞利纳精选集》,济南:山东文艺出版社,2000 年。

沈志明:《罕见的天才作家塞利纳》,参见沈志明编选:《塞利纳精选集》,济南:山东文艺出版社,2000 年。

仵从巨:"塞林纳的贡献——论《茫茫黑夜漫游》的艺术价值",载《榆林高等专科学校学报》,2002 年第 1 期。

徐和瑾:"《长夜行》译后记",塞利纳:《长夜行》,徐和瑾译,上海:上海译文出版社,1996 年。

余中先:《一部现代意义上的都市游荡小说》,参见路易-费尔迪南·塞利纳:《死缓》,金龙格译,桂林:漓江出版社,2016 年。

文学理论研究资料

巴赫金:《巴赫金全集》第二卷,李辉凡、张捷等译,石家庄:河北教育出版社,1998 年。

——《巴赫金全集》第六卷,李兆林、夏忠宪等译,石家庄:河北教育出版社,1998 年。

——《诗学与访谈》,白春仁、顾亚铃等译,石家庄:河北教育出版社,1998 年。

蒂费纳·萨莫瓦约:《互文性研究》,邵炜译,天津:天津人民出版社,2003 年。

胡晓华:"'卑贱'的回归——论欧茨小说《圣殿》的自我认同观",载《外国文学》2011 年第 4 期。

罗婷:"克里斯特娃关于母性/卑贱的权力话语与文学表现",载《国外文学》2003 年第 1 期。

尹丽、刘波:"2001—2005 年中国的法国文学研究",载《四川外语学院学报》,2007 年第 3 期。

王瑾:《互文性》,桂林:广西师范大学出版社,2003 年。

朱莉娅·克里斯蒂瓦:《恐怖的权力——论卑贱》,北京:三联书店,张新木译,2001 年。

朱立元主编:《当代西方文艺理论》,上海:华东师范大学出版社,1997 年。

其他资料

布吕奈尔:《20 世纪法国文学史》,郑克鲁等译,成都:四川文艺出版社,1991 年。

陈云辉:"大江健三郎小说基本倾向简论",《西安电子科技大学学报(社会科学版)》,2006 年第三期。

大江健三郎:《别了,我的书》,许金龙译,天津:百花文艺出版社,2006 年。

——《大江健三郎讲述作家自我》,尾崎真理子采访整理,许金龙译,北京：金城出版社，2011年。

——《静静的生活》，张子云译，桂林：漓江出版社，2000年。

胡学星：《狂欢与对话——维索茨基诗歌研究》，北京：华艺出版社，2006年。

江伙生、肖厚德：《法国小说论》，武汉：武汉大学出版社，1994年。

陆建德："互文性、信仰及其他——读大江健三郎《别了，我的书》"，载《外国文学研究》2007年第6期。

普鲁斯特：《追忆似水年华》（上），李恒基等译，南京：译林出版社，1994年。

萨特：《恶心》，杜长有译，北京：中国友谊出版公司，1993年。

塞·贝克特等：《普鲁斯特论》，沈睿、黄伟等译，北京：社会科学文献出版社，1999年。

徐真华、黄建华：《理性与非理性——20世纪法国文学主流》，北京：外语教学与研究出版社，2000年。

郑克鲁：《法国文学史教程》，北京：北京大学出版社，2008年。